DARK AND DANGEROUS LOVE

SAISON 2

Collection New Romance ® créée par Hugues de Saint Vincent

34-36, rue La Pérouse
75116 Paris
Collection dirigée par Franck Spengler
Ouvrage dirigé par Roxane Maffre
www.hugoetcie.fr

ISBN : 9782755641059
Dépôt légal : avril 2019
Imprimé en Espagne

MOLLY **NIGHT**

DARK AND DANGEROUS LOVE

SAISON 2

Traduit de l'anglais par Claire Sarradel

Hugo Poche

NEW ROMANCE®

CHAPITRE 1

Atticus se tenait devant la fenêtre de son bureau, seul. Alors qu'il regardait la Bentley noire aux lignes épurées franchir les portes du palais, son cœur se gonfla de joie à l'idée de la revoir. Son sexe aussi.

Cette dernière semaine avait été l'une des pires de toute sa vie. Il n'aurait jamais cru possible de ressentir une telle peine sans posséder d'âme, mais à l'instant où il l'avait vue partir, c'était comme si une partie de son être l'avait quitté pour la rejoindre. Il n'avait pensé à rien d'autre qu'elle. À chaque seconde de chaque journée, il n'avait eu qu'elle en tête.

Ses lèvres enivrantes, sa peau si douce, ses cuisses délicates, sa poitrine ronde et bien galbée. Il se souvenait de la sensation extraordinaire de son corps couché sous le sien et de cette déferlante de plaisir qui l'avait assailli chaque fois qu'il l'avait pénétrée. Cette chair soyeuse qui enveloppait son gros engin. Il ne souhaitait rien d'autre que revivre ces sensations, la sentir sous lui, l'avoir dans son lit. Plonger en elle et satisfaire tous ses désirs les plus charnels. Rien qu'en y pensant, Atticus sentit son érection grossir encore.

Une petite brune à la peau claire et aux yeux bleus vint interrompre ses pensées et annonça, en franchissant la double porte aux battants de chêne :

– Mon Roi, voici votre sang.

Sur un plateau d'argent, elle apporta un grand verre contenant ce qu'il reconnut à l'odeur être du sang AB+.

Son regard lubrique s'attarda sur le corps de l'humaine. Elle n'était pas aussi belle qu'Evelyn, mais son teint pâle ressemblait à celui de la fille qu'il désirait tant.

Atticus sourit d'un air suffisant avant de traverser la pièce à la vitesse d'un vampire pour s'arrêter devant son bureau, où elle déposa le gobelet.

Il se plaça derrière elle et posa ses mains sur ses hanches. Son corps se raidit immédiatement quand elle le sentit, son rythme cardiaque accéléra. L'une des mains du Roi s'aventura lentement sous sa minijupe noire très serrée et l'autre sur sa blouse de soie noire pour se saisir de sa poitrine.

Il pressa son érection contre son petit cul charnu et la poussa à se plier contre le plateau du bureau en acajou. Son corps trembla, à l'évidence elle craignait ce qu'il lui arrivait, mais Atticus s'en moqua. Il avait besoin de faire retomber la pression avant de revoir Evelyn et il préférait satisfaire ses bas instincts avec la fille devant lui que de risquer de perdre le contrôle avec sa bien-aimée et la forcer encore une fois.

Alors qu'il caressait l'intérieur de sa cuisse tremblante en remontant, la fille se mit à geindre :

– Mon Roi… Pitié, non…

– Pourquoi pas ? gloussa Atticus. Je croyais que tu étais là pour me servir ? Je suis ton Roi. Me refuser ce que je veux est une trahison. Tu es au courant ?

De ses lèvres, il effleura son cou sous lequel palpitait une artère, puis leva un doigt avec impatience pour la caresser à travers le tissu de son sous-vêtement. Elle mouillait, son corps réagissant à la perfection à sa sollicitation.

– Ta bouche dit non, mais ton corps dit oui, commenta Atticus en riant alors qu'il soulevait lentement sa jupe.

Il dévoila son joli petit cul, puis défit sa ceinture pour se libérer. Essayant de lui échapper, la fille protesta :

– Mon Roi, pitié. J'ai un mari. Je ne peux pas le tromper !

Ses mots ne firent qu'attiser la colère du Roi. Au lieu de la libérer, il l'attrapa par les cheveux et plaqua sa poitrine contre le bureau. À l'entendre mentionner un époux, son sang entra en ébullition.

– Qu'est-ce qu'un mortel comparé à moi ? Comment oses-tu me défier ? hurla-t-il.

La colère enfla en lui. Il plaça son gland à l'entrée de son sexe, ce qui coupa le souffle de la jeune femme, même si elle savait à quoi s'attendre. Elle avait déjà entendu les récits de toutes les servantes du palais qui avaient laissé Atticus se servir d'elles. Il enfonça lentement son sexe en elle, et elle sentit malgré elle une vague de plaisir l'envahir. Mais ne voulant pas trahir son mari, la soubrette continua à protester :

– Mon Roi ! Pitié, laissez-moi partir !

– Je te rendrai la liberté. Mais pas avant que tu n'aies satisfait mes besoins, répondit-il la respiration sifflante, avant de la pénétrer complètement.

Elle était étroite. Son corps était chaud et doux, mais elle n'était pas Evelyn. Personne ne pourrait jamais se comparer à elle, mais il ne pouvait pas l'avoir, alors il devait se contenter de substituts.

La servante laissa échapper des gémissements de plaisir alors qu'il s'extirpait de ses chairs pour forcer son retour.

– Oh mon Roi ! gémit-elle alors qu'Atticus souriait de la sentir mouiller de plus en plus. Pitié, mon Roi, oh oui, prends-moi !

Atticus ne put réprimer son sourire alors que ses mouvements, de plus en plus sauvages, prenaient de la vitesse et de l'ampleur.

– Dis-moi, est-ce que ton mari te donne autant de plaisir ?

– N-non, soupira-t-elle entre deux gémissements.

Il ne l'embrassa pas, il ne toucha aucune autre partie de son corps ; il l'utilisait simplement pour satisfaire un besoin.

***

– Rappelle-toi de ne pas le pousser trop loin dans ses retranchements, conseilla Hansel, en aidant Evelyn à porter sa valise. Atticus t'aime peut-être, mais il a toujours le même tempérament. Et il n'a jamais autant flirté avec son côté sombre. Je ne l'ai jamais connu aussi ténébreux.

– Je sais, je sais, rétorqua-t-elle en levant les yeux au ciel. Je dois faire attention à ce que je lui dis. Pas seulement pour moi, mais aussi pour le reste du monde. Si Atticus bascule, il sera difficile de le rattraper. La terre entière subira les conséquences de mes actes. Je te promets de ne pas risquer la vie de tous les humains de cette planète pour une question de fierté.

Hansel poussa un gros soupir. Non pas qu'il ne faisait pas confiance à Evelyn, mais il doutait qu'elle puisse incarner cette fille qu'elle devait devenir pour qu'Atticus reste du bon côté. Il savait que, tôt au tard, le Roi se lasserait de la voir se refuser à lui et il ne serait alors plus capable de maîtriser son désir pour elle… Au fond, Hansel avait peur pour Evelyn.

Il s'approcha d'elle et posa une main sur son épaule pour lui dire :

– Souviens-toi aussi que si tu as besoin de vider ton sac, je suis là. Je sais que c'est avec Nora que tu parlais de tes problèmes, mais puisqu'elle n'est plus là, je veux bien prendre ce rôle.

– Merci, Hansel, répondit Evelyn en souriant alors qu'elle traversait la grande pièce à ses côtés. Tu as tant fait pour moi, je t'en suis si reconnaissante. Je ne sais pas comment j'aurais réussi à survivre sans toi.

– Je t'en prie, dit-il en lui embrassant le sommet du crâne. Alors réponds-moi honnêtement : penses-tu pouvoir aimer Atticus, maintenant ?

– Quoi ? s'étrangla-t-elle devant cette question incongrue avant de se mettre à bégayer. Je… Je…

– Comme je te l'ai déjà dit, je pense que tu rechignes à accepter Atticus parce que tu as envie et besoin de t'accrocher à Ethan. J'ai l'impression que tu es simplement amoureuse de l'idée d'Ethan parce qu'il symbolise la liberté et représente ton avenir idéal : celui d'une mortelle qui voulait mener une simple vie humaine. Tu es tellement habituée à cette idée et tu aimes tant cette existence que tu ne laisses pas de place à des potentiels sentiments pour Atticus. Tu veux encore te projeter dans ce fantasme.

– Est-ce que tu es en train d'essayer de me dire que j'aime l'idée d'Ethan, mais pas l'homme qu'il est ? demanda Evelyn, souriante, et amusée de voir Hansel se tromper à ce point.

– Je pense que tu es amoureuse de l'idée de l'aimer, expliqua Hansel. Je pense que tout au fond de toi, tu as des sentiments pour Atticus, mais tu ne t'en rends pas compte. Tu essayes de rejeter tout ce qu'il t'inspire pour rester accrochée à ce rêve de parfait amour de jeunesse.

Evelyn se dit que, pour un vampire qui avait vécu des siècles et des siècles, Hansel n'y connaissait rien à l'amour. Des souvenirs éclair de sa nuit de passion avec Ethan lui revinrent par bribes et elle avait du mal à ne pas sourire en se souvenant de la perfection de ces moments.

Elle aurait tant aimé que cette nuit-là soit sa première fois et qu'Ethan lui ait vraiment pris sa virginité. Elle aimait Ethan, c'était indéniable, et son amour durait depuis plusieurs années. De toute sa vie, elle n'avait jamais fantasmé sur un autre garçon, il était le seul et l'unique.

Avant qu'Evelyn ne puisse répondre à Hansel, la porte s'ouvrit sur le sombre, grand et bel homme qui avait changé sa vie. Le voyant entrer vêtu d'un costume noir à la coupe impeccable, Evelyn en eut le souffle coupé.

– Atticus.

– Cela fait bien trop longtemps, répliqua-t-il d'une voix grave et masculine en marchant vers elle, le regard illuminé d'une étincelle de bonheur.

– J'en déduis qu'il est temps que je m'éclipse, annonça Hansel un peu mal à l'aise, en sortant discrètement de la pièce pour laisser les deux en tête à tête.

– Tu as apprécié tes vacances ? demanda Atticus.

Evelyn remarqua qu'il bégayait légèrement. Elle sentit son extrême nervosité, sans savoir si c'était juste une ruse de sa part ou s'il était vraiment stressé de la revoir pour la première fois depuis sa dernière tentative de suicide.

– Oui, c'était bien, répondit-elle simplement. Je n'ai pas eu l'occasion de te remercier de m'avoir accordé cette semaine pour rendre visite à ma famille, alors merci.

Constatant qu'elle l'avait tutoyé, il sourit faiblement tout en allant vers son lit. Il lui fit signe de le suivre, mais elle déclina la proposition et campa au centre de la pièce. Atticus ne releva pas.

– Je m'en réjouis. Je vois à ton teint que cette semaine t'a fait le plus grand bien. Je devrais peut-être te permettre de rendre plus souvent visite à ta famille. Je ne t'ai jamais vue aussi resplendissante depuis que tu es venue habiter le palais.

– Vraiment ? s'étouffa-t-elle de peur et de joie.

Cette proposition la rendit très heureuse, mais la terrifia aussi. Atticus était du genre à la faire chanter pour obtenir ce qu'il voulait. Durant cette semaine auprès de ses proches, elle avait été effrayée à l'idée que ce soit encore l'un de ces stratagèmes dont il avait le secret. Elle craignait que, à la minute où elle remettrait un pied dans le palais, Atticus ne lui demande quelque chose, quelque chose qu'elle n'avait pas envie de lui accorder.

– Oui, vraiment. Je pense avoir été égoïste. J'étais épouvanté à l'idée que tu puisses me filer entre les doigts, que peut-être un jour tu trouves un moyen de me quitter pour t'échapper de la Nation Vampire, expliqua-t-il en baissant les yeux sur ses mains, l'air affligé. Je sais que ce n'est pas une excuse, mais je ne peux pas me permettre de te perdre. Vraiment pas. Tu ne sais pas combien de temps j'ai vécu sans véritablement vivre. Pendant des millénaires, rien ne m'a intéressé, rien n'avait d'importance… jusqu'à ce que je te rencontre. Et maintenant, j'ai l'impression d'avoir retrouvé une raison d'exister.

– Atticus… murmura-t-elle, tentée de faire un pas vers lui.

Elle voulait lui apporter du réconfort. Même si elle le haïssait, d'une certaine façon il avait été gentil avec elle, s'était montré généreux envers sa famille et elle détestait lui faire subir tant de peine. *Mais n'est-il pas lui-même à l'origine des souffrances infligées à l'humanité depuis plusieurs siècles ? C'est à cause de lui que les humains n'ont aucun droit. C'est à cause de lui que les humains ne peuvent exercer que les professions de domestiques ou de prostitués.*

– Evelyn, je suis désolé. Désolé pour tout. J'ai tellement l'habitude que les femmes se mettent à genoux devant moi que lorsque j'ai appris pour Ethan… Je suis tombé amoureux de toi à l'instant où je t'ai rencontrée, alors quand j'ai appris que tu aimais quelqu'un d'autre et que je ne pouvais pas t'avoir, c'est comme si une grenade avait explosé en moi. Je n'ai jamais aimé quelqu'un comme je t'aime et ça n'arrivera probablement plus jamais. C'est peut-être pour ça qu'il m'est impossible de te laisser partir, de t'accorder cette liberté que tu désires tant, de te laisser prendre tes propres décisions ; parce que je sais que ce n'est jamais moi que tu choisiras.

Elle ne répondit rien car c'était la vérité. Si elle en avait eu l'occasion, elle n'aurait jamais choisi Atticus. Il avait certes fait preuve de gentillesse et de générosité, mais il lui avait aussi laissé voir le monstre tapi en lui. Elle craignait plus que tout son côté sombre.

Pourtant le vampire devant elle semblait innocent et sans danger. Brisé et au désespoir de recevoir le moindre signe d'affection et de réconfort. On aurait dit l'un de ces enfants complètement paumés, disposant de tout l'argent du monde et du pouvoir qui l'accompagne, mais pourtant incapables de trouver comment s'en servir pour être heureux.

– Ce n'est que lorsque je t'ai trouvée aux portes de la mort sous cette douche, la semaine dernière, que j'ai compris à quel point tu étais mal, poursuivit Atticus. J'ai compris que j'avais éteint cette lumière autrefois si belle en toi et je me déteste pour ça. Je t'aime tellement que je suis déterminé à éliminer tout ce qui pourrait te prendre à moi. Je refusais que tu voies ta famille parce que j'avais peur. Peur qu'ils te manipulent et qu'ils te conduisent à me haïr ; mais je n'avais pas compris que je n'ai pas besoin d'eux pour ça, je l'ai déjà fait tout seul.

CHAPITRE 2

Evelyn resta plantée là, stupéfaite. Elle ne savait pas quoi dire. Hansel lui avait dit de faire attention à son comportement avec Atticus. Elle ne devait pas le provoquer, mais ce qu'il venait d'énoncer n'était que la simple vérité.

Allait-elle acquiescer ou lui mentir pour le rendre heureux ? Elle avait l'impression de lui devoir la vérité, mais elle hésita. Ils restèrent tous deux à se dévisager en silence jusqu'à ce qu'Atticus mette fin à ce moment gênant.

– Penses-tu pouvoir un jour me pardonner ce que j'ai fait ? demanda-t-il avec bravoure et le regard brillant d'espoir.

Evelyn ne répondit rien et baissa les yeux. Ce geste suffit à faire comprendre sa réponse à Atticus et son cœur en fut brisé. Il comprit qu'il avait mis fin à toutes ses chances d'un jour être aimé d'Evelyn à cause de son égoïsme et de cette malédiction.

– Je suis désolée, murmura-t-elle après un autre petit silence. J'aimerais pouvoir t'aimer comme toi tu m'aimes, mais je n'en suis pas capable… pas après ce que tu m'as fait. Atticus, tu m'as tant pris. Ma liberté, ma famille, E…

Elle s'arrêta soudain avant de prononcer le nom d'Ethan. La blessure de sa trahison était trop récente et elle ne voulait pas retourner le couteau dans la plaie, alors elle se contenta d'un simple :

– Désolée.

Atticus afficha un sombre sourire avant de traverser la pièce pour se mettre en face d'elle. L'expression de son visage était neutre, mais Evelyn sentit le danger. Alors qu'il était à quelques centimètres d'elle, elle essaya de reculer d'un pas pour mettre un peu de distance entre eux, mais il passa un bras autour de sa taille avant qu'elle ne puisse en faire un deuxième.

– N'aie plus peur de moi, murmura-t-il en lui déposant un baiser sur le front. S'il te plaît, n'aie pas peur de moi.

Le ton de sa voix ressemblait plus à une supplique qu'à un ordre. Puis il reprit :

– Je suppose qu'il t'a parlé des tortures qu'il a endurées lorsqu'il était enfermé dans mes cachots ?

Un frisson parcourut le dos d'Evelyn. Elle avait fait tout son possible pour ne pas y penser et elle ne voulait pas croire Atticus capable de faire une chose pareille à Ethan.

– Oui, il m'en a parlé, admit-elle sans croiser son regard. Je n'aurais jamais cru te dire ça un jour, mais pitié, dis-moi qu'Ethan a menti. Ne réduis pas à néant ma dernière lueur d'espoir, j'ai besoin de croire qu'une rédemption est possible pour toi.

– Tu crois qu'il y a encore de l'espoir pour moi ? se gaussa Atticus, sans prendre la peine de cacher sa surprise.

Dans un geste hésitant, il caressa du pouce la peau si pâle de sa joue, en reprenant :

– Tu es tellement naïve. Tu le sais ? Il faut vraiment l'être pour croire que j'ai encore une chance… Je suis une cause perdue ; je tomberai dans les noires profondeurs de la folie et du Mal, ce n'est qu'une question de temps. Si je ne suis pas encore un monstre, alors j'en serai bientôt un.

Il se pencha pour frotter sa joue contre la sienne et respirer son odeur divine. Il résista à la tentation de serrer ses bras autour du corps de la jeune femme, de l'attirer contre lui, de l'embrasser. Il résista à ses pulsions sexuelles pourtant si fortes. Il ne pouvait plus lui faire de mal, mais il n'était pas dans sa nature de contrôler ses envies et son tempérament. Atticus ne pouvait pas se faire confiance quand il était auprès d'Evelyn. Elle faisait ressortir à la fois le meilleur de sa personnalité et la partie la plus noire de son âme.

Elle lui donnait envie de changer, de devenir plus comme Ethan. Cette idée l'aurait fait mourir de rire, littéralement, quelques années auparavant :

le Roi Atticus voulant ressembler à Ethan Redfern, un simple humain, un enfant à peine digne de lécher ses bottes ?

– Pourquoi as-tu fait une chose pareille ? demanda-t-elle en levant les yeux pour croiser les siens. Pourquoi lui avoir fait subir la torture ? J'étais là, avec toi ! J'étais à ta merci, tu nous as séparés ! Pourquoi as-tu cru nécessaire de lui infliger ça ?

Evelyn était emplie de colère, et avant de pouvoir s'en empêcher, elle repoussa Atticus de ses deux mains sur son torse. Elle recula un peu, les larmes vinrent lui piquer les yeux alors qu'elle essayait de contrôler ses émotions. Même si Ethan ne lui avait pas tout raconté en détail, elle savait que les traitements qui lui avaient été infligés étaient particulièrement atroces. L'homme qu'elle aimait avait traversé l'enfer.

– Me hais-tu encore plus ? demanda Atticus, curieusement calme.

Evelyn hocha la tête, s'attendant à ce qu'il revienne près d'elle, mais il s'abstint.

– Je suis désolé. Désolé pour tout. J'ai peu de contrôle sur mon tempérament et être le vampire le plus puissant que la terre ait jamais porté n'aide pas. On dit que le pouvoir corrompt et je peux confirmer que c'est vrai, admit Atticus.

Evelyn le regarda, émerveillée par la différence de comportement du Roi, depuis la dernière fois qu'elle l'avait vu. Il semblait si timide, si triste, et il avait même l'air fragile. Il lui faisait penser à un petit garçon innocent qui pourrait s'effondrer sous sa main.

Elle aurait pu savourer la scène qui se déroulait sous ses yeux, voir la peine d'Atticus ; elle aurait pu se dire que ce n'était qu'un juste retour des choses, un coup du karma, après toutes les horreurs qu'il lui avait infligées à elle et à sa race entière. Mais non, sa souffrance ne lui procurait aucun plaisir. Et à dire vrai, elle culpabilisait.

– Je voulais faire payer Ethan. Il n'est qu'humain, tu sais, il n'est rien comparé à moi. Il n'est ni riche, ni puissant et ne possède rien qui puisse lui conférer un statut particulier. Ethan Redfern n'a rien de spécial, mais il a quelque chose que moi, le Roi, le souverain qui règne sur presque la totalité de la planète désire, mais ne peut pas avoir, expliqua Atticus en souriant un peu avant de lever les yeux sur l'amour de sa vie. Ton amour et ton affection. Et je le déteste pour ça.

– C'est pour cette raison que tu l'as gardé comme un animal domestique dans tes cachots, pour passer tes humeurs sur lui chaque fois que tu en éprouvais le besoin ?

– Depuis que les Anciens ont détruit mon âme, répondit-il en hochant la tête, je n'ai pas été capable d'éprouver d'amour ou de sympathie pour quelqu'un d'autre que mes plus proches compagnons. Avant de te rencontrer, Hansel, Marcus et Jonah étaient les seules personnes qui comptaient réellement pour moi. C'est pour cette raison que j'étais – et que je suis encore – aussi impitoyable. Je ne peux nier que j'adore être un tel monstre au sang froid. J'apprécie de ne jamais éprouver le moindre remords pour mes actes. À mesure que le temps passait, dans mon esprit, l'amour devenait une légende, une sorte de mythe, jusqu'à ce que je te rencontre lors du bal donné en l'honneur de mon anniversaire. Evelyn, tu ne comprends pas ce que tu représentes pour moi. Chaque fois que je te regarde, c'est comme si je contemplais une brillante lueur d'espoir. Tu fais ressortir ce qu'il y a de meilleur en moi, tu me donnes envie de changer !

– Mais pourquoi ne l'as-tu pas fait ? demanda-t-elle des larmes plein les yeux et sur un ton plus doux qu'elle ne l'avait prévu. Si tu veux changer, devenir une meilleure personne, pourquoi enfermer Ethan dans un cachot pendant tous ces mois ?

C'est alors qu'elle fit quelque chose qui la surprit elle-même, tout autant qu'Atticus : elle avança vers lui de son propre chef. Elle voulait tendre les mains vers cet homme brisé, le prendre dans ses bras et lui apporter du réconfort. *Tout le monde mérite une deuxième chance*, lui disait sa conscience.

– Je crois que nous connaissons tous les deux la réponse à cette question, répondit Atticus en partant d'un éclat de rire sans humour. Je suis incapable de faire le bien.

Il avança alors lentement vers la porte, en continuant :

– J’ai de la paperasse à régler. Pourquoi ne prendrais-tu pas le temps de défaire tes bagages, puis on se retrouve dans deux heures pour le dîner ? Il y a ici une personne venue te rendre visite et je voudrais que tu la voies.

CHAPITRE 3

– Un pique-nique ? Vraiment ? s'étonna Alice.

Lorsque son garde attitré lui avait appris qu'elle pouvait quitter l'abominable chambre dans laquelle Atticus l'avait emprisonnée depuis plusieurs semaines, elle avait cru que Marcus était de retour de son voyage en Australie pour exiger sa mise à mort. Au lieu de ça, elle dut affronter Atticus.

Le Roi vampire s'était allongé sur une couverture en cachemire en prenant toutes ses aises et admirait le ciel étoilé, le regard aussi insondable que son être.

– Je ne vous aurais pas cru du genre à vous en prendre à l'épouse enceinte de votre ami, lui lança Alice sur un ton sarcastique.

Elle jeta un coup d'œil à Atticus, l'air dégoûtée. Elle était incapable de se souvenir d'une époque où elle n'avait pas haï le vampire qui avait ravagé l'humanité tout entière. Le Roi garda le silence et se contenta de boire une gorgée de champagne dans sa flûte.

– Eh bien, l'enfant que tu portes n'est pas franchement celui de Marcus, n'est-ce pas ? Tu as donc de la chance d'être encore en vie, ainsi que la disgrâce que tu portes dans ton ventre. Quand je t'ai demandé de venir tenir compagnie à Evelyn, il n'était pas prévu que tu la pervertisses et que tu prépares ce plan d'évasion avec ton loup-garou.

– Je ne l'ai pas pervertie. Evelyn n'a aucun sentiment pour vous et après le traitement cruel que vous lui avez réservé quand elle a été capturée, d'après ce que j'ai entendu, je doute fortement qu'elle puisse en avoir. Elle ne tombera jamais amoureuse de l'homme qui l'a violée et a réduit sa race en esclavage. Si vous cherchiez une fille obéissante pour vouer un culte au dieu que vous pensez être, alors vous vous êtes trompé de sœur Blackburn. C'est l'autre qu'il fallait choisir.

Atticus ne répondit pas et fixa simplement le garde à ses côtés. Celui-ci n'avait pas besoin de recevoir d'instructions de la part de son Roi pour savoir ce qu'il devait faire. Sans le moindre avertissement, une grande main brutale s'abattit sur la joue d'Alice. Elle aurait pu tomber sous la violence de ce coup, mais le cerbère la rattrapa par le bras avant qu'elle ne puisse s'effondrer et rouler sur les flancs de la petite colline.

– Surveille tes paroles. Tu ne veux pas faire de moi ton ennemi. Crois-moi, ce n'est pas parce que tu es la cousine d'Evelyn que je te laisserai me manquer de respect, lui annonça froidement Atticus.

Son regard brun clair se perdit sur le paysage vert et vallonné qui s'offrait à lui. Les jardins du palais semblaient sans limite. Quelques étoiles luisaient déjà, comme des diamants, alors que le coucher du soleil transformait le ciel bleu foncé en une myriade de tonalités roses, indigo et violettes. La vue était parfaite.

– Pourquoi vous entêter et ne pas la laisser simplement partir ? Si vous essayez de l'impressionner avec de charmants pique-niques, remarqua Alice en désignant la couverture, les bougies encore éteintes et le panier de nourriture, ce n'est pas comme ça que vous réussirez à gagner son affection. Atticus, il est trop tard pour ça. Si elle trouve une opportunité pour s'enfuir, elle le fera, sans la moindre hésitation. Plus tôt vous vous en rendrez compte, plus tôt vous serez libéré du fantasme irréaliste que vous entretenez.

– Et de quel fantasme parles-tu, ma chère ? demanda calmement Atticus, la voix aussi douce et lisse que la soie, un sourire jouant encore sur ses lèvres.

Alice avala la grosse boule dans sa gorge avec difficulté. Si elle avait appris quelque chose des vampires, c'est qu'ils sont encore plus dangereux quand ils ne disent rien. Mais elle n'était pas prête à reculer devant ce petit con plein de morgue et d'arrogance. C'était peut-être dû aux hormones de grossesse, mais elle mourait d'envie de le gifler pour faire disparaître ce sourire suffisant qui ornait ses lèvres.

– Vous fantasmez qu'un jour, d'une manière ou d'une autre, Evelyn vous aime, alors que nous savons tous les deux que son cœur bat pour Ethan. Vous n'aurez jamais plus d'importance pour elle que celle du tyran qui la garde près de lui comme un animal domestique, continua-t-elle en faisant un pas de plus vers lui. Laissez-la partir, je vous en supplie. Si vous souhaitez que quelqu'un endosse le rôle de princesse, d'amour de votre vie, de votre reine, ou quoi que ce soit d'autre, prenez Nora. Des deux sœurs, c'est elle qui donnera corps à vos rêves ; pas Evelyn.

– On dirait que tout le monde croit que je joue à une sorte de jeu avec Evelyn, répondit Atticus, en laissant échapper un rire sans humour. N'est-il pas possible pour vous de croire que je l'aime sincèrement et que je ne suis peut-être pas le monstre qu'Ethan, Evelyn, toi et ta famille voient en moi ? Je ne peux simplement pas aimer quelqu'un d'autre, expliqua-t-il en se levant. Et pourquoi ne pas dire la même chose à Evelyn, finalement. Si elle renonçait simplement à Ethan et me donnait son cœur, alors je pourrais également assouvir tous ses désirs. Y as-tu seulement pensé ?

– Rendez-lui sa liberté, rétorqua simplement Alice.

Debout, elle ressemblait à une nymphe, face au grand, beau et ténébreux Atticus. Il posa doucement sa main sur le crâne d'Alice, ce qui la fit presque grimacer lorsqu'il répondit :

– Impossible. Je ne peux pas m'y résoudre, pas plus que Marcus ne peut te rendre ta liberté. Il t'aime et il aura le cœur brisé quand il découvrira ce que tu as fait, ajouta-t-il en désignant son ventre.

– Vous voulez dire que vous ne lui avez encore rien révélé ?

– Non. Pourtant je le devrais. En tant qu'ami, je devrais le tenir au courant. Je devrais même m'en occuper personnellement et t'arracher cet abominable mutant des entrailles. Je devrais te tuer pour avoir trahi ton mari et ton seigneur par la même occasion, mais je ne le ferai pas.

– À cause d'Evelyn ? demanda Alice en regardant son Roi en face.

Elle n'avait pas la moindre idée de ce qu'il se passait dans sa tête.

– Non, pas tout à fait, répondit Atticus honnêtement. Bien sûr, je fais preuve de mansuétude en vous laissant vivre, toi et ton enfant – pour le moment –, mais ce n'est pas la seule raison.

Son visage reprit cet air peiné, mais Alice ne savait pas s'il jouait un rôle ou s'il était sincère. Les vampires étaient bons comédiens, elle le savait. Elle les avait vus duper l'espèce humaine toute sa vie. Ils prétendaient être supérieurs et incarner des dieux, alors qu'en vérité, eux aussi, jadis, étaient humains. La seule différence entre les humains et les vampires résidait dans le sang qui coulait dans leurs veines et quelques pouvoirs surnaturels.

Les vampires n'avaient pas grand-chose pour justifier leur domination.

Comme les loups-garous et les sorcières, ils étaient le produit de quelques mutations génétiques. Qu'elles soient naturelles ou magiques, peu importait. À la seule différence près que les loups-garous et les sorcières naissaient tels quels et ne pouvaient transformer un humain en l'un d'eux – pas à la connaissance d'Alice, du moins.

– Quelle est l'autre raison ? demanda Alice après une petite pause.

Puis elle ajouta dans sa tête en serrant les poings : *Et si tu me dis que tu fais ça par bonté d'âme, je jure de planter un pieu dans ton cœur dans les deux secondes.*

– Parce que je connais Marcus, répondit Atticus sur un ton plus calme. Il ne voudrait pas que je te supprime, même si tu l'as trahi. Ton homme est bon et généreux, Alice. Je sais que ton petit ami loup-garou t'a certainement raconté des histoires abominables sur notre race, mais tu dois savoir que les vampires comme Marcus sont véritablement rares. Tu n'en trouveras pas d'autre comme lui. Même après plusieurs siècles d'existence, il respecte toujours la loi et s'accroche à son humanité comme personne d'autre. Ne le trahis plus, s'il te plaît.

– Vous parlez comme si Marcus pourrait encore vouloir de moi après avoir découvert que je porte l'enfant d'un autre.

Alice posa ses mains sur son ventre enflé. Il lui était maintenant impossible de cacher sa grossesse.

– Tu sous-estimes l'amour qu'il te porte. Il t'aimera toujours, quoi que tu fasses. Son amour pour toi est inconditionnel, il ne changera pas.

– S'il m'aime tant, alors pourquoi ne me rend-il pas ma liberté ? demanda Alice en riant doucement. S'il m'aimait vraiment, alors il voudrait mon bonheur ! Il me laisserait vivre avec Aaran, l'homme que j'aime.

Elle ne se rendit compte qu'elle pleurait que lorsqu'elle sentit une goutte d'eau salée rouler le long de sa joue et se poser sur ses lèvres. Alice Blackburn eut un petit cri en voyant le visage d'Atticus apparaître devant le sien. La rapidité et la brusquerie de ses mouvements la choquèrent et, sans réfléchir, elle chercha à faire un pas en arrière. Son mouvement fut interrompu d'une main ferme.

– Tu es exactement comme Evelyn. Vous êtes toutes les deux têtues comme des mules et ne semblez pas vous soucier que je sois l'homme le plus puissant qui ait jamais foulé le sol de cette planète, persiffla Atticus. Si je tolère que la femme que j'aime s'adresse à moi sur ce ton, toi tu ne représentes rien à mes yeux. Tu n'es que la jolie petite pute dont mon ami est tombé amoureux par erreur. Si tu n'étais pas la cousine d'Evelyn et qu'elle ne t'aimait pas autant, ton bébé ne serait certainement plus en vie à l'heure qu'il est.

Il posa sa main puissante sur son abdomen. Son geste n'était pas brutal, mais dénué de douceur. C'était un avertissement. Il lui faisait savoir ainsi qu'il pouvait lui prendre la vie innocente qui grandissait en elle quand il le souhaitait, tout comme il pouvait lui prendre sa vie à elle, ou celle d'Evelyn.

– Si vous faites du mal à mon enfant, je vous jure que je ferai de votre vie un enfer sur terre, lui dit Alice d'un ton menaçant.

Elle serra ses mains autour des poignets d'Atticus avant de le repousser. Elle pensait ce qu'elle disait, mais il n'avait aucune raison ni aucune envie de céder à son chantage. À ses yeux, Alice n'était qu'une simple humaine. Jamais ses menaces ne pourraient l'affecter. Il éclata de rire et le son dégoûta Alice au point de lui en donner la nausée.

Il la rendait malade.

– Un faible petit agneau qui menace le lion qui pourrait l'écraser d'un simple coup de patte, rit-il. Evelyn et toi êtes vraiment du même sang. Vous êtes toutes les deux courageuses, mais incroyablement stupides.

– Pourquoi m'avez-vous fait venir ici ? soupira Alice. Je sais que vous n'avez pas demandé à vos laquais de venir me chercher simplement pour vous moquer de moi et m'entendre vous dire des bêtises. Que voulez-vous ?

– Ai-je toujours besoin d'un motif pour justifier mes actes ? Ne puis-je pas simplement t'avoir laissée sortir pour prendre l'air et discuter ?

– Non, cracha Alice, le visage menaçant.

Après avoir vu Jonah lui arracher Aaran des bras pour l'envoyer à la torture, elle ne craignait plus rien. Aaran et elle n'auraient plus jamais la moindre opportunité de s'échapper ensemble. La seule chose qui comptait maintenant pour elle était son enfant, même si elle n'était pas sûre de vouloir faire naître une âme innocente dans un monde pareil. Que ce bébé soit une fille ou un garçon, il aurait à endurer une vie entière de souffrance, elle en était certaine.

Le rire d'Atticus s'étiola lentement. Il revint se placer devant elle, quelques centimètres à peine les séparaient.

– Tu as raison, je veux que tu fasses quelque chose pour moi.

– Non, répondit-elle simplement. Quoi que vous vouliez, je ne le ferai pas. Je refuse de vous aider, de raconter des mensonges à Evelyn pour tenter d'amenuiser la haine qu'elle vous porte ; non pas que je puisse dire quoi que ce soit pour y parvenir, de toute façon.

– Qui a dit que ça concernait Evelyn ?

– Personne, mais c'est le cas, non ?

– Tu n'es pas aussi stupide que je le pensais, avoua Atticus en souriant à moitié.

– Je ne le ferai pas.

– Qui a dit que tu avais le choix ? demanda-t-il en murmurant d'un ton sinistre.

En voyant son sourire arrogant, Alice avait encore plus envie de le tuer.

– Vous pouvez me torturer autant que vous le voulez, je refuse toujours de vous aider. Vous pouvez aussi tenter de m'y forcer, mais l'enfant que je porte est un loup-garou. Je suis immunisée contre vos charmes. Et je sais que vous ne pouvez pas lui faire de mal, car si vous le faites, Evelyn vous haïra encore plus.

Atticus baissa les yeux sur son gros ventre : cette femme était courageuse, trop courageuse.

– En fait, je m'apprêtais à te proposer un marché.

– Je ne veux rien de vous.

– Pas même la liberté de ton enfant et son bien-être ?

Atticus parla d'une voix douce, sur un ton charmeur et charismatique. Il attira l'attention d'Alice comme un aimant en reprenant :

– Je permettrai à ton enfant et à ton amant de vivre, tant que tu coopéreras. Si tu fais exactement ce que je te dis, j'autoriserai ton chien à prendre ton enfant et à partir pour lui procurer une vie paisible.

– Vous laisseriez Aaran prendre le bébé et l'emmener en Australie ? demanda Alice les yeux écarquillés de surprise et de joie.

– Je t'autoriserai aussi à voir cet enfant une fois par an, compléta Atticus en hochant la tête. Pas physiquement, bien sûr, mais j'ai le pouvoir de te laisser l'admirer dans un miroir. Qu'en penses-tu ?

– Oui, j'accepte, répondit immédiatement Alice, le regard brillant de larmes de joie. Oui, oui, oui.

Je ferai tout ce que vous voudrez si vous permettez à mon enfant de vivre une belle vie.

– Parfait, sourit Atticus. Tout d'abord, tu devras me rapporter le moindre mouvement d'Evelyn et me répéter tous ses petits secrets. Suis chacune de mes instructions et je te promets que ton enfant sera sain et sauf.

CHAPITRE 4

Il l'observa marcher, un pas après l'autre.

Le teint pâle. Les yeux d'un bleu vif. Les cheveux d'une couleur plus sombre que son âme à lui. Le soleil détrempait le ciel en l'imprégnant d'un rouge profond alors qu'il se couchait à l'horizon. La lune, déjà levée, caressait la terre de ses pâles rayons, mais ce n'était rien en comparaison de la lumière dégagée par la jeune femme. À l'instant où elle entra dans son champ de vision, le monde d'Atticus s'illumina. À ses yeux, elle luisait plus encore que le soleil, la lune et toutes les étoiles réunies.

Pendant une semaine entière, il avait vécu sans sa lumière, avançant d'un pas mal assuré dans les Ténèbres, aveuglé après avoir baigné dans cet univers brillant soudain disparu. Sa robe, d'un rouge sang provocant, tombait sur ses chevilles. Soulevée par le vent, elle dansait dans la brise. Rien de luxueux ou de trop moulant, une robe simple. Elle ne révélait pas autant de chair qu'il aurait aimé en voir, pourtant il n'avait jamais rien vu de plus beau.

Cette semaine loin de lui, loin du palais royal, avait fait du bien à Evelyn. Atticus remarqua ses pommettes rosies et son teint frais remarquablement plus lumineux. Il sentit ses canines s'allonger lorsqu'il la vit atteindre le fond du vallon de la colline qu'il surplombait. Son délicieux parfum se diffusait dans l'air, et pour lui, c'était l'odeur la plus sublime et la plus hypnotisante qui soit. Il s'en trouvait capturé, comme une abeille par le miel. Il lui appartenait, pieds et poings liés.

Pendant des millénaires, il avait traversé l'existence sans la moindre faiblesse. Sans avoir personne à qui répondre, sans personne à aimer… Mais depuis la nuit de son anniversaire, lorsqu'elle était entrée pour la première fois dans sa vie, tout avait changé. Elle était devenue l'objet de tous ses désirs et son monde s'en était retrouvé profondément transformé, à jamais.

Quand elle n'était pas là, les couleurs s'affadissaient et ses sens n'avaient plus la même acuité. Sans elle, la vie semblait vide et sans joie et il craignait déjà le jour où il la perdrait. En effet, même s'il essayait de se convaincre du contraire, il savait qu'un jour elle lui échapperait. Elle ne lui appartiendrait pas pour l'éternité. Le bonheur n'était pas une réalité pour lui.

Il était impossible qu'un ange comme elle puisse aimer un monstre comme lui. C'était un doux rêve qui ne se réaliserait jamais et il faudrait qu'un jour il la laisse partir, qu'il rende ses ailes à son ange et la regarde s'envoler. *Un jour*, se dit Atticus. *Un jour. Il n'est pas nécessaire que ce soit demain, ni la semaine prochaine, ni le mois prochain, ni l'an prochain... Juste un jour. Un jour lointain.*

La voyant approcher, il lui dit :

– Tu es magnifique.

Le garde qui l'escortait et celui qui accompagnait Atticus s'écartèrent doucement. Ils restèrent à bonne distance, pour répondre éventuellement à la moindre sollicitation de leur seigneur et maître.

– Tout comme toi, répondit-elle d'une voix douce.

Ce n'était pas un mensonge. Atticus avait fière allure dans son costume noir près du corps et sa chemise de soie de la même couleur. Il était abominablement élégant. Ce vampire était peut-être un tyran et un monstre de cruauté, mais Evelyn ne pouvait pas nier qu'il était très beau. Désignant la couverture posée sur l'herbe verte et le panier de nourriture commandé aux chefs dans les cuisines du palais, il proposa :

– Je nous ai fait préparer un pique-nique. Souhaites-tu te joindre à moi ?

– Ai-je le choix ?

– Non.

Cette réponse la fit sourire. Il posa sa main dans son dos et l'escorta vers la couverture avant de lui donner l'ordre de s'asseoir. Elle lui obéit sans poser de question. Depuis qu'elle était revenue de son voyage, son comportement était plus docile. Elle se pliait à ses désirs et le laissait la dominer, comme le Roi qu'il était.

Il s'en trouvait à la fois enthousiasmé et effrayé. D'un certain côté, il espérait qu'elle ait enfin pris conscience de la réalité, qu'elle ait compris qu'il était simplement logique de l'aimer et de l'accepter. Et d'un autre, il sentait qu'elle agissait seulement par calcul pour obtenir quelque chose. Il avait l'horrible sensation qu'elle se comportait comme un enfant qui avait fait une bêtise. Elle voulait s'assurer d'être dans ses petits papiers quand il découvrirait laquelle.

– Veux-tu boire quelque chose ? proposa-t-il. Du vin, du champagne, du whisky… ?

Il arqua un sourcil pour prendre des airs de conspirateur, ce qui la fit rire avant de répondre :

– Non, merci. Je voudrais un verre de jus d'orange pour accompagner mon repas, s'il te plaît.

– Très bien.

Il jeta un coup d'œil vers l'un des gardes, qui se précipita pour aller chercher la boisson demandée par Evelyn.

– Alors, entonna-t-elle, qui est ce visiteur dont tu m'as parlé ?

Sa voix était aussi douce que la soie, mais elle était teintée d'un soupçon de peur. Il écouta son rythme cardiaque et s'aperçut que celui-ci s'était accéléré dès que sa question avait quitté ses lèvres.

Elle avait peur de lui et il ne savait pas si c'était une bonne ou une mauvaise chose. Cette peur était un rempart érigé entre eux, elle l'empêchait d'éprouver de véritables sentiments positifs pour lui. Il aurait aimé que rien ne les sépare, que sa relation avec Evelyn s'épanouisse comme entre deux véritables amants. Il aurait aimé qu'elle devienne sa Reine, son amante, sa femme, son égale, mais comme tout ce qu'il avait prévu pour eux, il avait compris que c'était impossible.

Plantant son regard dans le sien, il l'observa avec attention pour déceler la moindre de ses émotions lorsqu'il lui demanda :

– Qui aimerais-tu recevoir comme visiteur ?

Il n'arrivait pas à lire ses pensées, mais il était sur terre depuis assez longtemps pour savoir décrypter ses expressions corporelles et les mimiques sur son visage. Elle se raidit légèrement et ses pupilles se dilatèrent. Elle était effrayée, son cœur battait à toute vitesse. Atticus remarqua que sa respiration s'était bloquée une fraction de seconde avant qu'elle ne réponde :

– Beaucoup de monde… Tu sais bien qui j'aimerais le plus retrouver, et ce n'est pas quelqu'un que tu aimerais recevoir.

Le garde était de retour avec son verre de jus d'orange et un autre de sang O+ pour Atticus, mais il avait été dilué pour avoir l'aspect du vin ; il ne souhaitait pas lui faire peur. Le Roi lui prit les verres des mains et tendit à Evelyn celui qui était rempli de liquide orange. D'une voix calme et maîtrisée, il lui demanda :

– Parlerais-tu d'Ethan, par hasard ?

Pas un mot. Atticus sourit légèrement.

– Il est en vie, si c'est ce que tu essayes de savoir. Je ne l'ai pas encore tué, répondit-il en buvant une gorgée de sang, encore chaud, fraîchement tiré du poignet de l'un de ses domestiques. Il est en sécurité, il est vivant et je te promets qu'il ne subit pas de torture. Je le garde dans une prison, juste à la périphérie de la cité royale, avec Aaran.

– Alors tu as aussi capturé Alice et Aaran ? demanda Evelyn en ignorant la référence à son amant.

– Oui, ils sont tombés dans mes filets deux heures après s'être échappés. Alice a de la chance. Marcus est un homme bon et doux. Il n'est pas comme moi. Les agressions et la jalousie, ce n'est pas son truc… Mais ce bébé ? Je ne sais pas ce qu'il penserait s'il savait que sa femme porte l'enfant d'un autre. Marcus fait peut-être preuve de compassion, bien au-delà de la norme pour un vampire, mais il a tout de même une certaine dignité à défendre.

– Co… comment as-tu… ? balbutia-t-elle avec difficulté dès qu'elle entendit le mot « bébé » quitter sa bouche.

– Evelyn, je suis le plus vieux vampire existant sur cette planète, mes pouvoirs sont bien plus évolués que ceux des autres vampires. Ils défient même tout sens de l'imagination. Le bébé d'Alice a depuis un moment développé un cœur dont le rythme est régulier. Je l'ai entendu à la seconde où elle a franchi les portes du palais.

– Alors pourquoi n'as-tu rien dit ? Si tu savais qu'Alice avait trompé Marcus, pourquoi ne pas l'en avoir informé ? demanda-t-elle en le regardant dans les yeux.

– Pourquoi, d'après toi ?

À l'instant où le regard de la jeune femme croisa le sien, il sentit soudain un afflux de joie paisible. Tous ses démons semblaient ne plus exister et les Ténèbres contre lesquelles il se battait tous les jours depuis qu'il était devenu vampire disparaissaient. Il se détendit.

Pourquoi n'ai-je pas tué Ethan à l'instant où je l'ai vu t'embrasser sous ce cerisier ? Pourquoi l'ai-je laissé vivre alors qu'il venait de me prendre ce que j'ai de plus précieux ? Pourquoi ai-je laissé Hansel t'approcher alors que je sais qu'il te désire ? Pourquoi ne pas te punir chaque fois que tu me désobéis ? Pourquoi ne suis-je pas en train d'arracher tes vêtements pour te prendre de force ici et maintenant ? Pourquoi dois-je me torturer en ne me permettant pas de me nourrir de ton sang ni de céder à tous mes désirs charnels ? Pourquoi ne pas te punir alors que je détecte l'odeur d'Ethan sur toi ? Pourquoi ne pas punir Hansel pour ce qu'il a fait dans mon dos… ?

Evelyn répondit après un long silence :

– J'ai dans l'idée que c'est peut-être parce que tu m'aimes ou que tu ne veux pas que je te haïsse un peu plus. Peut-être est-ce aussi parce que tu veux faire passer mon bonheur en premier ?

– « Peut-être » parce que je t'aime ? s'étonna Atticus en riant sombrement. Si tu doutes encore de mon affection après tout ce temps, tu me déçois. Je pensais que tu aurais compris que les sentiments que j'éprouve sont bel et bien réels.

– Tu es déroutant, admit-elle. Parfois, je crois ce que tu me dis, mais parfois le mot « mensonge » me hurle dans les oreilles après chacun de tes mots.

– Idiote, lança encore Atticus en prenant une gorgée de sang.

Il arracha son regard au sien, incapable de supporter le désir qui lui brûlait les sens. Il avait affreusement envie d'elle, mais il ne pouvait la toucher tant qu'elle ne serait pas remise de ce qu'il lui avait fait dans le motel.

– Je t'aime. C'est tout. Pas de peut-être. Et je jure que la prochaine fois que tu douteras de mes sentiments pour toi, je ne serai pas responsable de mes actes. J'ai fait énormément de choses par amour pour toi, parce que je veux que tu me retournes mes sentiments et parce que je veux te rendre heureuse. Ne pas parler à Marcus de l'infidélité de sa femme est l'une d'elles.

– Tu n'as rien dit à Marcus ? s'étonna-t-elle le souffle court, en s'asseyant sur la couverture. Pourquoi ? Marcus n'est-il pas l'un de tes conseillers les plus fidèles, l'un de tes plus proches amis ?

J'aurais cru que tu lui en aurais parlé à l'instant où tu as découvert la grossesse d'Alice !

Atticus la regarda l'air complètement ébahi. Laissant échapper un éclat de rire profond, il se demanda s'il n'était pas tombé amoureux d'une véritable idiote.

– Si innocente et naïve… Pourquoi irais-je me salir les mains en parlant de ça à Marcus ? Si je m'immisce dans ce conflit, Marcus fera trancher la gorge d'Aaran et peut-être celle d'Alice. Sans oublier que tu tenterais probablement de me tuer à mains nues s'il arrivait quoi que ce soit à ta cousine ou à son bébé à cause de moi.

À sa grande surprise, elle éclata de rire avec lui.

– Tu penses que je peux te tuer à mains nues ? demanda-t-elle en serrant ses petits poings avant de les lever devant le visage d'Atticus en souriant.

C'est sans doute la première fois qu'il la vit sourire d'aussi bonne grâce à cause de lui. *Fais une croix dans ton agenda, Atticus*. Il dut résister à la tentation de l'embrasser.

– Tu n'as pas besoin de tes mains, répondit-il sans la quitter du regard. Il suffit que tu souries et je subirais mille morts pour toi.

Ce n'était que pure vérité, ces mots sortaient tout droit du cœur du prince des Ténèbres lui-même, mais ils ne firent aucun bien à Evelyn, qui se raidit. L'atmosphère passa de joyeuse à pesante. Après un bref moment, Evelyn murmura :

– Je suis sensible à ce geste. Merci d'avoir gardé le secret de la grossesse d'Alice.

– Pourquoi penses-tu que j'aie envoyé Marcus en Australie ? Je l'ai fait pour toi. Alice fait partie de ta famille et je connais son importance à tes yeux. Chaque fois qu'on lui inflige la moindre souffrance, tu partages son fardeau. Je me suis promis de faire tout mon possible pour te rendre heureuse et je ne suis pas près de briser cette promesse, pas pour Marcus. Pour personne d'autre que moi.

– Alors je devine que cet invité mystère est Alice ?

Atticus hocha la tête avant de jeter un coup d'œil aux gardes. Il leur sourit rapidement et l'un d'eux partit précipitamment.

– Merci, murmura-t-elle. Merci pour tout.

– Dis-toi qu'Alice et son bébé sont encore en vie car je voulais compenser tout ce que je t'ai pris. Je ferai en sorte de maintenir Marcus en Australie et loin de la cité royale aussi longtemps que nécessaire pour qu'Alice donne naissance à son enfant en paix. Je peux le tenir à distance assez longtemps pour qu'elle accouche en toute sécurité.

– Atticus… Je ne sais pas quoi dire.

Les larmes aux yeux, Evelyn lui était reconnaissante. Comme il l'avait dit, Marcus était un homme bon, mais il pouvait être tout de même victime de son orgueil démesuré de mâle dominant. Elle ne pouvait pas imaginer ce qui arriverait à Alice si son mari découvrait qu'elle portait l'enfant d'un autre.

– Tu n'as rien à dire, répondit-il en se levant, le verre à la main. Ton bonheur vaut mille mercis.

Il lui fit un bref sourire avant de s'éloigner, mais elle l'interpella :

– Atticus ! Où vas-tu ?

– Je retourne dans mon bureau, j'ai encore de la paperasse à régler. En plus, je suis sûr qu'Alice et toi avez beaucoup de choses à vous dire. Tu mérites un peu d'intimité et quelques gouverneurs en Asie nécessitent qu'on soutienne leurs investissements en capitaux.

– Mais tu as dit qu'on dînerait ensemble… ? commença-t-elle en désignant le panier de nourriture intact. Tu n'as rien mangé.

– Si tu veux dîner en ma compagnie, répondit Atticus en riant, alors je serai tout à toi quand tu voudras. Mais pour le moment, je suis certain que tu préfères parler à Alice.

CHAPITRE 5

Les cachots du palais royal étaient sombres, chaotiques et glacés. Un peu comme l'âme d'Atticus. Ils avaient été creusés à plus d'une centaine de mètres sous terre. Construits sous forme de labyrinthe dont les couloirs tournaient et se perdaient comme un serpent enroulé sur lui-même, leur taille était difficilement mesurable.

Tous les deux cents mètres environ, une petite lampe faiblarde était accrochée aux hauts plafonds. Malgré leur vision surnaturelle, même les vampires avaient du mal à s'y repérer. Ils ne pouvaient même pas voir leurs propres mains s'ils les levaient devant leur visage. Tout était noir : les murs, les sols, les plafonds et les cellules.

Ces cachots, lourdement gardés, regorgeaient de pièges et d'alarmes. À moins d'en posséder les plans ou de les connaître par cœur, il était quasi impossible de s'en échapper. Et personne ne l'avait fait… jusqu'à Ethan Redfern. Le Roi ne savait pas ce qui le mettait le plus en colère : le fait que ce gamin soit le seul à posséder la seule chose qu'il n'aurait jamais, le cœur d'Evelyn, ou qu'un simple humain ait réussi à sortir vivant de ce qu'il considérait comme l'une de ses plus belles créations.

Atticus déambulait avec aisance entre ces murs, se sentant comme chez lui.

À la seconde où la douce mélopée des gémissements, cris, hurlements et du claquement du fouet contre la chair atteignit ses oreilles, il se mit à sourire. Impossible de s'en empêcher. Aucun son n'était aussi doux, excepté celui de la voix de sa bien-aimée. Il aimait sa prison. S'il devait faire une liste des choses qui comptaient vraiment pour lui, cet endroit serait tout en haut, juste après Evelyn et son empire. Il en avait des démangeaisons dans la main, tant la sensation du cuir brut et épais contre sa paume et le sifflement de la lanière dans l'air lui manquaient.

Il voulait se venger, faire mal à celui qui l'avait trahi, infliger mille tourments au chaton qui s'était transformé en tigre sous ses yeux, ce judas qui s'était allié par deux fois à Venise, avait conspiré contre lui, avait eu des pensées impures pour son Evelyn. Atticus s'arrêta devant la cellule qu'il connaissait bien. La plus grande et la plus fastueuse de toutes, celle qui était remplie des jouets les plus monstrueux qu'il avait inventés. Bon nombre d'entre eux avaient même été fabriqués de sa main. C'était d'ailleurs dans ce cachot qu'il avait emprisonné Ethan Redfern avant qu'il ne s'échappe.

Le Roi ignorait encore comment cet humain avait fait pour échapper à ses gardes, mais il ne doutait pas un instant que Venise lui avait donné un coup de main.

Il déverrouilla doucement la porte et s'infiltra dans la pièce, centimètre par centimètre. Tous les sons résonnaient entre les murs. Atticus perçut la calme respiration qui habitait le cachot.

Il avait passé certaines des meilleures nuits de sa vie ici, à torturer le petit Redfern, au point de l'en faire mourir, simplement pour le plaisir de le rappeler parmi les vivants à la dernière seconde. La simple évocation des cris et de la souffrance d'Ethan faisait naître une certaine joie dans le cœur démoniaque du Roi. Parfois, il regrettait de ne pas l'avoir emprisonné à nouveau entre ces murs, mais il ne pouvait pas prendre le risque qu'Evelyn découvre que son amant était encore là, à portée de main. Il ne lui avait pas menti quand il lui avait dit qu'Ethan était enfermé dans une prison à l'extérieur. Il ne lui avait pas menti quand il lui avait dit qu'Ethan ne subissait plus les mêmes tortures que lors de son séjour dans le palais.

Mais maintenant qu'il avait senti l'odeur du gamin sur Evelyn, il se demandait combien de temps il allait le laisser indemne. Il avait follement envie de le faire transférer ici avant le lever du soleil, mais il ne le ferait pas. Il ne voulait pas que cet humain soit à proximité de sa chère et tendre, plus jamais. Qui plus est, s'il avait envie de prendre son pied en l'écoutant hurler de douleur, il lui suffisait de faire l'aller-retour dans l'autre prison et de laisser s'exprimer sa colère.

En revanche, le prisonnier qui occupait désormais cette cellule ne saurait se contenter d'une simple prison conçue pour les humains.

– Je me demandais quand tu viendrais me rendre visite, murmura une voix familière.

Sans sa chemise, Hansel était pendu au plafond par d'épaisses chaînes de métal. Ses doigts de pied touchaient à peine la mare de son propre sang qui s'accumulait sur le sol noir.

– Je suis surpris que tu laisses des domestiques me battre à ta place, continua Hansel en riant. Je croyais que tu aurais préféré qu'…

Sa phrase fut interrompue par Atticus qui traversa la pièce à toute vitesse pour récupérer une badine au manche d'argent posée sur une table en pierre à côté de nombreux autres instruments de torture.

– Voilà, c'est ce que je me disais, gémit Hansel lorsque son créateur lui infligea un coup cinglant.

Il sentit la fine lanière ouvrir ses chairs comme un couteau dans le beurre et la colère de son maître vibrer.

– Espèce de traître, rugit le Roi. Tu m'as pris pour un idiot ?

Il reprit son assaut, mais cette fois-ci en y mettant plus de vigueur. La lanière laissa une marque profonde dans la peau parfaite d'Hansel. Le sang jaillit de son dos, mais il ne poussa aucun cri.

Il supporta stoïquement la punition de son seigneur et maître.

– Traître ! hurla encore Atticus, le regard sombre et assoiffé de sang.

Il se sentait couler lui-même de plus en plus profondément dans les abysses des Ténèbres, comme lorsqu'il avait senti l'odeur d'Ethan sur la peau d'Evelyn.

– Tu pensais pouvoir gagner son cœur en lui donnant ce qu'elle voulait ? Tu as laissé cet humain se taper ma femme. Evelyn est à moi ! (Encore un coup) Je ne laisserai personne me la prendre. Elle m'appartient ! Elle est à moi. C'est ma femme !

Atticus laissa tomber le fouet avec un sourire sinistre aux lèvres et admira le chef-d'œuvre qu'il avait créé dans le dos d'Hansel. Chaque couche de peau avait été déchirée sur la précédente, il ne restait plus qu'un amas de chairs sanguinolentes. L'odeur excitante des blessures embaumait l'air ambiant. Le Roi fit le tour de la pièce pour se mettre devant son ancien protégé. Son poing s'abattit sur sa mâchoire et un craquement sinistre résonna entre les murs de la cellule.

– Je sais que tu as des pensées impures quand tu songes à elle. Tu la veux, hein ? Tu veux l'allonger sur ton lit pour lui faire doucement l'amour, tout en sensualité ? demanda Atticus en le frappant encore. Tu fantasmes sur elle ? Tu rêves de la baiser à n'en plus finir jusqu'au bout de la nuit ? De la faire tienne ? De l'entendre crier ton nom de plaisir… ?

– Non, mon Seigneur, murmura faiblement Hansel, dont le dos cicatrisait déjà lentement.

– Ne mens pas, répliqua Atticus en riant. Je sais ce qu'il y a dans ta tête. Je fantasme sur cette fille depuis le jour où je l'ai croisée, rien d'autre ne domine mes pensées. Je n'ai jamais voulu personne d'autre avec autant de force et je me tape que tu penses pareil. Putain, tu peux même te branler en pensant à elle. Mais souviens-toi qu'elle est à moi. Si tu as seulement l'idée de donner corps à tes fantasmes, je te promets que ce sera la dernière chose que tu feras. Ethan est peut-être le grand amour d'Evelyn et je ne peux pas le tuer sans lui faire mal, mais toi, je peux te faire disparaître en claquant des doigts si j'en ai envie, putain.

– Atticus, protesta Hansel. Je ne peux pas nier les… sentiments que j'éprouve pour Evelyn, mais crois-moi quand je te dis que je ne te trahirai jamais ni n'essaierai de la faire mienne. Tu es mon créateur, mon Roi, mon seigneur. Je te dois tout ce que j'ai et que je sois damné si jamais je ne te suis pas fidèle.

– Mais tu m'as déjà trahi, quand tu as permis à cet humain de prendre ce qui m'appartient, dit le Roi en riant d'un air sombre. Ethan a couché avec elle, non ? Venise et toi avez réussi d'une manière ou d'une autre à le faire sortir de prison et vous avez laissé les deux amants consommer leur passion. Tu pensais que je ne remarquerais pas que mon prisonnier préféré n'était plus dans sa cellule ?

Hansel s'abstint de tout commentaire et Atticus reprit :

– Tu as toujours été mon préféré, tu sais. De tous les peuples, de toutes mes créations, tu étais celle que je préférais ! Je me souviens du jour où je t'ai vu pour la première fois, quand tu n'étais qu'un petit garçon couvert de crasse, dans les rues de Londres, à mendier. Une âme perdue condamnée à crever. Je me souviens quand tu as levé tes yeux verts sur moi et m'as supplié de te nourrir. J'ai ressenti une chose à laquelle je ne suis pas habitué, de l'empathie, expliqua Atticus en levant les yeux au ciel. Combien ai-je été stupide de te recueillir et de t'élever comme un fils, pour que tu finisses par me trahir et comploter pour me voler la femme que j'aime !

– Atticus, je ne te prendrai jamais Evelyn ! s'écria Hansel. Tu es mon maître et peu importe la force de mes sentiments pour elle, je ne te trahirai jamais. Elle t'appartient.

Le poing d'Atticus tomba une fois encore sur la joue d'Hansel.

– Encore des mensonges.

– Je te dis la vérité, tu es mon Roi.

– Alors pourquoi as-tu permis à Ethan de coucher avec elle ? Et ne me dis pas le contraire, parce que je connais la vérité. Je sais aussi que tu as fait tout ton possible pour les aider à s'échapper. Tu leur as donné une voiture, non ? De la nourriture, des vêtements et de l'argent, énuméra-t-il alors que ses mains se serraient autour de son cou. Dis-moi alors, si tu n'essayais pas de lui faire croire que tu es une sorte de saint pour qu'elle se sente redevable envers toi, pourquoi as-tu fait une chose pareille ? Si tu me dois tant, pourquoi as-tu aidé ma promise à s'échapper ?

Hansel poussa un lourd soupir et son regard vert vint se planter dans les yeux noisette d'Atticus.

– Ton amour pour elle est trop puissant. Il t'aveugle. À chaque jour qui passe, tu te laisses sombrer un peu plus dans les Ténèbres et elle est la seule à pouvoir te ramener de cet abîme de haine et de souffrance. Elle est ta lumière, c'est elle qui t'ancre à l'humanité. Tu ne peux pas la perdre.

– Alors pourquoi l'as-tu aidée à me quitter ? hurla Atticus en serrant les mains autour du cou de son protégé avec la ferme intention de le lui rompre.

– Parce que c'est la seule solution pour qu'elle puisse t'aimer ! répondit Hansel, d'une voix de plus en plus faible. Elle n'est qu'humaine, elle ne vivra pas pour l'éternité comme toi et moi. Elle ne vit que pour sa famille et Ethan. Sans eux, elle trouvera un moyen de mettre fin à ses jours, tôt ou tard...

– Qu'essaies-tu de dire ? demanda Atticus en laissant ses mains tomber avant de reculer.

– Elle aime Ethan, ou du moins, elle en est persuadée. Poür qu'elle puisse accepter ta présence à ses côtés et ton amour pour elle, il n'y a qu'une seule solution : dépasser ses sentiments pour cet humain. Lui permettre de passer du temps avec lui, loin de toi, devait l'aider à se rendre compte que ce qui lui manque n'est pas si génial. Alors elle pourrait réfléchir à la portée des sentiments qu'elle a pour toi… Tu aurais même pu lui manquer, qui sait. Nous avons besoin de lui donner une raison de continuer à vivre ! Sinon, il ne lui faudra pas longtemps avant qu'elle ne mette fin à ses jours.

– Je ferai d'elle une vampire, répondit simplement Atticus. Elle aura la vie éternelle, si c'est ce dont j'ai envie.

– C'est ça, ton problème, rétorqua Hansel en levant les yeux au ciel. Tu l'étouffes avec ton amour ! Elle a besoin d'air, il faut qu'elle respire toute seule. Tu dois être doux, gentil et patient avec elle pour la laisser prendre ses propres décisions. Si tu la forces à devenir l'une d'entre nous, tu penses qu'elle sera heureuse ? Tu penses qu'elle te le pardonnera ?

– Je n'ai pas besoin que tu me fasses la morale ! répliqua Atticus d'un ton sifflant et le regard sombre. Elle m'appartient, corps et âme. Si tout le reste échoue, il ne me restera qu'à me servir de la magie pour la forcer à m'aimer. Quoi qu'il en soit, elle est mienne. Il gèlera en enfer avant que je ne la laisse partir. Je vaincrai. En fin de compte, elle sera de mon côté, elle sera ma Reine pour l'éternité.

Sur ces paroles, il sortit de la cellule.

– Attends ! l'interpella Hansel. J'ai encore des choses à te dire !

Mais il était trop tard, Atticus était déjà parti.

CHAPITRE 6

– Je t'aime, murmura Atticus contre son cou. Evelyn, je t'aime.

– Atticus, gémit-elle, les mains plaquées contre la froide soie des draps de son lit.

Il l'embrassa avec sauvagerie et désespoir, comme s'il allait en mourir s'il arrêtait. Elle reprit ses gémissements avec plus de passion, puis passa ses mains derrière sa nuque et l'attira contre elle dans un corps-à-corps sensuel. Ses doigts changèrent vite d'itinéraire pour arracher les boutons de sa chemise avec impatience. Elle sentait déjà le feu lui embraser l'entrejambe, et toutes les pensées qui l'animaient étaient dirigées vers lui.

À l'instant précis où elle allait le déshabiller, il déchira sa nuisette en satin avec une force inouïe.

– Evelyn, murmura-t-il encore en caressant les monts soyeux de sa poitrine laiteuse, ce qui la fit gémir encore plus sous la chaleur et la pression de sa main.

Il la tenait fermement grâce à ses bras musclés. Ses gestes étaient tellement possessifs qu'ils en devenaient dangereux. On pouvait lire un besoin dans son regard, un besoin qu'elle seule était à même d'assouvir.

– Aime-moi, ordonna-t-il. Aime-moi comme moi je t'aime. Aime-moi comme tu aimes Ethan, par pitié.

Elle l'embrassa avec ardeur, le cœur battant toujours plus fort. La langue du Roi explora sa bouche. La sensualité du contact de ses lèvres sur les siennes fit naître un désir charnel qu'elle n'avait jusque-là ressenti que pour Ethan. La main experte d'Atticus caressait chaque parcelle de sa peau nue et elle ne pouvait s'empêcher de le désirer. Ondulant du bassin contre le sien, elle sentit la dureté de son érection contre elle. Impossible de ne pas remarquer la bosse dans son pantalon, et elle brûlait de désir de se savoir l'objet de son affection.

Le faisant un peu plus approcher, elle encercla sa taille de ses jambes. Il recula légèrement, plantant son regard brun dans ses yeux bleus si vibrants. Elle le regarda se lécher les lèvres, le visage à seulement quelques centimètres du sien. Elle observa ensuite les traits sombres de son visage, sa peau si douce, ses cils incroyablement longs et le petit grain de beauté à la droite de son nez. Il était si beau, parfait. Trop parfait, même. Un visage tel que le sien était presque un crime contre la nature ; personne ne devrait être aussi beau.

– Evelyn, murmura-t-il tendrement. Sois mienne.

C'est alors que le visage d'Atticus s'effaça, lentement, mais sûrement. Il s'estompa pour rejoindre les Ténèbres qui l'entouraient.

– Atticus ! cria-t-elle en tentant anxieusement de l'attraper pour le faire revenir.

Mais ses mains ne rencontrèrent que l'air froid.

Evelyn se réveilla en sursaut, le cœur battant la chamade et des gouttes de sueur ruisselant sur sa peau et ses draps. Son corps était brûlant, comparé à la fraîcheur de la pièce. Elle chercha partout autour d'elle pour tenter de repérer une silhouette dans l'ombre. Rien… la chambre était silencieuse. Le seul son audible était celui de son cœur qui battait frénétiquement. Elle était seule.

Repoussant ses cheveux en arrière dans un geste de frustration, elle grogna son mécontentement de faire à nouveau ce rêve. Assise en tailleur sur son lit, le regard dans le vide, elle contemplait la soie blanche de ses draps. Cela faisait deux semaines qu'Atticus avait permis à Evelyn de voir Alice. Et depuis, sans qu'elle sache pourquoi, il lui était impossible de ne pas penser au Roi vampire.

Evelyn avait l'impression qu'il faisait son possible pour l'éviter. Elle ne l'avait pas revu depuis le jour de son retour, quand il l'avait laissée seule avec Alice pour profiter de leur pique-nique. En fait, il lui était étrange de se trouver dans ce palais sans le voir. Elle ne savait même pas s'il était présent.

Elle avait essayé de demander aux domestiques, mais tous refusaient de lui parler. Personne n'osait même la regarder en face. Hansel aussi était introuvable. Même Alice faisait de son mieux pour instaurer une certaine distance entre elles.

Evelyn poussa un gros soupir. Ce manque de communication la laissait désemparée. Elle se sentait seule et désorientée. Tant d'émotions et de pensées contradictoires traversaient son esprit, et elle n'avait personne à qui se confier.

J'ai l'impression que tu es simplement amoureuse de l'idée d'Ethan parce qu'il symbolise la liberté et représente ton avenir idéal : celui d'une mortelle qui voulait mener une simple vie humaine. Tu es tellement habituée à cette idée et tu aimes tant cette existence que tu ne laisses pas de place à de potentiels sentiments pour Atticus. Les mots d'Hansel résonnaient dans sa tête. L'espace d'un instant, elle se demanda s'il ne pouvait pas avoir raison. Y aurait-il quelque chose entre Atticus et elle ? Et si… ?

Soudain, sans crier gare, une image de ce qu'il s'était passé dans le motel lui revint en tête et Evelyn faillit pousser un cri en se rappelant cet abominable souvenir. Même en essayant de toutes ses forces, il lui était impossible d'oublier ce qu'il s'était passé ce soir-là. Ces souvenirs la hantaient encore, jour et nuit. Atticus lui avait véritablement dérobé la dernière chose qui lui appartenait vraiment. *C'est un monstre,* lui rappela sa conscience. *Un monstre.*

– Un monstre qui me tient dans le creux de sa main, moi et tous ceux que j'aime, dit-elle à voix haute en riant sans humour. Dire qu'à une époque les humains croyaient que les vampires n'existaient pas, qu'ils étaient des créatures qu'on ne rencontrait que dans les livres.

Comme un robot, Evelyn se leva et se dirigea vers la salle de bain pour se préparer. N'ayant personne à qui parler, il fallait bien trouver des occupations pour remplir ses journées.

***

– Alice, tu ne fais pas très bien ton travail, s'exclama Atticus.

Tous deux étaient assis dans la grande bibliothèque de l'aile nord du palais, sans personne autour. Du thé et de délicats scones étaient posés sur une petite table entre leurs deux fauteuils écarlates.

Alice caressa son ventre enflé d'une main protectrice. Elle n'était qu'au quatrième mois de sa grossesse, mais elle avait déjà développé un lien inaltérable avec le petit être qui grandissait en elle. Elle l'aimait déjà tellement qu'elle était prête à trahir sa cousine pour lui.

Elle adorait Evelyn. En grandissant, elles avaient su rester très proches, et à une certaine époque dans sa vie, elle aurait même accepté de prendre une balle pour elle.

– Tu as pris tes distances avec elle, constata Atticus.

– Non.

– Ne me mens pas, humaine ! grogna-t-il si rageusement qu'elle prit peur. Je montre peut-être facilement ma grandeur d'âme quand il s'agit d'Evelyn, mais tu n'es pas elle. Tu es certes importante aux yeux de ma bien-aimée mais tu n'en restes pas moins une simple humaine.

– Peut-être, mais je suis encore…

Alice s'arrêta avant de terminer sa phrase.

– Tu es quoi ? Encore la femme de Marcus et tu penses sincèrement que je t'épargnerais pour lui ? demanda Atticus en passant du calme à la colère en un instant. La fornication avec un loup-garou et l'adultère alors qu'on est mariée à un vampire – particulièrement quelqu'un du rang de ton époux – sont deux actes qui peuvent être classifiés comme des crimes de haute trahison, tu es au courant, non ?

Le regard noir du Roi captura ses yeux bleus, et même si elle avait très envie de détourner le regard, Alice en était incapable.

– Ou-oui…, gémit-elle.

– Bien, alors tu sais que je peux appeler Marcus et le faire revenir du jour au lendemain pour qu'il découvre que tu portes l'enfant d'un autre… dit-il d'un air satisfait. Je t'aime bien, Alice, et je crois que cet enfant dans ton ventre est innocent, mais si Marcus veut te punir à sa façon, qui suis-je pour me mettre sur sa route ?

– D'accord.

– Tu te souviens que nous avons passé un marché, tous les deux ? Je garantis un avenir heureux à ton enfant en échange de tes services d'espionne. J'ai rempli ma part du contrat en gardant Marcus loin d'ici, très loin d'ici, mais toi, ma chère Alice... ? As-tu fait la tienne ?

– N- non, murmura-t-elle les mains tremblantes sur son giron et les larmes aux yeux. Pitié, mon Seigneur, pitié, ne faites rien pour blesser mon enfant. Je suis désolée, vraiment désolée...

– Tes excuses me font une belle jambe, Alice. Là, il n'y a qu'une chose qui pourrait me plaire : que tu me donnes les raisons de cette réticence. Alors, pourquoi évites-tu Evelyn et pourquoi ne m'as-tu remonté aucune information lors de ces deux dernières semaines ? Je pensais que la vie de ton enfant avait une certaine importance pour toi, je croyais que tu voulais lui réserver un bel avenir ?

– Je... Je suis désolée...

– Réponds à ma question ! hurla Atticus, le regard noir. Dis-le-moi tout de suite, ou sinon, je te jure que je te renvoie dans les cachots pour t'y laisser pourrir jusqu'à la fin de tes jours !

– Je n'ai pas réussi à le faire, mon Seigneur...

– À faire quoi ?

– Je n'ai pas réussi à trahir la confiance qu'elle m'accorde. Nous sommes de la même famille, je l'aime et je ne peux pas lui faire ça pour satisfaire mes besoins personnels, par égoïsme !

– Qui a dit que je voulais que tu la trahisses ? demanda-t-il en riant légèrement. Je t'ai simplement demandé quelques informations et que tu m'aides à la faire tomber dans mes bras. Tu devrais maintenant savoir que je n'endommagerai jamais délibérément quelque chose qui m'appartient. En plus, rien de ce que tu pourrais me dire ne saurait être pire que ce que je sais déjà.

– Et de quoi s'agit-il ?

– Est-ce que je t'ai autorisée à me poser la moindre question ? demanda Atticus en prenant une nouvelle gorgée de thé. Marcus est mon ami, je veux lui rester fidèle. Pourtant, me voilà en train de vous protéger tous les deux, toi et ce bébé garou. C'est ironique, n'est-ce pas ?

– Atticus, en quoi ma trahison vous serait-elle profitable ? Quoi que je vous rapporte et que je raconte à Evelyn, elle ne vous aimera pas. Si vous voulez gagner son affection, alors vous devez le faire par vous-même. Elle n'est pas comme les autres filles, votre argent et votre pouvoir ne l'impressionnent pas. Si vous voulez vraiment obtenir son amour, vous devrez mener votre propre combat.

Un ange passa. Stressée, Alice observa le visage impassible du Roi.

– Tes mots se font l'écho de ceux de quelqu'un que je connais bien. Lui aussi pense que je devrais me battre pour obtenir l'amour d'Evelyn, mais il m'a recommandé de lui laisser le temps de guérir des blessures que je lui ai infligées il y a quelques semaines, avoua lentement Atticus. Evelyn t'a-t-elle raconté ce qu'il s'est passé la nuit où je l'ai retrouvée ?

– Elle n'en a pas eu l'occasion, répondit Alice en secouant la tête.

– Je veux que tu le lui demandes pour moi, pour voir si elle m'a pardonnée.

– Mon Roi… J'ai entendu dire que vous aviez permis à Evelyn de rendre visite à ses parents après l'avoir attrapée.

Atticus hocha la tête.

– Ce voyage a-t-il quelque chose à voir avec ce qu'il s'est passé ? Essayez-vous de vous faire pardonner quelque chose ? demanda Alice pleine de curiosité.

– Et alors ? relança le Roi en hochant la tête à contrecœur.

– L'avez-vous blessée ? demanda-t-elle ensuite calmement en prenant ses précautions.

– La nuit où je l'ai retrouvée, tu veux dire ? demande-t-il en riant sans humour. Je l'aime, elle le sait. J'ai fait preuve de mansuétude et j'ai épargné sa vie plus de fois que je ne saurais les compter, mais tout de même… elle m'avait quitté. S'était enfuie comme une gamine apeurée avec cet humain. Tu sais ce que ça fait quand tu es privée de la seule personne qui compte pour toi ?

Alice sourit devant l'ironie de son commentaire et pensa à Aaran, au bébé qu'elle portait, à sa famille et à sa propre liberté.

– Oui, je le sais, croyez-moi.

– J'admets que j'ai fait quelque chose de mal cette nuit-là. Mais je ne sais pas si c'est par colère ou parce que j'ai cédé à mes pulsions. Tout ce que je sais, c'est que j'ai voulu lui faire payer, lui faire ressentir la même peine que j'ai éprouvée lorsqu'elle était loin de moi. Mais maintenant, je regrette de lui avoir fait tant de mal.

Alice garda le silence, baissa les yeux sur son ventre et posa sa main dessus en se demandant si c'était une fille ou un garçon. Elle passa ensuite son pouce sur le doux tissu de son chemisier et se livra à une réflexion interne. Comment un Roi aussi cruel et impitoyable qu'Atticus pouvait-il avoir des sentiments aussi forts pour Evelyn ? Atticus était le Roi, et s'il obtenait ce qu'il voulait, il ferait d'elle sa reine un jour. Alors elle pourrait protéger son enfant, elle pourrait le sauver.

– Allez la voir, dit alors Alice. Proposez-lui d'aller vous promener et dites-lui ce que vous venez juste de m'annoncer. Confessez vos sentiments, dites-lui que vous êtes désolé et suppliez-la de vous pardonner.

– Evelyn ne voudra rien savoir.

– Même si c'est le cas, vous devriez lui présenter des excuses. Si vous n'essayez pas, vous ne saurez jamais si c'était la bonne chose à faire.

CHAPITRE 7

Il était loin d'être un ange. Il n'avait aucune morale. Il était l'incarnation du Mal.

D'ailleurs, il pourrait mettre le monde à feu et à sang juste pour voir sa bien-aimée sourire.

Les chaussures italiennes d'Atticus ne faisaient aucun bruit dans les couloirs. Semelle de cuir sur moquette épaisse. Il jeta un regard nerveux à l'unique rose qu'il tenait à la main. À l'origine, il avait prévu de lui en donner une douzaine, une centaine même, si ça pouvait lui faire plaisir. Si Evelyn le souhaitait, il lui ferait construire un mur végétalisé d'essences exotiques et de roses rouges.

Mais il savait qu'une rose ou une centaine ne feraient pas la différence pour gagner son affection, ses belles paroles et son sourire enchanteur ne suffiraient pas non plus. Elle avait peur de lui. Chaque fois que leurs regards se croisaient, il lisait la terreur dans ses yeux. Et même si ce sentiment lui permettait de la garder à ses côtés en l'empêchant de s'échapper, ce n'était pas ce qu'il voulait. Il n'avait pas envie de bâtir leur relation sur la haine et la peur. Atticus voulait qu'elle l'aime, il souhaitait sentir son corps enthousiaste contre le sien et la voir murmurer ces trois petits mots qu'il crevait d'envie d'entendre. Ces trois petits mots qu'elle avait dit à Ethan avec insouciance.

Il y avait deux gardes devant sa porte. À l'instant où Atticus arriva devant eux, ils s'éclipsèrent à une vitesse surnaturelle, sans qu'il ait à le leur dire. Atticus prit une grande inspiration avant de doucement frapper à la porte d'Evelyn. Il entendit le bruit de ses pas de l'autre côté, puis la vit lentement ouvrir quelques secondes plus tard.

– Je n'ai pas très faim, aujourd'hui, dit-elle avant que la porte ne soit complètement ouverte. Puis-je avoir seulement un jus d'orange, s'il vous plaît ?

– J'aurais peut-être dû venir avec des rafraîchissements plutôt qu'une fleur, répondit le Roi en baissant les yeux sur sa rose.

Il observa la porte s'ouvrir sur la lumière de sa vie. Evelyn était debout, ses yeux bleus grands ouverts sur le sombre regard d'Atticus, lorsqu'elle répondit :

– J'ai cru que c'était Bree qui m'apportait mon petit déjeuner.

– Pourquoi, tu as faim ?

– Non.

Il voyait bien qu'elle essayait de garder un ton détaché, mais il sentait la peur courir dans ses veines et dans son cœur qui battait si vite.

L'espace d'un instant, il eut envie de tendre la main pour lui caresser le visage et lui dire qu'il ne lui ferait plus jamais mal, mais ce serait une promesse qu'il n'était pas sûr de pouvoir tenir. Alors il se contenta de sourire et de lui tendre cette rose.

– Une jolie fleur pour une jolie fille.

Elle accepta son cadeau sans un mot, en prenant bien garde de ne pas toucher sa main.

La rose était magnifique, pas tout à fait éclose. Ses pétales se séparaient à peine pour révéler son cœur au milieu. Atticus avait eu la prévenance d'en faire couper toutes les épines avant de la lui offrir.

– Merci, marmonna-t-elle. Elle est très belle.

Son comportement était hostile, il en était conscient. Et même s'il ne s'attendait pas à ce qu'elle lui saute dans les bras, il espérait mieux, un sourire au moins. Et ce qu'elle dit ensuite lui fit l'effet d'une balle en plein cœur.

– Pourquoi fais-tu cela ?

Elle recula pour s'écarter de la porte. Son geste ne l'invitait pas vraiment à entrer, on aurait plutôt dit qu'elle souhaitait mettre de la distance entre eux. Elle le regarda avec attention et quelque chose dans sa démarche lui fit penser à une biche blessée qui essayait d'échapper à son prédateur.

– Pour rien, répondit-il en entrant. Je voulais simplement te voir… Tu m'as manqué, Evelyn.

– C'est ironique. Moi qui croyais que tu cherchais à m'éviter.

– Je t'ai manqué ? demanda-t-il avec presque trop d'enthousiasme.

Impossible d'ignorer son ton plein d'espoir. Un bref silence s'installa. Leurs regards se croisèrent un bref instant avant qu'Evelyn ne lui réponde :

– Ce qui m'a manqué, ce sont les interactions avec d'autres personnes. Je n'apprécie pas particulièrement l'isolement, ni d'être retenue captive ici contre ma volonté.

– Est-ce que ça te tuerait de mentir et de me dire que tu m'aimes bien ? Même juste un peu ? proposa Atticus en riant d'un air sinistre. C'est trop te demander ? Après tout ce que j'ai fait pour toi, ne penses-tu pas que ce ne serait que justice de prétendre – même juste une fois – que tu ne me hais pas ?

– Tu m'as violée, rétorqua-t-elle avec dégoût. Tu es violent, manipulateur, obsédé et absolument terrifiant, comment pourrais-je t'aimer alors que je ne suis même pas sûre de pouvoir te pardonner tout ce que tu m'as infligé ? demanda-t-elle, en se mettant à pleurer.

– Evelyn, je ne ferai jamais rien pour te faire du mal volontairement, tu le sais, ça, non ? demanda-t-il sur un ton sifflant tout en réduisant la distance entre leurs corps. C'est toi qui m'as trahi en premier ! Tu as enfreint notre contrat en t'échappant et n'oublions pas que c'est toi qui m'as embrassé la première !

– Tu as torturé Ethan ! C'est toi qui as mis le premier coup de canif au contrat ! s'écria-t-elle.

Evelyn se redressa de toute sa hauteur pour camper sur ses positions. Elle ne craignait plus les conséquences de ses actes, Atticus ne pouvait plus rien lui faire qu'il n'avait déjà mis à exécution. Il ne pouvait plus rien lui prendre qu'il ne lui avait déjà ôté. Alors elle reprit :

– Ce n'est pas toi que j'ai embrassé, mais lui. Tu m'as trompée avec ta magie malsaine et tu m'as fait croire que tu étais lui ! Tu as profité de moi !

– Tu sais, j'aime bien quand tu es en colère. J'aime cette flamme qui anime ton regard, remarqua Atticus en souriant alors qu'il lui caressait la joue. Et je te ferai remarquer que, dans notre contrat, il était stipulé que je ne devais jamais tuer Ethan. La torture n'était pas mentionnée.

– Que veux-tu ? demanda-t-elle en reculant. Vas-y, dis-le-moi, comme ça nous mettrons un terme à cette misérable interaction qui sert de conversation le plus rapidement possible.

– Je ne trouve rien de misérable là-dedans. Je trouve ça charmant. Nous avons une querelle d'amoureux.

– Tu oublies que pour avoir une querelle d'amoureux, il faudrait qu'on s'aime, rit amèrement Evelyn. Et ce n'est pas le cas.

Un demi-sourire aux lèvres, il passa son bras autour de sa taille et l'attira brusquement contre lui pour lui répondre :

– Evelyn, calme un peu ta fougue. Tu me fais bander, murmura-t-il à son oreille.

Evelyn sentit en effet son érection colossale se dresser contre elle. Grimaçant, elle essaya de le repousser, mais c'était inutile, il était tellement plus fort qu'elle.

– Continue comme ça, Evelyn, dit-il en caressant sa nuque de son souffle glacé. Tu me fais de l'effet. Je suis à deux doigts de perdre le contrôle et de te prendre là, maintenant, tout de suite. Et je ne prendrai pas de gants, aucune douceur. Tu sais ce qu'on dit sur le sexe quand on est en colère : il n'y a rien de tel.

– Tu as dit que tu ne me blesserais plus, répliqua Evelyn en cessant de se débattre et en laissant Atticus mettre ses mains sur des parties de son corps que jusqu'à présent seul Ethan avait touchées. Tu as dit que tu voulais me séduire.

– Oui, mais parfois, ce sont les désirs charnels qui l'emportent, et dans ce cas, je ne peux pas être tenu pour responsable de mes actes.

Il s'écarta un peu pour la regarder droit dans les yeux et c'est alors qu'elle remarqua la noirceur des siens. Son sourire se fit sinistre.

– Que veux-tu ?

– Toi. Je t'ai toujours voulue. Mais pour le moment, j'ai envie de te proposer une chevauchée. Tu aimes l'équitation ?

Evelyn le repoussa et il se laissa faire :

– Et si je n'en ai pas envie ?

– Et si tu n'avais pas le choix ? Je t'aime peut-être, mais je suis encore le Roi. Tu m'appartiens.

CHAPITRE 8

Evelyn sentait que quelque chose clochait. Il y avait quelque chose de… primitif et d'agressif dans le regard d'Atticus, dans le ton de sa voix, dans l'air qui circulait autour de lui. Il était en colère contre elle. Il essayait de le cacher, pourtant elle en était bien consciente. Mais pour quelle raison, ça, elle l'ignorait.

Sans autre menace, il s'éloigna soudain mais s'arrêta sur le pas de la porte. Le Roi jeta un regard en arrière, il voulait qu'elle le suive. Evelyn était tentée d'ignorer son ordre silencieux et de lui claquer la porte au nez, simplement pour le plaisir de le défier et de voir ce qu'il se passerait, mais elle se ravisa. Quoi qu'Atticus ait en tête, c'était forcément important.

Ethan… Le nom résonna dans l'esprit d'Evelyn, qui déglutit dans un geste nerveux. Voyant Atticus disparaître, elle se demanda s'il était au courant. *Non. Impossible. S'il savait, Ethan serait déjà mort, Hansel aussi et moi tout autant… Non, il ne se doute de rien.* Elle essayait de se convaincre, même si elle n'y croyait pas vraiment. *Comment le saurais-tu si Atticus avait assassiné Ethan ? Et d'abord, où est Hansel ? Tu ne l'as pas vu depuis que tu es revenue de chez tes parents.* Mais elle se contenta de hausser les épaules et d'ignorer la petite voix qui lui murmurait ces mots.

Soupirant un bon coup, Evelyn rejoignit le Roi dans le couloir à contrecœur.

– J'ai cru que ton côté tête de mule allait encore l'emporter, commenta Atticus. Je suis surpris de te voir choisir la meilleure solution. Je ne sais pas comment j'aurais réagi si tu m'avais encore désobéi.

– Tu n'es pas mon maître. Je ne t'appartiens pas. Quand mes décisions ne te plaisent pas, ça ne veut pas dire que je te « désobéis », mais simplement que j'ai du cran et que je ne me plierai pas au moindre de tes désirs comme tous tes laquais.

Du coin de l'œil, elle vit un sourire lentement gagner les lèvres pleines du vampire.

– Je ne sais toujours pas si j'apprécie ta franchise, vois-tu. Au début, j'avoue que je l'ai trouvée rafraîchissante et amusante. T'entendre proférer toutes ces idées ridicules dès qu'elles te traversaient l'esprit était très mignon, mais il faut reconnaître que ma patience a des limites. J'espère que tu es consciente qu'à ta place n'importe qui d'autre aurait déjà vu sa langue servie sur un plateau pour mon dîner, expliqua-t-il en se penchant un peu plus près d'elle à mesure qu'ils avançaient.

Mais fort heureusement, je réserve un autre usage à la tienne.

Son avertissement la fit trembler de peur, accentuant le sourire satisfait d'Atticus. La nuit au motel était toujours très présente à son esprit et, si la passion dévorante qu'elle avait partagée avec lui lors de son rêve érotique n'avait pas encore quitté son esprit, la simple mention d'une activité sexuelle avec Atticus lui donnait envie de vomir.

– Je croyais que tu voulais te… rattraper. Être gentil pour essayer de faire battre mon cœur, comme un vrai gentleman, tu t'en souviens ?

– Eh bien, Evelyn, je pense qu'il vaut mieux que tu te rendes compte assez rapidement que je ne suis pas un gentleman. Et que je ne partage pas mes jouets. Quand je veux quelque chose, je l'obtiens et je le garde, expliqua-t-il en enroulant brusquement son bras autour de sa taille. Dans un monde comme le nôtre, la loyauté et l'honnêteté sont des qualités que j'ai en très haute estime, continua-t-il en riant sans humour. Qui sème le vent, récolte la tempête, tu ferais bien de t'en souvenir.

Après son petit discours, elle s'attendait à ce qu'Atticus la libère, mais il ne fit que se rapprocher un peu plus, l'encerclant comme un python. Elle était la proie et Atticus le serpent qui s'enroulait autour d'elle pour la suffoquer de ses sentiments. Malheureusement pour Evelyn, sa vie n'était pas la seule que le Roi tenait entre ses mains. Même si elle détestait l'idée, il avait raison quand il disait qu'elle lui appartenait.

– J'ai fait préparer un repas pour nous. Tu as faim ?

Evelyne hocha docilement la tête. Tous deux avançaient dans un étrange silence maladroit. Les gardes du palais s'écartaient naturellement de leur chemin à mesure qu'ils progressaient. Evelyn remarqua que tout le monde prenait garde à rester loin d'Atticus. Tout comme elle, les domestiques avaient peur de lui.

Sans un mot, les deux vampires gardant l'entrée des jardins saluèrent le Roi dans un geste parfaitement synchronisé avant de lui ouvrir. Evelyn se rappela alors toutes les fois où elle avait essayé de sortir du palais pour respirer un peu d'air frais et sentir les rayons du soleil sur sa peau et où ces deux hommes l'en avaient empêchée.

– Merci, murmura-t-elle calmement alors qu'ils progressaient à travers la pelouse riche et fournie.

L'air frais et les grands espaces faisaient partie de ces petits luxes typiquement humains qu'on lui avait trop souvent refusés. Une douce brise lui caressait la peau et son cœur s'emballa. Elle n'avait pas ressenti ce goût de liberté depuis longtemps. Elle inspira profondément pour s'imprégner de toute cette nature, la laissant emplir ses poumons, puis elle expira lentement et recommença.

– Tu t'y connais en équitation ? demanda soudain Atticus, en prenant au dépourvu la jeune fille jusque-là folle de joie.

– Nora et moi avons pris quelques cours quand nous étions plus jeunes, répondit-elle. Et je suis allée faire quelques balades avec E…

Elle s'arrêta avant de prononcer le nom interdit et ne sut pas comment terminer sa phrase. Atticus en avait assez entendu pour comprendre la fin par lui-même, mais il se garda de commenter sa bévue et enchaîna :

– Je vais te confier Daisy ; c'est l'une des juments les plus calmes de mes écuries. Tu devrais être en sécurité avec elle. Je te donnerais bien l'un des étalons fougueux que je viens d'importer d'Italie, mais je doute que tu sois capable de tenir un cheval hybride. Il faut d'abord maîtriser le vampire avant de pouvoir le monter, expliqua Atticus en riant lui-même de bon cœur de ses sous-entendus salaces.

Alors c'est comme ça que flirtent les vampires millénaires ? se demanda Evelyn en silence. Même si l'homme qui marchait à ses côtés la terrifiait, à certains moments les aspects les plus humains de sa personnalité refaisaient surface, suffisamment pour amener Evelyn à croire que, à défaut d'être amants, ils pourraient peut-être devenir amis.

Avançant en silence dans les immenses jardins du palais royal, elle se remit à penser à la nuit où il lui avait parlé de la malédiction qui l'affligeait. Son côté sombre, devenu tangible à cause des Anciens, les Sept Premiers… Elle ne connaissait pas toute l'histoire. Ethan avait dû s'arrêter au milieu de son explication quand ils étaient arrivés dans ce petit village occupé par la garde du Roi.

Pensant qu'il était assez calme pour discuter sans menacer son existence ni celle de sa famille, elle osa prudemment :

– Atticus ?

En entendant son nom orner les lèvres de la fille qu'il aimait, le visage du Roi s'éclaira d'un seul coup. L'espace d'un instant, Evelyn culpabilisa. Elle constatait la joie qu'elle lui procurait rien qu'en prononçant son nom. Elle poursuivit :

– Est-ce que tu peux me parler des Sept ? Me dire comment vous êtes devenus vampires ?

– Comment as-tu entendu parler des Sept ? demanda-t-il avant de secouer la tête d'un air incrédule et de se reprendre. Ma question est idiote, Ethan ou Hansel, sinon les deux, ont dû t'en parler. Que veux-tu savoir ? Je te raconterai tout, que sais-tu déjà au juste ?

– On m'a dit que vous, les Sept, vous vouliez sauver votre cité, l'Atlantide, des Grecs, et que pour cette raison vous vouliez devenir plus puissants. Alors vous vous êtes transformés en vampires. C'est ça ?

Atticus sourit d'un air arrogant avant de lui répondre :

– Pourquoi ne te raconterais-je pas l'histoire depuis le début ? Je doute que la version que t'ont narré Hansel ou Ethan me rende justice… Commençons par le commencement. C'était en 791 avant Jésus-Christ, l'Atlantide était une nation paisible, indépendante, qui prenait bien soin de rester en dehors des intérêts des Grecs. Même si l'Atlantide n'était pas immense, nous étions assez riches et avions développé une grande maîtrise de la technologie. Et puis nous avions autre chose…

« Tu vois, tout comme la Terre, le Feu ou l'Eau, la Magie est un élément qui existe depuis la nuit des temps. Avec le temps, les gens ont appris à la craindre. Ceux qui la maîtrisaient étaient obsédés par le pouvoir qu'elle leur procurait et ceux qui n'y parvenaient pas étaient obnubilés par l'idée de détruire les premiers. La race humaine est vraiment pitoyable : la jalousie et l'avidité courent dans vos veines… Mais les défauts de votre race ne sont pas le propos.

« À cette époque, donc, la magie était crainte, admirée et révérée. Seules les prêtresses de l'Atlantide pouvaient l'utiliser. Et tu connais la plus puissante d'entre elles, Venise. Son père et sa mère étaient tous deux issus de familles importantes qui comptaient bon nombre de sorciers et de sorcières exceptionnels dans leur lignée. Nos parents se connaissaient et s'appréciaient, nous avons grandi ensemble, nous étions très proches. Beaucoup auraient prêté le nom d'amour à notre relation et nous-mêmes à une époque avons pensé être destinés à nous aimer. Mais nos rapports se fondaient sur la loyauté, et nos sentiments l'un pour l'autre n'étaient pas de nature charnelle.

« J'étais très investi dans les intérêts de la cité, un vrai patriote. J'ai rejoint les rangs de notre armée à seulement quinze ans. J'y ai passé les meilleures années de ma vie. Rien ne me plaisait plus que de me retrouver au milieu d'une bataille. Je n'ai plus jamais ressenti ça depuis que je suis devenu immortel, les poussées d'adrénaline avaient déserté mon corps… jusqu'à ce que je te rencontre, Evelyn.

« Je savais que Venise faisait des offrandes et jetait des sorts pour me protéger de la mort sur le champ de bataille. Ses sortilèges me rendaient plus fort, plus rapide et plus agile que les autres soldats. C'est grâce à ses pouvoirs que je suis devenu l'un des plus jeunes officiers de l'histoire militaire de l'Atlantide. Je n'avais que vingt et un ans lorsque j'ai pris la tête de ma propre armée.

« Même si notre île ne s'était jamais mêlée des luttes de pouvoir extérieures, il paraissait inévitable qu'un jour les Grecs ou d'autres regarderaient vers nous et voudraient envahir la nation la plus technologiquement avancée de l'époque. Il faut savoir que les Grecs tiraient leur avantage militaire non pas de leurs soldats, mais de leur arme secrète : les loups-garous.

« J'étais un bon meneur d'hommes et un excellent soldat ; je n'avais jamais perdu la moindre bataille contre les Grecs jusqu'à ce que ces satanés loups s'en mêlent. Ils ont été les premiers à m'infliger une défaite sur le champ de bataille et je m'en suis sorti de justesse. Évidemment, les sortilèges de Venise n'y étaient pas pour rien. Sans elle, je suis certain qu'ils m'auraient immédiatement dévoré.

« Et quand je suis revenu sur Atlantide, j'ai supplié les Anciens de se servir de leur magie pour permettre à nos soldats de se transformer eux aussi en magnifiques bêtes de combat. Mais c'étaient des lâches et ils ont refusé. Ils ont déclaré que ce que faisaient les Grecs de leur magie ne devait pas affecter nos actes, qu'ils avaient perturbé l'équilibre de la nature et paieraient rapidement le prix de la création de ces abominations inhumaines.

« Têtu, je ne me suis pas contenté de ce refus et j'ai demandé à Venise d'élaborer un sort qui serait capable de créer des super-héros, en quelque sorte. Et j'ai ensuite constitué le groupe des Sept : Venise, moi, deux autres soldats de mon armée, Duncan et Alavir (qui était aussi mon cousin), Saphera, la femme de Duncan, Maraji, un charmant jeune homme qui avait grandi avec Venise et moi, et Lyla, qui était probablement l'une des plus puissantes jeunes sorcières que j'avais jamais vues. Quand j'y pense, peut-être que si j'avais été plus prudent dans le choix de mes compagnons, les choses auraient tourné différemment.

Les écuries étaient maintenant en vue, à une centaine de mètres tout au plus.

– Que s'est-il passé ? relança Evelyn.

– Le karma, Evelyn, voilà ce qu'il s'est passé, soupira Atticus. Pourquoi ne restes-tu pas là ? Je vais aller chercher les chevaux et je reprendrai l'histoire ensuite. J'avais l'intention de te parler de ma vie avant que je ne devienne Roi depuis longtemps, et je suis content que tu m'aies demandé de te raconter l'histoire des Sept.

Il déposa un petit baiser sur sa joue avant d'aller chercher les chevaux à une vitesse surhumaine. Evelyn resta figée quelques instants, le temps d'assimiler ce qu'il venait de lui raconter. Il avait l'air heureux lorsqu'il évoquait son passé de soldat. Elle ne l'avait pas lâché du regard alors qu'il racontait sa vie et elle avait remarqué à plusieurs occasions que la joie animait ses traits lorsqu'il se souvenait de l'Atlantide.

Pour la première fois depuis leur rencontre, Evelyn s'aperçut qu'elle en savait en fait très peu sur Atticus.

À chaque acte ses conséquences, en force équivalente. Ethan lui avait souvent répété ce mantra durant leur enfance. Evelyn en vint alors à se demander si le comportement, la personnalité et les fréquentes sautes d'humeur du Roi vampire étaient des réactions à ce qu'il avait vécu lorsqu'il était bien plus jeune, beaucoup plus jeune, même.

Il a vécu des milliers d'années, et il a dû supporter des tonnes de souffrances. Des cœurs brisés, des luttes… toutes les émotions humaines, il a dû les vivre et même peut-être plus encore. Mais, quoi qu'il en soit, ses expériences passées ne peuvent pas compenser ce qu'il t'a fait subir à toi et à tous ceux que tu aimes.

CHAPITRE 9

Doucement, le regard bleu clair d'Evelyn se leva pour admirer le ciel sans nuage. C'était une belle journée. Ethan pouvait-il le voir depuis le cachot dans lequel Atticus le retenait prisonnier ? Avait-il des fenêtres ? Regardait-il le ciel, lui aussi ?

Evelyn ne resta seule avec ses pensées que trente secondes tout au plus. Quelques instants à peine après avoir vu Atticus partir chercher les chevaux, elle le vit revenir avec un étalon noir immense, accompagné d'une jument majestueuse à la robe d'un blanc crème trottant quelques pas derrière lui.

Evelyn reconnut immédiatement l'hybride à cause de sa taille. Le cheval noir était bien plus grand que le crème, d'une bonne vingtaine de centimètres, ses pattes bien plus longues et musclées. Sa posture était très droite et, même de loin, Evelyn constata qu'il exsudait une certaine forme d'arrogance. C'était une belle bête, c'était le moins que l'on puisse dire. Mais tout comme chez Atticus, il se dégageait de lui une sorte de noirceur dangereuse.

Le regard de la jeune humaine remonta alors vers son cavalier et une seconde, elle en eut le souffle coupé. S'il y avait bien une chose qui ne lui manquait pas, c'était la beauté. Elle n'avait jamais rencontré d'homme aussi beau que lui. Mais un véritable amour ne saurait être construit uniquement sur l'apparence physique. Jamais il ne pourrait gagner le cœur d'Evelyn en battant de ses longs cils. Atticus lui avait trop pris. Elle refusait de se laisser dominer, de se laisser dicter sa conduite. Peu importait qu'il soit magnifique et maudit, elle ne pourrait jamais aimer ce monstre sans cœur. En un sens, elle aurait aimé être capable de l'apprécier, sa vie en serait plus facile. Mais elle était comme un agneau, retenue captive dans une cage gardée par un tigre affamé. Même si le tigre aimait cet agneau, tôt ou tard il céderait à ses appétits. La nuit au motel se reproduirait, Evelyn en était consciente. C'est sa destinée, elle n'y échapperait pas facilement.

Atticus lui présenta la spendide jument crème à la robe légèrement dorée :

– Voici Daisy.

– Bonjour, Daisy.

Elle hésita à caresser le magnifique pelage de l'animal et, à sa grande surprise, celui-ci prit lui-même l'initiative d'enfouir son museau dans sa main. Alors Evelyn demanda :

– Daisy est-elle aussi une hybride ?

– Non, Daisy est une jument normale, répondit Atticus. Très peu de chevaux peuvent être vampirisés.

Généralement, les gènes de la mutation sont trop puissants et peu survivent à la transition, expliqua-t-il. Shadow est l'un des rares à y avoir survécu. Je l'ai trouvé dans la forêt tropicale, en Amazonie, au XIXe siècle. Je n'avais jamais vu de créature aussi sauvage. Puissante, bestiale, têtue et indomptable.

Evelyn jeta un coup d'œil au cheval et remarqua pour la première fois son regard gris brillant. Elle laissa alors échapper un petit cri, ses yeux étaient si beaux.

– Shadow me fait un peu penser à toi, tu sais, rit doucement Atticus en lui flattant l'encolure. Il m'a bien fallu cinq ans pour le dresser. Il m'a fait tomber tellement souvent que j'en ai perdu le compte, et je n'ai jamais rencontré de créature aussi courageuse que lui, jusqu'à toi, bien entendu.

– Je ne suis pas aussi courageuse que tu le penses.

– Mais si, Evelyn, tu l'es. Dans ce monde, rien ne se passe sans que je le sache, et crois-moi, tu es courageuse. Un peu trop à mon goût. Ta bravoure pourrait même un jour précipiter ta chute, répliqua doucement Atticus.

Evelyn était peut-être paranoïaque, mais il lui semblait que ces mots étaient à double tranchant, une forme de menace camouflée sous un compliment. *Non, il ne peut pas être au courant*, se dit-elle en frissonnant.

– Est-ce que les yeux de Shadow étaient naturellement de cette couleur ? demanda-t-elle rapidement pour détourner le cours de la conversation.

– Non, c'est l'un des effets secondaires des gènes vampires, répondit froidement Atticus.

Sans crier gare, il se précipita à ses côtés pour passer un bras autour de sa taille et se presser contre elle :

– Tu sens divinement bon.

– M-merci, répondit-elle, tremblant de peur à cette proximité.

Il déposa quelques baisers délicats dans son cou, ses lèvres caressant la base de sa gorge. Il la tenait fermement par la taille pour l'attirer encore plus près de lui et, doucement, une de ses mains passa sous son top pour glisser vers ses seins.

– Atticus… marmonna-t-elle. S'il te plaît, arrête.

Il sourit contre son cou mais n'arrêta pas son assaut. Au contraire, d'une main il remonta rapidement le long de son dos pour dégrafer son soutien-gorge dans un geste efficace, alors que de l'autre il attrapait l'un de ses seins pour le pétrir sans ménagement.

Par réflexe, Evelyn se tortilla pour lui échapper et partit en courant… mais c'était stupide, car vain. À peine trois pas plus tard, elle sentit le corps robuste de son assaillant la plaquer contre l'herbe tendre, la faisant tomber sur le ventre. Il la retourna rapidement et immobilisa d'une main ses poignets au-dessus de sa tête.

– Shadow était comme toi quand je l'ai trouvé, tu sais. Il a essayé de s'enfuir, tellement souvent… murmura-t-il contre son oreille. Mais je l'ai rattrapé, chaque fois. Même s'il y mettait toute sa puissance, je le rattrapais à tous les coups. Ce sera la même chose pour toi. Chaque fois que tu partiras, je te rattraperai.

Sa main libre était revenue se glisser sous son vêtement pour lui caresser le sein et ses lèvres vinrent prendre possession des siennes. Il l'embrassa avec gourmandise et brutalité, ses hanches ondulant déjà contre son bassin.

– Tu sais, quand Shadow essayait de s'échapper, je le fouettais, pour qu'il retienne la leçon, annonça-t-il sur un ton menaçant. Mais toi ? Je ne supporte pas l'idée de te fouetter, ou de te blesser d'une manière ou d'une autre. Mais d'un autre côté, tu n'apprendras jamais rien si je ne te punis pas.

– Tu as dit que tu ne me forcerais plus jamais ! cria-t-elle s'apercevant qu'elle pleurait en goûtant le sel de ses larmes dans sa bouche. Tu as dit que tu ne me ferais plus de mal… tu as promis… Atticus, tu as promis !

L'espace d'un instant, les traits de son visage s'adoucirent. Il caressa de sa main ses douces lèvres roses.

– Très bien, je ne te forcerai pas à coucher avec moi, mais je veux quelque chose d'autre à la place.

– Que veux-tu ?

– Tu te rappelles tout à l'heure quand je t'ai dit que je ne te couperai pas la langue car j'avais d'autres projets – bien plus agréables – pour elle ? dit-il en riant.

Evelyn sentit son érection devenir de plus en plus proéminente sous son jean.

– Non ! Non, je refuse !

Il continua à rire tout en défaisant la boucle de sa ceinture d'une main.

– C'est ton choix, Evelyn. Mais souviens-toi, c'est ça ou cinquante coups de fouet, à toi de voir.

– Je choisis le fouet, rétorqua-t-elle sans hésiter.

Le feu dans son regard brillait comme jamais. Elle préférait être fouettée et battue que de se soumettre à un homme tel que lui. Sa réponse déstabilisa Atticus, qui se mit à grogner. Il ne lui fallut qu'un geste fluide pour libérer son énorme sexe de ses vêtements et sous-vêtements. Il poussa Evelyn à s'agenouiller et avant même qu'elle ne s'en rende compte, il s'enfonça dans le doux cocon de sa bouche. Son gland buta contre l'arrière de sa gorge, ce qui lui provoqua un haut-le-cœur, et sa bouche se resserra alors autour de son membre, ce qui fit gémir Atticus de plaisir.

Il avait une main sur son épaule et l'autre dans ses cheveux pour la maintenir en place. Elle tenta de crier et de se débattre pour se libérer de son emprise, mais les vibrations de sa gorge n'en intensifiaient que plus le plaisir de son bourreau, qui commença de brusques va-et-vient dans sa bouche à toute vitesse. Il sentait enfin ses lèvres si douces, si chaudes, autour de sa bite. Elle était sienne. Elle lui appartenait et il ne laisserait jamais un autre homme l'avoir. Elle était toute à lui, rien qu'à lui. Ce n'est qu'à cet instant qu'Atticus se rendit compte à quel point il avait besoin d'elle. Les servantes, les humaines, les nobles, toutes les femmes qui se jetaient à ses pieds n'étaient rien en comparaison d'Evelyn. Aucune d'entre elles ne pouvait lui procurer un tel plaisir.

Au bout d'un moment, comprenant qu'elle ne pourrait s'échapper, Evelyn cessa de se débattre. Elle avait envie de le mordre et de lui faire une brillante démonstration du concept de karma, mais elle savait que ce n'était pas une bonne idée. En plus, la peau des vampires était différente de celle des humains, Evelyn doutait de seulement pouvoir l'égratigner. Alors, au lieu de se venger, elle serra ses lèvres pulpeuses autour de sa queue et le caressa de sa langue, ce qui le fit gémir de plus belle. Ses mouvements se firent plus brutaux et rapides, elle le sentait déjà trembler de plaisir. Tout ce qu'elle pouvait faire, c'est faire en sorte qu'il jouisse le plus vite possible pour mettre un terme à cette expérience.

Alors, volontairement, Evelyn se mit à avancer et à reculer la tête pour se caler sur ses mouvements de bassin. Elle sentait les mains d'Atticus la serrer plus fort. Celle dans ses cheveux les tirait encore plus et celle à la jonction de son cou et de son épaule la comprimait tellement qu'elle savait qu'elle aurait une marque. Il gémit une dernière fois son nom et quelques instants plus tard, elle sentit sa chaude semence envahir sa bouche.

Alors doucement, presque à contrecœur, il extirpa son sexe de sa bouche. Il lui caressa la joue, mais Evelyn, dégoûtée, grimaça et s'écarta.

Une légère brise rafraîchit le visage de la jeune femme alors que son Roi s'éloignait, pour revenir à peine une seconde plus tard, en lui tendant une serviette et une bouteille d'eau. Elle les lui prit des mains sans lever les yeux.

– On va pique-niquer ?

CHAPITRE 10

– Il y a une cascade et un lac à un bon kilomètre d'ici. C'est très joli par beau temps. Tu veux qu'on aille pique-niquer là-bas ? demanda Atticus. L'eau est toujours bonne, on pourrait même nager après manger, qu'en dis-tu, Eve ?

Il tenta de lui toucher la main par-dessus son cheval, mais elle recula instinctivement avant qu'il n'y parvienne. Le regard de l'humaine était fermement braqué sur ses mains agrippées si fort à ses rênes que les jointures de ses doigts en blanchissaient. Une traînée de larmes brillait encore autour de ses yeux.

Atticus la surveillait comme un aigle sa proie. Il voyait la souffrance teinter son visage qu'elle tentait de garder impassible. Il en était touché et, paradoxalement, il ne voulait rien d'autre que la réconforter, même s'il était bien conscient que sa peau était bien la dernière chose qu'elle avait envie de toucher après ce qu'il venait de se passer. Alors il resta à bonne distance, chevauchant en silence à ses côtés. La voir souffrir à ce point, en éprouver des séquelles physiquement le poussait à se haïr lui-même. Il se détestait de lui avoir infligé une telle peine. Il voulait la rendre heureuse, lui donner de la joie, mais la bête qui l'habitait était indomptable.

Elle n'était que lumière et son côté sombre avait besoin d'elle comme oxygène pour respirer. Il avait essayé de lui laisser de l'espace, de la laisser partir, mais c'était impossible. À ses yeux, elle était bien plus qu'une fille, elle représentait un lien vital qui l'empêchait de sombrer. Après des milliers d'années dans la plus complète solitude, il n'avait jamais rencontré quiconque pouvant lui procurer les mêmes sensations qu'Evelyn. Si la savoir amoureuse d'un autre le faisait déjà bouillir de rage, apprendre qu'Ethan et elle avaient couché ensemble dans son dos lui donnait envie de tuer la première chose vivante qui passerait à portée de sa main. Evelyn lui appartenait et il mettrait le monde à genoux pour qu'elle le reste. Après tout, à quoi peut bien servir tout l'or et tout le pouvoir du monde s'ils ne pouvaient pas lui procurer la seule chose qu'il désirait ? Il l'obligerait à l'aimer et il ferait d'elle sa Reine.

Après quelques minutes dans le plus complet des silences, il lui demanda :

– Tu veux entendre la suite de l'histoire ?

Elle ne répondit pas, refusant même de croiser son regard. Ses pouces creusèrent le cuir des rênes, comme si elle essayait de les rompre à mains nues. D'après lui, Evelyn devait s'imaginer que c'était son cœur et essayer de trouver toutes les manières possibles de le tuer – si tant est qu'il puisse mourir.

– Où en étais-je, déjà ? Ah oui… je disais que j'aurais dû être plus sélectif quant au choix de mes compagnons. Mais ça, j'y reviendrai plus tard.

« Le sort que Venise avait confectionné avec Lyla a très bien fonctionné, le résultat dépassant même tout ce qu'on avait imaginé. Nos pouvoirs étaient époustouflants. Nous pouvions faire tant de choses. Il y a peut-être beaucoup de rancune entre Venise, Lyla et moi, mais quoi qu'il en soit, sans elles, la race vampire n'aurait pas existé.

« Au bout de quelques semaines, nous commencions à nous habituer à cette force surhumaine, à notre agilité et à tous les autres pouvoirs. Les jours passant, nous avons tous développé des habilités différentes. Maraji a appris à changer d'apparence, Alavir à contrôler les éléments, Duncan la télékinésie et la téléportation, et Saphera a été dotée du très puissant mais difficile à contrôler don de contraindre. Les pouvoirs de Venise et de Lyla se sont développés au-delà de l'imaginable. Chacun de nous avait des pouvoirs différents en fonction de son ADN, et il semblait qu'à chaque jour qui passait nous gagnions en puissance. Nous avons même craint que nos pouvoirs n'en deviennent incontrôlables, tout en nous disant que nous apprendrions à les gérer avec le temps.

Atticus marqua une pause pour observer Evelyn qui refusait toujours de croiser son regard.

Mais lorsqu'il arrêta de parler, il nota un imperceptible mouvement de tête qui lui confirma qu'elle écoutait bien ce qu'il lui racontait. Le Roi sourit.

– C'était un peu puéril de notre part de penser pouvoir duper la Déesse de la Magie comme ça. Tu vois, la magie était – et est toujours – un élément très puissant et instable. Venise disait que la Déesse de la Magie chérissait par-dessus tout l'équilibre et la paix, elle pensait que tout dans le monde devait posséder une faiblesse, elle mise à part, bien entendu. Quelle hypocrite, marmonna Atticus sur un ton venimeux, un éclair malfaisant dans le regard. Je sais que c'est un peu hors sujet, mais crois-tu aux dieux ?

Il sentit les Ténèbres en lui sortir les griffes, voulant forcer cette douce humaine à le regarder en face et se servir de sa force brute pour lui montrer qui était le chef. Atticus s'agrippa lui aussi à ses rênes pour réprimer sa pulsion mais, seconde après seconde, les Ténèbres affermissaient leur prise sur lui, volant au Roi des vampires le contrôle qu'il pouvait avoir sur son propre corps.

– Je ne crois pas aux dieux, répondit Evelyn, sortant ainsi Atticus de sa transe.

– Comment ça ? demanda-t-il, impatient d'entendre encore le son de sa voix.

– Je n'y crois pas, c'est tout. Ils me semblent trop… chimériques. On dirait des idéaux que les anciennes civilisations ont créés pour se protéger des dures réalités du monde. Ils veulent croire que les personnes vertueuses sont récompensées et que, si elles s'en montrent dignes, les dieux les récompenseront dans leur prochaine vie.

– C'est une façon très… directe de concevoir la religion. Moi, en revanche, je crois aux dieux, mais pas ceux qui sont vénérés par les masses. Je crois en une instance supérieure, en un être plus puissant que nous tous et je sais qu'il existe. Au cours de ma très, très longue vie, j'ai vécu bien des choses qui étayent ma théorie. Il existe quelque chose de plus puissant, plus que moi ou Venise. Mais ces dieux ne nous aiment pas, du moins pas tous. Comme toutes les créatures, je pense qu'ils ont de bons et de mauvais, représentants. Certains d'entre eux ont pitié de nous et veulent nous aider, mais d'autres préfèrent jouer avec nous et nous narguer. Je crois qu'ils s'amusent à nous torturer.

– Rien n'est plus douloureux qu'apercevoir le bonheur, entrevoir un avenir idyllique avant qu'une tornade ne nous arrache tout des mains à la dernière seconde, répliqua Evelyn à voix basse.

Atticus sourit devant l'ironie de ses propos et reprit son récit :

– À l'époque, je ne croyais pas ce que Venise racontait sur ces soi-disant dieux. Mais un jour, les Anciens nous ont surpris en train de nous entraîner à mieux maîtriser nos pouvoirs. Ils étaient furieux. Je les entends encore jurer et hurler que nous étions des monstres, des parasites issus de la magie, des destructeurs du vivant. À leurs yeux, nous représentions une menace pour la race humaine ; moi, je les pensais fous.

« Je leur ai soutenu que nous étions encore humains, des humains avec de la magie dans le sang. Ils n'ont pas voulu m'écouter. Les Anciens étaient puissants, forts, avaient beaucoup d'influence, et sur l'Atlantide, leur parole faisait loi. Venise les appelait les Gardiens de la Justice et il était de leur devoir de protéger l'humanité et de préserver l'équilibre du monde.

« Et d'une certaine façon, je dois reconnaître qu'ils avaient raison à propos de nous. Nous allions devenir des monstres issus de la magie, des destructeurs du vivant. Même si, quand les Anciens nous ont accusés de l'être, nous étions encore des humains dotés de compassion et d'humanité. Quand j'y pense, en sachant tout ce que je sais maintenant, je ne peux pas m'empêcher d'en conclure que les Anciens ont fait plus de mal que de bien quand ils nous ont maudits.

« Tu vois, sur l'Atlantide, il y avait des lois très strictes qui encadraient la mort. Les Anciens n'étaient pas autorisés à nous tuer, alors ils nous ont jeté un sort très puissant qui s'est révélé agir comme un virus sur nous. Il a infecté nos corps, il nous a affaiblis et a retiré toute vie à nos chairs. Puis les Anciens nous ont bannis, tous les sept. Et à cet instant, j'ai vraiment cru que nous allions mourir, que les dieux et les déesses nous avaient joué un tour, en nous donnant le goût de la puissance pour mieux nous l'arracher.

– Comment avez-vous survécu ? demanda Evelyn avec un peu plus de curiosité qu'elle n'en aurait voulu laisser transparaître.

– Grâce à Venise, à ses pouvoirs. Il existait un sortilège, un sortilège aussi vieux et sombre que le monde. Il était tabou et une prêtresse normale n'aurait jamais dû en avoir connaissance, mais Venise a toujours été particulière. Grâce à, ou à cause de, ce simple sortilège, nos vies ont été sauvées et la race des vampires créée.

« Mais les sortilèges de ce genre sont interdits pour une bonne raison. Bien sûr, cela nous a dotés de quelque chose de précieux, et de si puissant que cela ne devrait s'appliquer qu'aux dieux, l'immortalité. Mais il y avait un prix à payer et crois-moi, il était très élevé. Si aujourd'hui je pouvais choisir entre la mort et l'immortalité, je ne sais pas sur quelle route je m'engagerais. À l'époque, ce choix me paraissait évident, mais c'était avant que je ne découvre que l'immortalité – le don le plus précieux d'entre tous – était aussi la malédiction la plus toxique qui soit.

– Quel était donc le prix à payer ? demanda Evelyn en évitant toujours le regard d'Atticus.

– Le sang, nous devions boire du sang humain pour alimenter notre immortalité. Ça… et permettre aux Ténèbres de pénétrer nos âmes.

CHAPITRE 11

– Sans le savoir, les Anciens ont précipité la naissance des créatures les plus dangereuses de la terre. C'est drôle, n'est-ce pas ? Durant toute notre vie humaine, on nous avait rabâché à mes compagnons et moi, que les Anciens ne prêchaient que le respect de la nature et qu'il ne fallait jamais abuser de la magie, de peur de changer le cours du destin, expliqua Atticus en riant. Plutôt ironique, non ?

« S'ils ne nous avaient pas maudits et nous avaient laissés tels que nous étions, tout aurait été différent. Je ne serais peut-être pas ici et peut-être la race vampire telle que nous la connaissons n'existerait-elle pas. Mais alors le monde aurait peut-être disparu entre les mains de votre race il y a bien longtemps. Vous, les humains, avec vos armes nucléaires et votre désir sans fin de pouvoir et d'argent, qui avez surexploité la Terre, une planète que vous partagez pourtant avec tant d'autres espèces.

Il s'arrêta pour jeter un coup d'œil à Evelyn et attendit qu'elle pose une question, qu'elle crache un commentaire venimeux, n'importe quoi pour l'insulter lui et la race qu'il avait créée. Mais elle ne dit rien. À choisir, il préférait encore une remarque fougueuse au silence, au vide et à l'intangible haine qui continuait à les entourer. Il avait envie de lui prendre la main pour lui présenter des excuses, mais il ne connaissait aucun mot dans sa langue, ou dans les vingt autres qu'il maîtrisait, pour faire la paix avec elle après ce qu'il lui avait infligé. Il se détestait d'avoir perdu le contrôle et laissé les Ténèbres s'emparer de lui.

Il l'aimait tellement. Trop, même. Ce qu'il ressentait quand il était en sa compagnie était indescriptible. Tout au fond de lui, il savait que son amour pour elle n'était pas sain, c'était une pulsion sombre et dangereuse qui frisait l'obsession. Rien ne le faisait plus souffrir que de savoir qu'elle le haïssait et que les chances qu'elle puisse avoir des sentiments pour lui étaient à tout jamais mortes et enterrées. Le cœur gros, Atticus reprit son histoire :

– Au début, Venise a cru qu'il serait possible de contrôler les Ténèbres et le Mal qui étaient entrés dans nos corps lorsque nous sommes devenus immortels. Et pendant longtemps, nous y sommes parvenus. Les Anciens nous avaient bannis, alors nous avons décidé de voyager à travers le monde et de laisser l'Atlantide affronter sa destinée toute seule. Ces premières décennies ont été parmi les meilleures années de ma vie de vampire. Chaque fois que j'y repense, j'en viens à douter de leur existence. Je me demande si elles n'ont pas été imaginées par la meilleure partie de mon être pour m'ancrer dans le bien, en quelque sorte. Chaque fois que je sens les Ténèbres s'infiltrer dans ma conscience, je repense à ces jours plus heureux. Ils m'empêchent de sombrer et je m'agrippe à ce qui me reste de compassion et d'humanité pour faire le deuil de toutes les personnes que j'ai tuées par accident. Tu l'aimerais bien, celui que j'étais avant. S'il était là, il ne te ferait pas de mal, il t'aimerait et tu pourrais tomber amoureuse de lui, expliqua sciemment Atticus en observant le visage d'Evelyn comme un aigle, prêt à tout pour déchiffrer l'attitude de la jeune femme à ses côtés.

Il pouvait entendre la cascade au loin et le doux bruissement de l'eau l'apaisa. Il attendait une réaction d'Evelyn mais elle garda le silence.

– Je t'aime, murmura-t-il. Je t'aime et je suis désolé. Je ne me contrôlais pas, tout à l'heure… Je…

– Ta malédiction n'excuse pas ton comportement, coupa brusquement Evelyn. Tu m'as violée, Atticus ! Si tu m'aimais vraiment autant que tu le dis, tu ne me « punirais » pas chaque fois que je fais quelque chose que tu n'apprécies pas. Tu ne te servirais pas de ta supériorité chaque fois que je refuse de satisfaire tes besoins. Si tu m'aimais vraiment, alors tu voudrais que je te retourne tes sentiments ; et cela, tu n'y arriveras pas par la violence, ni par le chantage.

À la grande surprise d'Evelyn, sa voix était ferme et assurée. Elle semblait forte, sûre d'elle et déterminée, alors qu'à l'intérieur elle était tout le contraire. Elle se sentait perdue, dégoûtante, sale, utilisée, abusée, bonne à rien et désespérée. Si Atticus perdait encore le contrôle et décidait de la tuer, elle ne l'en empêcherait pas.

– Ce que tu ressens n'est pas de l'amour, énonça-t-elle. Tu ne sais rien de l'amour ! Aimer quelqu'un, c'est faire passer son bonheur avant le sien et se sacrifier pour l'autre. Tu ne m'aimes pas, c'est toi que tu aimes.

– Je ferais assassiner mes compagnons les plus fidèles pour toi, si c'est ce que tu veux, même ceux que j'aime le plus. Marcus est l'un de mes plus anciens et plus proches amis et pourtant je l'ai expédié à l'autre bout du monde pour garder le secret de la grossesse d'Alice, pour la protéger, elle et son enfant. J'ai fait ça pour toi. Evelyn, je ferais n'importe quoi pour toi et tu le sais.

– Alors laisse-moi partir. Libère-moi, rends-moi ma liberté.

Elle s'exprimait sur un ton sévère ; ses yeux bleus brillaient de quelques larmes qui se rassemblaient sous ses paupières.

– Evelyn, s'il te plaît, ne parlons plus de ça. Tu sais que je ne peux pas…

– Si ! Tu peux ! le coupa Evelyn. Tu peux le faire, mais tu ne le veux pas ! Tu parles d'amour en permanence et tu n'arrêtes pas de me dire à quel point tu tiens à moi, à quel point mon bonheur est important pour toi. Pourtant, tu ne tiens jamais parole. Tu me maltraites, tu me violes, tu me tourmentes physiquement et émotionnellement. Dis-moi, c'est de l'amour, ça ? Dans quel univers parallèle est-ce considéré comme de l'amour ? Tout ce qui t'intéresse, c'est ton propre plaisir et je ne suis rien d'autre qu'un jouet pour toi, l'objet de ton désir !

Son dernier mot à peine prononcé, elle sentit le pic d'adrénaline s'estomper et son cœur battre à tout rompre. Elle fixa l'herbe grasse par terre alors que Daisy et Shadow continuaient à avancer au pas vers la cascade, sans se rendre compte de la dispute qui animait les deux cavaliers. Un long moment de silence suivit la tirade d'Evelyn, qui redoutait qu'Atticus ne cherche à se défouler en la punissant une fois encore. Mais il n'en fit rien, au contraire, il tendit la main vers elle et, en le voyant approcher, elle grimaça de dégoût. Elle essaya de s'écarter, mais il lui attrapa la main avec fermeté. Impossible de s'échapper, même s'il ne serrait pas assez pour lui faire mal.

– Non, gémit-elle. S'il te plaît, arrête, ne me force pas à recommencer, protesta-t-elle d'une voix brisée.

– Je ne vais pas te blesser, la rassura-t-il. Je t'ai assez traumatisée comme ça pour aujourd'hui. Je ne te forcerai plus de cette manière, promis.

Evelyn doutait de la valeur de ses promesses, mais cela parvint à la détendre un peu. Elle retira tout de même lentement sa main en la tortillant. Il poussa un soupir. *Il va me falloir beaucoup plus qu'un pique-nique pour me rattraper*. Il se concentra alors sur la cascade. Elle était calme, puisqu'il avait donné l'ordre à tous les domestiques et résidants du palais royal d'éviter l'endroit de la journée. Il avait envie d'intimité avec Evelyn.

Dans toute autre circonstance, on aurait pu décrire ce cadre comme romantique, mais avec ce qui venait de se passer… Atticus avait envie de rire en constatant à quel point sa tentative de pique-nique de réconciliation avait mal tourné.

– C'est l'un de mes endroits préférés du parc, expliqua-t-il en sautant de son cheval.

Il fut près d'elle en un instant, pour à l'aider à descendre, mais elle fit exprès de passer de l'autre côté. Elle manqua de trébucher en se laissant tomber du haut de cette grande jument, ce qui le fit sourire. Elle était têtue. D'un certain côté, il la détestait un peu pour ça, d'un autre, il appréciait son indépendance et son courage.

Peu de gens étaient assez téméraires pour s'opposer à lui et, sous un certain angle, il appréciait de la voir si forte.

Il attrapa le panier de nourriture accroché à l'une des sacoches de sa selle et avança vers le petit lac et la cascade qui s'offraient devant eux. Il proposa à Evelyn de lui tenir la main, mais elle se détourna en feignant de l'ignorer.

Le paysage était magnifique, au grand dam d'Evelyn. De hautes falaises couvertes de mousse les encerclaient et une petite rivière s'écoulait du promontoire pour former une cascade. Une caverne était creusée derrière le rideau formé par l'eau et, si elle avait été en compagnie de n'importe qui d'autre, Evelyn aurait eu envie d'aller l'explorer. Mais l'idée de se retrouver dans un endroit sombre et isolé avec Atticus ne lui plaisait pas du tout. Stressée, elle leva les yeux pour observer les falaises.

– Je ne te ferai pas de mal, lui promit-il en remarquant son malaise.

Elle ne répondit pas un mot et se contenta de serrer les rênes de Daisy plus fort dans sa main en approchant du lac.

– Pour revenir sur ce que tu as dit tout à l'heure, comme quoi je ne saurais pas ce que c'est que l'amour… tu te trompes. J'ai déjà aimé par le passé. C'était il y a longtemps, mais je sais que c'était de l'amour.

– Je croyais que ta relation avec Venise avait été platonique ?

– Tu as raison, mon amour pour Venise est celui qu'un frère porte à une sœur. Mais je suis sur terre depuis très longtemps, Evelyn. Tu ne penses pas que j'aie pu tomber amoureux une fois ou deux ?

– Je ne pense pas qu'un être aussi malfaisant que toi soit capable d'aimer. J'ai pitié de ces filles, répliqua-t-elle froidement.

– Non, pas ces filles, cette fille, la corrigea-t-il en souriant. Il n'y en a eu qu'une. Et contrairement à toi, elle m'aimait, beaucoup.

– Alors pourquoi n'es-tu pas avec elle en ce moment ? Pourquoi continues-tu à me harceler ? Si elle t'aime, elle a plus à t'offrir que moi.

Le sourire d'Atticus s'estompa immédiatement.

CHAPITRE 12

Atticus déposa un plaid en coton sur la rive du lac et sortit rapidement quelques sandwichs, des fruits, des cupcakes, des chips, une bouteille de vin rouge, une autre de blanc. Il déposa aussi quelques assiettes, des verres et des fourchettes. S'asseyant ensuite, il tapota la place à ses côtés pour inviter Evelyn à le rejoindre.

Elle était réticente. Il y avait peu de choses qu'elle détesterait plus que de pique-niquer avec son bourreau, mais comme toujours, on ne lui laissait pas le choix. Elle jeta un coup d'œil au sommet des falaises. *Mieux vaut lui obéir pour l'instant.* Elle s'installa alors sur la douce couverture dans un geste hésitant, s'appliquant à mettre le plus de distance possible entre eux deux.

Il lui versa calmement un verre de vin blanc qu'il lui offrit. Evelyn l'accepta docilement sans avoir la moindre intention de le boire. Elle remarqua qu'il se versait quant à lui du vin rouge mais que le liquide semblait plus épais que la normale. Son estomac se retourna quand elle comprit que ce n'était pas du vin.

– Mieux vaut leur sang que le tien.

– Mais rien ne justifie de récolter le sang d'innocents, rétorqua doucement Evelyn.

Une image des exploitations d'humains qui fleurissaient un peu partout dans la Nation Vampire et celle d'une fille de son âge détenue dans une cage, violée par les gardes pour tromper leur ennui, alors que son sang était tiré plusieurs fois par semaine, la firent frissonner.

– C'est surtout du vin, mélangé à du sang humain, ne t'inquiète pas, je ne suis pas allé siphonner les veines d'une pauvre âme innocente, répondit-il calmement.

– Ça ne change rien à la réalité, marmonna-t-elle.

Evelyn attrapa un sandwich. Elle n'avait toujours pas mangé depuis le matin et avait vraiment besoin de se nourrir pour éviter le malaise. À l'instant où la délicieuse nourriture entra dans sa bouche, Evelyn dut retenir un gémissement de plaisir. Le merveilleux goût du canard préparé avec talent se mélangeait à la perfection avec la texture moelleuse et aérienne du pain.

Atticus jeta un regard en coin à sa bien-aimée, tout à son affection et à la joie de l'avoir auprès de lui. Au creux de son ventre se réveilla le désir de l'attraper pour embrasser ses lèvres roses si tentantes, mais il résista.

– Même si plusieurs milliers d'années vous séparent, tu me fais beaucoup penser à elle, entonna Atticus.

– Par elle, tu entends ton premier amour… ?

– Je n'avais pas pensé à elle depuis longtemps, affirma-t-il en hochant la tête. Ces souvenirs me hantent chaque fois qu'ils s'insinuent dans ma tête. J'ai tellement envie de l'oublier, mais c'est comme essayer de ne plus t'aimer, j'en suis incapable.

– Comment était-elle ? questionna Evelyn, dévorée de curiosité.

Alors qu'elle se demandait quelle genre de femme pouvait aimer un monstre tel qu'Atticus, sa conscience lui murmura une explication : *Période différente, personnes différentes, opinions différentes ; tu juges l'homme dominé par ses Ténèbres, pas sa réelle personnalité.*

Un petit sourire vint orner les lèvres du Roi au souvenir de son passé :

– Je ne me souviens pas précisément de la date. C'était plusieurs siècles après notre transformation. Il s'était passé beaucoup de choses, déjà. Comme je te l'ai rapidement dit tout à l'heure, je regrette de ne pas avoir été plus sélectif dans le choix de mes compagnons.

« Vois-tu, à l'origine, Venise ne devait tester son sortilège que sur cinq d'entre nous : moi, elle-même, Maraji, Duncan et Alavir. Mais nous sommes devenus six quand Venise s'est aperçue qu'elle avait besoin de l'aide d'une autre prêtresse.

Puis sept lorsque Duncan a refusé de participer à l'expérience sans Saphera, sa tout sauf charmante épouse.

« Au début, j'étais contre, mais Duncan l'aimait tellement. Il ne supportait pas l'idée de la laisser à la traîne. Mais cette femme dévorée par l'ambition était la perfidie incarnée. Elle aimait le pouvoir comme je t'aime toi. J'ai toujours questionné la sincérité de son amour pour Duncan, j'avais l'impression qu'elle ne faisait que l'utiliser. J'ai essayé de l'avertir et de lui dire qu'elle ne lui apportait rien de bon, mais Duncan refusait de m'écouter. Et comme je ne voulais pas faire ça sans lui, j'ai accédé à sa requête.

« De nous tous, c'est Saphera qui fut la plus difficile à canaliser après coup. Elle a très mal géré cette histoire de malédiction et la nécessité de boire du sang après avoir conquis l'immortalité. Si souvent j'ai voulu lui trancher la gorge, juste pour la faire taire et ne plus supporter ses constantes jérémiades.

« Si Lyla et moi détestions Saphera, Venise faisait preuve de gentillesse et de patience. Elle s'occupait d'elle comme d'une sœur. Lyla, elle, ne possédait pas une telle bonté. En fait elle avait accepté de participer à cette expérience pour gagner en puissance. Elle avait toujours été une paria que l'on craignait à cause de ses pouvoirs. À l'époque, les Anciens croyaient qu'il y avait deux sortes de magie : la blanche et la noire. Comme tu le devines, ceux qui pratiquaient la magie blanche étaient adulés et respectés, contrairement à ceux qui faisaient de la magie noire. Jonah et Marcus ont d'ailleurs une théorie : ils pensent que les Ténèbres ont pris racine en moi à cause de Lyla, sa magie se serait emparée de moi lorsque Venise et elle ont jeté ce sort d'immortalité. Et c'est tout à fait probable.

« Quoi qu'il en soit, Saphera était vraiment pénible. Malheureusement, c'est aussi elle qui disposait du don le plus puissant. Elle avait acquis le pouvoir de contraindre : elle pouvait donner aux autres l'envie irrépressible d'accomplir les actes de son choix. Et pour une femme qui ne savait déjà pas comment contrôler son tempérament, c'était franchement le pire de tous les dons. Son esprit en a été troublé, la pauvre a été victime de telles hallucinations qu'elle en est devenue folle. Elle devenait incapable de discerner le vrai du faux et se faisait croire à elle-même des choses fausses. D'ailleurs, encore aujourd'hui, je déteste me servir de son pouvoir, il m'embrouille l'esprit, admit Atticus.

Il jeta un coup d'œil vers Evelyn et remarqua qu'elle avait arrêté de manger. Il se souvint du trajet en limousine, la veille du jour où elle avait encore essayé de se suicider. Son comportement l'avait dégoûtée, affectée au point de ne plus avoir envie de vivre et, bien sûr, en l'écoutant parler, elle ne pouvait que repenser à cet épisode. Il essaya de lui prendre la main dans un geste hésitant. Même s'il cherchait à la réconforter, à l'instant où il entra en contact avec elle, Evelyn se recroquevilla sur elle-même et le dévisagea de son regard craintif et empli de tristesse.

Les yeux sont le miroir de l'âme… Atticus n'avait jamais pris toute la mesure de ce dicton avant de plonger son regard dans celui d'Evelyn et d'y lire la terreur absolue qu'il lui inspirait. Jour après jour, une monstruosité après l'autre, il lui volait sa lumière vitale ; un crime pour lequel il se haïrait jusqu'à la fin des temps.

– Je sais ce que tu penses, murmura-t-il avec douceur. Et je te promets de ne plus jamais te faire ça. Je le jure sur la tombe de Mira, plus jamais je ne me servirai du pouvoir de contrainte sur toi. Promis.

Elle le regarda d'un air vide en se demandant la valeur de cette promesse. Alors, elle décida d'éviter tout bonnement le sujet. Elle relança Atticus :

– Elle s'appelait Mira ?

– Minerva, en fait, répondit Atticus en hochant la tête. C'est le nom romain d'Athéna, la déesse grecque de la sagesse.

Il baissa les yeux pour admirer le lac et un doux sourire vint éclaircir son visage lorsqu'il reprit :

– Notre camarade Saphera a été la première d'entre nous à se faire dévorer par les Ténèbres. Elle en était venue à croire que Venise – qui l'avait toujours aidée – avait une relation avec Duncan et elle s'était convaincue qu'un jour Venise dévasterait la Terre et nous tuerait tous. Si elle avait su à quel point elle avait tort. Quoi qu'il en soit, il a fallu faire un choix, c'était Saphera ou Venise. Et même si son pouvoir était pratique de temps en temps, nous savions tous que la vie de Venise était beaucoup plus précieuse. Nous savions aussi que Duncan n'accepterait jamais de faire du mal à sa femme et qu'il se battrait jusqu'au bout pour elle. Alors, sans le consulter, nous avons pris l'âme de Saphera. Quand il s'est rendu compte qu'elle n'était plus là, il en a eu le cœur brisé. Les Sept n'étaient plus sept.

« Nous avons alors décidé d'aller chacun de notre côté. Ce fut la dernière fois que Maraji, Duncan, Venise, Lyla, Alavir et moi étions au même endroit au même moment. Même si nous nous étions promis de nous retrouver un jour, ça n'est jamais arrivé. Après avoir laissé Lyla, Venise et moi nous sommes séparés aussi. Et c'est à partir de ce moment-là que j'ai senti les Ténèbres s'insinuer aux tréfonds de mon âme. La solitude l'emporta et mon esprit était envahi de pensées sombres. Toutes ces années entre la séparation des Sept et la rencontre avec Mira sont très confuses dans ma tête. Je passais mes jours et mes nuits dans les bordels et les tavernes, à noyer mon chagrin dans le goût amer de l'alcool.

Atticus but une gorgée de vin pour ponctuer son discours, et l'espace d'un instant, Evelyn eut presque pitié de lui. Presque.

– Pour être honnête, si Mira et moi ne nous étions jamais rencontrés, je ne sais pas quel genre d'homme je serais devenu. Elle était belle, pleine de compassion et d'empathie, et si intelligente. Elle m'a sauvé des Ténèbres. Elle a fait revenir la lumière dans ma vie. D'une certaine façon, elle te ressemblait, pourtant vous êtes si différentes, toutes les deux.

Atticus poussa un soupir à fendre l'âme et Evelyn aperçut une larme rouler le long de sa joue. Elle le haïssait profondément, de tout son être, pour ce qu'il lui avait infligé, et cette haine serait éternelle. Mais pour une raison qui lui échappait, voir Sa Majesté le Roi Atticus, le puissant monarque qui dirigeait la Nation Vampire, pleurer la toucha. Sensible à sa peine, elle sentit le goût salé des larmes qu'elle connaissait si bien sur son visage et ne put s'empêcher de passer son bras autour de ses épaules et de le serrer contre elle.

Evelyn Blackburn était fidèle à elle-même, sa bonté était sa malédiction. Elle savait qu'elle aurait dû assister au tourment de son bourreau le sourire aux lèvres, mais elle en était incapable.

– Tu n'as pas besoin de m'en parler si tu ne veux pas, le cajola-t-elle en lui caressant ses doux cheveux noirs comme elle le faisait avec Ethan.

– Non, j'ai envie de t'en parler, lui chuchota-t-il dans le creux du cou. Je veux que tu saches toute l'histoire.

Doucement, à contrecœur, Atticus recula. Il aurait aimé rester dans les bras d'Evelyn pour l'éternité, mais il savait que son désir l'emporterait s'il restait aussi proche de cette humaine. Alors il reprit :

– Mira n'était pas du genre demoiselle en détresse. J'ai toujours pensé que la référence de son nom à la chaste déesse Minerve était ironique, à cause de sa profession et du style de vie qu'elle menait. La pure déesse Athéna, comme aimaient l'appeler les Grecs, n'avait rien à voir avec ma Mira. Je l'ai rencontrée dans un bordel à Rome. C'était une ville magnifique, tout comme elle, même si, au début, je ne faisais pas attention à elle. Je l'ai même trouvée assez moche, sans rien de particulier, mais elle était entourée d'une sorte d'aura pleine d'innocence. Je trouvais ça bizarre pour une prostituée œuvrant dans l'un des bordels les plus populaires de la ville. Même si elle n'avait pas attiré mon regard au premier abord, c'était l'une des filles de joie les plus recherchées du coin.

« Un jour, j'ai observé l'un des puissants de la ville l'utiliser… je me souviens de l'avoir vue se débattre sous ses caresses. Elle détestait son travail et je le savais. Mais je ne l'ai vue verser une larme pour la première fois que le jour où un vieillard, à qui il ne restait plus qu'une dent, couvert de crasse et de sang, essaya de la trousser au milieu de la taverne. Cette nuit-là, je n'ai pas pu m'empêcher de penser à elle. Elle était comme une fleur, fraîche et fragile, qui s'élevait dans toute sa beauté au milieu de la bourbe de la réalité du monde. La nuit suivante, j'ai demandé à ce qu'on la fasse venir dans la chambre que j'avais privatisée. À l'instant où j'ai vu sa frêle silhouette entrer dans la pièce, j'ai été excité par son innocence. Je l'ai alors regardée pour la première fois. Sa peau était d'un brun doré et ses cheveux châtain clair. Elle avait les plus beaux yeux verts que j'avais jamais vus. À partir de cette nuit-là, j'ai donné au tenancier du bordel des sommes folles pour m'assurer que personne ne la touche et qu'elle me soit intégralement réservée.

Il jeta alors un coup d'œil à Evelyn et commenta :

– Je crois que j'ai toujours été un peu possessif avec les femmes de ma vie.

Elle ne répondit rien, alors il continua.

– Très vite, j'ai appris que Mira n'exerçait pas cette profession par choix. Sa mère était morte quelques mois après avoir mis son petit frère au monde et son père avait été tué dans une bagarre après une nuit de débauche à boire pour oublier son amour perdu. Il avait qui plus est dépensé toutes leurs économies en vin, laissant derrière lui une dette énorme. Mira n'avait que seize ans. Comment aurait-elle pu élever un petit garçon et rembourser cette monstrueuse dette en même temps ?

La respiration d'Evelyn s'accéléra devant l'horreur de la situation, mais Atticus poursuivit son récit :

– Elle s'était vendue au tenancier de la maison close et avait commencé à coucher avec des hommes tous les soirs pour rembourser la dette de son père et mettre un toit sur la tête de son frère. Après qu'elle m'eut tout raconté, j'ai décidé de la racheter, car non seulement elle m'avait déjà fait part de son histoire, mais je lui avais aussi parlé de la mienne. C'était la première fois que je révélais mon secret à quelqu'un. Je les ai éloignés, elle et son frère, de Rome et on s'est installés dans une petite maison à la campagne. Même si je n'ai pas passé beaucoup de temps avec Mira, ce fut tout de même les plus beaux jours de toute ma vie.

– Qu'est-il arrivé à Mira ?

– Elle est morte, gémit Atticus en s'étranglant dans un sanglot. Et c'est ma faute. Je l'ai tuée… J'ai tué Mira.

CHAPITRE 13

Le regret. S'est-on déjà demandé à quel point la vie aurait pu être différente si on avait eu le courage de prendre les risques nécessaires, de s'assumer et d'aller parler aux bonnes personnes ? La pire forme de regret est dans ces choix qu'on aurait pu faire, ces choix qui auraient mis nos vies sur des chemins complètement différents. Ces choix que nous aurions faits si on avait eu connaissance de tout ce qu'on sait maintenant…

« *J'ai tué Mira.* » Cette petite phrase suffit à chasser tout l'air des poumons d'Evelyn. Elle resta là, assise en silence un instant, à regarder les larmes rouler sur la peau ambrée du visage d'Atticus.

Son petit cœur humain battait à une vitesse folle et son instinct de survie lui intima de partir en courant. Ses mains tremblaient, tant elles avaient envie de se poser par terre pour lui donner l'impulsion nécessaire pour cela. *Il a tué Mira, il a tué son premier amour ! Comment a-t-il pu mettre fin aux jours de la femme qu'il aimait ?*

Mais sa conscience connaissait déjà la réponse à cette question : Atticus était capable de tout. Elle fut saisie d'un frisson d'horreur en se rappelant la sensation de son sexe au fond de sa gorge. De la puissance de ses mouvements. De la domination qu'il lui avait imposée, du contrôle qu'il avait exercé sur elle, de sa manière de la traiter comme si elle n'était rien d'autre qu'une poupée. Elle se souvint de ses yeux si noirs et de son air lubrique en la voyant avaler son sexe. Elle était certaine qu'il finirait par l'achever avec sa force, incapable qu'il était de contrôler ses émotions et ses instincts pervers. Il la tuerait, c'était certain, intentionnellement ou par accident.

Après quelques instants de silence, Atticus lui demanda d'une voix brisée :

– Tu as peur ?

Se rappeler Mira avait fait tomber toutes les barrières qu'Atticus avait érigées pour se protéger. Il lui révéla toutes les émotions qui le traversaient. La souffrance, le chagrin, la haine de soi, le désir, la colère, le désespoir… tout. Elle avait l'impression de voir son âme.

– J'ai toujours eu peur de toi, répliqua-t-elle. Tu menaces la vie de tous les gens que j'aime pour me faire chanter et tu me retiens prisonnière dans ton palais. Comment ne pourrais-je pas avoir peur de quelqu'un comme toi ?

Il manqua de rire et tendit la main vers elle. D'instinct, elle recula, mais il était à ce moment-là incapable de supporter sa rebuffade. Il attrapa vite ses doigts pour les emprisonner entre les siens et reprit son histoire :

– J'aimais Mira, comme je t'aime. À la différence que c'était réciproque. Elle était toute disposée à me prêter son corps. Toutefois, à ce jour encore, je ne sais pas trop si Mira m'appréciait pour moi-même ou parce que je m'occupais d'elle et de son petit frère. D'un certain côté, j'ai envie de croire que ses sentiments étaient sincères, mais au fond je m'en fichais un peu. L'amour reste l'amour. Mira m'a sorti des griffes des Ténèbres, elle m'a montré que la vie pouvait avoir plus de sens et que mes pouvoirs étaient un don, et non une malédiction. Elle m'a appris que je pourrais changer le monde un jour et redresser bien des torts. À ses yeux, je pouvais devenir le plus grand héros que la Terre ait porté. Sans Mira, je n'aurais jamais constitué mon petit cercle de vampires, je n'aurais pas recruté tous ces humains talentueux et puissants. Et je n'aurais jamais pu renverser la démocratie humaine pour bâtir le plus grand Empire qu'on ait jamais vu.

Il caressa la peau douce de la main d'Evelyn de son pouce et continua :

– Il est dommage que notre idylle n'ait pas duré plus longtemps. Deux mois à peine après l'avoir rachetée au bordel, elle m'a annoncé une nouvelle qui m'a fait l'effet d'une bombe.

– Qu'a-t-elle dit ?

– Mira était enceinte, rit-il doucement. Le fait est que j'étais jeune, à l'époque, j'étais l'un des premiers vampires sur Terre et je ne savais pas de quoi j'étais capable ni quelles étaient les limites de nos pouvoirs. Mais j'avais fréquenté beaucoup de femmes pendant ces quelques centaines d'années et Mira a été la première à m'annoncer une grossesse, dit-il en posant les yeux sur Evelyn. Naturellement, j'ai cru qu'elle m'avait trompé et couché avec un autre homme. Je me souviens quand elle me l'a annoncé. Elle était tellement naïve. Croyant que l'enfant était de moi, elle m'a lâché ça avec le plus grand des sourires. Elle avait l'air si heureuse, si excitée. Moi, en bon monstre que je suis, je me suis entièrement abandonné aux Ténèbres pour la première fois de ma vie cette nuit-là. Je l'ai étouffée, je l'ai frappée, je lui ai donné des coups de pied. Elle a crié chaque fois que mon poing s'abattait sur elle. Elle m'a supplié d'arrêter mais j'ai continué à la battre. J'ai pris du plaisir à entendre ses os craquer les uns après les autres, à l'entendre geindre. Je…

Atticus s'arrêta brusquement en sortant de sa transe pour revenir à la réalité et regarda Evelyn. Elle se débattait pour libérer sa main. La terreur, le choc et le dégoût se disputaient l'expression de son visage.

– Tu as agressé une femme enceinte ? s'étouffa-t-elle.

La bile lui remontait dans la gorge. L'idée qu'Atticus ait attaqué Mira la rendait malade. Cette femme n'avait rien fait d'autre que l'aimer, elle avait fait tout son possible pour le guider vers la lumière, et lui, il avait pris du plaisir à la battre.

– Tu n'es qu'un animal, un esprit pervers et inhumain.

Atticus continua à sourire, et Evelyn n'arrivait pas à savoir si son expression était sarcastique ou pleine de chagrin. Il reprit :

– J'ai continué à la frapper jusqu'à ce qu'elle s'évanouisse. Elle a repris conscience cinq jours plus tard. À ma grande surprise, non seulement elle avait survécu, mais le bébé aussi. Comme je te l'ai dit, j'étais jeune à l'époque et je n'avais pas encore découvert tous mes pouvoirs, par exemple le fait que mon sang pouvait guérir un humain. Alors j'ai fait venir un médecin. Mira n'a jamais plus été la même après ça. Mais elle m'avait promis qu'elle m'avait été fidèle, et au bout d'un moment, j'ai fini par lui accorder le bénéfice du doute. D'ailleurs, aujourd'hui, je ne sais toujours pas si elle me disait la vérité ou si elle m'avait trompé. Du coup, je lui ai dit que, s'il était de moi, on pourrait le garder, mais que si ce n'était pas le cas, alors je le tuerais avant qu'il ne puisse prendre son premier souffle, ainsi que le père. Les jours ont passé et la jalousie alimentait les Ténèbres en moi. J'ai alors cherché, retrouvé et tué tous ses anciens clients du bordel, ainsi que quelques innocents aussi, mais nous dirons que c'était un dommage collatéral. Et quand elle est morte, j'ai fait un véritable massacre à Rome. J'ai perdu le compte du nombre de vies que j'ai prises.

Elle était mienne et je voulais que tous les hommes qui avaient pris du plaisir avec son corps meurent.

– Co-comment est-elle morte ? demanda prudemment Evelyn, comme si elle avait peur d'entendre la réponse.

– Par ma faute. Son corps ne s'est jamais vraiment remis de mon agression alors qu'elle faisait grandir la vie en elle. Au bout d'un moment, son corps n'a plus été en capacité de les supporter tous les deux et le médecin m'a demandé de prendre une décision : sacrifier le bébé ou Mira. J'ai bien sûr choisi la première option. Mira, fidèle à elle-même, refusait de laisser son enfant mourir, mais j'avais pris ma décision. Ce jour-là, je suis allé à Rome pour acheter toutes les herbes et les remèdes censés pouvoir tuer un enfant à naître. Je les lui ai fait ingérer pendant qu'elle dormait et le fœtus n'a pas survécu.

« Quand Mira s'est rendu compte que j'avais tué son enfant, elle est devenue folle et a cherché à me provoquer. Pour me blesser autant que je l'avais fait. Mais étrangement, je me contrôlais bien ce jour-là. Comme elle n'était pas apte à entendre raison, je l'ai laissée toute seule en espérant qu'une bonne nuit de sommeil puisse l'aider à se calmer. Mais j'avais tort. Mira est morte cette nuit-là. Elle s'est étranglée avec son propre collier, celui que je lui avais offert le jour où je l'avais fait sortir du bordel, expliqua Atticus, la voix étranglée et les larmes aux yeux. Je pensais qu'il n'y avait rien à faire pour la sauver, je ne savais pas encore de quoi mon sang était capable. Je ne savais pas que je pouvais la faire revenir parmi les vivants. Je ne savais pas non plus que mon sang pouvait transformer un humain en vampire.

La vue de ses larmes éveilla un instinct de protection en Evelyn et, immédiatement, elle eut envie de le prendre dans ses bras pour le consoler.

– J'aimais Mira et, peu après sa mort, j'ai eu la certitude que je ne pourrais plus jamais aimer. Je pensais qu'il me serait impossible d'avoir des sentiments pour quelqu'un d'autre. Jusqu'à ce que je te voie. Evelyn, la nuit où je t'ai rencontrée, j'ai eu l'impression de me réveiller d'un long sommeil. Toi, tu as guéri mon cœur brisé, tu m'as apporté de la chaleur, tu m'as donné envie d'aimer encore. Te souviens-tu de ton dix-septième anniversaire ? La nuit où je t'ai surprise avec Ethan sous ce cerisier ?

Le sang d'Evelyn se figea dans ses veines lorsqu'elle repensa à cette soirée. C'était sous cet arbre qu'elle avait expérimenté pour la première fois la violence d'Atticus.

– J'ai voulu arracher la tête d'Ethan ce soir-là, le tuer à mains nues. Je regrette d'ailleurs de ne pas l'avoir fait. Vois-tu, parfois, les Ténèbres me murmurent des choses à l'oreille, je perçois des images et des sons. Ainsi je t'ai souvent observée, gémir et haleter sous son pathétique corps humain. Le démon aime bien me renvoyer ces souvenirs pour essayer de prendre le contrôle de mon corps. Il te veut autant que je te veux, sinon plus.

Evelyn frissonna de partout et concentra son regard sur le lac devant elle.

– Je pense que je t'ai raconté assez d'histoires comme ça pour aujourd'hui… On devrait rentrer au palais, maintenant.

Atticus rit sans humour et sa main resserra sa prise sur celle de l'humaine. Il observa le paysage et constata :

– La cascade est magnifique, non ? Et on est en pleine nature. C'est un endroit parfait pour baiser, tu ne crois pas ?

– Atticus… J'ai envie de rentrer.

Evelyn avait répondu d'un air sévère en essayant d'arracher sa main à la sienne, mais il était bien plus fort qu'elle.

– Si j'étais quelqu'un d'autre, est-ce que tu accepterais que je te prenne comme ça ? demanda-t-il froidement en mettant brusquement son autre main à la base de son cou pour lui maintenir la mâchoire du pouce. Si j'étais Ethan, est-ce que tu te mettrais volontiers à genoux pour me prendre dans ta bouche ? Si j'étais Ethan, est-ce que tu accepterais de retirer tes vêtements et me laisserais-tu te baiser à en perdre la raison ?

– Arrête ! cria-t-elle en essayant vainement de lui échapper.

– Evelyn, sais-tu pourquoi j'ai laissé à Mira l'opportunité de garder son bébé ? lui susurra-t-il à l'oreille. J'étais persuadé que cet enfant avait été conçu avant qu'elle ne soit avec moi et je ne doutais pas qu'elle m'était restée fidèle. Ma douce, douce, Evelyn, n'y a-t-il rien que tu veuilles me dire ? N'as-tu rien à me confesser ? Si tu l'avoues toute seule, je pourrais faire preuve de clémence, du moins ne pas te punir.

– Lâche-moi ! s'écria-t-elle encore en luttant de toutes ses forces sans le moindre résultat.

Son corps tout entier tremblait de peur. Il était donc au courant de ce qu'elle a fait.

– J'ai laissé une chance au bébé de Mira, mais ça ne veut pas dire que je laisserais la vie sauve à ton bâtard. Si je m'aperçois que tu es enceinte, alors sois bien certaine que je ne tuerai pas seulement l'enfant, mais aussi la vermine qui lui sert de géniteur. Tu es à moi ! Tu es ma femme ! Tu m'appartiens, comme tout ce qu'il y a sur cette planète. À quoi me sert tout ce pouvoir si je ne peux pas l'utiliser pour prendre ce que je veux ? Alors maintenant, dis-moi, que s'est-il passé lors de ton séjour chez tes parents ?

– Je… Je…

Evelyn se demanda si elle devait mentir ou tenter de trouver une explication, au risque que cela ne fasse qu'empirer la situation. Il avait déjà été incroyablement stupide de sa part de croire qu'elle pouvait lui cacher un tel secret.

– J'ai couché avec Ethan.

Sans l'avertir, il la repoussa brusquement et le corps très humain d'Evelyn heurta le sol.

– Tu savais ? gémit-elle en se levant, alors qu'il continuait à la toiser.

Elle remarqua la concupiscence dans son regard et ses mains tremblantes. En silence, elle ferma les yeux et se prépara à l'assaut, mais à sa grande surprise, il ne la toucha pas.

– Je t'ai promis que je ne te forcerais plus à coucher avec moi. Je ne sais pas combien de temps je vais pouvoir tenir cette promesse. Peut-être jusqu'à demain, peut-être jusqu'à la nuit des temps, je ne sais pas. Je pourrais aussi céder avant même que nous n'ayons rejoint le château. Mais pas maintenant, pas tant que le souvenir de Mira est encore frais dans ma mémoire et qu'Ethan domine toutes tes pensées.

Elle déglutit dans un geste nerveux et leva rapidement les yeux vers lui. Son corps projeta une grande ombre sur elle.

Il savait, il savait ce qu'Ethan et moi avons fait. Il savait que nous avons couché ensemble. Il savait. Et d'un seul coup, elle se rendit également compte qu'elle n'avait pas vu Hansel depuis son retour.

– Ha… Hansel ?

Elle ne put rien dire d'autre que son nom en croisant le regard sombre et effrayant du Roi, qui lui répondit d'un sourire sinistre.

CHAPITRE 14

Le retour à cheval au palais fut pour le moins calme. Malgré toutes les suppliques et les incessantes questions d'Evelyn, Atticus garda le silence. Pas un seul son ne s'échappa de ses lèvres pulpeuses. Il conserva le regard perdu dans le vide devant lui. Il refusait de poser ses yeux sur elle, encore moins de lui parler.

– Dis-moi simplement s'il est en vie ! le supplia-t-elle, son pâle visage maculé de larmes.

Elle enfonça ses ongles dans le cuir de ses rênes et ses mains frêles tremblaient.

– Pitié, dis-le… Dis-moi que tu ne l'as pas tué, dis-moi qu'il est encore en vie !

Atticus était mutique, la tête haute et le visage aussi inexpressif que possible, en plongeant la main dans la sombre et rugueuse crinière de Shadow. Puis un sourire satisfait vint orner ses lèvres. Essuyant ses larmes et se rendant enfin compte qu'il avait désormais toutes les cartes en main, elle commença à jouer à un jeu dont elle ne connaissait même pas les règles.

– Ne le tue pas, murmura-t-elle la voix épuisée par le chagrin. Je t'en supplie, ignore-moi autant que tu veux, mais ne le tue pas. Fais même ce que tu veux de moi, mais pitié, ne fais pas de mal à Hansel. Il est innocent dans tout ça. Il n'a rien fait de mal. Ne punis pas un innocent, je t'en supplie, Atticus ! Si tu as encore un cœur quelque part, ne t'en prends pas à Hansel, laisse-lui la vie sauve. C'est ton ami.

D'un seul coup, Atticus explosa de rire. Ses yeux se plissèrent lorsqu'il rejeta la tête en arrière. Il y avait quelque chose d'incroyablement désagréable – de perturbant, même – dans ce spectacle qu'elle observait de son regard craintif. Elle avait déjà fait connaissance avec pas mal d'aspects de la personnalité du Roi, mais là, sur le dos de Daisy, avec Shadow à ses côtés et le palais au loin, Evelyn comprit pour la première fois l'étendue de la perversion et de la dépravation d'Atticus. Il n'avait ni morale ni regret. C'était un mort-vivant, froid, regorgeant de noirceur et d'abominables fantasmes.

Baissant les yeux, elle décida alors que, tôt ou tard, elle saurait ce qu'il était arrivé à son seul ami vampire. Même au prix de sa vie, Evelyn sauverait Hansel de l'endroit où il était retenu captif.

Atticus décida d'aller directement vers les portes du palais, plutôt que de se rendre aux écuries, et il ne prit pas la peine de consulter Evelyn, évidemment.

Il se contentait de mener son cheval là où bon lui semblait et elle n'avait qu'à le suivre, comme un chien errant.

Lorsqu'ils arrivèrent devant l'entrée du palais, avant de franchir l'immense arche en pierre, deux gardes se précipitèrent vers eux pour leur prendre les rênes des mains et les aider à descendre. Sans même lui jeter un coup d'œil, Atticus monta les marches de l'escalier quatre à quatre. À voir ses épaules crispées, elle en déduisit qu'il était toujours en colère. Ils avaient encore bien des choses à régler, mais Evelyn se dit que, cette fois-ci, c'était lui qui avait besoin de temps.

– Atticus ! l'interpella une voix familière. Atticus ! Où étais-tu ? Ça fait des heures que je te cherche !

Un homme aux cheveux sombres se précipita vers lui. Evelyn connaissait son visage, son nom aussi, mais elle n'arrivait plus à se rappeler précisément de qui il s'agissait.

– Jonah, répondit Atticus, que se passe-t-il ?

– Qu…

Jonah allait pour se lancer dans une question mais s'arrêta immédiatement lorsque son regard brun tomba sur celui d'Evelyn. Son attitude passa alors de vaguement ennuyé à franchement en colère :

– Donc, pendant que je courais partout pour établir un périmètre de sécurité pour toi, tu étais avec elle ?

– Que se passe-t-il ? répéta Atticus.

Jonah leva les yeux au ciel et murmura quelque chose à son oreille. Evelyn manqua de rire devant ce spectacle. Elle jeta un regard autour d'elle et compta pas moins d'une vingtaine de gardes armés dans le hall. C'était a priori tous des vampires, elle était la seule à ne pas posséder de pouvoirs surnaturels, alors le fait qu'un éminent représentant de la noblesse tel que Jonah fasse des efforts pour lui cacher quelque chose lui parut comique.

Mais elle finit par avoir un mauvais pressentiment. Elle se concentra sur Jonah qui continuait à murmurer des choses à l'oreille de son Roi et trembla de tout son être en se demandant s'il était arrivé quelque chose à Hansel. Quel que soit le contenu de ce message, Evelyn savait qu'il était important. L'expression du visage d'Atticus se transforma brièvement, mais en une fraction de seconde, son sourire arrogant était revenu s'afficher sur ses lèvres.

– Eh bien on peut reconnaître aux débiles qu'ils savent être constants, rit-il. Quand apprendront-ils qu'ils ne peuvent pas me surpasser ?

Son regard traîna sur le groupe de vampires en uniforme devant lui, tous apeurés et stressés d'avoir à s'adresser à leur Roi, mais il revint ensuite sur l'humaine :

– Il faut que je m'occupe de deux ou trois petites choses, rien de sérieux. Jonah, pourquoi ne raccompagnerais-tu pas Evelyn dans sa chambre ?

Jonah fronça des sourcils, clairement mécontent qu'on lui assigne une telle mission.

– Tu n'es pas sérieux, Atticus, je ne m'occuperai de rien qui concerne cette gamine ! Trouve quelqu'un d'autre. May est toujours en train de traîner le nez en l'air, laisse-la s'occuper de ton…

Jonah s'arrêta brusquement en voyant le regard meurtrier de son Roi.

– Escorte Evelyn dans sa chambre, ordonna-t-il sur un ton cette fois-ci très autoritaire. Et je te fais confiance pour ne pas répéter les erreurs d'Hansel.

– Plutôt crever, répliqua Jonah en levant les yeux au ciel.

– Alors c'est lui ma nouvelle baby-sitter ? demanda Evelyn pleine d'aigreur. Ne le prends pas mal, mais je préférais Hansel.

Jonah toisa Evelyn d'un regard plein de haine, un sourcil arqué pour marquer son irritation.

– Si tu fais de moi sa nouvelle baby-sitter, je démissionne.

– Ramène-la dans sa chambre, se contenta de répondre Atticus.

– Attends ! s'écria Evelyn. Ne vas-tu pas répondre à mes questions ?

Atticus s'arrêta un instant et se tourna pour plonger une dernière fois dans le regard humide de sa bien-aimée.

– S'il te plaît, le supplia-t-elle. Dis-moi simplement s'il va bien. Atticus, Hansel est ton ami, il t'est loyal ! Ce qui est arrivé n'est pas sa faute !

– Il m'était loyal, mais maintenant, on dirait bien qu'il a trouvé une nouvelle maîtresse à servir.

S'apprêtant à en dire plus, il se ravisa et fit demi-tour en silence.

– Allez, on y va, marmonna Jonah sans prendre la peine de cacher sa haine pour cette petite humaine. Je te ramène dans ta chambre et je me tire, j'ai des choses plus importantes à faire.

– Je peux la retrouver toute seule, répliqua-t-elle d'une voix faible et brisée. Je n'ai pas besoin qu'on m'aide, je peux marcher toute seule.

Jonah leva les yeux au ciel et désigna la direction à prendre en silence. En le suivant dans les couloirs si bien décorés du palais, elle se rendit compte que Jonah et elle s'étaient à peine croisés auparavant. Elle savait qu'il était ami avec Hansel et aussi qu'il avait visiblement une dent contre elle. Elle remarqua que les domestiques s'écartaient sur son passage pour le laisser avancer à sa guise, comme pour Atticus. Certains d'entre eux semblaient apeurés et d'autres encore changeaient carrément de direction pour l'éviter. Jonah était-il encore plus cruel qu'Atticus ?

Ils venaient juste de tourner dans un couloir, avançant vers l'un des nombreux escaliers du palais, lorsque Evelyn rassembla enfin assez de courage pour poser la question à laquelle Atticus refusait de répondre.

– Jonah ?

Silence.

– Jonah, réitéra-t-elle. Savez-vous où est Hansel et ce qu'il lui est arrivé ?

Le vampire partit d'un rire sinistre. Elle n'était que trop habituée à ce son. En le regardant de dos, elle ne pouvait que constater toutes les similarités entre sa démarche et celle de son souverain.

– Si tu tiens à Hansel, alors moins tu parleras de lui, mieux ce sera, l'avertit-il. Atticus est quelqu'un de jaloux, plus il pensera qu'Hansel compte pour toi, plus la situation sera dangereuse pour lui. Tu comprends ?

– Je… Je… bégaya Evelyn, perturbée par ses mots. Je… Atticus… Atticus. C'est lui qui a encouragé Hansel à devenir mon ami. Il voulait que je l'apprécie pour pouvoir me surveiller grâce à lui. Pourquoi devrait-il être jaloux de lui ?

– Mais tu es vraiment très conne, en fait. Hansel a été débile de se faire du souci pour toi. Il devait complètement débloquer quand il s'est dit que c'était une bonne idée de draguer la meuf d'Atticus. Une pétasse pareille ? Pourquoi perdre son temps avec une merde comme toi ? T'es mignonne, mais sérieux, il n'y a rien d'autre, je ne vois pas ce qu'ils te trouvent, tous les deux.

Sous le flot d'insultes, Evelyn baissa les yeux et serra les poings de colère. Après tout ce qu'il s'était passé aujourd'hui, elle se sentait plus bas que terre, physiquement et psychologiquement. En plus du viol qu'Atticus lui avait fait subir, elle était en train de prendre conscience que son premier véritable ami avait probablement été torturé comme un criminel par le Roi, ou pire… qu'il était peut-être mort. La colère, la frustration, la peur, le chagrin s'accumulaient. L'attitude de Jonah était l'agression de trop. Evelyn n'hésita pas un instant et fit quelques pas en levant la main.

Et avant qu'elle ne s'en rende compte, sa main vint s'écraser sur la joue de Jonah en résonnant dans le couloir. L'assaut avait pris le vampire par surprise. Il assassina l'humaine d'un regard meurtrier. Evelyn vit un muscle faire tressauter sa paupière de rage et elle recula tout doucement, se préparant à courir comme si sa vie en dépendait. Mais à sa grande surprise, il se contenta d'éclater de rire. Un sombre rire diabolique qui lui inspira plus de crainte encore.

– Eh bien gamine, sais-tu à quel point il me serait facile de simplement te tuer et de mettre fin à tout ce drame ? demanda-t-il le regard assombri par la colère.

– Mais vous ne le ferez pas, c'est lui qui vous tuerait si vous ne posez ne serait-ce qu'un doigt sur moi, rétorqua-t-elle la tête haute, en feignant de ne pas être terrorisée par sa menace.

– À en juger l'humeur du Roi, j'imagine que tu as craché le morceau ? demanda Jonah en riant. Si tu es au courant pour Hansel, alors tu as dû découvrir qu'il est au courant que tu as couché avec Ethan, c'est ça ?

Elle hocha la tête.

– Sale pute ! l'insulta Jonah. Atticus t'a donné son cœur et tu le piétines comme si ce n'était rien ! Il t'autorise le luxe de voir ta famille, de goûter à cette liberté que tu chéris tant, et comment le remercies-tu ? En allant coucher avec une saloperie d'humain dans son dos ! Comment as-tu pu le trahir comme ça ?

Par impulsivité, Evelyn leva encore la main, désireuse de laisser une autre empreinte de ses doigts sur la joue bien rougie du vampire. Mais cette fois-ci, Jonah l'intercepta en plein vol.

– Dis-moi, si je faisais comme si je m'intéressais à toi et que je prétendais que ta liberté est importante, est-ce que tu écarterais tes petites cuisses malingres pour moi ?

Chacun de ses mots la provoquait de son venin et de la haine qu'il ressentait pour elle en la toisant de toute sa hauteur. Evelyn ne pensait pas qu'on puisse être plus sombre qu'Atticus, mais en plantant ses yeux dans le regard impitoyable de Jonah, elle se rendit compte que le vampire devant elle pourrait bien être encore plus cruel.

– J'aime Ethan. Je l'ai toujours aimé et je l'aimerai toujours ! C'est un homme bon, gentil, plein de compassion et d'empathie. J'ai couché avec lui de mon plein gré. Atticus, lui, m'a forcée ! Ce n'était pas une trahison. Je n'ai jamais fait aucune promesse de nature sentimentale à Atticus ! Il m'a violée, battue, terrorisée et traitée comme un objet ! C'est un monstre !

– Tu lui as toujours appartenu. Dès l'instant où tu as vu le jour, tu lui appartenais. Et que tu le veuilles ou non, tu fais partie de ses biens. Il te possède comme le reste du monde ! Si tu penses pouvoir lui échapper, alors tu es encore plus conne que je ne le pensais.

– Il me retient captive dans son palais ! Il me fait chanter en menaçant la vie de toutes les personnes que j'aime. Tu n'as aucune idée de toutes les horreurs qu'il m'a fait subir !

Soudain les souvenirs du matin lui revinrent en tête.

– C'est ton devoir de le satisfaire. Tu lui appartiens. Il est ton maître. Tu sais, parfois, je me demande ce qu'ont fait tes ancêtres pour que ta famille ait une telle importance. Est-ce qu'ils se sont prostitués en laissant tous les soldats qui passaient les baiser ?

– De quoi parlez-vous ?

– Tu ne sais vraiment rien, hein ? demanda Jonah en levant les yeux au ciel. Est-ce que tes parents t'ont fait grandir au fond d'une grotte ? Peut-être est-ce pour ça que tu ne comprends pas à quel point tu as de la chance qu'Atticus soit tombé amoureux de toi ? continua Jonah en relâchant sa main. Toutes les familles humaines qui possèdent un titre de noblesse et de l'argent ont fait quelque chose pour nous aider lors de la Guerre des Vampires. Une vie de richesses loin des bidonvilles était leur récompense. Qui sait, ta famille jouit peut-être de ce prestige parce que l'un de tes ancêtres a décidé d'aller tailler une pipe à Atticus. Si ton arrière-arrière-grand-mère était une suceuse, j'ai même pu la baiser une fois ou deux.

– Vous êtes un grand malade. Ma famille n'aurait jamais aidé ces salauds de vampires, jamais ! Et la façon dont vous nous traitez, nous les humains, est avilissante.

– Ah c'est là que tu te trompes, petite Evelyn, affirma-t-il en baissant le regard sur elle, un grand sourire aux lèvres. Nous, les vampires, nous sommes des êtres supérieurs et nous pouvons prendre ce qui nous plaît de vous, les êtres inférieurs. Le pouvoir et l'argent, il n'y a que ça de vrai, gamine, et si tu n'appartenais pas à Atticus, je pourrais te baiser ici et maintenant, que tu le veuilles ou non. C'est ton devoir d'humaine de nous idolâtrer et tes ancêtres étaient assez malins pour le comprendre. Contrairement à toi.

– Gros pervers arrogant, marmonna-t-elle tandis qu'il s'éloignait. Je n'arrive pas à croire que des ordures telles que vous nous gouvernent. Ce n'est pas comme ça que le monde est censé marcher. Ce n'est pas juste !

– Mais la vie n'est pas juste. Plus tôt tu t'en rendras compte, mieux ce sera pour toi.

CHAPITRE 15

– Je ne vois vraiment pas ce que tu trouves à cet humain. D'accord, il avait tout pour lui. Il aurait pu devenir quelqu'un de bien s'il avait suivi les traces de ses ancêtres. Son arrière-arrière-arrière-grand-père était franchement cool, soupira Jonah. Je l'aimais bien, il s'est battu à mes côtés pendant l'âge d'or…

Il guida Evelyn vers un petit escalier en colimaçon dissimulé dans un mur et elle ne put que le suivre.

– Comment ça, il s'est battu à vos côtés ?

– Jackson Redfern était intelligent, vraiment intelligent, pas comme tous ces prétendus intellos. Il savait faire marcher sa tête comme il faut, il était impressionnant, et ça ne m'arrive pas souvent d'être impressionné. C'était l'un des meilleurs hackers de son temps et il avait un esprit de déduction qui tenait du génie. Je n'en ai jamais rencontré deux des comme lui. Il savait ce que nos ennemis avaient en tête avant même d'y penser, expliqua-t-il en riant d'un air sinistre. Atticus lui a offert l'immortalité, tu sais, mais il a refusé ! Quel débile…

– Les ancêtres d'Ethan ont combattu pendant la guerre ? demanda prudemment Evelyn, choquée.

– Ton prince charmant ne l'est plus autant, maintenant, hein ? se moqua Jonah. Les ancêtres de ton amant se sont battus pour une bonne cause, surtout Jackson, qui savait qu'on ne pouvait pas faire confiance aux humains, ni leur laisser le pouvoir. Si Ethan Redfern était aussi intelligent que ses ancêtres, il aurait accepté l'argent qu'on lui a proposé et se serait tiré. Maintenant, regarde où il en est… enfermé dans un cachot, torturé, battu presque jusqu'à mort puis guéri par du sang de vampire seulement pour qu'on puisse recommencer à le frapper.

Evelyn frissonna d'horreur. Elle se souvint de ce qu'Ethan lui avait raconté sur les sévices qu'Atticus lui avait infligés. Le Roi était fou, complètement fou. Elle eut envie de pleurer et se détesta. Pas seulement pour ce qui arrivait à Ethan, mais aussi pour ce qu'Hansel devait subir par sa faute.

Elle se rappela de la nuit où Venise et lui avaient libéré son bien-aimé des prisons du palais pour qu'ils puissent passer un moment ensemble. Pourquoi l'y avaient-ils ramené ensuite ? Dans quel dessein ? Venise avait sous-entendu que c'était nécessaire car le destin en avait décidé ainsi, mais Evelyn ne voyait pas trop ce qu'enfermer Ethan dans une geôle pouvait apporter au monde.

– J’ai touché une corde sensible ? railla Jonah. Tu as du mal à te dire que ton petit chéri a un sombre passé, c’est ça ?

– Ce n’est pas son passé à lui, mais celui de ses ancêtres. On ne choisit pas sa famille. Et puis qui sait, peut-être qu’ils ont été contraints d’aider les vampires ? Ce ne serait pas la première fois que votre espèce a recours à la force ou au chantage pour obtenir ce qu’elle veut.

Jonah grogna en montant les escaliers :

– Tu parles aussi comme ça au Roi ? Si ça ne tenait qu’à moi, je t’aurais fait trucider à l’instant où tu as osé lui répondre. Je n’ai jamais rencontré de plus grand homme qu’Atticus et il mérite ton respect. L’univers entier lui appartient et si toi – une simple humaine – tu te crois différente, alors tu te trompes. Tout le monde se prosterne à ses pieds, tu devrais en faire de même.

– Tu me tuerais parce que j’ai du cran et que je refuse d’être opprimée et traitée comme un objet ? demanda-t-elle pleine de dégoût. J’ai le droit de penser et de ne pas vouloir m’incliner devant quiconque ! La façon dont votre espèce nous traite est ignoble ! s’exclama-t-elle en levant le ton progressivement jusqu’à en crier. Et le monde entier n’est pas à sa botte. En Australie, les loups-garous et les sorcières ne rampent pas devant lui !

– En Australie ? Tu oses me parler de cette terre qui fourmille d’imbéciles et de vermine ? Les sorcières et les loups-garous sont dégoûtants, ce sont des êtres inférieurs qui auraient dû être effacés de la surface de la Terre. Tous ! S'il n'y avait pas eu Venise, Atticus les aurait supprimés depuis un bon bout de temps ! Mais comme il pense devoir sa vie et ses pouvoirs à cette sorcière, il ne supporte pas l'idée de tuer celle qui lui a tout donné. Il lui a refilé ce petit continent pour se débarrasser d'elle. Ainsi elle peut jouer les déesses et s'occuper des immondices de ton espèce. Il n'aurait jamais dû lui accorder ça, c'est la plus grosse connerie de sa vie. À part tomber amoureux d'une merde comme toi, bien sûr. Mais même les dieux font des erreurs.

Il toisa Evelyn en affichant tout son mépris pour elle, la regardant avec agressivité. Il avait l'air aussi dangereux qu'un prédateur prêt à bondir sur sa proie. En temps normal, elle aurait eu peur, mais après tout ce qu'Atticus lui avait fait subir, son seuil de tolérance à la frayeur était élevé.

– Atticus n'est pas un dieu, renchérit-elle sans réfléchir. Peu importent ses pouvoirs, il n'y a rien de divin en lui et il ne devrait pas écraser mon peuple, les loups-garous et les sorcières ainsi ! Et vous pensez que je ne suis pas au courant pour les exploitations d'humains ? Il n'a pas sauvé cette planète, il l'a conquise pour y faire appliquer ses propres règles comme un tyran ! Il oblige des gens à vivre dans leurs propres excréments, dans des cages, comme des animaux ! Vous pensez que je pourrais aimer un homme qui a le cœur d'infliger un tel traitement à des millions de personnes ? Ils vivent comme ça sans connaître rien d'autre que ces cages. Ils n'ont jamais vu le soleil briller, s'étrangla-t-elle. Ce n'est pas juste.

– Encore une fois, la vie n'est pas faite pour être juste, railla Jonah en haussant les épaules. Tu te souviens pour quelle mission Atticus t'a fait venir au palais ?

– Pour être sa conseillère en Droits humains, pour représenter mon peuple, marmonna-t-elle. Mais je suis tout sauf une conseillère. Il ne s'intéresse pas à ça, tout ce qui l'intéresse, c'est…

Elle ne finit pas sa phrase et serra les dents pour laisser passer une autre vague de colère.

– Tu peux sans doute susciter son intérêt, suggéra Jonah sur un ton nonchalant. Tu sais pourquoi il t'a infligé tout ça ? Pourquoi il fait torturer tous les hommes qui à ses yeux représentent une menace ?

– Alors c'est pour ça qu'il punit Hansel ? l'interrompit-elle les yeux écarquillés. Il pense qu'Hansel est une menace ?

Jonah leva les yeux au ciel, puis il regarda devant lui en avançant avant de la mettre en garde :

– Je t'ai déjà dit que moins tu parleras d'Hansel, mieux ce sera pour lui. Les hommes sont des êtres jaloux et possessifs et Atticus encore plus que les autres.

– Il m'a sauvé la vie, c'est mon meilleur ami, probablement le seul, en fait.

– Alors, copine avec Atticus ! C'est à lui que tu devrais penser, pas à Hansel. Atticus t'aime plus que tout. Il n'a jamais rien désiré de plus que toi et il est le plus grand homme à avoir foulé la surface de cette décharge qu'on appelle la Terre. Tu devrais te sentir honorée qu'il ait seulement envie de coucher avec toi, déclara-t-il en lui jetant un coup d'œil avant de continuer. Evelyn Blackburn, tu es la femme la plus puissante du monde et tu ne t'en rends même pas compte.

Arrivant à son étage derrière lui, elle se dépêcha pour le rattraper et le supplier :

– Dites-moi ce qu'il a fait à Hansel, s'il vous plaît ! Vous devez savoir ce qu'il lui inflige. Pitié. Dites-moi juste si Hansel va bien. Je…

Jonah lui fit les gros yeux, comme une mère qui essaierait de corriger un enfant, et grogna :

– Petite conne. Même si je te dis dans quel état il est, ça ne changera rien. Même si je te dis où il est, ça ne fera pas la moindre différence. Tu veux savoir pourquoi ? Parce que ce n'est pas à moi que tu devrais poser la question, espèce de débile, putain !

Elle se mordit la langue pour s'empêcher de lui répondre par quelques insultes créatives de son cru et le supplia à la place :

– Pitié, Jonah, pitié. Je sais que vous me détestez, mais pitié, j'ai besoin de savoir si Hansel va bien. Il était… non ! Il est mon meilleur ami. Le seul, à part Alice. Mais Alice a ses propres problèmes à gérer pour le moment et je ne sais pas si elle est en colère contre moi ou si elle a décidé de me fuir, mais elle refuse de me parler. On dirait que tout ce que je touche se transforme en poussière sous mes yeux. J'ai senti qu'il y avait un truc avec Hansel le jour où nous sommes rentrés, et pourtant j'avais trop peur d'affronter la réalité. Maintenant j'ai besoin de savoir s'il va bien. Il me manque, vraiment, vraiment, beaucoup. Alors dites-moi juste comment il va, s'il vous plaît ! Il ne représente aucune menace pour Atticus. Promis, juré. Lui et moi ne sommes que des amis. Faites-moi confiance !

– Tu sais, si Atticus me l'autorisait, je t'enverrai définitivement dans l'une de ces exploitations. Les humains aussi chiants que toi ne devraient pas être autorisés à gâcher de l'oxygène pour respirer, dit Jonah en partant d'un éclat de rire sinistre. Comme des amis, vraiment ? Tu débloques complètement, espèce de petite pute ! Il ne t'a jamais vue comme une amie ! Tu es vraiment aussi conne ? Tu n'as pas vu que ce qu'Hansel ressent pour toi, ce n'est pas de l'amitié ? Il t'aime ! hurla Jonah les poings serrés en continuant à marcher, mais un peu plus rapidement.

Il avait peur de s'arrêter, et de céder à son instinct en tuant Evelyn. Il voulait la voir morte, sentir sa chair refroidir sous ses mains. Tellement envie. Alors il reprit :

– Ils t'aiment tous les deux ! Hansel t'aime tellement qu'il est prêt à risquer sa vie pour que tu puisses avoir une nuit avec ton pathétique, stupide, débile et honteux amant de merde ! Il savait qu'Atticus s'en rendrait compte et pourtant il t'a quand même aidée. Tu le savais, ça ?

Jonah criait désormais. Ses yeux étaient noirs et ses canines sorties. Regardant droit devant lui, il ne posait pas les yeux sur l'humaine qui marchait derrière lui. Et même si Evelyn ne pouvait pas voir son visage, le son de sa voix suffisait à lui faire comprendre l'étendue de sa rage. Sa démarche, ses cris, sa posture, ses poings serrés, tout lui rappelait Atticus. Tous deux disposaient d'une présence terrifiante.

Mais Evelyn ne se laissa pas distancer, son corps resta indifférent au volume sonore de ses vociférations et à la promesse de violence dans le ton de sa voix. Elle prit une grande inspiration et répondit sur un ton calme :

– D'accord, je ne sais pas pourquoi il nous a aidés Ethan et moi. Mais je sais que ce n'est pas par amour pour moi. Il a dit que c'était une façon détournée de m'aider à me rapprocher d'Atticus. Je ne sais pas comment, mais c'est ce qu'il croit !

– C'est n'importe quoi. Il t'a aidée parce qu'il voulait t'impressionner et coucher avec toi, voilà tout. Comment a-t-il osé trahir son Roi ? Comment a-t-il pu croire qu'il avait la moindre chance ? Atticus l'aurait fait supprimer à l'instant où ses lèvres auraient touché simplement les tiennes, tu le sais, ça ? Et si tu n'avais pas cherché à séduire tous ces hommes et écarté les cuisses à tout-va, alors Hansel serait encore l'un des compagnons les plus proches d'Atticus et Ethan Redfern aurait une vie tranquille.

Evelyn en resta bouche bée. Stupéfaite, incapable d'assimiler ce que Jonah venait de lui révéler. Elle voulait se défendre et lui dire qu'elle n'avait jamais cherché à séduire quiconque. Mais elle était en état de choc. *Hansel a des sentiments pour moi ?* Elle ne savait pas quoi faire de cette idée, ayant bien trop peur de ressentir autre chose que de la stupéfaction. Car, au creux de son ventre, il y avait comme une petite boule de chaleur qui brûlait d'une sensation inconnue.

Hansel, l'homme qui avait toujours été là pour elle, qui avait toujours pris soin d'elle. Il lui avait sauvé la vie au bord de la falaise et elle lui en était reconnaissante.

– Hansel… chuchota-t-elle avant de brusquement secouer la tête.

Elle ne savait pas si les paroles de Jonah prenaient racine en elle, mais elle se prit à songer à son avertissement. *Si tes lèvres touchent seulement celles d'Hansel, alors Atticus le fera tuer ! Tu as déjà mis la vie d'Ethan en pièces, ne fais pas la même chose à Hansel. Prends tes distances.*

Jonah jeta un coup d'œil sur elle et se rendit compte qu'elle était restée plantée dans le couloir, immobile. Adossée au mur, le regard fermement braqué par terre, ses yeux écarquillés et pleins de larmes, elle semblait en état de choc, complètement traumatisée. Ce qui fit sourire Jonah.

– N'oublie pas que tu es la propriété d'Atticus. Si tu veux que ces garçons continuent à vivre, tu ferais bien de te comporter comme il faut. C'est Atticus qui a toutes les cartes en main, tu n'as rien d'autre que ton corps à lui offrir. Qui sait, fais-lui passer du bon temps et montre-lui que tu es sa chose, et peut-être qu'il laissera sortir Hansel. Il pourrait même libérer Ethan et l'envoyer en exil en Australie avec sa famille... de loups-garous, suggéra-t-il en faisant mine de vomir sur ce dernier mot. Vermine répugnante...

Il fit un pas vers Evelyn qui s'appuyait encore contre ce mur pour ne pas s'écrouler. À sa tête, il vit qu'elle était perdue dans ses pensées.

– Se battre contre Atticus, c'est comme lutter contre une tornade et un cyclone à la fois : ça ne sert à rien. Plus tôt tu t'en rendras compte, mieux ce sera pour tout le monde. Tu ne peux pas lui échapper.

Il fit demi-tour et aperçut une jeune fille en tenue noir et blanc de servante. Il la regarda avancer dans le couloir, les yeux baissés, comme si elle avait peur de croiser son regard. Il l'observa grimacer lorsqu'elle se rendit compte qu'il l'avait repérée. En un clin d'œil, Jonah se retrouva à ses côtés et l'attrapa brusquement par la taille avant de revenir là où il était moins d'une seconde plus tard.

Il fit un grand sourire à Evelyn et lui dit :

– Tu n’as aucune idée de ce que ton comportement rebelle a causé à de pauvres servantes aussi jolies que celle-ci…

– Laissez-moi partir, mon seigneur, par pitié, s’écria la fille. Je n’ai rien fait, je vous le promets !

Evelyn leva lentement les yeux pour regarder la jeune femme. Lorsqu’elle le vit lui arracher ses vêtements, elle s’exclama :

– Que faites-vous ?

Evelyn détourna vite le regard, ne voulant pas rendre l’expérience encore plus humiliante qu’elle ne l’était déjà pour la pauvre femme.

– Arrêtez de la déshabiller, tout de suite ! Laissez-la partir !

– Ne sois pas prude, la taquina-t-il. Regarde ses jolis petits seins et son petit cul bien ferme ! Oh… et ces bleus, ces traces de dents…

Le regard d’Evelyn revint rapidement sur la fille, debout à moitié nue devant elle, et sa respiration se bloqua d’un coup.

Elle eut l’impression de recevoir un coup dans le ventre. Le corps de cette fille était couvert de traces bleues, violettes, vertes et jaunes : des contusions à différents degrés de cicatrisation. Elle avait aussi des douzaines de traces de morsure, sur son torse, dans son cou, entre ses cuisses. On en devinait encore plein d’autres cachées sous ses sous-vêtements et Evelyn n’avait pas besoin de les voir pour savoir ce qui était arrivé à cette fille. Ce qui arrivait régulièrement à cette fille…

– Mieux vaut pour tout le monde que tu saches tenir ton rang, répéta Jonah pour bien faire passer son message.

Evelyn garda le silence mais sa main la démangeait de le gifler encore. Une image d'elle en train d'empaler Atticus lui passa alors par la tête.

CHAPITRE 16

Evelyn ferma les yeux et essaya de s'empêcher de pleurer. La culpabilité, le chagrin et la haine qu'elle éprouvait tempêtaient dans son cœur. L'air vint à quitter ses poumons. Une sensation de nausée la saisit.

– C'est, c'est lui qui lui a fait ça ? demanda-t-elle à bout de souffle en baissant les yeux, incapable de les regarder plus longtemps. À cause de moi ?

Jonah lui fit un grand sourire avant de brusquement jeter la domestique sur le parquet. Celle-ci poussa un petit cri dont le son s'enfonça dans les entrailles d'Evelyn comme une lame de poignard. Elle tomba immédiatement à genoux pour l'aider à se relever, mais la servante recula pour échapper à la fille qui essayait de l'aider et se rapprocha de Jonah. Il y avait de la peur dans son regard. Elle leva les yeux vers le vampire en lui demandant en silence la permission de partir.

– Tu peux y aller, l'autorisa-t-il avant qu'elle ne décampe à toute vitesse.

– Je… Je ne savais pas… commença-t-elle avant de prendre une grande inspiration. Il n'y a qu'elle, ou… ?

– Toutes les femmes de ce palais sont à la disposition d'Atticus. Tu penses vraiment qu'une simple humaine maigrichonne suffirait à le satisfaire ? Bien sûr qu'elle n'est pas la seule. Depuis que tu t'es échappée avec Ethan, il a probablement fait leur fête à toutes les filles d'ici et à pas mal d'autres en ville aussi. Quand tu as décidé de t'enfuir, quelque chose s'est rompu en lui. Tu lui as brisé le cœur ! Comment as-tu pu l'humilier et le trahir comme ça !

– Je ne l'ai pas trahi ! cria Evelyn les poings tremblant de colère, en se relevant. Je ne l'ai pas trompé ! Pour ça, il aurait fallu que je me sois engagée envers lui, et ce n'est pas le cas ! Et c'est moi qui lui ai brisé le cœur ? Il m'a violée, a pris ma virginité et tout ce qui a jamais compté pour moi ! Il a fait de moi un objet, il m'a avilie. Personne ne devrait vivre ainsi ! Il est complètement dingue, c'est un monstre en plein délire et…

Elle n'eut pas le temps de finir sa phrase que la main de Jonah lui serrait déjà le cou. Son regard était dangereusement noir et son visage, menaçant.

– J'ai envie de te tuer. Atticus m'a sauvé et m'a tout donné. Il a protégé des centaines de milliers de personnes ! Je lui dois tout, Hansel aussi, Marcus de même… Toute la noblesse lui doit son existence. La Terre ne serait rien d'autre qu'un champ de ruines dévasté par les armes nucléaires s'il n'avait pas été là. Il nous a tous arrachés à la mort ! C'est lui le Roi. Il a le droit de te dominer, tu lui appartiens ! Et tout ce qu'il veut, c'est ton amour !

Evelyn se débattit, donna des coups de pied, le poussa et le frappa de toutes ses forces, mais il ne semblait pas s'en apercevoir. Elle réussit tout de même à articuler quelques mots :

– On ne peut pas forcer l'amour.

– Eh bien tu ferais mieux de trouver un moyen de l'aimer et plus vite que ça, grogna-t-il. Parce que si tu lui refais mal, je tuerai toutes les personnes qui comptent pour toi. À commencer par ton amant.

Il la relâcha d'un seul coup et Evelyn s'effondra. Un vertige la saisit, elle était à deux doigts de s'évanouir et voyait trouble.

– Nous étions fiancés, répondit Evelyn avec douleur. Je l'aime depuis que je suis toute petite et il aura toujours une place dans mon cœur. Un véritable amour ne meurt jamais. Vous le saviez ?

– Mais tu peux sans doute en aimer un autre, et cette fois-ci, avec passion, répliqua Jonah. J'ai entendu dire que tu avais une sœur, c'est ça ?

– N'y pensez même pas !

– Je ne fais aucune promesse. Je sais qu'Atticus veut garder ta famille en vie, mais je peux toujours éviter de les achever en m'amusant un peu… Tu n'aimerais pas qu'il arrive quelque chose à ta sœur, non ?

– Je vous planterai un pieu dans le cœur de mes propres mains si vous touchez à un seul de ses cheveux ! cracha-t-elle.

Elle eut envie de se relever pour le frapper encore une fois, mais elle n'était pas sûre de pouvoir se mettre debout sans s'aider du mur. Evelyn sentait un bleu se former dans son cou et il avait la forme de la main de Jonah. Elle détesta cette sensation. Elle détesta se sentir faible et incapable de se défendre. On lui cachait tout, en permanence. Elle en avait assez de la solitude et de la peur. Elle voulait être forte et se battre.

Jonah regarda la forme humaine affaissée par terre d'un air mauvais. Cette fille avait brisé le cœur de son créateur tant de fois et avait également réussi à mener l'un de ses plus proches amis sur le chemin de la destruction. Il ne ressentait rien d'autre que de la haine pour elle, mais la vue de la trace de sa main autour de son cou éveilla une sorte de culpabilité en lui. Il la haïssait, à ses yeux elle n'était qu'une idiote irresponsable et dangereuse, mais elle n'en était pas moins l'objet de l'affection de son maître. Il se sentit mal d'avoir endommagé une chose qui comptait tant aux yeux du Roi. Atticus l'aimait et Jonah vouait un culte à Atticus. Il mourrait pour lui, sans hésiter une seule seconde, et il n'était pas le seul. Partout sur Terre, beaucoup de gens seraient capables de donner leur vie pour lui. À leurs yeux, il était un dieu qui avait permis l'épanouissement d'une civilisation où prospérait le surnaturel.

– Laisse-le t'embrasser, ordonna Jonah après quelques instants de silence. Ou laisse-le te prendre dans ses bras. Arrête de lui résister et laisse-le croire que tu éprouves une sorte d'affection pour lui. Je ne l'ai jamais vu aussi mal et ça me bouffe, et pas seulement moi, d'ailleurs, mais toute la noblesse aussi. Il est notre père, sa souffrance est la nôtre.

Evelyn détourna le regard. Jonah réussissait à éveiller en elle une sorte de sentiment d'empathie, profondément enfoui. Elle se dit que si elle était à la place de Jonah et que Nora était le Roi, elle voudrait que l'homme dont sa sœur est amoureuse lui retourne ses sentiments. *Pourrais-je un jour l'aimer ? Pourrais-je avoir seulement des sentiments pour lui ou même simplement lui pardonner ?*

– Il a beaucoup de choses à se faire pardonner, répliqua-t-elle alors.

– Désolé, s'excusa-t-il à contrecœur. Je… Je n'aime pas quand les gens disent des horreurs sur lui.

– D'autres vampires ont fait bien pire, rétorqua-t-elle sur un ton sarcastique en remontant ses jambes contre son torse pour se rouler en boule. Je déteste cet endroit, je déteste y vivre. Je voudrais seulement remonter dans le temps et faire en sorte de ne jamais le rencontrer.

L'air désapprobateur, Jonah lui répondit :

– Il déteste quand tu dis que tu ne veux pas rester ici. Il a l'impression de se prendre une balle en plein cœur à chaque fois, tu sais.

Alertée de le voir soudain aussi gentil, Evelyn fronça les sourcils.

– Vous venez d'essayer de m'étrangler et vous m'avez insultée il y a quelques secondes à peine, pourquoi tant de gentillesse, d'un seul coup ?

– Je ne fais preuve de gentillesse que parce qu'Atticus ne sera pas content quand il se rendra compte que je t'ai blessée. Mets ça sur le compte de la culpabilité, si tu veux.

– Il compte tant que ça pour vous ?

Evelyn chuchota à peine et s'appuya avec précaution contre le solide mur derrière elle pour se relever.

– Est-ce que vous… ?

– Non, répondit-il simplement. Mon amour pour lui n'est que l'expression de mon admiration et de ma gratitude. Je ne mens pas quand je dis que je lui dois ma vie. Il est naturel à mes yeux de faire passer son bonheur en premier et tu lui as fait beaucoup de mal, ce qui explique pourquoi je ne t'apprécie pas.

– Lui aussi m'a fait beaucoup de mal, soupira-t-elle. S'est-il attaqué à beaucoup d'autres personnes à cause de moi ?

Jonah répondit affirmativement d'un hochement de tête.

– Pourquoi ?

– Tu le sais très bien, renâcla-t-il. C'est Atticus. Il transforme sa douleur en colère et sa colère en agressivité, ce qui fait que ce sont ces pauvres filles qui trinquent. Quand il les baise, c'est toi qu'il voudrait voir à leur place.

Entendant Evelyn soupirer, il demanda ensuite :

– Est-ce que tu as peur de lui ?

– Peur, c'est un euphémisme, expliqua-t-elle en riant non pas à cause de ce qu'avait dit Jonah mais de l'ironie de la situation. J'aimerais tellement pouvoir échanger mon corps avec celui de ma sœur. Elle tuerait pour être ici.

– Il ne désire pas seulement ton enveloppe charnelle. Il veut tout de toi, corps et âme.

– C'est un tel dominateur, complètement monomaniaque, dit-elle en se dirigeant vers sa chambre.

Jonah la suivit. Tout ce qu'elle voulait, c'était se rouler en boule sous la couette et dormir. La journée avait été longue et elle était épuisée, tant émotionnellement que physiquement. En quelques heures à peine, elle avait été agressée plusieurs fois, menacée, aussi. Elle avait entendu l'histoire de la transformation d'Atticus en vampire, celle de son premier amour et de sa fin tragique. Elle avait appris qu'Hansel était en danger de mort, que le Roi n'ignorait rien de son incartade avec Ethan, mais aussi qu'il se servait du personnel de maison comme souffre-douleur en l'utilisant à sa place. Cette dernière pensée la fit frissonner un peu plus.

En même temps, elle avait également découvert qu'Hansel, son sauveur, avait des sentiments pour elle. Elle ne savait pas quoi en penser et elle n'avait pas envie de ressentir quoi que ce soit. Tout ce qu'elle voulait, c'était qu'il soit en sécurité et vivant, peu lui importait de ne plus jamais le revoir. Pareil pour Ethan. Elle n'avait qu'une envie, le savoir sain et sauf.

Jonah a peut-être raison, je suis sans doute stupide. Comment ai-je pu être aussi aveugle ? Comment ai-je pu ignorer les sentiments d'Hansel pour moi ? Et peut-être est-il temps d'arrêter de me battre. Je devrais peut-être simplement renoncer. Je pourrais peut-être, non pas aimer, mais pardonner à Atticus ? Peut-être ? Faire table rase du passé et en faire mon ami ? Je n'ai nulle part où aller et je ne peux plus risquer la vie de tous ceux que j'aime. Il est probablement temps de lâcher prise. Échanger mon bonheur contre le leur. Je pourrais peut-être utiliser les mêmes outils qu'Atticus, le faire chanter pour qu'il libère Hansel et Ethan, puis laisse partir Aaran et Alice ? Si les gens que j'aime peuvent profiter d'une vie heureuse, alors ça en vaudra la peine, en fin de compte.

Toute à ces réflexions, elle avançait en silence aux côtés de Jonah. Elle ne prit pas la peine de dire au revoir à son compagnon de route en rentrant dans sa chambre. Elle ne s'attendait certainement pas à ce qu'il la stoppe lorsqu'elle referma la porte derrière elle. Nonchalamment, Jonah posa une épaule sur le chambranle, le visage impassible tandis que son autre main retenait le battant de bois. Il ne la regarda pas en face lorsqu'il prononça ces mots :

– Je peux passer un marché avec toi.

– Je ne suis pas intéressée par les manigances. Comme vous me l'avez fait remarquer, il n'y a qu'une seule personne qui peut m'accorder ce que je veux.

– Tu veux qu'Hansel et Ethan soient libérés, non ? demanda-t-il en souriant légèrement.

– Et Aaran aussi, répondit-elle en hochant la tête.

– Qui est Aaran ? Le loup ?

– C'est… l'ami d'Alice.

– Encore une idiote d'humaine sans la moindre loyauté, marmonna-t-il en levant les yeux au ciel.

Evelyn ne commenta pas. Elle était trop fatiguée pour se lancer dans une énième dispute. Son cou lui faisait encore mal.

– Et si j'avais un plan pour libérer Ethan et Hansel ? Peut-être le loup aussi, même si je n'ai pas trop envie de donner un coup de main de ce côté-là, continua-t-il.

– Vous ne voulez pas aider Aaran, mais vous accepteriez de faire un effort pour Ethan ?

– Ah, mais ferme-la ! rétorqua Jonah irrité par ses questions. Tu veux entendre mon plan, oui ou merde ?

Elle hocha la tête à contrecœur pour lui répondre.

– Pourquoi ne serais-tu pas un peu plus accommodante avec Atticus ? Tu pourrais le détendre, l'aider à relâcher la pression… Essayer de voir les choses de son point de vue et le laisser t'aimer.

– Vous voulez dire le laisser coucher avec moi ?

Elle fut secouée d'un rire sinistre. Son regard éteint se baissa sur le plancher lorsqu'elle reprit :

– Du sexe contre leurs vies ?

– Si c'est comme ça que tu veux le voir, alors oui, peut-être, répondit-il en la regardant encore comme si elle était la dernière des connes. Mais ce que j'avais en tête, c'est plutôt que tu apprennes à l'aimer, que tu lui pardonnes et que tu tournes la page. Je pense que tu dois maintenant avoir compris que tu ne lui échapperas jamais. À toi de voir comment tu veux gérer la situation, mais si tu pouvais au moins prétendre avoir des sentiments pour lui, ne serait-ce qu'un peu, alors je pourrais faire en sorte que ça en vaille la peine.

– Hansel et Ethan sont donc tous les deux en vie ? Et vous pourriez les sauver si je fais ce que vous me demandez ?

– Si tu décides de suivre cette ligne de conduite, alors je peux convaincre le Roi de mettre un terme à leurs souffrances. Si tu ne le fais pas, en revanche je peux faire en sorte que le traitement soit radical et permanent.

– Pitié, non…

– À toi de voir…

– Je le ferai, l'interrompit-elle. Je ferai ce que vous me demandez. Mais assurez-vous qu'ils soient tous les deux vivants et en bonne santé.

– Tu n'es peut-être pas si conne, finalement. Brave fifille.

Ses mots lui firent l'effet d'une insulte, mais elle n'en avait plus rien à faire. À cet instant, plus rien d'autre que les vies d'Hansel et Ethan ne comptait pour elle. Elle ferait tout son possible pour les sauver et s'il fallait se donner à Atticus pour cela, alors qu'il en soit ainsi. Une vie en échange de deux. Elle était prête à se sacrifier.

CHAPITRE 17

– Eh bien, s'amusa sinistrement Atticus, l'argent n'est pas un problème. Quel que soit le montant qu'il te propose, double-le. Tout le monde a un prix. Je ne pense pas que cet ermite de mes deux restera tranquille quand tu lui proposeras d'acheter ce diamant le triple de sa valeur.

C'était la fin d'une longue journée, riche en événements. Les chauds rayons du soleil étaient passés de l'autre côté de la planète et ils avaient été remplacés par un croissant de lune finement dessiné. Le bureau du Roi semblait tout droit sorti des fantasmes d'un fanatique du Moyen Âge. Il faisait penser au célèbre « palais mental » de Sherlock Holmes.

Atticus était assis derrière un immense bureau métallique, directement sculpté dans un amalgame de métaux précieux. En bon maniaque du contrôle, le Roi avait pris soin de placer ce magnifique meuble devant un panneau de verre légèrement teinté qui s'étalait sur une bonne partie du mur. Sa ligne s'en retrouvait projetée en ombre portée sur le parquet. Il ne lui manquait plus qu'un chat poilu et ronronnant sur les genoux pour parfaire l'image du plus atroce et monstrueux des méchants. Et quelque part au fond de lui, il cherchait à reproduire cette représentation diabolique.

La plupart des murs du bureau étaient dissimulés derrière des milliers et des milliers de livres disposés dans des bibliothèques modernes réalisées en verre que le Roi avait fait importer de Suisse plusieurs mois auparavant. Quelques échelles en platine étaient disséminées çà et là dans la pièce pour permettre d'accéder plus facilement aux volumes rangés en hauteur.

Le Roi était confortablement installé dans son fauteuil en cuir et pivotait lentement sur lui-même, donnant ses ordres et faisant quelques suggestions à l'un de ses protégés, Alexandre, au téléphone à l'autre bout de la Terre. Le célèbre Alexandre de Macédoine était l'un des plus anciens partenaires d'Atticus puisque l'un des premiers vampires qu'il avait transformés.

Jonah, installé de l'autre côté du bureau, lisait un rapport militaire sur une tablette. Celui-ci mentionnait des révoltes menées par les activistes des droits humains aux Philippines. Il ne put s'empêcher de rire en lisant leurs frasques. À ses yeux, ce n'étaient pas quelques animaux avec des armes artisanales qui pouvaient faire grand-chose contre une armée de vampires équipés d'une artillerie dernier cri.

Obtenant du Roi l'autorisation de parler, Jonah demanda :

– Et si tu balançais ces activistes dans les exploitations ? Tu sais, on devrait organiser une grosse opération commerciale aux Philippines et en Afrique, en faisant de gros rabais sur le sang humain. Ces exploitations étant déjà saturées en production, on devrait vraiment réduire la masse humaine et en profiter pour faire des bénéfices, histoire d'assainir tout ça.

– Jo, on créerait un déséquilibre dans la balance commerciale mondiale, le tança Atticus en levant les yeux au ciel. Reste en dehors des questions économiques et concentre-toi sur les rapports militaires.

Alexandre dit quelque chose à l'autre bout de la ligne qui fit rire le Roi.

– Alexandre te passe le bonjour, au fait.

– Tu sais que tu es l'homme le plus puissant qui ait jamais existé quand c'est le légendaire Alexandre le Grand qui fait tes courses ! Sérieux, tu l'as vraiment envoyé jusqu'en Italie pour qu'il aille te trouver un satané diamant ?

– Il n'a pas mérité ce nom pour rien et il sera capable de m'obtenir ce diamant, répondit Atticus avant de se concentrer sur sa conversation téléphonique. Et s'il continue à refuser de le vendre, rappelle-lui qu'il ne veut pas faire de moi son ennemi. Je peux mettre un terme à sa vie d'un claquement de doigts. Je lui fais une fleur en proposant de lui acheter au lieu de l'assassiner tout bonnement.

– Mais quel gland, on dirait un chiot en manque d'affection, marmonna Jonah.

Malheureusement, il avait parlé trop fort et la remarque lui valut une claque à l'arrière du crâne et un regard irrité.

– D'accord, reprit le Roi au téléphone. S'il ne veut pas de la manière douce, on emploiera les grands moyens. Mais quoi qu'il en soit, rapporte-moi ce diamant…

Le Roi échangea ensuite quelques politesses avec son protégé au téléphone avant de raccrocher et de s'intéresser à la pile d'enveloppes posées avec soin sur son bureau. Elles lui avaient été apportées un peu plus tôt dans la soirée.

Un coupe-papier en argent à la main, il s'attaqua à son courrier. Après quelques minutes d'un silence confortable, il jeta un coup d'œil à Jonah :

– Alors, as-tu apprécié de raccompagner Evelyn dans ses quartiers ?

– Putain, j'en ai chié, ronchonna Jonah.

S'adossant confortablement à son fauteuil de cuir, il reposa ses pieds sur un coin de l'inestimable bureau. Atticus grimaça devant ce comportement déplorable, mais ne le commenta pas. Il choisit plutôt de le taquiner :

– Alors tu ne veux pas remplacer Hansel et devenir sa nouvelle baby-sitter ?

– Je préfère encore faire abstinence pendant un siècle, répondit-il l'air renfrogné. Comment peux-tu supporter ses petites jambes humaines ?

Elle marche tellement doucement ! Maintenant, je sais ce que ça fait d'aller se balader avec une tortue. Et ses émotions, Atticus, putain ! C'est la fête des hormones chez elle. Je n'ai pas vu de fille comme ça depuis cette blonde, celle que tu as engross…

Jonah s'interrompit avant de terminer sa phrase et même si la bonne humeur d'Atticus se détériora un peu, il se permit tout de même un petit éclat de rire. Aucun des deux ne prit la parole ensuite. Ils continuèrent leur travail, Atticus s'occupait de sa correspondance et Jonah de ses rapports militaires. L'atmosphère de la pièce était calme et détendue, jusqu'à ce qu'Atticus ouvre une enveloppe beige toute simple avec son nom élégamment calligraphié dessus. Il reconnut l'écriture et en lut immédiatement le contenu :

Je ne sais pas comment procéder. Devrais-je demander à un domestique de faire passer le message ou dois-je te le demander en personne ? Malheureusement la plupart du personnel de maison a peur de moi et je ne veux pas que tu t'attaques au messager. Je ne sais pas non plus où te trouver dans ce palais gigantesque. Alors je me suis dit qu'une lettre serait le meilleur moyen d'envoyer cette invitation.

Atticus, voudrais-tu dîner avec moi ? Demain soir, dix-neuf heures.

– Evelyn…

Il en resta bouche bée un instant, puis il se reprit.

– Jonah, de quoi as-tu parlé avec Evelyn, aujourd'hui ?

Il y avait une certaine froideur dans le ton de sa voix lorsqu'il posa cette question, une légère menace également. Jonah s'arracha à sa tablette et regarda son vieil ami qui semblait en prise avec les Ténèbres.

– Euh…

– Ne me mens pas ! s'exclama Atticus le regard noir et les mains agrippées au bord de son bureau.

Poussant un soupir, Jonah finit par lui avouer le contenu de leur échange. Il ne lui cacha rien, sauf le moment où il avait essayé de l'étrangler. Non pas qu'il avait honte de son acte – il l'assumait pleinement –, mais il culpabilisait d'avoir blessé la fille que son créateur aimait tant.

– Alors c'est toi qui as fait ça ? demanda Atticus en lui tendant la lettre pour qu'il la lise. Tu as promis la liberté d'Ethan et d'Hansel en échange d'un comportement décent ? grogna-t-il en colère. Depuis quand es-tu à mes côtés, Jonah ?

– Deux mille cinq cents ans environ.

L'arrogance dont il avait fait preuve avec Evelyn avait totalement disparu mais il ne montra pour autant aucune peur en continuant :

– Pas un jour ne passe sans que je te sois redevable de m'avoir sauvé de cette fosse à Rome. Tu m'as épargné le cruel destin d'un gladiateur, tu m'as nourri, abrité, tu m'as donné l'immortalité. Ma vie entière est vouée à ton service. Tu n'es pas seulement mon ami, tu es aussi mon maître et mon sauveur.

Jonah reposa la lettre et regarda Atticus droit dans les yeux, sans aucune crainte. Il aurait cru que son maître se réjouirait de voir l'attitude d'Evelyn s'améliorer.

– Deux mille cinq cents ans que tu es à mes côtés, putain, et durant tout ce temps, tu n'as toujours rien appris ? vociféra-t-il en se levant, le regard noir et meurtrier. Qu'est-ce qui te fait croire que tu pourrais me convaincre de relâcher ces deux traîtres ? Ces vaines promesses finiront par la détruire. Je me fous que tu ne l'apprécies pas, mais c'est toujours la femme que j'aime ! Je mérite que tu la traites avec respect et honnêteté.

– C'est ce que j'ai fait, hurla-t-il en retour, le regard tout aussi sombre.

– Ne me mens pas !

D'un seul coup, la main d'Atticus se saisit de la gorge de Jonah. Il lui cogna sa tête contre le bureau avec une telle vigueur que le meuble métallique s'en fendit en deux sous le choc. Jonah garda le silence tandis que son créateur l'étranglait. Il sentit la force brute de sa main serrer son cou à tel point qu'il lui était impossible de respirer. Il aurait pu crier, lutter et se battre, mais il s'abstint.

Son créateur était en colère, et Jonah, heureux de lui servir de défouloir.

– Quand tu lui as dit que tu avais un plan, tu lui as donné de faux espoirs. Tes promesses finiront par empirer la relation déjà difficile que j'ai avec elle. Qu'est-ce que tu penses qu'elle fera quand elle découvrira que je ne suis pas près de libérer ces deux vermines ? Parce que tu peux toujours crever pour que je les relâche. Je vais faire vivre un véritable enfer à Ethan Redfern et Hansel Styles. Je vais m'assurer qu'ils regrettent le jour où ils ont posé les yeux sur elle et ont cru qu'ils pourraient avoir ce qui m'appartenait déjà. Evelyn Blackburn m'appartient et je tuerai quiconque osera essayer de me l'arracher !

Atticus resserra sa prise encore un peu plus et le corps de Jonah se tendit. Il vit la joie démente s'emparer du regard de son créateur. Une autre main se posa sur une de ses épaules. Dans un geste plein d'agressivité, il tenta de tirer la tête de sa victime vers le haut et son épaule vers le bas pour le décapiter.

Sa vie étant maintenant en jeu, Jonah n'eut pas d'autre choix que de se battre contre son créateur. Il attrapa rapidement un pot à crayons sur les restes du bureau et l'écrasa sur la tête d'Atticus. Il ne souhaitait pas le blesser, mais le surprendre pour avoir une chance de lui échapper. Comme il l'avait prévu, le Roi intercepta facilement l'objet. Ses réflexes étaient si rapides que même Jonah, l'un des plus vieux vampires du monde, eut du mal à le voir agir. C'est à cet instant qu'Atticus se rendit compte de ce qu'il faisait. Il regarda son protégé, les yeux empreints d'une terreur profonde, et recula en lui disant :

– Va-t'en. Je suis désolé. J'ai été emporté par la colère. S'il te plaît, pars. Je ne veux pas te faire de mal.

Malgré l'avertissement, Jonah ne quitta pas la pièce. Au lieu de ça, il tourna un peu la tête, se détendit les épaules et alla chercher une bouteille de sang B+ dans le petit frigo du bureau. Il s'installa dans le fauteuil d'Atticus alors que ce dernier restait figé sur place, le regard dans le vide.

Il baissa le regard sur ses mains. Il ne savait pas s'il s'en voulait à lui, à Jonah, à Hansel ou à Evelyn, en fait. Elle cédait enfin, mais pour la survie de deux autres hommes. Il sentit une vive douleur lui étreindre le cœur. Tout ce qu'il savait, c'est qu'il désirait son corps, son esprit et son âme. Il voulait se réveiller à ses côtés le matin. Voir son beau visage traversé par un éclair de joie que lui seul pourrait admirer. Il voulait l'embrasser, la câliner, la tenir dans ses bras, la goûter… Il voulait qu'Evelyn le regarde comme s'il était tout son monde. Il voulait occuper une place unique dans son cœur plein de compassion, lui et personne d'autre.

– Atticus, tu as l'air un peu angoissé, tu veux que je t'achète une de ces balles anti-stress ? J'ai entendu dire qu'elles étaient mignonnes, le taquina Jonah.

Le Roi manifesta son irritation en grognant et ramassa une poignée de stylos tombés par terre.

Il les jeta sur lui dans un geste plein de grâce et les extravagants porte-plumes payés une fortune se transformèrent en petites flèches qui manquèrent leur cible. Quelques-uns s'enfoncèrent dans la paroi vitrée derrière lui, tandis que d'autres se figèrent dans le cuir de son fauteuil, à quelques centimètres à peine de son compagnon.

– Sors d'ici, répéta-t-il.

– Tu ne vas pas bien, dit son ami en souriant d'un air triste.

– Dehors.

– Que ferais-tu si je te disais que j'avais un plan ? Un plan pour te venger de ceux qui t'ont le plus blessé, ceux qui se sont joués de toi et t'ont brisé le cœur ?

Le Roi fronça des sourcils pour montrer son mécontentement mais était tout de même curieux. D'un signe de tête, il fit signe à Jonah de poursuivre.

– Mon maître, il y a une raison à ma proposition. Si j'ai dit que je pouvais faire sortir Ethan et Hansel de leur cachot, c'est que j'avais une idée en tête. Pourquoi ne les ferait-on pas revenir au palais ? J'aurais bien besoin de quelques gardes supplémentaires par ici, suggéra-t-il le regard brillant de malice.

Jonah était tout sauf gentil, Atticus aurait dû se douter qu'en offrant son aide à Evelyn, il lui proposait en fait un plan machiavélique.

CHAPITRE 18

Evelyn observait les domestiques aller et venir dans la pièce, installant des bougies parfumées, une jolie nappe et tout un tas de vaisselle sur une large table rectangulaire en bois au milieu de la pièce.

Pourrait-elle se servir de l'un des épais pieds de table comme d'un pieu ? Non, elle était censée jouer les gentilles filles. Une tentative d'assassinat ne lui permettrait pas de marquer des points. Accessoirement, elle se demanda s'il serait possible de véritablement le tuer avec un pieu. Elle savait qu'on pouvait se débarrasser d'un vampire de cette façon, mais Atticus n'était pas comme les autres. Il était l'un des Sept, l'un des Premiers. Il faudrait sans doute bien plus qu'un bout de bois pointu pour lui régler son compte.

Stop ! Je suis censée essayer de bien m'entendre avec lui, pas d'essayer de trouver un moyen de le tuer ! On arrête ! Sors-toi tous ces plans dégueu de la tête et remplace-les par des idées pour sauver Hansel et Ethan !

Mal à l'aise, elle s'assit au coin de son lit. Les draps venaient d'être changés, tout comme les serviettes dans sa salle de bain. Des roses et des hortensias fraîchement coupés avaient été disséminés un peu partout dans la pièce. Evelyn ne pouvait pas nier que les fleurs la rendaient toujours heureuse. Leur parfum était divin et lui rappelait un peu sa maison. C'était la première fois qu'elle sollicitait quelque chose depuis qu'elle habitait ici. Avant, par fierté et détermination à lui prouver qu'elle n'était pas sa chose, elle avait refusé tous les luxes qu'Atticus avait à lui offrir.

Evelyn se demandait si elle ne s'était pas lancée dans une partie d'échecs perdue d'avance. Même si le prix était tentant, les risques étaient très élevés. La violence dont Atticus avait fait preuve la veille n'était que les prémices de ce qu'il était prêt à lui faire endurer. Les Ténèbres avaient planté leurs griffes dans son âme et elle était devenue le pion préféré du Mal dans cette partie. Son attitude défiante et sa bravoure engendraient un tas d'humeurs noires chez le Roi et, tôt ou tard, il finirait par perdre définitivement le contrôle. Conséquence : rapidement, ses appétits exigeraient plus d'elle.

Evelyn venait enfin d'accepter le fait que lui céder n'était pas de la faiblesse. Elle allait se contenter d'économiser ses forces et de se sacrifier pour une noble cause. Elle baissa le regard sur ses mains pâles et se demanda comment une simple petite humaine comme elle était censée sauver quelqu'un comme Atticus. C'était le plus célèbre de tous les vampires, il possédait tout le pouvoir et les richesses du monde. Que pouvait-elle bien faire pour sauver un homme tel que lui ?

Suffisait-il de l'aimer pour sauver son âme ? Et même si c'était le cas, comment pouvait-elle se forcer à aimer quelqu'un qui lui avait fait tant de mal ? Quoi qu'il advienne, elle garderait une certaine haine envers lui mais elle allait devoir la mettre sous clef. D'une certaine façon, elle aimera toujours Ethan. *Et Hansel*, ajouta une petite voix malgré elle. Elle manqua de se gifler pour avoir eu une telle pensée.

– Si tu peux accepter l'amitié d'Hansel, alors il est tout à fait possible d'aimer Atticus, se murmura-t-elle pour son propre compte en regardant son lit. Il faut l'aimer, que ce soit sur un plan physique ou psychologique, tu dois l'aimer…

Une image de leurs corps enlacés, gémissants et à bout de souffle sur ce lit lui passa par la tête. Elle imagina sa musculature finement dessinée pressée contre ses courbes, sa peau sombre contre son teint de lait, ses baisers sur ses chairs. L'un contre l'autre, l'un dans l'autre, ses jambes autour de sa taille, ondulant des hanches pour se joindre à lui… tout comme lorsqu'elle avait fait l'amour avec Ethan.

Débarrasse-toi de cette haine, essaie de le redécouvrir, de repartir de zéro, se dit-elle. *Pour Ethan et pour Hansel, pour tous ces humains enfermés dans ces exploitations qui ne peuvent pas voir la lumière du jour. Fais-le pour eux. Si Jonah a raison et qu'Atticus t'aime autant qu'il le déclare, alors tu pourras faire bouger les choses, tu pourras sauver tous ces gens de l'existence misérable dans laquelle ils sont confinés.*

Le son d'une voix féminine délicate la tira de ses divagations :

– Mademoiselle Blackburn, nous en avons terminé avec l'aménagement de la pièce. Des gardes sont postés devant votre porte s'il venait à vous manquer quoi que ce soit. Quand Sa Majesté et vous souhaiterez passer à table, prévenez simplement l'un d'eux, il fera porter le message aux cuisines.

– Merci, lui dit Evelyn en hochant docilement la tête.

– Avez-vous besoin d'aide pour vous habiller ou vous préparer ?

– Non, merci.

Elle s'était récurée de la tête aux pieds à plusieurs reprises la veille au soir déjà, sa peau rougie en était devenue douloureuse. Elle avait essayé de se débarrasser de la sensation des mains d'Atticus sur son corps et elle avait lavé sa bouche plus méticuleusement encore. Mais, même après avoir brossé ses dents dix-sept fois d'affilée, elle pouvait encore sentir son goût sur sa langue.

Evelyn en eut un haut-le-cœur. La nausée l'avait saisie dès le matin et elle se sentait mal depuis. Elle avait mis ça sur le compte de l'anxiété. Elle jeta à un coup d'œil à l'immense horloge de l'ère victorienne accrochée à l'un de ces murs si intimidants. 17 h 16.

Poussant un petit soupir, elle se leva et se dirigea vers la salle de bain. Elle prit une douche rapide, se rinça à l'eau brûlante, brossa encore ses dents, lava son visage et rasa toute pilosité superflue. C'était la première fois qu'elle faisait de tels efforts pour lui et elle ne savait pas comment il réagirait. Bien entendu, son hygiène avait toujours été irréprochable, mais cette fois, elle voulait lui faire plaisir. Le satisfaire et combler tous ses désirs. Le stress qui s'accumulait dans ses entrailles rappela à Evelyn sa première nuit au palais, lorsqu'il lui avait fait faire le tour des jardins et avait organisé un romantique dîner pour deux personnes. *Quel désastre, en fin de compte.*

Après sa douche, elle se sécha et enfila une robe de chambre en soie, puis elle partit explorer l'immense garde-robe mise à sa disposition. Celle-ci regorgeait de vêtements tous plus sublimes les uns que les autres et de précieuses pièces de joaillerie. C'était la première fois qu'elle prenait le temps d'observer les richesses qu'Atticus avait mises à sa disposition. L'argent. Le monde tournait autour de l'argent. Et là, sous ses yeux, il y avait assez de biens matériels extravagants pour assurer la survie d'une famille sur plusieurs générations. Pourtant, aux yeux d'Evelyn, ces effets n'avaient aucune signification.

Elle finit par opter pour une longue robe blanche en forme de toge qui soulignait sa silhouette sans pour autant trop la révéler. Vers dix-neuf heures, son stress s'était enfin calmé. Elle avait fait l'effort d'orner son visage de maquillage et avait fait quelques boucles à ses cheveux. En se préparant, elle avait l'impression de revêtir une armure et de s'apprêter à affronter son plus grand ennemi. Elle se demanda s'il était possible de gagner la guerre dès sa première bataille.

Elle était assise à table, un verre de vin à la main. Elle avait demandé qu'on lui apporte une bouteille tandis qu'elle se préparait. Evelyn n'avait jamais vraiment apprécié l'alcool, mais ce soir-là, pour la première fois, elle trouvait qu'il était approprié d'en consommer. Le vin blanc avait un goût abominable dans sa bouche, mais elle décida de tout de même finir son verre jusqu'à la dernière goutte. Elle avait besoin de s'anesthésier pour supporter ce qui l'attendait.

Elle avalait la dernière gorgée quand une voix grave, froide et effrayante s'insinua gracieusement dans ses oreilles :

– Tu es… divine.

Atticus s'était glissé dans la pièce en entrant par l'une des fenêtres derrière elle. Ses mains dorées vinrent se poser sur ses bras nus lorsqu'il reprit :

– Tu révèles toute leur beauté aux couleurs que tu portes, mais je dois avouer que c'est le blanc qui éveille le plus mes sens. Tu as l'air si innocente et pure. Comme le soir où nous nous sommes rencontrés.

Il repoussa une mèche de cheveux dans son cou pour l'embrasser. La sensation de sa langue était plaisante, mais l'idée de savoir que c'était la sienne la dégoûta. *Fais ça pour Ethan, pour Hansel, pour tous les innocents qui sont torturés en ce moment même.* Elle repoussa alors la haine qu'elle ressentait pour Atticus le plus loin possible dans son esprit. Un petit gémissement lui échappa lorsqu'il mordit ce petit carré de peau si sensible sous son oreille, elle sentit son corps entier prendre vie.

Il sourit d'un air suffisant tandis qu'une de ses larges mains descendait attraper son sein, le serrant avec douceur. Il utilisait des milliers d'années de savoir accumulé pour éveiller ses sens et ses désirs les plus charnels.

– On devrait demander à se faire servir le repas, chuchota-t-elle après quelques caresses agréables.

Elle repéra la bouteille de vin sur la table et voulut l'attraper pour continuer à consommer le dégoûtant poison qu'elle contenait.

– Rien de ce que les cuisiniers pourront préparer n'aura meilleur goût que toi, murmura-t-il contre la peau si claire de son cou, laissant de sombres suçons dans son sillage. J'ai envie de te dévorer, Evelyn. J'ai envie de te faire découvrir l'extase comme tu l'as fait pour moi hier. J'ai envie de te marquer de mon sceau et de t'entendre crier…

Elle perçut la faim dans le ton de sa voix, et elle se mit à glousser pour lui faire remarquer :

– Tu n'es pas censé être excité à ce point-là aussi rapidement.

– C'est ton odeur qui m'excite.

Elle le sentit sourire dans son cou avant de se raviser. Il décida de s'écarter de la tentatrice et prit le fauteuil installé de l'autre côté de la table pour le placer à côté du sien, afin de pouvoir la toucher. Son regard était animé d'une lueur malicieuse et Evelyn ne savait pas si elle devait s'en effrayer ou s'en réjouir. Mais jusqu'à présent, son plan semblait se dérouler à la perfection.

Elle s'était attendue à ce qu'il soit en colère, comme la dernière fois où elle avait essayé de lui offrir son corps en échange de quelque chose dont elle avait besoin. Mais là, tout semblait facile.

– Je prendrai des sushis et elle mangera des huîtres. Autre chose ? proposa Atticus.

Il lui fallut quelques instants pour se rendre compte qu'il répondait au vampire placé de l'autre côté de la porte. *Les huîtres sont aphrodisiaques, ça paraît approprié.*

– Des huîtres, c'est bien.

– Ramenez plus de vin, ajouta Atticus en souriant. Je crois que je préfère lorsqu'elle est légèrement alcoolisée.

– Je devrais peut-être boire chaque fois que tu es dans les parages, dit-elle.

– Peut-être…

Au moment où Evelyn allait pour verser la fin de cette bouteille de vin blanc dans leurs verres, elle sentit un soudain vent froid sur ses jambes, ce qui la fit trembler.

Il venait de retrousser sa longue robe jusqu'à mi-cuisses et d'une main il la caressait déjà. La sensation de ses doigts contre sa peau provoqua une série de frissons et elle remarqua que son entrejambe commençait à se gorger du fruit de son excitation.

– Si tu me laissais faire, je pourrais envoyer ton corps au septième ciel et même plus haut. Je peux te montrer tous les plaisirs charnels connus des hommes, lui dit-il, son regard de plus en plus libidineux.

De sa main libre, il attrapa le verre de vin et le porta à ses lèvres. Ses yeux sombres se rivèrent aux siens, traversés par toutes sortes d'émotions. Il l'incita à ouvrir sa bouche charnue alors qu'il voulait l'attaquer avec la sienne. Il sentit alors de l'ardeur chez Evelyn, ce qui provoqua en lui une réaction totalement inexplicable.

Il ferma doucement les yeux un instant pour savourer les sensations qui lui traversèrent le corps. Tout en elle était complètement et absolument… Il était irrémédiablement mordu. Il lui fallut faire appel à toute sa volonté pour s'empêcher de la baiser immédiatement sur ce fauteuil. Il avait besoin qu'Evelyn sache que lui seul avait le droit de la toucher, de lui faire l'amour. Dans la vie comme dans la mort, elle était sienne.

Elle laissa échapper un petit cri à mi-chemin entre le gémissement et le halètement lorsqu'il approcha enfin sa main de son sexe, appuya son pouce contre son clitoris et le stimula doucement. Evelyn se livra à l'extase, les yeux grands ouverts. Elle continua à soupirer et gémir alors qu'Atticus caressait ses zones érogènes. Ses deux mains agrippèrent les bras du fauteuil, dans une vaine tentative pour contenir les sensations bouleversantes qui l'assaillaient.

Atticus, un sourire suffisant aux lèvres, l'attira plus près de lui. Il lui fit boire tout son verre de vin, ce qui anesthésia sa conscience, et lui dit :

– J'ai toujours voulu te faire ça, dès l'instant où j'ai posé les yeux sur toi.

Sans arrêter un seul instant ses caresses sensuelles, il se mit à genoux à ses pieds, laissant de côté son ego de Roi pour plonger la tête entre ses cuisses. Il ajouta d'une voix rauque et sexy :

– Je ne mentais pas quand je te disais que je voulais te bouffer.

Il pressa son nez contre son sexe rasé de près pour sentir son odeur et s'exclama :

– Tu t'es rasée ?

Elle essaya de parler, mais rien de cohérent ne sortit de sa bouche. Elle manqua de pousser un cri lorsque sa langue la toucha. Sa respiration s'accéléra, tout comme son rythme cardiaque. Elle était incapable de se contrôler.

– Tu n'as pas besoin de te raser, susurra-t-il. Mon amour pour toi ne saurait être altéré par de si petites choses, affirma Atticus avant de caresser les replis de son intimité de sa langue, la stimulant à la perfection.

Evelyn sentait son excitation grandir. La langue du vampire lui créait des sensations… contre nature. Sans s'en rendre compte, elle commença à onduler du bassin contre sa bouche. Il se mit alors à faire aller et venir sa langue à une vitesse fulgurante pour l'aider à grimper vers l'extase. Evelyn ne savait pas ce qu'il lui arrivait, mais avant même de le comprendre, elle se mit à trembler, puis elle éprouva une sorte de sublime explosion qui détonna entre ses jambes.

Son corps se tortillait dans tous les sens, mais Atticus ne s'arrêta pas en si bon chemin. Il continua son assaut, comme si ce premier orgasme n'était rien et que l'action allait commencer pour de bon. Il maintenait fermement ses jambes pour l'empêcher de partir. L'un de ses bras était enroulé autour de sa taille et l'attirait contre lui.

La scène avait quelque chose d'irréel. Le Roi des rois, Atticus, à genoux devant une femme, à s'adonner à quelque chose qu'il n'avait pas fait depuis Mira. Il observait Evelyn se trémousser avec bonheur et sentit son érection s'affermir encore. Il la désirait tellement.

– Tu m'appartiens, murmura-t-il pour son propre compte pour se rassurer. C'est moi que tu veux, c'est à mes côtés qu'est ta place.

Il déboucla rapidement sa ceinture et fit descendre ses vêtements. Il se leva et se présenta à elle debout, dans toute la gloire de son énorme sexe dressé. Il la prit dans ses bras et la souleva pour l'installer sur la table. Son membre effleurait l'intimité d'Evelyn. Il s'empêcha de céder immédiatement à son désir et commença par la stimuler et jouer avec elle jusqu'à la faire gémir encore plus.

– Dis-le ! susurra-t-il à son oreille sur un ton agressif. Dis-le que tu me désires, dis-moi que tu as envie de moi !

Elle essaya de prendre du recul un instant, mais il ne le lui permit pas. Une de ses mains se posa sur sa nuque et la força à le regarder. La peur traversa son regard, elle eut envie de fuir pour échapper au démon prêt à la ravir. Mais Evelyn se rappela pourquoi elle avait besoin de le satisfaire, de lui donner son corps et son âme, et elle lui fit un signe de tête hésitant.

– Dis-le. Dis-moi que tu veux que je te baise, réitéra Atticus un sourire triomphant aux lèvres.

– J'ai… j'ai envie de toi, bredouilla-t-elle. J'ai envie que tu me baises.

Ces mots, sur ses lèvres, agirent comme un enchantement sur le cœur du Roi. Sans avoir besoin de se l'entendre dire une fois de plus, Atticus la pénétra d'un seul coup. Il fit entrer son sexe proéminent et dur dans son doux vagin. Evelyn en eut le souffle coupé. Elle avait l'impression qu'il était deux fois plus gros que la dernière fois. Son frêle corps eut du mal à l'accepter entièrement, mais elle repoussa la douleur et sa réticence, puis se permit de tout oublier pour se perdre dans l'instant.

Alors qu'il s'activait dans son va-et-vient, elle sentit revenir le plaisir délirant qui s'accumulait en elle, mais bien plus fort, cette fois-ci. Elle encercla son torse bronzé de ses bras et accompagna le mouvement puissant de ses hanches avec son bassin, incapable de contrôler ses gémissements. Elle entendit le bruit de la vaisselle brisée s'écraser autour d'elle jusqu'à ce qu'Atticus la force à s'allonger sur la table pour la pénétrer plus profondément. Ses coups de boutoir se firent de plus en plus rapides et de plus en plus puissants. Leurs corps s'enflammèrent.

Atticus se repaissait de l'image d'Evelyn les yeux fermés, tout abandonnée au plaisir qu'il lui procurait. Rien ne l'excita jamais plus que cette image. Ses gémissements, ses soupirs et son air ravi lui serviraient à retenir la lumière en lui pour le restant de ses jours. Il l'aimait plus que les mots ne pourraient le décrire. Il attendit alors jusqu'à ce qu'il sente ses chairs se contracter autour de lui et que ses gémissements de plaisir se transforment en cris d'extase pour lui-même finir par se laisser emporter par la sienne.

Le valet de pied et le garde attendaient de l'autre côté de la porte que le Roi mette un terme à son assaut. Atticus sourit et son regard se tourna une fois de plus sur Evelyn. Fasciné, il observait son cœur battre rapidement dans sa poitrine, sous sa robe.

CHAPITRE 19

Au cours de sa très, très longue vie, Atticus avait perdu le compte du nombre de femmes qu'il avait mises dans son lit. Sur trois millénaires, il y en avait eu beaucoup, suffisamment pour remplir l'immense salle de bal de son magnifique palais. Toutefois, parmi toutes ces femmes, il n'en avait jamais aimé que trois.

Mira avait été son premier véritable amour et hantait encore ses rêves. Il n'avait pas de plus grand regret. Malheureusement, malgré l'infinie quantité de pouvoirs tous plus incroyables les uns que les autres qu'il possédait, il n'était capable ni de revenir en arrière ni d'inverser le cours du temps. Elle lui manquait tant, elle lui manquerait toujours. Elle avait laissé en lui une empreinte unique. C'était elle qui l'avait sauvé des Ténèbres la première fois.

Venise était son second amour. C'était elle qu'il avait aimée le plus longtemps, même s'ils étaient devenus ennemis jurés, chacun d'un côté de la Terre, et avaient des opinions plus que divergentes sur la façon dont le monde devait être gouverné. Elle pensait que les humains méritaient d'être libres et égaux, au même titre que les êtres surnaturels, et c'était ainsi qu'elle dirigeait l'Australie. Atticus, quant à lui, pensait que les humains devaient être écrasés par la peur et dominés en permanence, qu'ils n'aient plus aucun droit ni la possibilité de mettre la planète en danger. Même si leur relation était restée de nature platonique, Venise avait été son premier émoi. Jamais leur amour ne prit de dimension charnelle et romantique comme celui qu'il avait partagé avec Mira.

Evelyn était son troisième et plus grand amour. Il regardait cette femme paisiblement endormie devant lui avec fascination. Il observait les subtils mouvements des battements de son cœur, écoutant attentivement les sons produits par ses organes. L'espace d'un instant, il fronça les sourcils, suspicieux, puis retourna à la contemplation des rayons du soleil sur la peau pâle et sans la moindre imperfection de la jeune humaine.

Atticus n'était pas le genre d'homme à apprécier de se réveiller aux côtés de la proie qu'il avait ravie la veille au soir. Sa nature dominante avait fait de lui un homme qui détestait partager quoi que ce soit : ses femmes, comme son lit. Toutefois, ce matin-là, alors que le jour se levait, Atticus ne pouvait s'empêcher de se sentir délicieusement comblé avec Evelyn endormie à ses côtés. Son corps nu semblait si vivant sous la lumière du soleil, il en eut un pincement au cœur.

Il n'avait jamais rien vu de plus beau. Il aurait tant aimé pouvoir arrêter le temps et passer le reste de l'éternité figé dans cet instant. Dans son sommeil, Evelyn semblait si paisible, si heureuse et si belle. Atticus hésita à la toucher, mais il s'arrêta juste avant de poser sa main sur elle. Il eut soudain peur qu'elle ne se désagrège sous sa caresse. Il était effrayé à l'idée qu'elle ne soit en fait que l'un de ses rêves et que la passion qu'ils avaient partagée la veille au soir n'existe que dans sa tête. Qu'en réalité elle ne se soit jamais donnée à lui volontairement et qu'elle ne le veuille jamais. Il avait peur de la toucher. Cet instant était trop précieux pour être perdu.

Il venait d'obtenir ce qu'il avait toujours voulu. Il ressentait plus de joie qu'il n'en avait accumulé lors des deux millénaires précédents. Pour la première fois depuis une éternité, Atticus se sentait en paix. Les griffes des Ténèbres n'essayaient pas de se planter dans son cœur pour le déchirer en lui faisant endurer mille tourments. Il était capable d'ignorer cette voix dans sa tête qui exigeait de lui d'accomplir tant de méfaits impardonnables.

D'admiratif, son regard se mua en chagrin. Même s'il essayait de se dire qu'elle le désirait autant que lui, il ne pouvait pas empêcher la réalité de venir entacher ce moment de perfection. Il savait pourquoi elle s'était donnée à lui et qu'à ses yeux il ne serait jamais qu'un monstre froid et cruel. Un monstre qui l'avait maltraitée tant psychologiquement que physiquement, un monstre qui continuerait à réglementer sa vie d'une poigne de fer, un monstre qui préférerait la voir morte plutôt que dans les bras d'un autre. Un monstre.

Ainsi, dans la vie comme dans la mort, elle était sienne. Il la tuerait de ses mains plutôt que de la laisser partir. Son amour pour elle était sombre, dangereux, et il était prêt à commettre l'indicible pour la garder près de lui. Dans un geste plein de douceur, il passa son bras autour d'elle et la serra contre lui. Il déposa ensuite un léger baiser sur son épaule. Son regard brillait d'un amour inouï, elle était la lumière dans sa vie si noire et si obscure. Sa simple présence suffisait à lui apporter la plus grande des joies. Elle remua dans son sommeil et son cœur se mit à battre plus rapidement. Atticus décela l'instant où elle se réveilla.

– Bonjour, la salua-t-il en continuant à déposer une série de baisers sur son épaule et son bras.

Encore en transition entre le monde du sommeil et celui de la conscience, Evelyn murmura un nom :

– Ethan ?

Les baisers d'Atticus s'arrêtèrent immédiatement et son bras la serra un peu plus fort. Il crut entendre un rire sardonique au fond de son esprit, mais il l'ignora. Sa main remonta alors doucement sur la douce chair de son sein. *Tu es mienne*, se dit-il en silence en tentant de chasser cet incident de son esprit.

Alors que ses paupières papillonnaient, les yeux bleus d'Evelyn rencontrèrent les iris bruns d'Atticus. Sa respiration accéléra, ses pupilles se dilatèrent, et il lui fallut quelques instants pour que les souvenirs de la veille lui reviennent. Elle lui fit alors un sourire docile avant de détourner le regard. Une rougeur gagna ses joues car il lui était impossible d'ignorer leur nuit de passion et de sensualité. Certes, l'alcool en estompait certains moments, mais elle ne pouvait passer outre la sensation de brûlure résiduelle entre ses jambes et les souvenirs de l'extase qu'il lui avait procurée.

– Comment te sens-tu ? demanda-t-il en la serrant encore plus contre lui.

Leur nudité ne semblait pas le déranger le moins du monde. Il l'embrassa dans le cou, l'air perplexe, en sentant la respiration d'Evelyn accélérer et en voyant ses paupières se baisser. Il semblait avoir trouvé une zone érogène.

– Si tu te sens un peu courbatue ou disons endolorie, ne t'inquiète pas, c'est normal. Tu es encore très inexpérimentée et les vampires sont célèbres pour leur endurance.

Ça, je m'en suis aperçue, se dit Evelyn en silence, se rappelant de ses mains partout sur son corps, de sa réticence à la laisser partir. Il l'avait prise plusieurs fois pendant la nuit et chaque rapport avait été plus lascif et fulgurant que le précédent. Il l'avait touchée avec douceur et aussi avec brutalité.

La main du Roi caressait tendrement son cou et son regard était plein de joie et de bonheur. Elle se demanda s'il était véritablement impossible de sauver Atticus, après tout. Sa rédemption était-elle si irréaliste ? Elle se dit qu'elle pouvait peut-être faire quelque chose, peut-être changer sa façon de voir le monde et de traiter les humains. Peut-être pouvait-elle même l'influencer et qu'il finirait par lui rendre sa liberté ?

Lorsqu'elle était enfant, son père lui avait raconté la légende du Destin. Le Destin n'était que bonté et parcourait l'univers pour l'améliorer. Son père lui avait dit que, parfois, le Destin réservait des existences pleines de difficultés à des personnes pourtant animées des meilleures intentions. Le Destin les faisait souffrir, mais leur calvaire finissait par bénéficier au reste du monde. On ne souffre pas sans raison, disait son père. En silence, Evelyn se demanda si sa souffrance n'était pas nécessaire pour sauver ce qu'il restait de bon en Atticus.

Hansel lui avait répété à maintes reprises à quel point elle était importante pour le Roi. Il l'avait appelée « sa lumière ». Jonah lui avait bien dit qu'elle était la femme la plus puissante de la Terre et que son maître donnerait son royaume pour l'un de ses sourires. Ce n'était que la veille, en voyant Atticus se mettre à genoux devant elle, qu'elle avait compris à quel point c'était vrai.

– À quoi penses-tu ? demanda-t-il en la voyant réfléchir avec tant d'application.

– À rien.

– Dis-moi, insista-t-il la voix soudain devenue si froide que ses cheveux s'en dressèrent sur la tête. Et ne mens pas.

Son cœur battit plus vite sous la menace de ses mots. Son regard se voila et elle commença à avoir peur. Elle se mit à bégayer :

– Je, je, je pensais à, à…

Les joues d'Evelyn rougirent. Elle ne voulait pas reparler de ce qu'il s'était passé entre eux, mais son air déterminé lui fit comprendre qu'elle n'avait d'autre choix que de lui révéler le fond de sa pensée :

– Je pensais à… hier soir. Quand, quand tu t'es… tu vois, quoi.

Elle baissa les yeux et se détendit immédiatement lorsqu'elle vit un sourire animer les coins de sa bouche. Il se rapprocha alors de son oreille pour lui susurrer quelques mots :

– Quand je t'ai léchée et que tu as aimé ça ?

Elle eut l'impression qu'un prédateur lui parlait. Sa respiration s'accéléra et son corps comme son esprit eurent envie de partir en courant. Elle pouvait le sentir, dur et excité contre sa cuisse. Mal à l'aise, elle bougea un peu pour s'éloigner de lui. Il l'effrayait toujours, une nuit de passion ne changerait rien à sa nature cruelle et à son abjecte manière de négocier. Il n'était pas seulement le Roi du monde et des vampires, mais aussi le Roi du chantage.

Elle savait que s'il le désirait, il la forcerait à recommencer ce qu'elle lui avait fait devant les écuries, qu'elle le veuille ou non. Elle eut la nausée en se souvenant de cet abominable épisode. Elle voulut sortir de ce lit et s'en éloigner le plus possible, s'en écarter autant qu'il le permettrait.

– Pourquoi as-tu fait ça ? demanda-t-elle après quelques instants de silence.

D'un certain côté, elle voulait ignorer ce sentiment de curiosité, elle voulait mettre derrière elle toute cette nuit et prétendre qu'il ne s'était rien passé, mais c'était impossible. Il s'était servi de sa bouche – il l'avait forcée à le faire –, mais elle ne s'était jamais attendue à ce qu'il veuille lui rendre la pareille.

– Parce que j'en avais envie, répondit-il honnêtement. Je t'aime. Mon comportement t'a peut-être menée à croire le contraire, je sais, mais je ne veux pas simplement être ce monstre qui t'a tout pris. Je veux te procurer de la joie et du plaisir, moi aussi. Je sais que je peux me montrer égoïste, et honnêtement, je ne regrette pas un instant de t'avoir volée à ta maison, à ta famille et à Ethan Redfern. Si te garder à mes côtés nécessite un recours à la violence, à la souffrance et à la mort, alors je serai plus qu'heureux de faire ces sacrifices. Mais ça ne veut pas dire que ton bonheur n'est pas important pour moi.

Il l'embrassa sur les lèvres, mais elle ne lui rendit pas son baiser. De son pouce, il les caressa, puis s'écarta légèrement. Le corps de la jeune femme était toujours secoué de dégoût chaque fois qu'il la touchait, mais une minuscule et très précieuse partie de son âme commençait à s'y faire. La nuit passée n'avait pas été aussi abominable qu'elle le craignait. Il n'avait pas fait preuve de trop de brutalité à son égard.

– Tu as aimé ça, dit-il après un petit moment de silence. C'était bon, hein ?

Elle baissa les yeux, refusant de croiser son regard lubrique. Il attendait une réponse, mais elle garda le silence. Elle ne voulait pas l'admettre et tous deux le savaient. Elle avait apprécié leur nuit de passion et toutes les sensations qu'il lui avait procurées.

– Tu n'as pas besoin de répondre, je sais que tu as pris ton pied. Tes lèvres peuvent mentir, mais pas ton corps, dit-il en riant d'un air si sombre qu'Evelyn le prit comme une insulte. Qu'est-ce que ça te fait de te découvrir un côté sombre ? De savoir que le Mal a pris le pouvoir sur ton corps et qu'il est capable de te faire trembler de plaisir ?

Lentement et tout en douceur, il allongea Evelyn sur le dos, immobilisa ses épaules et s'installa sur elle. Il mordilla la peau soyeuse de son cou, sans jamais y planter les canines. Elle réprima son envie de gémir et de faire onduler son corps contre le sien. Atticus était véritablement l'incarnation du démon. Il l'encercla de ses bras dans un geste possessif et avide. Il voulait la prendre, la faire crier, gémir et trembler sous le coup d'un nouvel orgasme libérateur. Il voulait rester dans ce lit avec elle et la posséder pour l'éternité.

– J'ai envie de te faire de très, très vilaines choses, Eve… lui susurra-t-il à l'oreille. La nuit dernière n'était qu'un avant-goût de tous les plaisirs que je peux te procurer. Qui que soit la personne qui possède ton cœur pour le moment, Evelyn Blackburn, c'est avec moi que tu passeras le reste de l'éternité, je te le promets.

Evelyn voulait désespérément se rebeller contre ses caresses, contre lui, mais elle ne le fit pas. Comme un animal domestique intimidé, elle se figea sous lui. *Je fais ça pour Hansel et Ethan. Je dois lui faire croire que j'ai des sentiments pour lui…*

– Je suis prêt pour le deuxième round, lui dit-il en laissant son souffle glacé la faire frissonner. J'aimerais encore sentir ta bouche autour de ma bite, voir l'enthousiasme dans ton regard, t'admirer pendant que tu m'avales en me montrant que tu as envie de me faire plaisir.

Elle écarquilla les yeux et plaqua les mains sur son torse pour le repousser de toutes ses forces. Elle avait l'air terrifiée, sa première fellation l'avait traumatisée et elle n'était pas prête à recommencer, il était encore trop tôt. Sa réaction le fit sourire avant qu'il ne roule sur le côté et lui dise :

– Pourquoi n'irais-tu pas prendre une douche et te préparer. Passons la journée en ville. J'ai envie de te sortir.

CHAPITRE 20

Il prononça cette phrase avec le plus grand naturel, mais sa proposition sonnait plus comme une affirmation que comme une question. Qu'elle le veuille ou non, elle devait obéir à son ordre. Mais en toute honnêteté, l'idée d'aller visiter la cité royale, de voir toutes ces richesses et le siège du pouvoir la fascinait, même si elle en était également terrifiée d'avance.

Quelque chose se tramait. Son cœur battit à tout rompre pendant tout le trajet entre le palais et la ville. Les mains d'Atticus, ainsi que ses lèvres, étaient aussi constamment sur elle. Il la fit asseoir sur ses genoux et elle avait l'air d'une poupée docile, aux mains de son marionnettiste tout excité. Elle avait l'impression d'être un jouet, un objet pour lui occuper les mains.

Sa jupe n'était pas très courte, ce n'était pas le type de vêtement fait pour titiller l'imagination, et pourtant, il était impossible pour le Roi de ne pas la toucher. Il écoutait la respiration haletante d'Evelyn et il la regardait gémir de plaisir chaque fois qu'il stimulait une zone érogène.

Elle ne savait pas ce qu'il lui faisait, mais quoi que ce fût, elle en était épouvantée. C'était indescriptible. Son corps tout entier tremblait et convulsait. Sa bouche était sèche et elle mourait de soif, son corps devenait incontrôlable. Même lorsqu'elle voulait que ses caresses ne l'affectent pas, il y parvenait tout de même. Comme si son corps la trahissait.

Elle se sentait comme une enfant qui venait de goûter pour la première fois quelque chose d'addictif, comme une irrésistible sucrerie qui la tenterait jusqu'à la guider aux portes de l'enfer. Elle était Eve et Atticus représentait la pomme. Elle était Perséphone et il lui tendait une grenade.

– Je te veux, lui murmura-t-il quand il la fit encore jouir.

Elle se demanda comment il avait réussi à se contenir et à ne pas la prendre directement dans cette voiture. Elle voyait la concupiscence dans son regard et cette expression hanterait encore bien des cauchemars. Elle eut l'impression que tous ces préliminaires n'étaient que pour elle et qu'il ne recevait rien en échange de tous ses efforts : Evelyn ne comprenait rien à la psyché perverse de son amant.

Comptabilisant plus de trois millénaires, Atticus pouvait trouver du plaisir dans bien des aspects de son existence. Voir le corps d'Evelyn trahir son esprit et sa détermination – même si elle devait coopérer avec lui pour le bien d'Ethan et d'Hansel – était l'un de ces plaisirs indicibles. Son tourment au beau milieu de son extase procurait au célèbre Roi des vampires une satisfaction plus vibrante que l'ivresse. Pourtant, il avait aussi désespérément envie de ressentir la chaleur de sa bouche et de sa gorge autour de son membre, mais il se força à attendre.

Lorsqu'ils arrivèrent en ville, ils s'arrêtèrent tout d'abord dans une longue rue pavée accueillant un nombre considérable de boutiques aussi uniques qu'exotiques. Toutes regorgeaient de denrées trop chères non seulement pour les humains, mais également pour la plupart des vampires. Seuls les membres de l'aristocratie pouvaient se permettre de telles dépenses. Le premier magasin dans lequel ils entrèrent était très grand, entièrement blanc, aux murs percés d'immenses fenêtres.

La première chose qui la marqua dans cette boutique de luxe au nom imprononçable fut l'air frais qui l'accueillit en entrant. À l'intérieur, la décoration suivait un thème noir et blanc jusque dans le moindre détail. Avec l'aide de deux magnifiques assistantes vampires, Evelyn se glissa dans une très longue et vaporeuse robe couleur nuit qui soulignait à la perfection ses lignes. Dans l'immense cabine d'essayage, elle eut le souffle coupé en voyant les multiples couches de tissu empilées les unes sur les autres. La somptueuse étoffe formait une traîne derrière elle et occupait tout l'espace.

– Quelle merveille, Madame Evelyn, s'exclama l'une des vendeuses en donnant du bouffant à l'un des jupons.

Une myriade de petits cristaux constellait la confection pour imiter un ciel nocturne, comme une multitude d'étoiles chatoyantes au milieu du vide formé par les Ténèbres. Evelyn s'observa dans le miroir et ressentit une sorte d'aliénation : la fille qui la regardait dans le reflet n'était pas elle.

Evelyn Blackburn n'avait jamais été vaniteuse, mais elle connaissait suffisamment son corps et son visage pour savoir à quoi elle ressemblait. Et la jolie fille au teint frais et à la peau si pâle qu'elle avait en face était à des années-lumière de la jeune femme maladive et abattue qu'elle était hier soir lorsqu'elle se préparait. La fille qui la regardait droit dans les yeux était au sommet de sa gloire et semblait encore plus belle que cette Evelyn qu'Atticus avait rencontrée.

Que m'est-il arrivé ? se demanda-t-elle en tendant la main vers le miroir dans un geste inconscient sans pour autant le toucher. Elle semblait complètement régénérée, en pleine forme, resplendissante. Evelyn était encore sous le choc lorsque son regard tomba sur sa poitrine. Elle remarqua quelques bleus qui s'estompaient.

Les mains vigoureuses d'Atticus avaient sollicité ses attributs féminins la veille et elle était bien trop intelligente pour ne pas se rendre compte qu'ils guérissaient bien trop rapidement. Des contusions d'un rouge vif et d'un pourpre vibrant étaient déjà en train de jaunir sur les bords. Elle détourna vite le regard pour s'attarder sur les portes-fenêtres qui fermaient la zone d'essayage. Même à travers le verre cathédrale, Evelyn pouvait sentir ses deux yeux pervers ne pas la quitter, la suivant comme un lion avec sa proie.

Un frisson lui parcourut le dos et la chair de poule s'étendit sur tous ses bras. *Que m'a-t-il fait ? Même s'il est plus que doué au lit, ce n'est pas en se tapant un vampire qu'on acquiert une telle faculté de régénération. Hansel, où es-tu ? J'ai besoin de toi*, se dit-elle en passant la main sur l'un des bleus sur sa poitrine.

Elle ne devait pas pleurer, elle ne devait pas flancher, sinon elle finirait par s'écrouler aux pieds d'Atticus pour le supplier de libérer Hansel. C'en serait alors fini d'elle et de son ami. Evelyn devait garder secrets ses sentiments et ne pas donner un levier de plus à Atticus pour la faire chanter. Une femme ne devrait jamais être faible et sans défense. Une femme devrait toujours avoir les mêmes droits et les mêmes pouvoirs qu'un homme.

CHAPITRE 21

Les erreurs, tout le monde en fait. Elles rendent les humains imparfaits, et pourtant, elles sont aussi en partie responsables de ce qu'il y a de plus beau dans leur vie. Certaines erreurs sont cruciales. Sans faire d'erreur, on ne grandit jamais. Mais d'autres ont des répercussions bien plus graves.

L'hôtel Shangri-La était situé sur les rivages d'Utopia. Evelyn fut un peu perplexe lorsque le chauffeur prit cette direction, mais elle n'allait pas exprimer ses peurs et sa confusion à voix haute. Elle ne dit pas un mot lorsque Atticus l'escorta vers la suite du dernier étage et toujours rien lorsqu'une styliste qui l'attendait là-haut la salua. Le Roi lui déposa un baiser sur le front et lui demanda de mettre quelque chose de joli avant son retour environ une heure plus tard car il avait prévu quelque chose de spécial pour leur soirée. Ses mots déclenchèrent à la fois la crainte et l'espoir chez Evelyn.

La styliste s'extasia sur la beauté de ses cheveux alors qu'elle finissait de fixer avec des épingles

les boucles qu'elle venait de créer pour former un élégant chignon qui laissait quelques mèches en liberté. La vampire s'était déjà occupée d'appliquer du fond de teint et des fards de toutes les couleurs sur son visage pour lui conférer une beauté bien supérieure à celle que son capital naturel pouvait lui permettre. Evelyn la remercia timidement, ne sachant pas trop comment prendre ce compliment.

Mais elle ne pouvait que partager son opinion. Elle avait elle-même constaté à quel point elle avait l'air en forme et en se demandant comment cela se faisait, elle se rappela que Atticus lui avait fait boire de son sang pendant leurs rapports. Elle se remémora le soudain attrait qu'elle avait alors ressenti. Ses caresses lui avaient fait l'effet d'un feu d'artifice sur sa peau, son corps avait éveillé ses désirs les plus primitifs pour surpasser la quintessence de la pureté de sa conscience. Le goût si exotique et si captivant de son sang était resté dans sa bouche.

Elle repensa soudain à l'une des conversations qu'elle avait eues avec Hansel. Il avait essayé de lui expliquer le processus de transformation d'humain en vampire quand il l'avait escortée pour la première fois au palais royal. Mais il n'avait jamais pu terminer son explication à cause de l'attaque des rebelles. Toutefois, elle se souvenait bien qu'une partie du processus impliquait la consommation de sang de vampire.

Suis-je un vampire, maintenant que j'ai ingéré son sang ? L'idée lui semblait si ridicule qu'elle ne put retenir le gloussement qui montait du fond de sa gorge. *Si boire du sang de vampire suffisait pour en devenir un, alors je me serais déjà transformée la première fois qu'Hansel m'a donné le sien.* Son cœur battit un peu plus fort lorsqu'elle pensa à lui. Il lui manquait tant.

Alors que la styliste passait un peigne dans ses boucles soyeuses, son cœur humain souffrit pour le vampire qui avait toujours été bon avec elle, qui avait toujours écouté son opinion et l'avait respectée, autant qu'elle le respectait. Evelyn se demanda ce qu'il se serait passé si Hansel avait été le Roi et non Atticus ? La donne aurait-elle changé si elle avait dû apprendre à aimer Hansel ? Sans doute…

Elle n'aurait pas mené la même existence que celle qu'elle s'était imaginée aux côtés d'Ethan, mais il lui aurait été facile de tomber amoureuse d'un vampire. Cet amour aurait été naturel et Evelyn n'aurait pas eu à craindre pour sa vie, celle de ses proches et son intégrité physique. Elle savait que s'il avait été Roi, tout aurait été bien différent. Bien sûr, si Hansel avait régné sur cette planète, jamais il ne l'aurait obligée à avoir cette relation. Mais son esprit commença à divaguer et elle s'imagina une vie où ils auraient été heureux tous les deux. C'était une vie où elle n'aurait pas eu à craindre Atticus, une vie où tout aurait été parfait. Il l'aurait aimée et elle l'aurait aimé en retour. Elle se mit à sourire sans s'en rendre compte.

Mais juste avant qu'elle ne se glisse entièrement dans l'univers de ses fantasmes, une sombre voix retentit dans sa tête : « *Comment oses-tu ?!* » Elle reconnut le son de cette voix, abominablement familière, et Evelyn se raidit immédiatement. Impossible ! Elle prit rapidement une profonde inspiration pour évacuer cet élan paranoïaque. Elle voulait secouer violemment sa tête pour en expulser cette pensée mais la vampire qui venait de passer une demi-heure à la coiffer n'aurait pas été ravie.

– Voilà pour vos cheveux, c'est bon. Pourquoi n'iriez-vous pas choisir une robe ?

Evelyn hocha silencieusement la tête avant de disparaître dans la plus grande chambre de la suite. Atticus avait demandé que tous leurs achats du jour y soient livrés. Une multitude de sacs de luxe étaient empilés au pied du lit et une grande quantité de housses de vêtements de différentes couleurs étaient soigneusement alignées sur un portant. Evelyn tendit automatiquement la main vers la plus proche et elle reconnut la première boutique dans laquelle ils étaient allés : Tsejhandro Saphira.

Elle ouvrit la housse, d'où un sombre et doux tissu s'échappa. C'était la première tenue qu'elle avait essayée : une robe nuit qui lui rappelait le ciel nocturne avec toutes ses étoiles. Elle ne savait pas ce qu'Atticus avait prévu pour la soirée, mais il avait insisté pour qu'elle achète une quantité phénoménale de robes de gala, alors elle devina que ses projets pour la soirée étaient extravagants.

Et il avait visiblement apprécié de la voir habillée ainsi. Elle se glissa alors doucement au milieu des couches de tissu soyeux.

D'un certain côté, elle n'avait pas envie de l'exciter, de tenter le démon en lui promettant le péché, mais d'un autre, elle savait qu'elle devait lui donner du plaisir. Le discours de Jonah résonna dans ses oreilles. Elle devait le faire. Pour Hansel et Ethan. Si elle voulait les sauver tous les deux, alors elle savait qu'elle devait sacrifier sa liberté. Sa vie en échange de celle de deux hommes qu'elle aimait. Elle pensait sincèrement qu'ils avaient tous deux plus de chances de regagner leur liberté qu'elle-même. Le marché était équitable…

Alors qu'elle se battait contre la fermeture Éclair puis qu'elle fouillait parmi les douzaines de boîtes pour trouver les bijoux et les chaussures qui iraient avec la robe, elle se remit à penser à ce qu'il s'était passé le matin même. Lorsqu'elle s'était réveillée, Atticus était à ses côtés et elle avait vu dans son regard une expression de douceur et de compassion qu'elle ne lui connaissait pas. Pour la première fois, elle avait alors ressenti quelque chose d'authentique pour lui. Pour la première fois, elle avait eu l'impression qu'il pourrait y avoir quelque chose de tangible sous la surface de leur relation pour le moment uniquement charnelle. Pour la première fois, malgré toutes ses déclarations d'amour précédentes, elle avait cru y déceler de la sincérité. Cela avait été une lueur d'espoir, elle avait entrevu la possibilité de peut-être tomber amoureuse de lui, ou du moins de s'attacher à lui.

Mais cette lueur n'avait duré qu'un instant. Elle repensa rapidement au moment où il l'avait forcée à s'agenouiller devant lui dans une boutique. Elle se souvint qu'il avait mentionné Ethan et Hansel et se demanda si Atticus avait deviné sa stratégie. *Bien sûr qu'il est au courant, c'est Atticus. Je n'ai jamais eu la moindre chance de le berner.* Elle frissonna et se demanda s'il n'avait pas volontairement exploité son ambition de sauver Ethan et Hansel pour la manipuler et obtenir des faveurs sexuelles. Si elle y pensait trop, resurgissait le flot de haine qu'elle éprouvait déjà pour lui. Et tout espoir de réussir à l'aimer un jour s'envolait à nouveau en fumée.

« *Qu'est-ce que ça te fait de te découvrir un côté sombre ? De savoir que le Mal a pris le pouvoir sur ton corps et qu'il est capable de te faire trembler de plaisir ?* » Les mots d'Atticus résonnaient encore en elle. Elle voulait sincèrement le sauver des Ténèbres et des démons qui s'étaient insinués en lui au cours des siècles. Mais ses désirs charnels, son besoin de la dominer et son insatiable appétit sexuel formaient un bloc difficile à surmonter.

La personnalité d'Atticus était trop complexe pour qu'elle puisse la percer, Evelyn doutait de pouvoir un jour comprendre le cours de ses pensées et de ses raisonnements. Et elle ne savait pas si elle serait capable d'aimer un homme qu'elle ne comprenait pas, mais elle essaierait. Qu'il soit au courant de son plan pour sauver Hansel et Ethan ou pas, que ses caresses lui provoquent une pluie d'étincelles dans le corps ou des frissons de terreur, Evelyn ferait tout son possible.

Elle donnerait tout ce qu'elle possédait pour sauver ce qui restait de cette sombre âme noire brisée et pervertie. Elle l'aiderait à retrouver son humanité. Elle le changerait. Elle sauverait son espèce de son poing destructeur. Son bonheur personnel n'était plus dans la balance. Altruiste, il fallait qu'elle soit altruiste. Elle avait de grandes ambitions et ses objectifs étaient tout sauf réalistes. Mais elle se lancerait à l'aveugle en espérant y parvenir. Le but d'Atticus était de la faire tomber amoureuse de lui. Son but à elle était de se faire tomber amoureuse de lui.

Evelyn trouva une paire d'escarpins noirs dans la pile d'achats luxueux, ainsi qu'une rivière de diamants et des boucles d'oreille qui lui firent penser à une série de gouttes de pluie figées pour l'éternité. En se dirigeant vers la sortie, elle se demanda alors si Jonah était digne de confiance ou si elle n'était qu'un petit agneau sans défense qui s'avançait vers son funeste destin : un four préchauffé, alors qu'on venait de lui raser son pelage et l'enduire d'huiles parfumées ? L'image la fit rire, mais elle se dit qu'elle aurait probablement plus de chance de convaincre Atticus d'être abstinent pendant quelques milliers d'années que de voir son plus proche garde tenir parole.

En entrant, Evelyn entendit un cri d'exclamation admiratif. Elle leva les yeux et en rencontra deux autres d'un brun ardent. Ce qu'elle vit lui coupa le souffle. Au centre de la pièce, la styliste et tout son matériel avaient disparu. À leur place se trouvait Atticus, dans un costume magnifiquement bien coupé et flatteur, du reste. Il tenait dans sa main une rose d'un pourpre chatoyant.

– Tu es magnifique.

– Toi aussi, répondit-elle honnêtement.

Elle hésita à faire quelques pas vers lui, prenant soin de ne pas trébucher avec ces talons assassins aux pieds. Quand elle arriva à ses côtés, les lèvres du Roi s'ourlèrent d'un sourire sincère et son regard se perdit dans les traits délicats du corps d'Evelyn et dans sa beauté éthérée. Il lui offrit son bras et elle l'accepta de bon cœur.

Elle aussi admirait l'apparence de son cavalier. Elle remarqua à quel point cet élégant costume lui allait à ravir et que ses cheveux avaient été minutieusement coiffés en arrière pour dégager son visage. Ses pommettes hautes et son regard si intimidant complétaient ce comportement dominateur : elle avait sous les yeux l'incarnation même du pouvoir. Sa main gelée lui caressa la joue lorsqu'il lui demanda :

– Prête pour notre soirée ?

Elle hocha la tête, soulagée qu'ils portent tous les deux des tenues de gala. Quelle que soit la nature du programme, celui-ci ne devrait pas impliquer de chaînes, de menottes et une quantité infernale de sexe.

– Oui.

– Parfait.

Elle posa sa main sur la sienne et il la guida hors de la pièce. La scène, plutôt romantique, était plus qu'unique, sans l'ombre d'un doute : le Roi des rois escortait une humaine à qui il avait fait tant de mal.

Atticus ne savait pas encore s'il voulait détruire Evelyn, annihiler son univers, anéantir tout ce qu'elle tenait pour cher. Pour être ensuite celui qui lui permettrait de se reconstruire, l'aiderait à guérir, en se faisant une petite place dans son cœur recousu pour le dominer complètement. Ou devait-il continuer à lui faire la cour de cette manière pour gagner son amour et son affection au prix d'actes sentimentaux et de paroles à fendre le cœur ?

Ils sortirent de la suite d'Evelyn – le Roi avait eu la délicatesse de prendre une suite séparée réservée à son usage. Il passa son bras autour de sa taille dans un geste protecteur et elle se sentit en sécurité. Pour autant, cela semblait fait pour lui rappeler qu'elle lui appartenait. Evelyn se demandait ce que lui réservait cette soirée et si, sous ce ciel étoilé, ils feraient leurs premiers pas vers une histoire romantique sans qu'un des deux ne flanque tout par terre. Elle voulait croire qu'il la respecterait et se soucierait assez d'elle pour passer la soirée sans l'obliger à se mettre à genoux pour la prendre par-devant ou par-derrière.

La beauté de la ville pouvait être admirée depuis les fenêtres au nord de la tour du Shangri-La. Les magnifiques gratte-ciel se dressaient comme les doigts d'un géant qui chercherait à toucher l'espace. Elle se souvenait des leçons de son père sur Utopia, la façon dont elle avait été bâtie sur les débris d'une grande ville qui, avant la Guerre des Vampires, s'appelait New York. Après quatre siècles de travaux, son architecture avait surpassé l'héritage de son passé et était devenue la cité la plus écologiquement efficace et recherchée sur Terre.

Evelyn s'attendait à ce qu'ils descendent au rez-de-chaussée où une voiture de luxe les attendrait. Et même, pourquoi pas, qu'il la conduise dans l'une de ces super voitures de sport qu'il possédait. Mais en entrant dans l'ascenseur, Atticus n'appuya pas sur le bouton qui les porterait au pied de l'immeuble. Il pressa le gros bouton rouge en haut du panneau de commande sur lequel un « T » était inscrit. Evelyn fronça les sourcils et demanda :

– Où va-t-on ?

– Sur le toit.

***

Dans les cachots du palais royal

Ethan Redfern et Aaran Einar se tenaient devant Jonah. Ils avaient les mains attachées dans le dos, mais la tête haute.

– Tu as de la chance d'être encore en vie, annonça Jonah à Ethan sur un ton très factuel.

– En effet, rétorqua le jeune homme en souriant. Atticus doit être vert de rage. Il sait que j'ai couché avec la femme qu'il aime et qu'elle a des sentiments pour moi. Je suis moi-même très surpris d'être encore en vie.

Il planta son inflexible regard bleu dans celui de Jonah. Il n'y avait pas une once de peur dans ses yeux calculateurs lorsqu'il ajouta :

– Ton maître n'est peut-être pas aussi impitoyable qu'il le prétend.

Pendant les mois qui s'étaient écoulés, Ethan était devenu un homme. Il n'était plus ce jeune chiot énamouré qui voulait désespérément sauver la fille qu'il adorait. Il l'aimait toujours avec passion, mais il avait eu le temps de découvrir que détrôner Atticus était une œuvre quasi impossible.

Il savait que, malgré tout ce qu'il avait entendu dans ces pathétiques contes de fées de l'ancien temps, l'amour ne pouvait pas l'emporter sur tout. L'amour ne pouvait pas conquérir le pouvoir d'un homme qui avait le monde entier à ses pieds. Le seul qui soit assez puissant pour diriger la planète sans objection ni menace à son encontre. Même Venise n'était pas assez puissante pour s'opposer à lui.

Le regard de prédateur de Jonah alla d'un cousin à l'autre.

– J'ai envie de vous tuer tous les deux. Toi, dit-il en désignant Ethan, tu as osé défier Atticus, mon créateur et mon maître, tu lui as disputé Evelyn. Et toi, continua-t-il en montrant Aaran… Marcus est l'un de mes plus vieux amis, c'est l'homme le plus bienveillant que je connaisse. Tu as osé commettre une infidélité avec sa femme ! Je ne devrais pas seulement te tuer toi, mais aussi cette petite pute adultère et l'enfant qu'elle porte…

– Alors pourquoi ne le fais-tu pas ? siffla Aaran.

Il était en moins bonne forme qu'Ethan et plus lourdement enchaîné que son cousin. Ethan Redfern était seulement entravé aux poignets, alors que son cousin était pour ainsi dire enroulé dans un amas de chaînes. Les deux hommes étaient couverts de plaies, de contusions et de croûtes de sang séché.

– Si tu veux tellement nous tuer, alors vas-y, fais-toi plaisir, le défia Ethan. Je me battrais avec joie contre toi.

– Tu es humain, rétorqua Jonah en souriant. Je peux te tuer d'un revers du poignet. Tu n'en vaux pas la peine. En plus, si quelqu'un devait te tuer, ce serait Atticus en personne, soupira-t-il en regardant les gardes dans la pièce. J'ai demandé qu'on fasse venir trois prisonniers ici. Où est le dernier ?

– Lord Hansel est inconscient pour le moment, murmura l'un des soldats à son oreille. Il n'a pas été nourri depuis que nous l'avons fait venir ici. On essaye de le remettre sur pied.

Hansel ? se demanda curieusement Ethan. *Hansel, l'ami d'Evelyn et le chien-chien d'Atticus ?*

Jonah leva les yeux au ciel et répondit en hurlant au planton :

– Combien de fois dois-je vous dire que ce traître ne porte plus le titre de lord, bande d'imbéciles ? Faites-le venir immédiatement ! Conscient ou inconscient, je veux le voir ici !

Ethan regarda autour de lui. Il reconnut les quartiers de la garde.

– Pourquoi sommes-nous ici ? demanda-t-il calmement.

– Je tiens à vous faire subir la même souffrance qu'Atticus et Marcus ont endurée, mais en pire, répondit-il en souriant.

CHAPITRE 22

Sur le toit ? Evelyn réfléchit avec curiosité à ce choix de lieu. L'ascenseur se mit à bouger et elle ressentit l'incroyable mais discrète accélération. D'un côté, elle avait hâte d'admirer la beauté d'Utopia depuis son plus haut point de vue, le célèbre hôtel Shangri-La, l'endroit où ils s'étaient rencontrés. Mais d'un autre, elle était quelque peu déconcertée qu'Atticus l'emmène sur cette terrasse.

Allait-il l'y assassiner en la poussant par-dessus la rambarde ? Son regard se posa sur lui. Il se tenait silencieusement à ses côtés et affichait un sourire plein de joie. Un de ses bras reposait toujours dans le creux de ses reins, mais le geste ne lui semblait plus abominablement possessif. Leurs corps étaient proches. Si proches qu'Evelyn découvrit des petits détails sur Atticus qu'elle n'avait jamais remarqués.

Elle s'aperçut que ses cheveux d'un noir de jais luisaient sous la douce lumière électrique. Ils étaient si beaux, en pleine santé, volumineux et incroyablement soyeux. Elle vit un petit creux au centre du lobe de son oreille et elle se demanda si c'était la trace d'un ancien piercing. Elle se prit à l'imaginer lorsqu'il était humain. Elle se hasarda à penser à la longévité de sa vie, à toutes les rencontres qu'il avait faites, sachant que la plupart de ces personnes n'étaient probablement plus en vie. Elle pensa à tous les événements de l'Histoire dont il avait été témoin. Il méritait sa pitié. En trois mille ans, un homme pouvait faire l'expérience de souffrances inimaginables. Toutes ces années de peine ne justifiaient pas son comportement, mais la compassion d'Evelyn, oui.

Elle prit une grande inspiration lorsque la sonnerie de l'ascenseur retentit pour signaler leur arrivée. Les portes s'ouvrirent sur une pièce entièrement vitrée dont les panneaux disparaissaient presque sous le scintillement de la lune et des étoiles. Des centaines de milliers de bougies de toutes les tailles et de toutes les formes illuminaient l'endroit. Il y en avait partout. Sur le sol, empilées les unes sur les autres, suspendues au plafond dans de petits paniers transparents. Les flammes vacillantes formaient un contraste saisissant avec la voûte étoilée. La scène était à couper le souffle et Evelyn était déconcertée par la quantité d'efforts déployés pour décorer cette immense verrière. Tout était si romantique, Atticus n'avait jamais tant réussi à toucher son cœur. Tous les cadeaux et ses promesses de lui offrir le monde n'étaient rien, en comparaison de la scène qu'elle avait sous les yeux. C'était même probablement la seule chose de bien qu'il ait jamais faite depuis qu'il l'avait rencontrée.

Elle fut désorientée en regardant le ciel moucheté de bougies. Il y en avait véritablement partout. Elles se consumaient toutes et une ventilation permettait à l'air de se renouveler dans la pièce rectangulaire afin qu'elle ne soit pas surchauffée. En tournant doucement sur elle-même, elle voulut enregistrer le plus de détails possible de ce décor pour le moins étonnant.

Evelyn prit soin de rester sur le petit chemin dessiné au sol pour garder ses distances avec ces merveilleuses mais ô combien dangereuses flammes. *Si je trébuchais, je pourrais créer un sacré bazar*, se dit-elle en riant intérieurement. Elle se demanda si Atticus pourrait la sauver du feu, mais elle se rendit vite à l'évidence. Sa question était pour le moins stupide. Bien sûr qu'il le pourrait, Atticus pouvait tout faire. Son sang contenait l'essence même de la vie, peu de choses pouvaient lui résister. Et cette pensée lui rappela qu'elle voulait lui demander comment étaient créés les vampires.

– Ça te plaît ? demanda-t-il avec crainte et curiosité.

Il y avait une sorte de charme juvénile dans sa façon de la regarder. Il avait l'air si beau et si inoffensif, mais mieux valait éviter de se fier aux apparences.

– J'adore, admis Evelyn. C'est si beau. Je suis assez surprise, normalement, ce n'est pas trop ta tasse de thé. Je ne te savais pas capable d'être aussi attentionné et romantique.

– Tu trouves ça romantique ?

Elle hocha la tête, ce qui le fit sourire d'un air triomphal.

– Tu te souviens de ta première nuit au palais et du dîner que j'avais organisé pour nous dans les jardins ? demanda-t-il en continuant à sourire d'un air amusé. C'était romantique, non ?

Elle se fit moins joyeuse et hocha la tête d'un air hésitant pour donner son assentiment. Mais si elle n'était pas près d'oublier ce dîner, c'était pour elle ce qui s'éloignait le plus du concept de romance. Cela avait été un pur cauchemar qui l'avait terrifiée. Elle se souvenait encore de ses gestes agressifs, et elle espérait que cette soirée ne se terminerait pas de la même manière.

Comme s'il avait senti son malaise, Atticus plaça doucement ses mains autour de sa taille et la guida à travers le large décor. Il lui sembla reconnaître une cheminée. Il la guida de l'autre côté, vers une table sur laquelle était dressé un dîner aux chandelles pour deux personnes. Elle était encerclée d'encore plus de bougies, il y avait toutefois un périmètre de sécurité d'environ un mètre autour de la table. Le feu était omniprésent et bientôt le décor au premier abord romantique changea de signification pour Evelyn. Il n'avait plus rien de charmant.

Un peu paranoïaque, elle se dit qu'il valait mieux que l'issue de cette soirée soit vraiment différente de celle de sa première nuit au palais. Si Atticus et elle finissaient par se disputer et que la situation leur échappait, alors elle courrait un véritable risque physique. Au centre de la pièce se trouvait un charriot, lui aussi éloigné de toutes ces bougies, et sur chacun de ses plateaux se trouvaient deux dômes en argent couvrant les repas.

– Il n'a pas été facile de construire cette verrière en quelques jours à peine, tu sais, expliqua Atticus avec patience en guidant Evelyn vers la table.

– Quoi ? s'étouffa-t-elle. Tu veux dire que tu l'as fait construire ? Comme ça ? Elle n'était pas là avant ?

Il répondit d'un signe de tête en tirant sa chaise pour l'inciter à s'asseoir. Ce qu'elle fit.

– Pour une personne normale, les travaux auraient pris des semaines, voire des mois, pour achever pareille œuvre et s'assurer de sa solidité et de sa résistance aux vents violents qu'il y a par ici.

Effectivement, les vents s'enroulaient brutalement autour de la structure. Comme s'ils étaient mécontents d'avoir été perturbés. Comme si cet hôtel abrité dans un gratte-ciel géant et cette nouvelle verrière gênaient leur paisible quotidien et qu'ils attaquaient Atticus parce qu'il avait fait bâtir une telle construction. D'une certaine façon, il avait interféré avec l'ordre naturel des choses.

Evelyn observa cette immense structure de verre, ébahie par ses dimensions colossales et, curieuse, lui demanda :

– Combien de temps a-t-il fallu pour mener à bien un projet aussi impressionnant ?

– Deux jours, répondit-il en s'asseyant en face d'elle sur un ton arrogant. Quand tu es au sommet de la pyramide, le mot « impossible » ne fait pas partie de ton vocabulaire.

Ses yeux de braise étaient animés de toutes sortes d'émotions qu'Evelyn était incapable de déchiffrer. Elle se dit que les mots « impossible » et « non » étaient surtout des mots qu'il refusait d'entendre, se moquant totalement de l'opinion des autres. Atticus planta son regard, menaçant, dans celui de la jeune femme, dont la respiration s'accéléra un peu. Son air apeuré fit naître un sourire sadique sur les lèvres du Roi.

– Tu ferais mieux de surveiller les pensées qui fusent dans ton joli petit cerveau, Eve, l'avertit Atticus.

Non... non... Il ne peut pas lire mes pensées. Impossible ! Il y eut une lueur dans le regard du vampire. Une sombre lueur qu'elle connaissait bien. Le cœur d'Evelyn se mit à battre à tout rompre dans sa poitrine et ses doigts à trembler.

Atticus détourna le regard pour s'intéresser aux assiettes sous cloche posées sur le charriot. Ce qu'il fit alors figea totalement l'humaine, qui observa les deux plats flotter doucement vers eux avant d'atterrir sur la table à leurs places. Elle était complètement ensorcelée par le phénomène qui se produisait sous ses yeux. Elle se rappela qu'Atticus n'était pas un vampire comme les autres et que ses pouvoirs étaient inégalés. Elle regarda ses mains et vit un large anneau d'argent décorer son pouce.

– Comment fonctionnent-ils ? demanda prudemment Evelyn en le regardant. Je me souviens que tu m'as dit qu'ils pouvaient te donner des pouvoirs…

– C'est gentil que tu t'intéresses à moi, dit-il un petit sourire satisfait aux lèvres. Ces anneaux fonctionnent sur le même principe qui permet aux avions de voler et au feu de brûler. Grâce aux particules d'énergie. La magie n'est qu'une forme de science que nous ne comprenons pas. Tâche de t'en souvenir.

– Alors cet anneau t'aide à mieux contrôler ton cerveau et ton corps pour leur faire faire ce que tu souhaites ?

– Exactement, répondit-il en souriant fièrement. Je suis impressionné, mademoiselle Blackburn. Je pensais que la société avait enfin compris à quel point il était inutile d'éduquer les humains, mais à l'évidence, ce n'est pas le cas.

Elle résista à l'envie de le gifler. Ses petites piques désobligeantes envers son espèce avaient fait naître en elle un côté protecteur qu'elle ne se connaissait pas.

– L'éducation devrait être accessible à tous. Il est injuste que tu limites celle des humains au strict nécessaire. C'est comme si tu ne voulais pas que nous apprenions quoi que ce soit ou développions des compétences pour progresser ! manqua-t-elle de lui cracher au visage, en proie à une rage infernale.

Mais il se contenta de sourire, amusé par sa passion. Il n'avait pas vu cette facette de sa personnalité depuis longtemps. Autant il désirait qu'elle lui obéisse et satisfasse ses moindres désirs sur le plan physique, autant il adorait la voir aussi ardente quand elle débattait avec lui et le poussait à réfléchir. Lorsque leur conversation s'orientait vers des sujets politiques et sociaux, tout devenait plus intéressant, et voir Evelyn s'emporter l'excitait énormément.

– Les humains se chargent de toutes les fonctions de base et accomplissent les tâches les plus faciles et dépréciées tandis que mes vampires occupent les fonctions les plus valorisées et intellectuellement stimulantes. C'est comme ça depuis que je suis monté sur le trône. Il y a quelques exceptions ici ou là, pour les Redfern par exemple : voici une famille humaine qui prospère et fait fructifier ses atouts. Ils sont à la hauteur du pouvoir qu'ils ont acquis depuis des générations, expliqua-t-il en riant légèrement. Mais bon, toutes les familles humaines ne sont pas aussi chanceuses et brillantes que la leur. Il y aura toujours une frontière entre les humains et les vampires. Tu es au courant des difficultés financières que rencontre ton père ? Même si je t'aime vraiment énormément, les humains ne sont pas aussi intelligents que les vampires. Notre race est supérieure à la vôtre, notre cerveau fonctionne plus rapidement, il est donc naturel que nous recevions une meilleure éducation et que nous ayons accès aux meilleurs postes.

– Tu devrais laisser mon espèce décider pour elle-même. Il y a des humains exceptionnellement brillants. Nous restreindre l'accès à de meilleures situations est injuste.

– Je permets bien à ceux qui en sont dignes d'être transformés en vampire, non ? Et il y a des restrictions pour nous aussi. Seuls trente pour cent des vampires sont capables de supporter la lumière du soleil, tu devrais t'en souvenir.

– Environ quatre-vingt-dix pour cent des humains, sinon plus, vivent dans la pauvreté, rétorqua simplement Evelyn en se rendant compte de sa toute nouvelle audace.

Sa conscience lui dit de battre en retraite. Atticus tenait entre ses mains les vies de ses proches et il était capable de faire assassiner tous ceux qu'elle aimait si elle le poussait un peu trop dans ses retranchements. Ethan et Hansel étaient tout en haut de la liste, prêts à être exécutés, si toutefois ils étaient encore en vie. *Non. Il n'aurait pas fait une chose pareille, pour aucun des deux*, se dit-elle.

– Quatre-vingt-dix pour cent de l'humanité ne sert à rien, elle est composée de créatures inutiles et bonnes à jeter. Je ne permets leur existence que parce que mon espèce a besoin de votre sang pour survivre. Sinon, je vous aurais déjà tous fait supprimer, dit-il froidement.

Par télékinésie, il retira les deux cloches et les posa plus loin. Elles recouvraient chacune un bol de soupe fumante posée sur une assiette de porcelaine bleu et blanc. Le sourire aux lèvres, il prit la cuillère déjà posée sur la table et annonça :

– Soupe de poisson asiatique. Oh, et au fait, ne me sous-estime pas, et ne surestime pas l'affection que je te porte. Je t'aime, c'est vrai, et tu m'es très précieuse, mais je ne tolérerai pas un instant que tu coures te réfugier dans les bras d'un autre homme quand je ne suis pas là. Tu m'appartiens. Et crois-moi, je suis tout à fait capable de prendre la vie de tes proches si l'envie m'en prend. Oui, je pourrais « faire une chose pareille ». J'ai gardé Ethan et Hansel en vie parce qu'ils me sont plus utiles vivants que morts, expliqua-t-il en avalant une cuillerée de soupe. Ils me font office d'objet de torture et de chantage. Ils sont formidables.

– Non ! N'ose même pas les toucher ! cria instinctivement Evelyn, le regard fou de colère.

Les mots lui avaient échappé avant même qu'elle ne se rende compte qu'il venait juste de lui confirmer ce qu'elle suspectait déjà : il pouvait lire dans ses pensées. Et avant qu'elle ne prenne conscience que son soudain éclat de voix ne pouvait que porter préjudice à son plan pour sauver Hansel et Ethan. Elle essayait tellement de les éloigner de ses pensées et de faire croire à Atticus que les choses évoluaient entre eux qu'elle commençait à avoir des sentiments pour lui.

Il attrapa le couteau en argent à sa droite et le redressa doucement avant de jouer avec. Il le fit danser comme une ballerine sur la nappe.

– Je n'ai plus peur de te blesser, admit-il. Bien sûr, je t'aime. Mais souviens-toi seulement que je n'ai pas peur d'utiliser la violence, même contre toi. Je n'ai pas peur de te frapper ou de me déchaîner sur ton frêle petit corps. Souviens-toi que je suis Atticus, je suis le Roi. Le monde est à mes pieds, je possède tout sur cette planète, y compris toi.

Tu ne peux pas posséder un être vivant et conscient de l'être, se dit-elle amèrement.

– Je parie que tu te demandes pourquoi et comment je peux entendre tes pensées, non ? demanda-t-il en souriant.

Elle le regarda de haut et il se lança dans son explication.

– Non, les anneaux ne donnent pas la faculté d'entendre les réflexions d'autrui. Même si c'était le cas, ils demanderaient trop d'énergie pour se focaliser sur ton esprit à longueur de journée et t'entendre comploter de mille manières pour te débarrasser de moi.

Elle déglutit, il y avait comme un message caché dans ses mots.

– Je sais ce que tu mijotes.

– Alors tu lis dans mes pensées depuis le début ?

– Je ne peux savoir ce que tu penses que lorsque mon sang circule dans tes veines. Et je n'entends pas toutes tes réflexions, tes émotions me sont simplement plus lisibles. Et lorsqu'elles sont très fortes, alors je perçois aussi les pensées qui les accompagnent, par bribes, clarifia-t-il en continuant à manger. Tu sais, mon sang a des facultés si incroyables que même les plus brillants de tous les scientifiques sont incapables de l'analyser. Et il peut faire tant de choses…

– Comme altérer mes hormones et faire réagir mon corps à tes caresses ? devina-t-elle.

– Mon sang est un merveilleux aphrodisiaque, mais il ne fait pas tout, dit-il le sourire aux lèvres, en s'approchant d'Evelyn par-dessus la table. Si tu essayes de mettre toutes tes réactions sur le compte de mon sang, alors tu te trompes. Oui, il t'a séduite, mais ces feux d'artifice que tu as ressentis ? Ça, ça n'était que toi, tu vas devoir l'admettre, Evelyn. Tout au fond de toi, derrière toute cette lumière et ta compassion, en secret, tu es attirée par les Ténèbres. Affronte la vérité, j'attire un côté de ta personnalité que ni Ethan ni Hansel ne peuvent satisfaire. Peu importe que tu veuilles le nier, tu as envie de moi. Tu veux me guérir et m'aider à m'engager sur le chemin de la rédemption. Dans la course pour gagner ton cœur, j'ai toutes mes chances, soupira-t-il sans se départir de son sourire arrogant. Je suis peut-être un peu derrière les autres, mais si j'ai bien appris quelque chose sur moi au cours de ces derniers millénaires, c'est que j'obtiens toujours ce que je veux. Et c'est toi que je veux.

– Mon cœur appartient à Ethan. Il lui a toujours appartenu depuis notre enfance. Nous nous sommes toujours aimés et si tu n'étais pas intervenu, nous serions probablement déjà mariés, à l'heure qu'il est.

– Tu pourrais être mariée à l'heure qu'il est… mais ce n'est pas le cas, non ? Tu pourrais être dans les bras de ton amant humain en ce moment même, mais tu ne l'es pas. Tu es avec moi, dit-il sur un ton sifflant, savourant les vagues de peur et d'adrénaline qui émanaient d'elle et qui lui rappelaient le contrôle qu'il avait sur elle. Que tu le veuilles ou non, c'est moi qui possède ton corps. Tu peux profondément aimer Ethan et être très attachée à Hansel, mais c'est moi qui décide. Le pouvoir est entre mes mains et je peux faire ce que je veux, à qui je veux.

– Tu es complètement dément, dit-elle en frissonnant.

– S'il faut en arriver à la démence pour pouvoir te posséder, alors je m'y livrerai bien volontiers. Mais il faudrait que j'obtienne un peu plus. Les Ténèbres gagnent en puissance tous les jours et elles te veulent tout autant que moi.

Il attrapa son poignet dans un geste si rapide que ses réflexes humains ne purent le contrer. Il l'attira contre son visage et pressa ses lèvres contre ses veines, savourant le rythme chaotique des battements de son cœur. Son parfum le fit saliver.

– Parfois, je me demande si tu m'aimes ou si tu me désires, lui confessa-t-elle alors que ses lèvres effleuraient la peau de son poignet. Si tu n'es pas seulement obsédé par mon corps.

– Peut-être qu'il n'y a aucune limite entre l'amour et l'obsession. La passion obsessionnelle est la forme la plus intense de sentiment amoureux. Quand l'attirance est si forte qu'elle se transforme en tourment, qu'elle est impossible à ignorer. Comment peux-tu m'en vouloir de t'aimer si profondément ?

– Ce n'est pas de l'amour, gémit-elle.

Il ignora ses mots et reprit :

– Tu sais ce que je pense ? Nous ne communiquons pas assez. On ne se connaît pas assez bien. Entre ta réticence à m'accepter et ma peur de te blesser, notre manque de contrôle sur nous-mêmes et mon désir incommensurable pour toi, je n'ai pas passé assez de temps à faire ta connaissance.

– Tu ne me connais pas et pourtant tu affirmes m'aimer ?

– J'ai fait mes devoirs, admit-il. Je sais beaucoup de choses sur ta vie. J'en sais probablement plus sur toi que toi-même. Mais il y a certains pans de ta personnalité que tu pourrais me faire découvrir.

– Alors tu me poses une question et je fais la même chose ensuite ?

– Je commence. À part moi, qu'est-ce qui te cause le plus de souffrance émotionnelle en ce moment ?

Sa question la déstabilisa.

– Je… euh… hésita-t-elle.

D'un certain côté, elle ne souhaitait pas lui révéler l'une de ses faiblesses, mais d'un autre, se révéler un peu plus à lui pourrait ainsi le pousser à se dévoiler lui aussi. Il y eut une longue pause, et en fin de compte, elle opta pour l'honnêteté :

– La solitude. Je me sens seule.

CHAPITRE 23

Au palais royal

– Espèce de gros con ! hurla Jonah, le corps entier secoué de colère et de frustration.

Hansel était assis sur une chaise placée devant le mur, à quelques pas de son ami, silencieux. Il tenait un gobelet rouge à la main et le bout d'une paille entre les lèvres. Le célèbre vampire, autrefois doté d'un titre de noblesse, avait l'air affaibli et vieilli devant ses pairs. Son teint était d'une pâleur mortelle. Il avait l'air mal en point.

Sans le minuscule mouvement de ses lèvres, à peine décelable, on aurait pu le croire mort. Il buvait du sang AB+ que Jonah avait fait des pieds et des mains pour obtenir, sachant que c'était le préféré d'Hansel.

Malgré toute cette histoire avec Evelyn, il avait toujours de l'amitié pour cet homme qui était l'un des plus bienveillants qu'il ait jamais rencontrés. Il ne se remettait pas d'avoir vu son compagnon si loyal et honnête être ensorcelé par l'amour. Hansel avait tout perdu pour quelque chose qu'il ne contrôlait pas. Son amour pour Evelyn l'avait ruiné. Il avait perdu fortune et rang.

Atticus avait été sans pitié lorsqu'il avait jeté son ancien protégé dans le plus sombre et le plus profond de tous les cachots. Il avait été torturé jour et nuit et n'avait pas été nourri depuis le retour d'Evelyn au palais. Jonah avait envie de briser le cou de cette fille, il voulait enrouler ses doigts autour de sa nuque et la sentir lentement craquer en la serrant peu à peu. Il voulait la faire souffrir pour tout le mal qu'elle avait fait et bien plus encore.

– Ce n'était pas sa faute, dit Hansel d'une voix faiblarde.

Son corps entier était affaissé sur sa chaise et il avait du mal à garder les yeux ouverts, mais peu à peu, il recouvrait ses facultés. Il reprit alors :

– Elle n'a jamais cherché à me séduire, je suis tombé amoureux d'elle tout seul. Je l'aime. Je l'aime et tout ce que j'ai fait pour elle était nécessaire. Pour elle mais aussi pour Atticus, pour l'avenir de cette planète…

Jonah poussa un grognement, il voulait à présent briser la nuque de son ami.

– T'es vraiment un gros con, continua-t-il à l'insulter en levant les yeux au ciel avant de remplir à nouveau son gobelet du précieux liquide qu'il affectionnait tant. Putain, t'es comme un gamin, j'ai presque envie de te donner un de ces trucs dont les humains se servent pour nourrir leurs bébés.

– Je ne peux pas saturer mon corps avec trop de sang pour le moment, répondit Hansel en se contentant de sourire. Ça provoquerait des problèmes respiratoires.

– Tu sais, soupira Jonah, si tu implorais le pardon d'Atticus et que tu renonçais à cette crétine d'humaine, il te pardonnerait. Tu en es conscient ? Tu as été à ses côtés pendant si longtemps. Toi, Marcus et moi, nous sommes ses plus fidèles acolytes, il t'aime comme un père. Présente tes excuses, il se montrera généreux.

– Je n'ai rien à me faire pardonner, marmonna Hansel en continuant à boire son sang à la paille, en prenant le soin d'y aller lentement. On ne devrait jamais avoir à s'excuser d'aimer. Evelyn ne devrait pas être punie d'aimer Ethan non plus.

– Tu prends sérieusement le parti de ce petit enfoiré qui essaie de piquer la meuf d'Atticus ? Hansel, tu déconnes ou quoi ? Putain, mec, mais qu'est-ce qu'elle t'a fait, cette humaine ? Elle t'a retourné la tête. Ce n'est pas toi, tu ne devrais pas penser comme ça. On est des vampires, des prédateurs, on tue de sang-froid ! Depuis quand as-tu viré chiffe molle ?

– Franchement, Jonah, tu as du mal à gérer tes émotions. Atticus et toi, vous êtes pareils là-dessus.

– N'ose même pas le mêler à tout ça, Hansel ! On parle de toi, espèce de petit con arrogant.

– Toi aussi tu m'as manqué, rétorqua Hansel en souriant. Beaucoup même, toi et tes crises de colère.

Jonah parcourut la pièce du regard pour essayer de trouver un objet tranchant et pointu en bois à lui planter dans le bras ou la jambe, mais il se ravisa.

– Tout ce que je veux dire, c'est que quand tu enfileras cet uniforme de garde et qu'on te fera bosser au palais, tu as intérêt à rester aussi loin d'elle que possible. Si tu fais ce que je te dis, je crois que je pourrai réussir à te faire revenir en grâce auprès d'Atticus.

Hansel jeta un coup d'œil à l'uniforme repassé et bien plié sur la table à côté de lui. Il l'observa un instant et, perplexe, demanda à son ami, le front soucieux :

– Tu es devenu dingue ? Atticus a perdu les pédales ? Pourquoi m'as-tu recruté pour être le garde au palais ? Je croyais que tu voulais faire en sorte que je reste loin d'Evelyn ? Il sait que je finirai par la croiser.

– Non, répliqua Jonah d'un air mauvais. Tu ne feras rien de tel. Si tu veux garder ta putain de tête sur tes putains d'épaules, tu ne la croiseras pas. Je le répète, ne t'approche pas une seule fois de cette pathétique pute manipulatrice. Tu resteras à ton poste et je ferai mon possible pour te garder le plus loin d'elle possible. Enfin, si tu veux continuer à vivre.

– Tu devrais aller voir les médecins pour te faire examiner la tête, Jo.

– Hansel, putain, arrête de déconner ! Je suis sérieux, espèce de connard ! Contente-toi de rester loin d'elle. Si tout se passe comme je l'ai prévu, tu retrouveras la place qui t'est due aux côtés d'Atticus, ce petit con de Redfern sera mort et Evelyn dans les bras de notre maître. Que ce soit de son plein gré ou de force, je m'en tape complètement.

Le regard d'Hansel s'illumina, comme si quelqu'un venait de l'électrocuter.

– Jonah, qu'est-ce que tu as prévu ? demanda-t-il le regard plein de frayeur. Où est Evelyn ? Qu'est-ce que lui a fait Atticus ? Tu ne peux pas le laisser continuer à lui faire du mal ! C'est de la torture, il ne sait pas ce que c'est d'aimer, il ne sait que posséder. Pitié, je t'en supplie, ne le laisse pas faire. Jonah, il faut que tu la protèges, je t'en prie !

– Tu as de la chance que je ne lui aie pas déjà réglé son compte, à cette humaine. Tu crois sincèrement que je vais la protéger ? demanda Jonah d'un ton venimeux. Et si tout se passe comme prévu, Ethan Redfern va enfin avoir un petit aperçu de ce qu'Atticus a subi depuis le début. Et Evelyn sera punie pour tout ce qu'elle t'a fait.

– Elle n'a rien fait !

Hansel voulait crier, mais sa voix l'en empêcha. Elle était brisée et étouffée. Mais il reprit tout de même :

– Elle n'a jamais rien demandé ! C'est une innocente ! Il va la tuer, Jonah ! Tôt ou tard, il finira par la tuer avec son amour ! Si j'ai aidé Venise, c'est que j'avais une bonne raison. Pitié, Jonah, il faut que tu me croies. Tu dois m'aider !

Ethan écoutait attentivement la conversation entre les deux vampires deux étages plus bas pendant qu'un des gardes leur lisait, à Aaran et lui, une liste d'instructions. La vitesse à laquelle son corps s'adaptait à ses nouvelles capacités le décontenançait. À vrai dire, il ne se souvenait pas de beaucoup de détails à propos de la nuit où Venise et Hansel l'avaient sorti de prison. Chaque fois qu'il essayait d'y repenser, il s'en sortait avec une énorme migraine. Tout ce qu'il savait, c'est qu'il devait protéger Evelyn, la sauver des Ténèbres. Il voulait se servir de ses nouveaux pouvoirs pour s'évader et la retrouver, mais ce n'était pas possible pour l'instant. Avec Atticus, il était inutile de combattre le feu par le feu. Ethan était peut-être plus fort à présent, mais il était loin de pouvoir rivaliser avec Atticus. Il devait faire preuve de stratégie s'il voulait la sauver du monstre qui menaçait son existence.

D'un certain côté, il se sentait menacé par les forts sentiments qu'Hansel éprouvait pour l'amour de sa vie, mais Ethan ne pouvait pas lui en vouloir un instant. Il était dans l'ordre naturel des choses d'aimer Evelyn. Mais elle était fragile et Atticus ressemblait à un enfant qui n'a jamais appris à prendre soin de ses jouets. Il la briserait en mille morceaux s'il continuait à l'étouffer de son supposé amour. Ethan devait mettre un terme à tout ça.

Il devait sauver son Evelyn. Il ferma les yeux et remercia Venise en silence de lui avoir octroyé tous ces bienfaits. De lui avoir permis cette nuit avec Evelyn et de lui avoir donné tous ces pouvoirs juste avant.

***

Utopia, au sommet de l'hôtel Shangri-La

« *La solitude. Je me sens seule...* »

Atticus fut tout d'abord perplexe. Il voulut lui demander pourquoi et comment elle pouvait éprouver un pareil sentiment alors qu'elle l'avait, lui. Alors qu'il était là, prêt à lui offrir une épaule pour pleurer quand elle le voulait.

Mais ensuite, il prit conscience qu'il l'avait coupée de tout son environnement et de toutes les personnes qu'elle connaissait. Il lui avait tout volé. Il la gardait dans son château comme une prisonnière.

– Je suis désolé, murmura-t-il après une longue pause.

Une larme s'échappa de l'œil gauche de l'humaine. Il en eut le cœur brisé. La voir souffrir, ce n'était pas ce qu'il avait prévu. Il voulait la chérir, l'aimer, lui offrir le monde. Mais d'une manière ou d'une autre, sa fierté et sa lubricité trouvaient toujours un moyen de s'immiscer entre eux.

– Je t'aime vraiment, dit-il sans croiser son regard, rongé par la culpabilité.

– Je n'ai personne à qui parler. Je me sens seule. Très seule dans cet immense palais. Je suis entourée de gens et pourtant je n'ai jamais tant souffert de la solitude. Tu sais à quel point ça fait mal ? De n'avoir personne à qui parler, personne à qui me confier. Avant j'avais Hansel, mais tu me l'as pris. Alice est bien là, mais elle cherche à m'éviter à tout prix, je devine que c'est à cause de l'une de tes manigances ?

Il tendit la main pour la caresser et elle lui permit ce geste.

– Je ne veux pas avoir à te partager, Evelyn. Je me sens tellement vivant quand tu es à mes côtés. Tu me rends si heureux.

– Mais le prix de ton bonheur est mon malheur.

Il soupira. La voir souffrir à cause de lui le tuait. Il se dit que, puisqu'il lui avait proposé de faire plus ample connaissance, il n'était que justice qu'il lui révèle quelques secrets.

– Je n'ai pas dit à Alice de rester loin de toi. Je lui ai dit qu'en échange de la vie sauve de son enfant, elle devait t'espionner et me répéter tout ce que tu lui dirais d'important. Elle a accepté, mais je n'aurais jamais cru qu'elle aurait le culot de t'éviter pour ne rien avoir à me dire.

– Tu as utilisé l'enfant qu'elle porte pour la faire chanter ? s'étouffa-t-elle, tant elle était révoltée.

– Tu as couché avec Ethan, lui rappela-t-il. J'avais besoin de savoir ce que tu pensais.

Au moins, lui ne m'a pas violée, se dit-elle avec amertume.

– Je t'aime.

L'amour n'est pas une excuse.

– Ne me regarde pas comme ça. Tu as beaucoup de chance qu'elle soit au palais. Je ne peux même pas m'imaginer ce que Marcus ferait d'elle s'il l'apprenait. J'assure sa sécurité. Sinon, je serais plus qu'heureux de l'assassiner pour la punir de son infidélité.

Je te hais.

– Souviens-toi que mon sang coule toujours dans tes veines, Evelyn, lui rappela Atticus d'une voix sévère. J'entends tes pensées, ne gâche pas cette soirée.

Tu m'as fait tant de mal. Je suis brisée par ta faute. Je ne suis plus la même. Je ne me reconnais même plus. Je te hais, Atticus. Je te hais pour tout ce que tu m'as infligé ! Faire du chantage à Alice est si vil !

De frustration, il pinça les lèvres et reprit :

– Je t'aime, n'ose même pas douter de la force de mon amour. Tu es tout pour moi. Je t'aime de tout mon être. Je suis désolé que tu ne sois pas capable de me retourner mes sentiments, mais ce n'est pas ma faute.

Il prit une grande inspiration, comme pour essayer de garder son calme, écartant les Ténèbres qui cherchaient à s'emparer de ses mains, puis il continua :

– Et tu ne devrais pas te sentir seule. Tu m'as moi. Quoi que tu aies à dire, tu peux me faire tes confidences. Je te le promets.

Elle empêcha quelques insultes de fuser ne serait-ce que dans sa tête et garda la bouche fermée quelques instant avant de reprendre.

– Hansel n'est pas une menace, tu sais.

– Je sais. Je n'ai pas peur de lui. Il sait que si jamais il pense simplement à te toucher, alors je le ferai tuer avant qu'il ne sache de quoi il retourne.

– Pourquoi éprouves-tu le besoin de dire de telles atrocités en permanence. Tu aimes tant avoir du sang sur les mains que tu ne peux pas passer une minute sans en parler ? s'exclama-t-elle. Hansel est mon ami. Il était le seul à qui je pouvais parler ces derniers mois. Il m'a aidée à ne pas perdre la tête. Sinon, je ne sais pas comment j'aurais fait pour te supporter, toi et ta volonté de tout contrôler.

– Je n'aime pas que tu parles de lui comme ça. Comme s'il avait une place dans ton cœur alors que je n'en ai pas, l'avertit-il.

La main qu'il avait posée sur la sienne se crispa. Il voulait lui rappeler qu'elle lui appartenait, à lui et à personne d'autre.

– J'ai juste envie de pouvoir parler à quelqu'un. Atticus, tu ne sais pas ce que c'est de se sentir isolée à ce point. Je me sentais tellement seule que j'ai même été contente d'adresser la parole à Jonah, alors que tout ce qu'il sait faire, c'est m'insulter !

Atticus partit d'un éclat de rire alors que le visage d'Evelyn restait baigné de larmes.

– Il te déteste vraiment, vraiment beaucoup.

Elle se força à se calmer. Elle devait obtenir ce qu'elle voulait et établir une stratégie. Avec Atticus, il était inutile de combattre le feu par le feu.

– S'il te plaît, si tu ne veux pas qu'Hansel revienne au palais, alors dis-moi au moins qu'il va bien. Je peux m'en sortir avec Alice, mais j'ai besoin de savoir qu'il est en sécurité et en bonne santé, le supplia-t-elle.

Atticus repensa au plan de Jonah. Il prit une grande inspiration et se lança :

– Tu vois ce grand bâtiment éclairé en violet, tout en haut ? demanda-t-il en désignant un gratte-ciel à l'horizon.

Evelyn hocha la tête et il poursuivit :

– Hansel est là-bas. Il a un appartement dans cet immeuble et je le force à rester là-bas pour le moment. Il doit réfléchir à ce qu'il a fait. Il est vivant, Evelyn. Je ne l'ai pas touché.

– Tu… Tu le promets ? s'enquit-elle, ses grands yeux bleus écarquillés directement plantés dans le regard noir du Roi.

Entendre qu'Hansel était en vie et en bonne santé lui procura une vague de joie qui lui déchira le cœur.

– Même moi, j'ai mes limites, Evelyn. Je ne ferais pas de mal à un vieil ami comme Hansel. Ethan ? Oui, je le torturerais jusqu'à le conduire aux portes de la mort, mais Hansel est mon ami, expliqua-t-il en mêlant ses doigts aux siens. Tu dois me faire confiance. Je ne suis pas un monstre si terrible que ça. Je sais que mes sentiments peuvent te bouleverser, mais comprends-moi bien : j'ai déjà perdu un grand amour, je ne supporte pas l'idée de te perdre toi aussi.

– Si je ne peux pas parler à Hansel, alors laisse-moi parler à Alice. J'ai besoin d'avoir une confidente, s'il te plaît, Atticus. J'ai l'impression que tu essaies de me priver de toute socialisation, de me briser à tel point que je ne puisse plus ne parler qu'à toi.

Le démon qui siégeait en lui se mit à sourire :

– Non, bien sûr que non. C'est juste que… Je ne sais pas… Je voulais m'assurer que rien ne t'éloignerait de moi. Que ni la vie, ni la mort, ni le destin, ni la moindre forme de vie ne puissent t'arracher à moi. Tu sais que mon plus grand regret dans la vie a été de ne pas découvrir qu'on pouvait transformer les humains en vampires un peu plus tôt pour pouvoir sauver Mira. Toi non plus, je ne veux pas te perdre. Je ne sais pas comment je pourrais survivre si je perdais les deux plus grands amours de ma vie.

Il baissa les yeux, et même si Evelyn voulait résister, elle ne put s'empêcher d'être triste pour lui. Il lui était impossible de ne pas éprouver de pitié pour un homme qui avait tant perdu.

– Je suis désolée, vraiment. Mais tu ne devrais pas t'en vouloir pour sa mort, mentit-elle.

Elle savait bien que c'était sa possessivité qui l'avait tuée. Il lui adressa un sourire à lui briser le cœur.

– Tu avais quelque chose à me demander ? s'enquit-il avec gentillesse.

– En fait… oui, répondit-elle en hochant la tête. J'ai envie de savoir comment on transforme un humain en vampire.

– J'ai vraiment besoin de te donner quelques cours sur les vampires, s'esclaffa-t-il avant de prendre une grande inspiration. Il y a deux façons de faire. La première, c'est de donner du sang de vampire à un humain de son vivant. Quand il meurt, ses cellules sanguines humaines se désagrègent, alors les cellules de vampire prennent le dessus, se régénèrent et changent la structure anatomique de l'humain… qui est ainsi transformé en vampire.

« Ça ne marche pas à tous les coups. Le taux de succès dépend complètement de la concentration de magie et de l'âge du vampire créateur. On assisterait à une explosion démographique si toutes les personnes qui buvaient notre sang avaient une chance de se transformer. En fait, la plupart des humains qui ont essayé de le faire tout seuls en sont morts. Puisque tous les vampires descendent de l'un des Sept Premiers, plus leur connexion est proche de nous, plus ils sont forts. Il en est de même pour la capacité à supporter la lumière du soleil. Seuls ceux qui ont une haute concentration de notre sang en eux en sont capables.

– Et la deuxième méthode ?

– Là, il faut faire pénétrer une très grande quantité de sang de vampire dans le système sanguin d'un mort. Mais cette méthode est beaucoup plus dangereuse que la première, parce qu'une fois que l'humain est mort, ses neurones commencent à se détériorer. Alors la personne qui revient parmi les vivants peut être très différente de ce qu'elle était avant son décès. Plus la ligne d'hérédité est proche de l'un des Sept Premiers, mieux c'est.

– Alors tu peux transformer n'importe quel cadavre en vampire ?

– Non. Seulement ceux qui sont morts moins de vingt-quatre heures auparavant. S'il s'est écoulé plus de temps, même mon sang ne peut rien y faire. Mais les deux méthodes dépendent de la quantité de sang transférée, de l'âge du vampire créateur et de la pureté de sa lignée.

– Fascinant, marmonna-t-elle.

– À mon tour, s'exclama-t-il en l'observant comme un aigle qui s'assurerait que sa proie serait captive quand il poserait sa question. Est-ce que tu aimes Hansel ?

CHAPITRE 24

Qu'est-ce que l'amour ? Cette question a été posée par tant d'espèces différentes dans l'univers. Elle est presque aussi vieille que le temps lui-même. Existe-t-il ? Comment en éprouver sa véracité ? Que faire pour aimer quelqu'un ? Comment aimer quelqu'un ? Doit-on faire quelque chose ? Comment sait-on qu'on aime ?

– Est-ce que tu l'aimes ? demanda de nouveau Atticus.

Son regard sombre observait Evelyn avec une intensité qu'elle lui connaissait si bien. Dans ses yeux ténébreux et terrifiants, Evelyn lut de la colère, de la jalousie, de la haine et peut-être un peu de peur et de chagrin. Il se mettait à nu devant elle, dans toute sa vulnérabilité.

Elle déglutit, son cœur se mit à battre à tout rompre. Malgré ces milliers de bougies qui brûlaient dans la pièce, elle avait froid. Un frisson lui parcourut l'échine. Des vents violents battaient les panneaux de verre qui les séparaient de l'extérieur et le murmure de la ville en contrebas pouvait être entendu en arrière-plan.

– Je veux que tu me dises la vérité, dit-il.

La voix du Roi tout-puissant flancha un instant et c'est dans ce bref moment, qui dura à peine plus d'une fraction de seconde, qu'Evelyn pensa voir Atticus verser une larme et révéler les tourments de son âme brisée, dissimulée derrière cette froide et impitoyable façade.

– Tu veux la vérité ? demanda-t-elle prudemment.

Elle avait l'impression de marcher sur des œufs. Elle pouvait faire un faux pas à tout instant et risquer la mort. Elle voyait déjà la grande faucheuse s'apprêter à venir la cueillir.

– Que veux-tu que je te réponde ?

– Je veux que tu me dises que tu te contrefous complètement d'Hansel. Que le seul qui compte pour toi, c'est moi, et que tu m'aimes, de tout ton cœur et de toute ton âme, et que tu ne me trahiras ni ne me quitteras jamais.

Il changea de position pour pouvoir tenir ses deux mains dans les siennes. Son regard de braise était chargé d'innombrables émotions quand il continua :

– Mais même si j'ai envie d'entendre tous ces mots d'amour, je veux aussi que tu me dises la vérité. Pour savoir ce que tu ressens vraiment.

Evelyn ne savait que penser, ni que faire. Mentir ou ne pas mentir ? Telle était la question. Et quelle était la vérité ? Est-ce qu'elle savait seulement si ce qu'elle ressentait pour Hansel était véritablement de l'amour ? Et même si c'était le cas, s'agissait-il d'un amour platonique ou ses sentiments étaient-ils d'une nature plus charnelle ?

Il caressa le dos de sa main de son pouce. Elle déglutit encore une fois dans un geste nerveux.

– Dis-moi la vérité. Toute la vérité. L'aimes-tu, Evelyn ? Es-tu amoureuse d'Hansel ?

– Je… Je… euh…

Elle bégaya un peu, la bouche soudain sèche et brusquement à court de mots.

– Je… Je…

Est-ce que je l'aime ? Est-ce que je suis amoureuse d'Hansel ?

Mais elle ne trouva pas la réponse. Evelyn ne savait pas trop si elle avait peur de la découvrir parce qu'elle savait qu'Atticus était dans sa tête à écouter chacune de ses pensées, ou si elle était vraiment paumée.

Chaque fois qu'elle pensait à l'amour, elle pensait immédiatement à Ethan. À son charmant sourire. À ses douces caresses. À son regard plein de bonté. À sa nature prévenante. À son courage. À son esprit avisé. À ses sentiments intrépides pour elle. À sa volonté de la faire passer en premier pour tout et de se battre pour elle contre tous les monstres qui les séparaient…

Mais à présent, quand elle pensait à l'amour, Ethan n'était plus le seul à faire irruption dans son esprit. Hansel y était aussi. Elle se remémora ce jour où il lui avait sauvé la vie au bord de la falaise. Lui aussi était doux, charmant, plein de bonté, courageux, avisé et intrépide dans son désir de la protéger.

Est-ce que je l'aime ? se demanda-t-elle encore.

– Je… Je ne sais pas, finit-elle par marmonner. Est-ce que tu le tueras si je te dis oui ? Est-ce que tu douteras de mon honnêteté si je dis non ?

– Je veux la vérité.

– Je ne sais pas si je l'aime. Pas comme tu l'entends, du moins. Il a été mon roc pendant tout ce temps, pendant mes heures les plus sombres. Il était là pour moi. Même s'il n'a pas toujours pris mon parti quand je lui parlais de nos différends, Hansel a toujours compris que toutes les histoires ont plusieurs versions. Il a été le seul dans le palais à ne pas me regarder comme si j'étais stupide ou la plus ingrate de toutes les filles, répondit-elle enfin d'une traite.

Elle n'avait pas osé croiser son regard en lui répondant. Elle garda les yeux baissés sur la soupe qu'elle avait à peine touchée, qui ne fumait plus et refroidissait lentement. Atticus poussa un soupir et lui aussi baissa le regard.

– Si tu avais à faire un choix entre nous deux, qui gagnerait ?

– Tu as déjà posé une question ! protesta rapidement Evelyn.

Non pas parce qu'elle se souciait du respect des règles du jeu, mais elle ne voulait vraiment pas y répondre. Elle s'était sortie de la précédente sur le fil du rasoir. Si Atticus l'obligeait à faire un choix entre eux, alors Evelyn prévoyait déjà le massacre car, malheureusement, elle pouvait répondre à cette question sans avoir à réfléchir.

– Je me demandais comment faisait Venise pour ne pas sombrer dans les Ténèbres, alors…

– Je t'ai posé une putain de question, l'interrompit Atticus en tirant si fort sa main qu'elle heurta la table. J'exige une réponse ! hurla-t-il.

Une vague de puissance exsuda de son corps. Les flammes des bougies vacillèrent toutes sous l'onde de choc et la pièce fut brièvement plongée dans le noir. Lorsque la lumière refit son apparition, la pièce était visiblement plus sombre. Nombre d'entre elles ne s'étaient pas rallumées, et dans la pénombre, le visage d'Atticus revêtit une expression si terrifiante qu'Evelyn faillit crier. Ses canines étaient sorties et son regard s'était encore assombri. Le Mal rôdait visiblement autour de son enveloppe corporelle. Elle le regarda de ses grands yeux bleus, le cœur battant à toute vitesse.

– Atticus… murmura-t-elle en résistant à son envie dévorante de retirer sa main.

Il lui faisait mal et elle sentait déjà les contusions se former sous sa peau. Lorsqu'elle prononça son nom, il fut pris d'une bouffée d'instinct lubrique, mais il y résista. Il s'était promis à lui-même un peu plus tôt dans la soirée qu'il ne la blesserait pas, qu'il s'empêcherait de la prendre contre sa volonté.

Il voulait lui prouver qu'il était capable de survivre à une soirée sans la dévorer et qu'il y avait plus entre eux qu'une soif charnelle et un besoin de la posséder.

– Dis-moi, susurra-t-il sur un ton menaçant.

Evelyn lutta un instant lorsqu'il serra sa main un peu plus fort et poussa un petit cri de douleur. En moins de temps qu'il n'en fallait pour formuler l'idée, Atticus se leva et se retrouva à ses côtés. Un courant d'air suivit la friction de son corps contre les particules d'oxygène. Quelques bougies supplémentaires s'en retrouvèrent soufflées. Evelyn déglutit nerveusement lorsqu'il fit rapidement pivoter sa chaise et posa une main sur chacune de ses épaules. Même avec cette lumière tamisée, Evelyn pouvait clairement voir son parfait et terrifiant visage.

– Dis-le-moi, répéta-t-il d'une voix brisée qui contredisait son apparence effarante. Est-ce qu'à choisir entre Hansel et moi, c'est lui que tu garderais ?

– Est-ce qu'on ne pourrait pas avoir un simple et agréable dîner, s'il te plaît ? le supplia Evelyn. Tu as dit que tu voulais que notre relation fonctionne et pourtant tu n'arrêtes pas de revenir à la charge en posant des questions dont tu ne veux pas connaître la réponse.

Elle regarda nerveusement partout autour d'elle. Pourquoi n'avait-il pas organisé ce dîner sur une plage ? Il est certainement bien plus paisible de mourir noyée que brûlée vive dans une serre pleine de bougies. Il était dangereux de jouer avec le feu, ça ne pouvait que mal se terminer. Elle se mit à crier.

Toutes les bougies s'éteignirent, toutes, sans exception, laissant Evelyn et Atticus dans le noir le plus complet. La seule source de lumière émanait de la lune presque pleine qui les surplombait et des étoiles qui scintillaient en les observant.

– Réponds-moi ! hurla Atticus.

Il vociférait, portant la main à son cou pour la priver d'air et la river à son fauteuil. Evelyn ne sut qu'elle pleurait que lorsqu'elle goûta au sel de ses larmes qui roulaient sur son visage pour se nicher entre ses lèvres.

– Ou-oui, gémit-elle.

Elle ignorait pourquoi elle disait la vérité. Peut-être était-ce parce qu'elle savait qu'il pouvait lire dans ses pensées et qu'elle croyait alors qu'il était inutile de mentir.

Peut-être était-ce parce qu'elle était dans un tel état de stress qu'elle ne put que dire ce qu'il lui passa par la tête. Ou peut-être était-ce parce qu'au fond d'elle-même elle pensait qu'il méritait sa franchise.

– Je suis désolée, murmura-t-elle.

Des spots lumineux fixés à la structure métallique de la verrière s'allumèrent. Une lumière crue et trop forte illumina tout l'espace, qui se mit à luire comme une étoile trop brillante dans la voûte nocturne.

Evelyn cilla et ferma immédiatement les yeux pour se protéger de ce brutal changement de luminosité. Il lui fallut quelques instants pour s'y habituer et encore quelques secondes supplémentaires pour trouver le courage d'ouvrir les yeux.

Elle avait peur de croiser le sombre regard d'Atticus. Il s'était écoulé plusieurs secondes et elle était encore en vie. *Pas mal, non ?* se dit-elle sur un ton à moitié sarcastique. Puis elle ouvrit doucement les yeux. Evelyn s'attendait à se retrouver face au visage rougi et furieux d'Atticus, mais elle fut accueillie par une image bien plus rare qu'il ne lui avait offerte qu'une fois ou deux auparavant.

La première remontait à la nuit où il lui avait révélé le secret du démon qui l'habitait, où il lui avait parlé des Ténèbres et du Mal tapi en lui. C'était la première fois qu'il lui avait ouvert son cœur pour se mettre à nu devant elle. La deuxième eut lieu le jour où elle était revenue de chez ses parents. La première fois où ils s'étaient revus depuis la nuit au motel et sa tentative de suicide. Mais elle ne l'avait jamais vu tant souffrir qu'à cet instant.

Son cœur brisé lui roulait sur ses joues sous forme liquide dans sa plus pure expression. Mais alors que ces petites gouttes coulaient sur son visage, Atticus semblait toujours aussi imposant et funeste. Son regard ne reflétait pas seulement la tristesse mais aussi un sombre tourbillon de rage. Sa bouche était légèrement entrouverte et son torse soulevé par une respiration puissante et rapide. Il toisait Evelyn de toute sa hauteur.

Les neurones de la jeune femme dépêchèrent une quantité phénoménale d'adrénaline dans ses muscles, ils lui criaient de courir, de fuir ce Roi émotionnellement instable devant elle. Ses pouvoirs quasi divins lui permettaient de régner sur la planète et elle n'était qu'humaine, une simple humaine qu'il pouvait tuer d'un revers du poignet.

Elle était la lumière scintillante qui avait éveillé son désir de bonheur, d'amitié, d'amour, et pourtant elle était aussi celle qui avait attisé le feu de son démon interne, ces antiques Ténèbres qui avaient planté leurs griffes dans son âme il y a des milliers d'années.

Son regard libidineux s'attarda sur l'adorable jeune femme devant lui. Sur les pâles courbes de son décolleté, rehaussé par le ferme corset de sa magnifique robe. Sur ses lèvres pulpeuses, dont la sensation était divine lorsqu'elles se refermaient sur son sexe pour le sucer, comme elle l'avait fait plus tôt dans la journée. Il voulait la forcer à se mettre à genoux devant lui pour recommencer. Il voulait l'humilier, l'avilir, la posséder et simplement la briser pour faire d'elle son esclave sexuelle. La tenir dans ses bras et la posséder. La faire basculer sur la table et la baiser comme si elle n'était qu'un déchet sans la moindre valeur. Il voulait sentir ses chairs soyeuses se refermer sur sa bite pendant qu'il la pilonnait à toute vitesse. Sentir son corps trembler de plaisir et de douleur sous son assaut. La baiser si fort qu'elle ne soit plus rien d'autre qu'un océan tremblant d'extase et de haine d'elle-même.

Il voulait enrouler ses mains autour de sa gorge pour l'étouffer et qu'elle se rende compte à quel point il lui serait facile de la tuer et de l'oppresser grâce à ses pouvoirs surnaturels. La mordre, l'embrasser et la posséder de toutes les manières possibles.

Et si elle osait lui désobéir, il tuerait toute personne qui comptait pour elle. Il le ferait là, sous ses yeux, en l'obligeant à le regarder torturer tous ses proches. Il voulait la baiser devant Ethan et Hansel. Que ces hommes qui possédaient la seule chose qu'il désirait mais ne pouvait pas avoir souffrent les mêmes tourments qu'il endurait tous les jours.

Il baissa les yeux pour regarder son attirante poitrine être animée par son souffle.

Sa bite se mit à s'agiter dans son pantalon. Il la voulait. Il voulait la baiser, ici et maintenant. Son démon interne lui flatta le dos en le poussant à céder à ses instincts. C'était si tentant. Mais il s'abstint.

Le regard bleu d'Evelyn croisa le sien un instant et il se rappela de leur rencontre. Ses yeux débordaient alors de joie, de vitalité et de vie quand il l'avait vue pour la première fois. Il s'était épris de ce beau regard azur. Sa beauté l'avait mis à genoux et la carapace qu'il avait construite autour de son cœur en avait été ébranlée. Il n'avait fallu que quelques secondes. Il était tombé amoureux.

Un amour sombre et dangereux. Si puissant, si fatal qu'il en était tombé dans les abîmes de l'obsession.

Elle tremblait de peur sur sa chaise. Il se rendit compte à quel point il avait foutu sa vie en l'air. Si elle refusait de lui céder son cœur, alors il continuerait à la faire souffrir jusqu'à ce qu'il y parvienne. Il était déterminé. Il existait deux manières d'y parvenir. La première était par la force la plus brutale et la plus pure, ce qui la ferait souffrir elle, mais lui procurerait du plaisir à lui. La seconde impliquait des changements et Atticus devrait vaincre ses démons pour le bien d'Evelyn et son bonheur. Il devrait creuser profondément en lui pour déterrer une forme de bonté.

Le chemin vers la rédemption avait ses avantages et ses inconvénients. Il ne pouvait pas laisser Evelyn faire tout le travail. Il devait aussi le vouloir, vraiment. Ses sentiments devaient être suffisamment puissants pour qu'il puisse devenir un homme meilleur, pour elle.

Il continua à observer son regard bleu brillant. Elle pouvait bien essayer de le cacher, mais il savait qu'il l'avait déjà beaucoup blessée. Atticus savait exactement quoi faire pour l'achever. D'un certain côté, il voulait la voir souffrir, mais d'un autre, il voulait l'accompagner dans la guérison, tout comme elle voulait le faire pour lui. Il se retrouvait déchiré entre ce qu'il désirait et ce qu'exigeaient les Ténèbres.

Doucement, il se pencha en avant et passa ses bras autour de sa taille. Elle grimaça, mais il l'incita à se lever et la serra contre lui, fort.

– Je t'aime, susurra-t-il.

Des larmes continuaient à rouler sur son visage, comme si quelqu'un avait fait une brèche dans son barrage émotionnel et qu'à présent les eaux s'en échappaient à une telle vitesse que même le grand Atticus ne pouvait les arrêter.

– Ce n'était pas censé se passer comme ça, continua-t-il. Je voulais qu'on soit heureux. Je voulais qu'on soit l'un de ces couples insupportablement comblés de bonheur, complètement dingues et abominablement amoureux. Je voulais te donner ce conte de fées que tu mérites.

Son souffle était froid contre sa joue. Elle voulut lui accorder le bénéfice du doute. Elle le sentit renifler et gémir contre elle, elle pouvait même sentir les petits mouvements de son torse contre le sien. Il se pencha vers elle et lui mordilla le cou.

– Tu en es encore capable, lui promit-elle.

Evelyn ne savait pas si elle croyait vraiment ce qu'elle disait, mais elle posa une main hésitante dans son dos et lui rendit son étreinte dans un geste malaisé.

– Nous ne sommes pas partis du bon pied. J'aurais pu te faire la cour et te séduire pour te voler à Ethan, si j'avais fait preuve de patience dès le début. Je n'aurais pas dû laisser ma jalousie et ma soif de contrôle détruire tout ce qui aurait pu être beau entre nous, déclara-t-il en déposant un baiser dans son cou. Je suis désolé.

– Ce n'était pas entièrement ta faute. Comme je te l'ai déjà dit, nous sommes tous les deux très fiers ; toi et moi, quand nous entrons en collision, c'est le feu et la glace, répondit-elle.

Ses mots étaient honnêtes, ils venaient du fond de son âme et Evelyn souffrait de les confesser à ce monstre sans cœur. Il lui était douloureux d'avouer qu'il n'était pas le seul responsable de leur désastre.

– Pour que notre relation fonctionne, nous devons faire un effort tous les deux. Et puisque je suis coincée avec toi, j'imagine qu'il va falloir que je trouve un moyen pour essayer de t'aimer.

Atticus décolla ses lèvres de la tendre chair de son cou qui se teintait déjà de pourpre sous l'ardeur de ses suçons. Il la regarda les yeux écarquillés en souriant comme un enfant :

– Tu es sérieuse ?

Il avait l'air d'un aveugle qui voyait pour la première fois. L'émerveillement dans son regard était indescriptible. Ses yeux bruns étaient pleins d'espoir et de joie. Comme s'il allait se remettre à pleurer, mais cette fois-ci ce serait des larmes de bonheur.

– Ça fait deux jours que j'essaye, maintenant…

Son sourire s'estompa légèrement mais ne disparut pas.

– Tu n'essayes que parce que tu tentes de gagner ma confiance pour sauver Ethan et Hansel.

– Tu étais au courant ?

– Bien sûr que je le savais. Je sais tout, expliqua-t-il le regard un peu triste. Je sais des choses sur toi que même toi tu ignores.

– Tu m'en veux ? demanda-t-elle stressée.

– Je t'en voulais. Je voulais te punir pour avoir cru que tu pouvais me duper, et je voulais tirer parti de la situation.

Elle frissonna en se souvenant de tous les actes sexuels auxquels il l'avait contrainte à se plier lors des deux jours précédents…

– Je me suis servi de toi et j'en suis désolé. Tu dois comprendre que, parfois, je ne me contrôle pas, et je sais que c'est une très mauvaise excuse pour toute ma violence. Je laisse trop souvent les Ténèbres m'embarquer pour étouffer la souffrance que je ressens chaque fois que tu me repousses. Parfois, j'ai envie de te faire souffrir, de t'enchaîner à mon lit et de te torturer nuit et jour. C'est cette partie de mon âme qui ne supporte pas la douleur. Mais il y a aussi en moi quelqu'un qui veut te rendre heureuse, te donner tout ce que je t'ai promis et faire des efforts pour mériter ton amour. C'est cette partie-là qui t'aime vraiment, follement et profondément, confessa-t-il. C'est comme si deux armées immortelles se livraient une guerre sans fin pour toi, et mon corps comme mon esprit sont un champ de bataille.

– Qui gagne, pour le moment ?

– Les Ténèbres. Mais j'ai envie de changer, Evelyn. Je suis prêt à faire des efforts. Je veux devenir quelqu'un de meilleur pour toi. Je suis prêt à faire tout ce qu'il faut pour devenir digne de ton amour et je le pense vraiment, cette fois-ci.

Il caressa alors sa joue dans un geste affectueux. Dans ces moments de clairvoyance, Atticus était bien déterminé à aller au bout des promesses qu'il lui avait faites pour la rendre heureuse. Mais il n'était pas débarrassé de ses démons, les Ténèbres étaient encore tapies en lui.

– Est-ce que je peux t'embrasser ? lui demanda-t-il sincèrement.

C'était une vraie question et il attendrait sa réponse pour agir, il la respecterait aussi. Evelyn sembla sous le choc car Atticus ne demandait jamais la permission pour quoi que ce soit. Elle hésita, mais lui répondit d'un signe de tête affirmatif. Il sourit, pencha la tête et effleura doucement ses lèvres des siennes. Leur baiser fut bref et affectueux.

– Reprenons le cours de notre soirée, alors.

CHAPITRE 25

Atticus, le Roi sans âme, observa Evelyn avec douceur et gentillesse en s'asseyant face à elle. C'était étrange de le voir si tendre et légèrement vulnérable. Enfin, aussi vulnérable qu'il puisse l'être. À cet instant, il ressemblait plus à l'homme un peu triste mais quand même curieux qu'elle avait rencontré sur ce balcon le jour de son anniversaire, deux ans plus tôt, un homme puissant, mais accablé par le chagrin.

Il lui semblait que, depuis lors, une éternité s'était écoulée. Leurs vies étaient si différentes, à l'époque, leur rencontre aurait pu si facilement être évitée. Mais le Destin était bien déterminé à ce que ce monstre vindicatif croise la route de l'ange qu'était Evelyn. Telle une nécessité. Cela avait été la première vague qui précédait le tsunami qui allait irrémédiablement changer non seulement leur monde, mais aussi l'univers entier. La Terre était sur le point de connaître une révolution dont même

Atticus ignorait l'existence, et bientôt la houle allait se déchaîner.

Il lui sourit et désigna le bol de soupe devant elle :

– Mange. J'ai fait importer certains ingrédients d'Asie tout spécialement pour toi. Je veux que tu sois dans la meilleure forme possible.

– Merci, répondit Evelyn à mi-voix, le souffle court.

Elle essayait encore de se faire à ses changements d'humeur. Elle était épatée de le voir soudain si attentif, compréhensif et patient. Cela lui réchauffa le cœur.

Lorsqu'il avait posé ces deux questions sur Hansel, Evelyn avait cru entendre le temps s'écouler plus vite dans le sablier qui mesurait les minutes qu'il lui restait à vivre. Les milliers de bougies qui les entouraient donnaient corps à cette idée et la rendaient d'autant plus terrifiante qu'elle savait d'expérience qu'Atticus ne pouvait retenir sa colère lorsque celle-ci était lâchée en liberté.

Même quand il lui déclarait son amour et lui disait qu'elle était la lumière de sa vie, il continuait à la blesser, tant psychiquement que physiquement. Chaque fois qu'elle lui désobéissait, qu'elle lui rappelait qu'il n'était pas le maître de son corps ni de son cœur, il lui révélait une abominable facette de sa personnalité. Mais par un mécanisme pervers, ces moments d'une atrocité sans nom rendaient encore plus doux ces instants où il lui dévoilait sa tendresse.

Elle avait l'impression d'avoir trouvé une précieuse aiguille dans une vaste meule de foin et elle espérait de tout son cœur qu'elle aurait d'autres occasions de la voir et qu'elle pourrait alors s'y accrocher. Elle allait essayer. Après tout, elle devait aider ce tyran à trouver son sens moral, c'était son destin. Mais y parviendrait-elle ? C'était une toute autre histoire.

Evelyn avala une cuillerée de sa soupe avec précaution, laissant le chaud bouillon apaiser sa bouche asséchée. Atticus l'observait avec courtoisie. Il lui sourit lorsqu'elle leva les yeux et s'exclama :

– C'est délicieux.

– Je suis bien content qu'elle te plaise, le nuoc-mâm ajoute toute une palette de saveurs extraordinaires.

Il but lentement le contenu de son propre bol en regardant Evelyn avaler sa soupe jusqu'à la dernière goutte. Lorsqu'elle termina, il se leva et prit leurs deux bols dans ses mains. Il ne se servit pas de ses pouvoirs pour les reposer sur les charriots et revenir avec leurs plats qui étaient déjà disposés sur le deuxième plateau. Il en profita pour prendre la bouteille de champagne qui était posée à côté de leurs desserts.

– Tu n'as pas terminé ta soupe, remarqua-t-elle légèrement irritée qu'il la force à manger alors que lui gâchait sa nourriture.

– Je n'ai pas très faim, admit-il. En plus, je voulais préserver mon appétit pour ça et le dessert, expliqua-t-il en posant une grande assiette de sushis devant elle.

– Tu es très poisson ce soir, pourquoi ? demanda-t-elle curieuse, en examinant les rouleaux de poisson artistiquement préparés et les cinq morceaux rosés de poisson cru qui les accompagnaient.

La vue de ce plat lui donna la nausée.

– C'est du requin, annonça-t-il. Les humains les ont presque tous exterminés au vingt et unième siècle, juste avant la guerre, du coup c'est un mets très rare et très fin aussi. Goûte, je suis sûr que tu vas aimer.

Evelyn avait déjà entendu parler des requins, mais elle n'en avait jamais vu, encore moins dans son assiette, et elle trouvait assez étrange d'en manger alors que c'était une espèce en voie de disparition.

– Je préférerais éviter, dit-elle en repoussant son repas avec méfiance.

C'était comme si une alarme se déclenchait dans sa tête. Il se rencogna dans sa chaise et transperça le petit bout de chair rose de sa fourchette en argent avant de le déposer sur sa langue. Il mastiqua sa bouchée avec application.

– C'est vraiment délicieux, tu sais, dit-il en lui faisant un clin d'œil. Ce n'est pas empoisonné. Goûte, s'il te plaît.

Elle leva les yeux vers lui, choquée de l'avoir entendu parler de poison. Son regard bleu et plein d'innocence le jaugea de haut en bas. Elle se demanda ce qui avait motivé son soudain changement d'humeur. Elle voulut le lui demander, mais elle se retint au dernier moment, de crainte de mettre un terme à cet instant paisible. Après tout, ils avaient tous les deux plus ou moins déclaré qu'ils avaient l'intention de mettre leur fierté de côté et s'efforcer de faire fonctionner leur relation. Ce n'était pas comme si Evelyn avait le choix, de toute façon.

Alors Evelyn piqua un bout de chair de requin avec sa fourchette et le mit dans sa bouche. À sa grande surprise, elle trouva le mets goûteux et rafraîchissant. Atticus lui sourit et lui remplit une flûte de champagne en portant un toast :

– À l'espoir et aux nouvelles expériences.

Ils trinquèrent. Atticus vida sa flûte d'un trait alors qu'Evelyn n'en but qu'une gorgée. Elle aimait le voir ainsi et elle pourrait se prendre à aimer cette version du Roi des vampires. Il possédait encore quelques qualités qui pouvaient être développées et lui permettre d'éprouver compassion et empathie. Cette facette d'Atticus avait une petite chance, minuscule, mais néanmoins présente, de se racheter et de peut-être trouver une place dans son cœur.

Bien évidemment, il lui faudrait faire d'immenses efforts pour oublier et pardonner tous ses actes innommables. Mais Evelyn en venait à lentement accepter l'idée qu'il lui serait possible de renoncer à son bonheur, sa fierté, sa liberté pour passer l'éternité à ses côtés dans le rôle de la lumière qui le guiderait sur le chemin de la rédemption. Elle renoncerait à elle-même et sacrifierait tout ce qu'elle possédait pour le bien de l'humanité. Elle se lançait dans cet acte de foi pour ses congénères.

Son plan pouvait se terminer en bain de sang et elle était sans doute mue par sa naïveté et son innocence, mais elle était prête à tenter sa chance. Et cet être doux et affectueux qu'elle avait devant elle la rendait optimiste. Même si elle se demandait si tout ce petit spectacle n'était pas que comédie.

– Pour répondre à ta question de tout à l'heure, dit-il avant de se saisir d'un sushi avec les doigts pour jouer avec, Venise n'est pas sujette aux démons qui m'habitent. Tu vois, les Ténèbres contrôlent des émotions très puissantes comme l'avidité, la jalousie, l'amertume, la haine et souvent l'amour, lorsqu'il est biaisé, bien entendu. Le Mal ne les crée pas, mais les amplifie et les retourne contre toi. Venise a toujours été une âme généreuse, douce et tendre. Elle résiste aux Ténèbres et les tient à bonne distance, parce qu'elle n'a pour ainsi dire rien à leur offrir.

Il fallut un instant à Evelyn pour comprendre qu'il répondait à la question qu'elle lui avait posée alors qu'elle essayait d'échapper à son interrogatoire sur Hansel.

– Alors les Ténèbres sont réelles, comme un être tangible ?

– On ne peut pas les toucher, répondit Atticus en secouant la tête, mais on peut les sentir, tout autour de soi, pendant une crise. Oui, le Mal est réel. Il a une conscience et il aime créer souffrance et chaos. Venise me disait que le Mal engendrait le Mal. Les Ténèbres sont un peu comme une vague d'inconscience qu'on ressent lorsqu'on se livre à la colère. Ce sont des démons qui me guident et m'incitent à prendre des décisions égoïstes. C'est un être très ancien qui vit en chacun de nous, et les années passant, les Ténèbres ont enfoncé leurs griffes très profondément dans mon âme. Elles s'y sont fait une place, lentement mais sûrement, pour devenir une partie intégrante de ma personnalité.

– On dirait que tu parles du Diable.

– C'est l'un de ses noms. Mais à l'époque où j'étais humain, on appelait ça les Ténèbres.

Evelyn mordit dans l'un de ses sushis.

– Je crois que je sais ce que c'est. Je connais cette sensation, cette impulsivité. Je la ressens quand nous nous disputons, quand ma fierté et mon obstination se dressent entre nous.

– Comme je te l'expliquais, les Ténèbres sont en chacun de nous. Même les âmes les plus pures ne font pas exception face à leur pouvoir, expliqua-t-il avant de caresser le dos de sa main posée sur la table de son index hésitant. Mais il est possible de les vaincre. Venise me disait tout le temps que c'était le secret du bonheur : vaincre les Ténèbres et laisser vivre la douleur. Je n'avais jamais compris le sens de ses paroles, jusqu'à ce que je te rencontre.

– Qu'est-ce que tu veux dire ?

– Nous laissons nos émotions nous contrôler et nous manipuler pour nous faire faire des choses que nous regrettons un jour, à cause de la souffrance ou parce que nous cherchons à nous venger. Nous voulons compenser ce qui nous afflige en cherchant des distractions temporaires et des plaisirs éphémères. Soyons honnêtes, à certains instants, j'ai voulu te faire du mal, te faire endurer des souffrances qui t'auraient certainement traumatisée à vie. Et je voulais te faire ça pour pouvoir venger mon honneur bafoué et compenser ma douleur par la tienne, expliqua-t-il en la regardant droit dans les yeux. J'ai toujours envie de te faire souffrir, même aujourd'hui, même maintenant. J'ai envie de t'infliger les pires sévices.

– Mais tu résistes à la tentation, dit-elle en retournant sa main pour tenir la sienne à son tour. Tu résistes. C'est un bon début, non ?

Atticus se plongea dans le silence. La culpabilité lui rongeait les entrailles. À regarder les morceaux de chair de requin sous son nez, il se sentit l'incarnation du Mal à l'état pur. Il en était désolé.

– Termine ton assiette, nous prendrons le dessert dehors. Tu as besoin de ressentir la beauté de cette ville au grand air, à l'épreuve du son et du vent, et non pas à l'abri de cette verrière.

CHAPITRE 26

La fin de leur conversation fut on ne peut plus anodine. Il lui parla de son passé et elle évoqua son enfance, en prenant bien soin d'éviter de mentionner Ethan. Le temps que leurs assiettes soient vidées, Evelyn avait découvert comment Atticus avait combattu dans la majeure partie des guerres de l'histoire de l'humanité et comment il avait rencontré bon nombre des personnalités les plus admirables du genre humain.

Il s'était battu aux côtés d'Alexandre le Grand et avait accordé l'immortalité au grand conquérant après avoir été le témoin de sa bravoure et admiré son sens inné du commandement. Il avait travaillé avec Léonard de Vinci, à qui il avait aussi donné la vie éternelle, trouvant son talent trop immense pour être perdu.

Evelyn avait expliqué à Atticus qu'elle avait passé une enfance très solitaire, en tant qu'humaine nantie dans un monde de vampires. Elle avait eu très peu d'amis et absolument aucune de ses amitiés n'était véritablement sincère. Alice était la seule amie d'Evelyn, qui la considérait comme sa relation la plus proche. Alors que sa sœur avait le même état d'esprit hautain que sa mère, Evelyn et Alice se reconnaissaient plus dans la vision de Jonathan Blackburn et ses ambitions égalitaristes. Atticus résista à la tentation de faire un commentaire sur la similarité des destins des deux cousines, justement imputable à leur nature douce, leur lumière intérieure, leur incapacité à contrôler leurs instincts et à leur beauté captivante.

Même si elle lui révélait des pans entiers de son passé, il voyait bien qu'elle lui en cachait d'autres, pour se protéger. Elle n'était pas encore prête à lui révéler tous ses points faibles ni à se montrer vulnérable devant lui. Il eut aussi l'impression que bon nombre de ses secrets étaient d'ailleurs des histoires qu'il ne voudrait pas entendre. Elle devait craindre sa colère, mais si c'était le cas, alors il en était encore plus intrigué. Il voulait tout savoir sur elle, la comprendre et la connaître jusque dans les moindres détails. Être capable de saisir l'esprit de quelqu'un et de prévoir ses réactions équivaut à prendre le contrôle sur sa vie. Cette personne se retrouve comme une marionnette, à danser pour le bon plaisir de son marionnettiste.

Atticus se servit de son pouvoir de télékinésie pour transporter leurs desserts. Il avait opté pour des glaces, la sienne au chocolat et celle de sa bien-aimée à la fraise. Il l'incita à franchir les portes de la verrière sur le côté de la pièce. Evelyn ne les avait pas remarquées, elles étaient parfaitement camouflées.

Des vents violents battaient contre les panneaux de verre. Elle baissa les yeux sur sa robe et lui prit la glace des mains en riant nerveusement avant de lui dire :

– Tu es sérieux ? On va manger cette glace dehors ?

– Il faut vivre un peu, ma chérie, rétorqua-t-il en lui faisant un clin d'œil.

Sa glace au chocolat dans une main, il lui offrit l'autre pour l'accompagner. Elle l'accepta à contre-cœur en maugréant :

– Je vais attraper un rhume.

– La vue en vaut la peine, répéta-t-il en lui tendant tout de même sa veste.

– Et toi ?

– Je suis un vampire, le froid ne me dérange plus depuis environ trois mille ans, dit-il en passant un bras protecteur autour de sa taille pour la guider vers la sortie. Mais reste près de moi, je ne voudrais pas que tu tombes de si haut.

– Est-ce que ça veut dire que tu ne vas pas essayer de me pousser ? essaya-t-elle de blaguer.

– Je ne te fais aucune promesse.

En sortant de la pièce tiède et confortable, la force brutale du vent à une telle altitude fut la première chose qui la frappa. Littéralement, elle manqua de tomber en arrière à l'instant où les portes s'ouvrirent et elle se serait effondrée si Atticus n'avait pas été là pour la stabiliser. Elle faillit aussi faire tomber sa glace sur sa robe. Elle remarqua ensuite la température glaciale. Puis le vacarme de la ville qui s'étendait à l'horizon et le flux constant de voitures et de gens autour de l'hôtel. Enfin la vue incroyable qu'elle avait sur la majestueuse cité Utopia. Il y avait effectivement une différence entre la voir derrière une vitre et en faire l'expérience à l'œil nu, confrontée aux éléments de la nature. Le paysage était à couper le souffle.

Elle repéra cette immense tour dans toute sa gloire, nimbée d'un halo violet qui brillait comme une balise au loin. Hansel était là. À cette pensée, son cœur s'emballa. Elle eut l'impression de pouvoir le toucher, de pouvoir dépasser toute cette distance pour poser la main sur lui depuis là où elle se trouvait.

– C'est la plus grande ville du monde, cria Atticus par-dessus les rugissements du vent. Elle fonctionne entièrement grâce aux énergies renouvelables, en exploitant les vents et les courants marins. Après l'apocalypse de 2020, New York était complètement détruite et on a construit Utopia sur ses ruines en utilisant des matériaux écoresponsables, comme la plupart des villes du monde. C'est également ici qu'on a mis au point et utilisé pour la première fois un tarmac complètement électromagnétique, ce qui permet de produire assez d'énergie pour les voitures aussi. J'ai fait mettre ça en place vers 2300.

Il parlait comme un père fier de sa progéniture. Evelyn sourit. Les vampires avaient toujours voulu protéger la Terre, ce n'était un secret pour personne, et Hansel lui avait expliqué qu'Atticus avait déclenché la guerre contre les humains notamment parce qu'ils détruisaient leur planète. Les vampires sont immortels, ils accordent donc plus d'importance au fait que leur habitat soit durable pour les accueillir pendant les millénaires à venir. Elle avait entendu des légendes racontant que les humains se moquaient des vampires et de leur obsession pour l'environnement lorsqu'ils avaient révélé leur existence au monde. Ils les croyaient stupides.

Mais Evelyn devait reconnaître qu'elle les admirait pour leur engagement. La planète Terre est unique et le fait que les humains l'aient pillée l'attristait et la dégoûtait. Ils disaient qu'ils l'aimaient mais leur façon de traiter leur belle planète était cruelle. La relation que les humains entretenaient avec la Terre avant l'apocalypse lui rappelait celle qui l'unissait à Atticus : ils l'aimaient, la dominaient, mais au fond, ils se moquaient complètement d'elle.

Elle entendit le bruit du verre d'une coupelle de glace s'écrasant contre le ciment et, une fraction de seconde plus tard, elle sentit la force du bras d'Atticus s'enrouler autour de sa taille alors que ses lèvres caressaient sa gorge.

– J'ai toujours voulu faire ça, murmura-t-il en la poussant doucement vers le bord du bâtiment dénué de barrière de sécurité.

– Faire quoi ? demanda-t-elle alors qu'il continuait à l'attirer vers le vide.

Elle fit quelques pas, mais elle se mit soudain à paniquer et chercha à s'arrêter. Ils approchaient dangereusement près du bord.

– C'est suffisant, tu ne crois pas ? dit-elle en essayant de cacher sa terreur par l'humour.

Elle n'avait jamais eu le vertige, mais bizarrement, tout en haut de ce gratte-ciel qui comptait une bonne centaine d'étages, en compagnie d'Atticus, une vague de peur lui traversa les entrailles. Evelyn voulait croire en sa bonté et en sa gentillesse, mais le côté sadique du Roi était toujours dans les parages. Sa suspicion se révéla justifiée lorsqu'il continua à la pousser vers le bord de la terrasse.

– Atticus, stop ! le supplia-t-elle en se débattant en vain dans ses bras.

Il ne dit pas un mot. Alors que la chute vertigineuse qui l'attendait s'approchait, elle fit tomber sa glace. Celle-ci macula sa robe d'une substance rouge avant de tomber par terre et que la coupe ne roule sur le ciment.

Mais Evelyn ne remarqua ni les taches ni le bruit de la vaisselle qui se fracassait contre le sol. Elle était totalement concentrée sur les mains soudain serrées comme un étau autour de sa taille. Toutes sortes de pensées l'assaillirent, des bonnes comme des mauvaises, de fortes convictions comme des prises de conscience, de l'énervement, de la gratitude aussi. Toutes défilèrent comme des flashs de lumière stroboscopique.

Elle songea à contre-attaquer, à se défendre pour courir le plus loin possible. Mais même si par miracle elle arrivait à lui échapper, elle n'avait nulle part où se cacher. Atticus lui avait bien fait comprendre que le monde lui appartenait, ainsi que tout ce qui le composait. Et tant qu'elle vivrait, elle ne pourrait jamais lui échapper. Elle était sienne. Ses ordres devaient être suivis et s'il voulait la tuer, alors elle ne passerait pas la nuit.

– Tu as peur, lui susurra-t-il à l'oreille d'une voix rauque. Je sens que tu exsudes la peur, elle irradie. C'est fascinant.

Son souffle était glacé dans son cou, elle en eut la chair de poule. *Il ne me tuera pas*, se dit-elle. *Il ne me tuera pas, il ne me tuera pas. Il a dit qu'il voulait essayer de faire des efforts pour nous.*

– Que fais-tu, Atticus ? cria-t-elle. Ce n'est pas drôle ! Laisse-moi ! Tu es dingue, ou quoi ?

Aucune réponse de sa part, mais derrière elle, il se mit à sourire. Evelyn se sentit bête d'avoir cru qu'il pourrait agir de façon rationnelle alors qu'il venait d'être éclaboussé par l'insupportable vérité de ses sentiments pour Hansel. Il n'allait pas changer en l'espace de quelques heures. Il était encore ce monstre sans cœur qu'elle avait toujours connu. Elle voulut se gifler d'avoir baissé la garde.

Ils approchaient doucement mais inexorablement du bord. Elle jeta un coup d'œil en contrebas mais le regretta immédiatement. Des clients de l'hôtel entraient et sortaient de voitures de luxe et des employés se courbaient devant les aristocrates pour les accueillir. Seuls les plus riches pouvaient se permettre de dépenser des sommes aussi ridicules pour une nuit au Shangri-La. Ils avaient tous l'air minuscules aux yeux d'Evelyn et, vus d'en haut, tous se ressemblaient.

Le danger imminent fit naturellement resurgir son instinct de survie. Atticus lui fit incliner le buste au-dessus du vide. Des bourrasques de vent les encerclaient, mettant à mal leurs coiffures jusqu'à présent parfaites. Il serra ses mains un peu plus fort autour de sa taille alors que ses pieds n'étaient plus qu'à quelques centimètres d'une mort certaine.

Il va me tuer. Il va me tuer, parce que je ne l'aime pas. Son cerveau était assailli d'une frénésie de pensées infâmes. Son corps comme son esprit flanchèrent. Elle y était, il n'y avait bientôt plus de ciment pour accueillir ses pieds et lui cacher le sol, plusieurs centaines de mètres plus bas. *Si c'est ce qu'il veut, je ne peux pas m'opposer à la volonté de ce démon. Je ne suis peut-être qu'un jouet pour lui, après tout. Le jouet du Roi dément.*

Evelyn prit une grande inspiration et se prépara à mourir.

Mais au lieu de la pousser, Atticus la fit virevolter gracieusement un petit instant et elle eut l'impression de voler, même si le mouvement était trop rapide pour que son corps d'humaine puisse le supporter.

Sa tête lui tournait et elle manqua de perdre l'équilibre. Mais si elle avait trébuché, Atticus l'aurait rattrapée.

Elle croisa son regard après avoir repris pied et, résistant à la tentation de lutter, elle lui demanda en gémissant :

– Que fais-tu ? Vas-tu me tuer, Atticus ?

Il ne répondit pas un mot. Partout où leurs corps se touchaient presque, elle sentait des fourmillements. Les situations extrêmes où la mort est imminente peuvent avoir cet effet sur certaines personnes, leur esprit s'en retrouve bouleversé et le rationnel devient irrationnel. Atticus, fidèle à lui-même, se contenta de sourire et de la serrer un peu plus contre lui. L'expression de son visage était indescriptible : la pure arrogance et la joie dont il faisait preuve étaient écœurantes.

Je croyais que tu voulais changer, pour moi, pour devenir quelqu'un de meilleur, Atticus. Tes promesses étaient-elles vaines et n'as-tu proféré que des mensonges ? Je croyais que tu m'aimais. La douleur s'empara de sa poitrine. Elle haïssait le fait qu'ils puissent passer des sourires et des blagues aux menaces de mort d'une seconde à l'autre.

Il lui rappelait sa puissance, de quoi il était capable et ce qu'il lui ferait si elle le trahissait. C'était une démonstration de pouvoir. Son cœur battait à tout rompre et elle n'était plus qu'un tas confus d'émotions, de calculs et de prédictions.

Il posa rapidement ses lèvres sur les siennes et lui murmura une question :

– Tu me fais confiance ?

Mais il avait parlé si doucement au milieu de ces vents qui faisaient rage autour d'eux qu'Evelyn se demanda si elle l'avait bien entendu. Il fit un petit pas de plus vers le bord. Ses talons quittèrent le ciment, il n'y avait presque plus que de l'air en dessous et les particules d'oxygène étaient incapables de supporter son poids.

Evelyn fit ce que n'importe qui aurait fait dans la même situation, elle cria et serra ses bras autour de la seule et unique chose qui pourrait la sauver : lui. Sauf que c'était lui qui lui faisait courir ce danger. Elle tremblait de tout son corps et peinait à trouver son souffle.

– Atticus… s'il te plaît… ne fais pas ça…

Elle ne s'aperçut qu'elle pleurait que lorsque Atticus se pencha pour attraper une larme salée entre ses lèvres.

– Tu me fais confiance ? demanda-t-il encore, mais d'une voix bien plus forte, pour couvrir le souffle de la nature.

– Je… Je…

Il l'embrassa encore, mais cette fois-ci, il ne fit preuve d'aucune douceur.

Ce baiser la dévora d'une force brutale et une des mains du vampire quitta sa taille pour descendre sur ses fesses et l'empoigna vigoureusement. Il plaqua ses hanches contre les siennes. Elle sentit sa dure érection pressée contre elle et elle manqua de reculer dans un geste instinctif.

C'est à cet instant qu'Evelyn réalisa à quel point Atticus aimait se sentir en contrôle de la situation. Conduire les gens sur des chemins étroits n'offrant aucune possibilité, des chemins qu'il avait dessinés lui-même pour guider ses proies là où il voulait qu'elles aillent. Elle se rendit compte que son désespoir, son anxiété et sa peur lui donnaient du plaisir. Cherchait-il à la faire souffrir pour compenser tout le chagrin qu'elle lui avait infligé ? Elle l'ignorait.

– Tu es tellement attirante, j'ai du mal à me contrôler quand tu es à mes côtés, continua-t-il à murmurer sans qu'Evelyn puisse l'entendre, trop distraite par ses pensées. Tu me fais confiance ?

Soudain, elle ne sentit plus du tout le sol sous ses pieds. Il la poussa. Son corps bascula par-dessus bord et fendit l'air comme une lame. Elle se sentit enveloppée par le vent et attirée par la force mortelle de la gravité. Son corps se mit à paniquer alors que le sourire sinistre d'Atticus disparaissait de son champ de vision et qu'à la place elle voyait la ligne d'horizon d'Utopia.

La tour aux lumières violettes brillait au loin. Hansel y était. Elle eut l'impression que tout se déroulait au ralenti. Le sang se mit à battre dans ses tempes et son cœur cognait violemment dans sa poitrine. La terre l'attendait fatalement au bout de sa chute. *Est-ce la fin ? Ai-je terminé un cycle de vie, pourtant dénué de sens ?* se demanda-t-elle en tombant. Sans le vouloir, elle se reprit à penser à ce jour au bord de la falaise, le jour où elle avait rencontré Hansel, le jour où il l'avait sauvée. Hansel.

CHAPITRE 27

La mort. Quelques personnes l'appellent de tous leurs vœux, mais la plupart la craignent. Au cours des trois millénaires qui avaient composé sa vie, Atticus avait appris que même le plus farouche de tous les soldats la craignait. Mais ce n'était pas parce qu'ils avaient peur des conséquences de leur mort. Ils avaient peur d'elle à cause de l'incertitude qu'elle recèle, ce vide qu'il pourrait y avoir après, ce néant dont on ignore tout. Que choisir entre une éternité de chaos et un désert sans fin ?

Lorsque Atticus la poussa de la terrasse, il observa le visage d'Evelyn avec soin. Il analysa en silence chacun des mouvements de ses muscles faciaux, ainsi que son langage corporel. Il écouta son cri perçant et les battements de son cœur, mais il se concentra principalement sur ses pensées. Certes, son sang quittait lentement son organisme et perdait de son effet, mais il put tout de même collecter une masse importante d'informations en se concentrant suffisamment. Du reste, l'esprit humain réagit différemment lorsqu'il croit que sa vie s'achève.

Lorsqu'on n'a plus à se soucier des conséquences de ses actes, toutes les réserves s'effondrent et on laisse alors son esprit totalement ouvert. La mort est comme la première des pluies de printemps, elle vient nettoyer l'âme de toutes ses peurs et de toutes ses inquiétudes. Tout s'estompe lorsqu'on lui fait face. Parfois, on en apprend plus sur une personne en l'observant pendant les derniers instants de sa vie qu'en une éternité.

C'était exactement ce que faisait Atticus. Il l'observait, l'analysait, écoutait ce qu'elle croyait être ses dernières pensées. Dans une certaine mesure, il craignait ce qu'il allait entendre, mais il mourait de curiosité. *Par pitié, Evelyn, ne laisse pas un autre homme occuper ton esprit aux portes de la mort. Ma douce Evelyn, ne me brise pas le cœur, ne réduis pas à néant tous mes espoirs et mes rêves pour toi. Pitié, laisse-moi incarner ta dernière pensée. S'il te plaît, Eve, dis mon nom, rien que mon nom, Eve, ma douce, chère Eve. Laisse-moi nourrir tes désirs les plus sombres et les plus profonds et fais de moi l'homme le plus heureux de cette planète en me donnant une place dans ton cœur. Est-ce trop te demander ?*

Il savait que c'était trop. Il savait que ça n'arriverait jamais. Pourtant, en la poussant, il voulait tout de même tenter sa chance. Mais elle se mit à penser à ce jour au bord de la falaise où Hansel lui avait sauvé la vie. Alors qu'Atticus assistait à la scène, il ne put que constater l'ironie de la situation. Elle voyait Hansel comme son ange gardien, alors qu'il était lui-même à l'origine de leur rencontre. Le Lord possédait désormais quelque chose qu'Atticus, le grand Roi parmi les puissants, n'avait pas.

Cette idée éveilla sa soif de violence et sa folie meurtrière. *Hansel, espèce de petit enfoiré ingrat ! Comment oses-tu voler ton Seigneur et Maître ? C'est moi qui t'ai sauvé, t'ai offert l'immortalité et une vie. Sans moi tu n'aurais été rien d'autre qu'un orphelin pathétique mort dans une rue où personne n'en aurait rien eu à foutre ! Elle a des sentiments pour toi, mon Evelyn bien-aimée a des sentiments pour toi ! Pourtant Venise et toi avez fait équipe pour permettre à Ethan de la baiser. Pourquoi ? À quoi joues-tu, espèce de petit con ? Pourquoi avoir aidé Venise ? Que s'est-il passé de si spécial cette nuit-là ? Pourquoi avoir sorti Ethan de son cachot juste pour une nuit ? Qu'est-ce que...*

Et soudain, deux pièces du puzzle s'emboîtèrent à la perfection. Atticus se sentit stupide de ne pas avoir vu le lien plus tôt. Il voulut se gifler d'avoir ignoré quelque chose d'aussi évident, caché juste sous son nez. Mais plus rien n'eut d'importance lorsqu'il entendit Evelyn silencieusement prononcer le nom d'Hansel.

Hansel. Un simple nom, quelques sons sans la moindre signification sortis de leur contexte. Mais après tout ce qu'il s'était passé, ces sons faillirent lui briser le cœur, encore, pour la millionième fois depuis qu'il l'avait rencontrée. L'innocente jeune fille venait de planter un autre poignard dans son cœur immortel. Elle lui offrit une nouvelle cicatrice, un autre souvenir pénible, un autre insoutenable rappel. Elle ne lui appartenait pas.

La douleur aurait dû être plus intense, beaucoup plus intense. Mais au fond, Atticus le savait déjà. Peu importaient ses désirs. Atticus savait tout. Auparavant, il adorait ça, mais depuis quelque temps, il aurait donné le monde pour un peu d'ignorance.

Mais rien n'échappait jamais à son regard, après tout, c'était le Roi, et il régnait sur la planète avec une poigne de fer. Savoir, c'est pouvoir, et jamais il n'y eut d'être plus puissant sur cette planète. La voir chuter et prononcer le nom de son protégé, protégé qu'il avait dépêché à ses côtés pour sa sécurité, lui donna envie de rire de lui-même. Peut-être appréciait-il de souffrir. *J'aime peut-être me rappeler que même si tu es à mes côtés, en chair et en os, jamais je n'aurai ton cœur, ton âme, ni ton amour. Tu ne permettras jamais à un monstre tel que moi de posséder une partie de ta précieuse âme si pure. Ma douce Eve, posséderai-je jamais une portion de ton cœur ?* Il lui était d'autant plus douloureux de l'accepter qu'Hansel était un vampire, tout comme lui. Evelyn avait su dépasser ses préjugés contre son espèce pour lui.

Atticus retint ses larmes en sautant du bâtiment à son tour. Il n'allait pas laisser sa bien-aimée mourir.

Même si son cœur devait éclater en un million de minuscules morceaux, Atticus ne cesserait jamais de l'aimer. Il ne cesserait jamais d'espérer. Elle incarnait sa raison de vivre, tout ce qu'il avait jamais voulu, elle faisait resurgir le pire comme le meilleur en lui. Les démons et les anges le séduisaient de mélopées enchanteresses pour essayer de le tenter et de le faire basculer d'un côté, puis de l'autre.

En secret, il était du côté des Ténèbres, mais pour Evelyn, il prétendait avoir une inclination pour les anges. Leur conversation résonnait encore dans sa tête. Son doux arrière-goût ne l'avait pas encore quitté. Toutes leurs promesses de changements avaient rendu possibles ses rêves d'avenir si parfaits et idéalistes. Il n'allait pas renoncer à Evelyn. Même si Hansel lui avait volé son cœur, il refusait de céder. Elle était sienne.

Il la rattrapa, quelques secondes à peine après qu'elle eut échappé à l'emprise de ses bras. Il condensa toute la magie ancienne concentrée dans son sang et l'achemina vers le précieux anneau autour de son doigt, puis il se servit du pouvoir de télékinésie de son vieil ami Duncan. Tous deux flottaient dans les airs, défiant toutes les lois de la gravité grâce à la magie. Une force intangible et invisible entourait leurs corps et les maintenait en l'air.

Evelyn était dans tous ses états, mais fort heureusement, lorsque Atticus sonda son esprit confus et effrayé, il ne trouva aucune trace du sujet qu'il craignait le plus. Elle ne savait rien des miracles qui se produisaient dans son propre corps, pas encore, et cette pensée procura beaucoup de joie à Atticus, car il en déduisit qu'il avait encore du temps pour y remédier. Du temps pour détruire ce qui pourrait les séparer avant même qu'elle ne s'en rende compte. *Je ne te perdrai pas. Je ne te partagerai pas. Avec personne. Tu es à moi. Tout m'appartient, ton corps, ton âme, ton amour et toutes tes émotions.*

CHAPITRE 28

Je tombe. Je sens l'air qui m'enveloppe, la gravité m'attire vers le sol, le poids de mon corps et la friction de ma peau contre l'air. Au début j'ai peur, je suis terrifiée, même. Mais finalement je puise une sorte de joie dans cette chute. De liberté. Délivrée de l'implacable influence d'Atticus. Indépendante et libre de toute entrave.

Mon destin est maintenant dans les mains d'une autre puissance : la gravité. Je suis d'une certaine façon rassurée que certains éléments puissent surpasser les pouvoirs d'Atticus. Certaines choses lui sont impossibles.

Je me demande aussi s'il y a une vie après la mort. Et si c'est le cas, verrai-je encore les gens que j'aime ? Verrai-je ma mère, mon père, Alice, Nora, Ethan et Hansel ? Les vampires ont-ils un au-delà ? Hansel y sera-t-il ? Le reverrai-je si je meurs ? Une image de son fascinant regard vert et de ses magnifiques cheveux ébouriffés me revint en mémoire. Son sourire charmeur et sa douceur.

Faites qu'Hansel me rejoigne, qu'il connaisse lui aussi la vie après la mort. Il le mérite. L'idée d'un au-delà sans Hansel me terrifie. Pitié. Faites qu'il y soit. Je ne veux pas y aller sans lui.

***

Lorsque Evelyn ne sentit plus les bourrasques de vents violents mais quelque chose de solide entrant en collision avec son torse, elle pensa que tout était terminé.

Elle pensa avoir fait face à son destin et que les restes de sa dépouille n'étaient plus qu'une tache de chair et de sang écrasée au sol. *J'ai peut-être fait peur à certains vampires ? Est-ce qu'ils ont peur du sang ? Ou vont-ils essayer de me manger à même le trottoir ? Bonne chance pour transformer un amas de chairs en vampire, Atticus.* Elle avait envie de rire d'elle-même.

Elle ne voulait pas mourir. Pour la première fois, les choses semblaient s'arranger, elle avait même senti Atticus à l'aube d'une révolution. Elle avait cru possible de le faire évoluer. Evelyn voulait qu'Atticus aille de l'avant. Elle en avait besoin.

Pour elle, il était nécessaire qu'Atticus se débarrasse de ses démons et deviennent un homme meilleur, pour le bien de l'humanité et pour l'avenir de cette planète. Un monde sous la coupe d'un tyran resterait à jamais un endroit dans lequel la majorité des gens souffrirait. Evelyn voulait changer ça, elle voulait que le monde devienne meilleur.

Ses pensées étaient amères. *Je suis tellement bête. Espèce de meurtrier psychopathe, tu es incapable de changer, sale enflure.* Elle se détesta d'avoir cru en lui, en ses mensonges et en ses promesses d'avenir radieux. Sa haine pour lui n'en fut que ravivée.

Evelyn ne tomba pas sur le froid et répugnant ciment du trottoir, mais dans les bras d'Atticus. Elle attendit la douleur, la souffrance immense de l'impact qui mettrait fin à ses jours, pourtant, rien ne vint.

– Tu devrais me faire confiance, lui dit une douce voix sur un ton très suave. Et j'entends encore tes pensées, ma chérie. Je suis peut-être un meurtrier psychopathe, mais je n'irai jamais jusqu'à te tuer. Si j'en arrive là un jour, alors ça sera la fin. Ma cruauté en serait consommée.

Il serrait son corps contre le sien. Son bras puissant l'enveloppait dans un geste protecteur, la piégeant comme dans une cage. Il caressa ses cheveux avec sa joue et guida doucement leurs corps le long de l'hôtel, puis, allant un peu sur la droite, il chercha le balcon de sa chambre. Evelyn attendit la douleur, qui ne vint jamais. Lorsqu'elle entendit le son de la voix d'Atticus, elle se dit que c'était là le fruit de son imagination. Elle devait tout simplement halluciner et imaginer des choses impossibles.

Elle hésita mais ouvrit les yeux, complètement abasourdie et pour le moins désorientée. C'est alors qu'elle aperçut Utopia au loin et lorsqu'elle sentit le corps d'Atticus contre le sien, il lui fallut plusieurs secondes pour comprendre ce qu'il lui était arrivé.

– Tu aurais dû me faire confiance, la taquina-t-il en riant alors qu'il les guidait vers la terre ferme.

Il aimait avoir Evelyn dans ses bras alors qu'ils flottaient dans les airs. Il était, littéralement, le seul à pouvoir la maintenir en vie, et sans lui, elle irait à la rencontre d'une mort certaine en quelques secondes à peine. Cette position lui conférait un pouvoir sur celle qu'il aimait plus que tout.

– Bon sang, mais c'était quoi, ça ? marmonna-t-elle. Tu es vraiment un gros connard.

Atticus partit d'un éclat de rire et chercha à l'embrasser, mais, ignorant le fait qu'ils étaient à plusieurs centaines de mètres du sol et qu'il était ce qui la maintenait en vie, elle fit exprès de poser ses coudes contre ses épaules pour le repousser, puis le gifla de toutes ses forces.

– Espèce d'enfoiré, continua-t-elle en se débattant. Tu es vraiment malade, complètement taré. Espèce de trou du cul ! Tu crois que c'est drôle de jouer avec la vie des gens ? Tu n'as aucune morale, espèce de raclure de merde ! Tu trouves ça marrant de me pousser d'un putain d'immeuble, gros taré de psychopathe à la con ?

Elle criait à pleins poumons. Dans n'importe quel autre cas de figure, Atticus aurait été furieux de la sentir se défouler contre lui. Il n'était pas homme à accepter gracieusement qu'on l'insulte. De la part de n'importe qui d'autre, il se serait contenté d'ouvrir les bras pour la regarder chuter vers la mort, fièrement et avec joie. Mais c'était Evelyn, son Evelyn, sa bien-aimée, la femme qui avait capturé son cœur à l'instant où ils s'étaient rencontrés. Les sentiments qu'il avait pour elle étaient parfaitement irrationnels, aussi son comportement l'était tout autant.

En plus, Evelyn disait des gros mots. D'ordinaire, ce langage ne venait jamais effleurer ses lèvres, alors l'entendre être aussi vulgaire lui apporta une bouffée d'air frais. Entendre son petit ange jurer comme un charretier lui conféra un air béat. Il en conçut quelques idées salaces sur ce qu'il voulait lui faire la prochaine fois qu'il la prendrait. Il voulait l'entendre crier des grossièretés quand il la baiserait comme un dingue. *Du sexe en plein ciel ?*

– Nan mais merde, pourquoi tu souris comme un con ?

Elle devenait folle furieuse, totalement hors d'elle. À l'entendre jurer ainsi, il comprit qu'elle perdait le contrôle, ce qui lui plaisait. Il voulait qu'Evelyn devienne aussi irrationnelle que lui. Qu'elle pense avec son cœur et non avec son esprit.

– Tu me dégoûtes, continua-t-elle en le giflant. C'est quoi ton délire ? Un exercice de confiance à la con ? Espèce de pervers dégénéré ! Tu crois que c'est comme ça que tu gagneras mon affection et que j'arrêterai de te haïr ? Mais quel gros con !

Pourquoi as-tu fait ça ? Merde, pourquoi as-tu fait une connerie pareille, putain ? T'es dingue, putain, ou quoi ?

Dis encore une fois « putain » et je vais faire de toi ma pute, là, en plein ciel. Continue à dire des cochonneries et je soulèverai ta robe pour t'empaler sur ma bite. Vas-y, Evelyn, continue et tu seras la première femme à avoir été baisée en vol. Comme si elle avait pu lire dans son esprit, ou déchiffrer son air libidineux, ou comme si elle avait enfin compris qu'ils volaient encore et que ce n'était pas le meilleur moment pour piquer une crise, elle s'arrêta de le frapper et de l'insulter, puis passa ses bras autour de sa taille dans un geste hésitant. Elle ne voulait pas mourir.

Par une cruelle ironie du sort, elle se rendit compte que quelques semaines à peine s'étaient écoulées depuis qu'elle avait supplié la mort de venir la chercher dans ce motel.

– Alors maintenant, en plus, tu sais voler, grommela-t-elle en pressant son visage contre sa chemise si douce.

Saloperies de vampires avec des superpouvoirs. Les Sept Premiers ne pouvaient-ils pas être des vampires normaux ? Quel autre truc bizarre et flippant Atticus peut-il faire dont les autres sont incapables ? Vampires à la con. Anneaux à la con. Super connards à la con. Atticus continua à rire et attrapa ses fesses à pleines mains dans un geste joueur.

– Je peux encore lire dans tes pensées, ma chérie. Et je peux faire bien des choses, ça vient avec mon statut de premier représentant de mon espèce. C'est le genre de truc qui vous rend spécial. Tu sais ?

Ta gueule.

– J'aime bien ton côté bagarreur, c'est très excitant.

Tout t'excite, en même temps, tu es pire qu'un ado en pleine poussée d'hormones. Atticus continua à rire.

– J'aurais dû te pousser d'un toit bien plus tôt.

Elle résista à la tentation de le gifler encore une fois. *Résiste, Evelyn. Il faut que tu sois gentille avec cette raclure jusqu'à ce que tu sois sur la terre ferme. Oui, en sécurité, terre ferme. Pas des particules d'air sur lesquelles tu ne peux pas compter pour te soutenir.*

– Tu devrais continuer à boire mon sang, ton esprit est si divertissant et vraiment merveilleux. Je ne t'aurais jamais crue capable de proférer de telles insanités. Qu'est-ce qui a fait ressortir ce trait de ton caractère ?

– Tu as essayé de me tuer. J'ai cru que j'allais mourir. Là, j'ai très envie de te retourner la faveur, Atticus, affirma-t-elle.

Ils arrivaient enfin à proximité de son balcon. Il continua à rire en demandant :

– On peut rester comme ça encore un peu plus longtemps ? Rester en l'air pendant que tu me frappes et m'insultes ? J'adore ça.

Je vais te filer un coup de pied là où le soleil ne brille pas si tu ne me reposes pas sur quelque chose de dur et de robuste, se dit-elle sans prendre conscience de la connotation sexuelle de sa propre menace.

– Oh je n'aurai aucun problème à trouver quelque chose de dur pour toi, ma chérie.

Il lui fit un grand sourire mais décida tout de même de se poser sur le balcon. De toute façon, il ne pouvait pas continuer à rester en lévitation encore bien longtemps. Il avait trop peur d'être distrait par la chaleur du corps d'Evelyn pressé contre lui, ce qui lui ferait perdre la maîtrise de son pouvoir.

À l'instant où ses pieds nus – elle avait perdu ses escarpins dans la bataille – touchèrent le sol glacial du balcon, elle le repoussa. L'idée était probablement mauvaise puisque son corps ne s'était pas encore remis du choc de tout ce qui venait de lui arriver. Elle sentit une tension inconfortable s'accumuler dans ses épaules et au bas de son dos. Elle avait dû se froisser un muscle ou deux dans sa chute et sa nuque était douloureuse. *Roi à la con avec des pouvoirs à la con.*

– Alors tu vas me repousser, maintenant que tu n'as plus besoin de mes pouvoirs ? demanda Atticus en souriant. Est-ce que tu ne te serais pas servie de moi pour ce que je peux te procurer ?

Elle leva les yeux au ciel et essaya de rentrer dans la suite par les portes-fenêtres. Le sol du balcon était rugueux et un peu trop froid pour ses pieds délicats. Mais Atticus l'attrapa par la taille avant même qu'elle n'avance d'un centimètre.

– Je voulais te montrer que tu pouvais me faire confiance, quoi qu'il se passe. Je t'aime, Evelyn. Je serai là pour te rattraper chaque fois que tu tomberas, même si c'est moi qui te pousse. Je ne suis ni Ethan, ni Hansel, je ne possède pas leur sens de la compassion ni ne suis aussi compréhensif. Tu as peut-être raison, je suis un psychopathe qui aime faire du mal aux gens plus que je ne le devrais. J'ai un côté sadique et démoniaque qui même à moi me fait peur, mais je te promets de toujours te protéger. Je ne peux pas te jurer de ne plus jamais te faire de mal, mais je te protégerai toujours de tout, continua-t-il en lui caressant les lèvres de son pouce. Je suis le Mal incarné, mais tu es mon ange. Tu pourras peut-être me changer. Et si tu n'y parviens pas complètement, je sais que tu pourras réussir à diminuer la part d'ombre en moi. Je suis les Ténèbres et tu es la seule lumière à même de pouvoir me combattre. J'ai besoin de toi. J'ai vécu trop longtemps dans l'obscurité.

Il se pencha vers elle et ses lèvres frôlèrent les siennes lorsqu'il reprit :

– Je sais qu'il y a d'autres hommes dans ton cœur et j'ai envie de les tuer car ils occupent un espace que je voudrais me voir réservé. Mais je leur laisserai la vie sauve si tu me promets d'arrêter de te protéger de moi et de m'ouvrir ton cœur pour que je puisse m'y faire une place. Contente-toi de m'accepter, s'il te plaît. Je ne peux rien faire sans toi.

– C'est la deuxième fois que tu me confesses ton amour, ce soir. Quand es-tu devenu aussi sentimental, Atticus ? répondit-elle, partagée entre le stress, la confiance, le sarcasme et le sérieux.

– Tu t'ouvres enfin à moi, répondit-il en souriant. J'ai l'impression que je viens enfin de percer ta carapace. Nous ne sommes plus des étrangers l'un pour l'autre.

Comment peux-tu aimer quelqu'un sans le connaître ? Sans même le comprendre ?

– Tu n'as pas besoin de connaître quelqu'un pour l'aimer. Parfois, on aime juste comme ça, répondit-il à ses pensées en l'embrassant avec douceur, trop effrayé de lui faire peur.

Ils progressaient enfin et il voulait voir plus de cette Evelyn adorablement sarcastique.

– Tu veux que je te masse ? Je maîtrise des techniques incroyables qui m'ont été enseignées par des moines aux Philippines et en Thaïlande, il y a quelques siècles.

Elle hésita, mais accepta d'un signe de tête tout en se demandant s'il allait essayer de lui briser la nuque, les bras ou les jambes pendant l'exercice.

– Je ne te ferai pas de mal, dit-il. Enfin, pas ce soir.

CHAPITRE 29

Si on avait dit un jour à Evelyn que le Roi de la Nation Vampire lui ferait un massage du dos, elle ne l'aurait jamais cru, elle aurait probablement éclaté de rire jusqu'à s'en dessiner les abdominaux sur le ventre.

– Lavande ou amande douce ? demanda Atticus en détachant doucement sa robe, dans un geste quasi séducteur.

Je suis passée d'une chute fatale à un massage du dos par un Roi : une soirée ordinaire, quoi ! Elle était allongée sur son lit, le front plaqué contre ses fins doigts de soie, ses bras légèrement tremblants pliés devant elle pour supporter sa tête.

Evelyn était un peu nerveuse, elle se sentait vulnérable. Il lui retira doucement sa robe. Elle sentit l'air frais l'accueillir quand sa chair fut à nu. Il l'avait déjà vue sous toutes ses coutures, mais elle ne se sentait tout de même pas à l'aise, allongée ainsi, sachant que quelqu'un comme Atticus allait bientôt passer ses mains partout sur son corps.

Il fit descendre sa robe, révélant petit à petit son dos, ses fesses et ses jambes. Il tira sur le tissu jusqu'à ce qu'il ne touche plus sa peau et qu'elle se retrouve complètement nue sur son lit. *Oh bon sang*, trembla Evelyn. *Faites qu'il n'essaye pas de m'étrangler avec l'un de ses exercices de confiance.* Il ne répondit rien.

– Hé, tu m'écoutes ?

– Tu n'as rien dit, rétorqua-t-il.

Elle sentit le doux tissu de la couette effleurer le haut de ses cuisses et de ses fesses.

– Je croyais que tu pouvais entendre mes pensées ?

Je croyais qu'il m'était impossible de t'échapper, même dans ma tête.

– Je ne t'ai pas donné beaucoup de sang ce matin, il a été lentement absorbé par ton organisme, détérioré par tes cellules humaines. Lorsque mes globules rouges sont encerclés par les tiens pendant trop longtemps, ils perdent de leur magie.

Elle eut partiellement envie de rire, il parlait de son sang comme si c'était un être vivant à part entière. Mais elle fut surtout emportée par le soulagement qu'elle ressentait.

– Alors mon esprit est délivré de ta présence ? demanda-t-elle sur un ton un peu trop enthousiaste.

Elle ne put résister à l'envie de se tourner légèrement pour voir son visage.

– N'oublie pas qui est à tes côtés, répondit-il sévèrement, comme pour lui lancer un avertissement avant de poser sa main sur la couette, juste au-dessus de ses fesses. Je te couvre, parce que sinon, je serais trop tenté par tes courbes. Impossible de t'avoir nue dans mon lit et de ne rien faire.

Je me demande si tu te lasseras jamais de coucher avec moi...

– Jamais, tu es la femme la plus exquise que j'aie jamais rencontrée et le plaisir que tu me procures est indescriptible.

Je croyais que tu ne pouvais plus lire dans mes pensées avec ton cerveau de gros pervers ?

– J'en suis capable, si je fais un effort, rétorqua-t-il un sourire arrogant aux lèvres.

Elle leva les yeux au ciel et il la relança :

– Tu n'as toujours pas répondu à ma question. Lavande ou amande douce ?

– Je ne sais pas, je n'y connais rien en massage, répondit-elle docilement.

La confiance dont elle avait fait preuve un peu plus tôt disparaissait avec l'adrénaline et à présent son corps succombait à la crainte naturelle qu'il lui inspirait. D'une voix douce qui le fit sourire, elle lui demanda :

– Tu choisis pour moi ?

– Tu n'arrêtes pas de te disputer avec moi pour que je t'octroie plus de liberté et la fois où je te laisse le choix, tu me rends ma faveur avec grâce ? demanda-t-il en lui effleurant la courbe du dos du bout des doigts. Qui êtes-vous et qu'avez-vous fait de mon adorable Evelyn ?

– Ferme-la.

Il ne put s'empêcher de rire en entendant son ton sarcastique. Il y eut ensuite une brève période de silence avant qu'elle ne reprenne sur un ton hésitant :

– Atticus, essaierais-tu de me prouver que tu m'aimes vraiment et que je ne suis pas juste un jouet pour toi ?

– Combien de fois vais-je devoir te répéter que mes sentiments pour toi sont authentiques ?

– Je n'ai aucune confiance en tes belles paroles, désolée. Mais tes actes, eux, en revanche, ne peuvent pas mentir. Reste chaste ce soir, prouve-moi que mes sentiments, comme mes désirs, comptent pour toi.

Elle leva légèrement la tête pour faire preuve d'autorité. Atticus se contenta de rire. Il se pencha vers elle pour que son parfait visage ne se place qu'à quelques centimètres du sien. Son regard brillait d'une avidité lubrique.

– Je peux te baiser quand je veux et je le ferai. Tes diktats n'ont aucune importance pour moi. Je suis ton Roi, la loi, c'est moi. En matière d'autorité, je te domine sur tous les plans. L'abstinence n'est pas dans mes habitudes, tu le sais, mais pour toi, je vais faire un effort. Je vais essayer.

Il baissa les yeux et observa sa poitrine impertinente, complètement dénudée. Evelyn lut la concupiscence à l'état pur qui voilait son visage et changea vite de position pour écraser ses seins contre le matelas. Elle entendit Atticus presser une bouteille pour en faire sortir une sorte d'huile et, une seconde plus tard, elle sentit quelque chose de froid s'écouler sur son dos. Elle frissonna et gloussa, même, lorsqu'il sollicita une zone où elle était chatouilleuse. *Eh bien, grande nouvelle... le Diable fait de bons massages.*

Il laissa échapper un petit gémissement alors que ses mains glissaient sur ses flancs, appuyant exactement là où elle avait accumulé toutes les tensions. La simple sensation de sa peau faisait de l'effet à Atticus. C'était comme si les dieux avaient créé Evelyn pour lui donner une leçon.

Il était capable de tout lui prendre, mais cette fois-ci, s'il voulait se donner du plaisir avec elle, il devrait le faire par la force, ce qui briserait potentiellement sa bien-aimée. Il lui avait déjà fait tant de mal, il avait profité de ses charmes à son corps défendant déjà trop souvent. Pourtant ses chairs l'appelaient, elles exigeaient de sentir la douceur des siennes se contracter autour de son membre et le caresser jusqu'à l'orgasme. Atticus secoua la tête rapidement, essayant de se débarrasser de ses pensées lubriques.

– Tu ne sais pas à quel point ce massage sera douloureux pour moi, dit-il alors que ses pouces s'affairaient à faire disparaître un nœud de tension.

– On dirait que le sexe est la seule pensée constante qui occupe ta cervelle, répondit-elle en partant d'un rire nerveux. J'ai l'impression d'être un objet, d'être rabaissée, comme si je n'étais rien d'autre qu'un jouet pour toi.

Le rire d'Atticus se fit grave et ses mains continuèrent leur travail sur le bas de son dos.

– Eh bien tu vois, en trois mille ans d'existence, la plupart des plaisirs sont devenus ennuyeux pour moi. Les années passant, j'ai perdu mon intérêt pour pas mal de choses. Il n'y a jamais eu que deux plaisirs qui sont toujours restés constants : le sexe et regarder souffrir les gens qui subissent mes punitions.

Elle frissonna sous sa caresse. *Non mais sérieux ? Tu es vraiment un pervers psychopathe. Je croyais que tu voulais gagner mon affection. Me dire que les deux seules choses qui ont réussi à ne jamais t'ennuyer sont la baise et la torture ne m'aide pas à me sentir à l'aise. Tu as trois mille ans d'expérience, tu ne devrais pas être intelligent ?*

Elle leva les yeux au ciel et lui dit à voix haute :

– Tu as des goûts de chiotte, et c'est flippant.

Elle l'entendit rire. Son pouce trouva l'un de ses muscles froissés et il appuya doucement dessus pour libérer la tension. Evelyn laissa échapper un petit gémissement. La douleur était plus ou moins agréable. Atticus sentit sa bite faire un bond dans son pantalon.

– Le sexe et la violence ne quittent jamais mon esprit parce que ce sont les deux seules choses à pouvoir me garantir du plaisir. Mais quand je suis avec toi, la violence a tout de suite moins d'intérêt.

Tout ce que je veux faire quand je suis près de toi, c'est te baiser à t'en faire perdre la tête et te procurer le même plaisir que celui que tu m'offres juste en étant à mes côtés.

– Est-ce que ma présence t'affecte vraiment à ce point-là ?

– Depuis que je t'ai vue sur cette terrasse, je n'ai réussi à penser qu'à toi. Tu es comme un virus qui aurait infecté mon organisme. Avant toi, ma vie était en noir et blanc. Tu es la touche de couleur dont j'avais désespérément besoin. Tu m'as fait revivre. Tu es capable de faire de moi l'homme le plus heureux sur Terre et tu es la seule capable de me briser le cœur. Tu n'as aucune idée de tout ce que tu représentes pour moi, dit-il en se penchant pour déposer un baiser entre ses omoplates. Il m'est peut-être un peu difficile d'exprimer tout l'amour que je te porte, mais s'il te plaît, n'en doute jamais.

Ses mots firent étrangement naître de la joie et du chagrin dans le cœur d'Evelyn. Elle était partiellement heureuse de le rendre heureux, mais la crainte de ce qu'il lui avait fait subir dans le motel était encore très vivace.

Un peu de mal à t'exprimer ? Tu ne saurais pas comment aimer, même si quelqu'un écrivait un livre sur « l'amour pour les nuls » à destination des débiles comme toi, se dit-elle en pleine crise sarcastique. Son cœur conservait une bonne dose d'amertume et la crainte qu'elle éprouvait face à lui avait définitivement pris racine dans son cœur.

Tu as dit que tu allais essayer, tenta-t-elle de se convaincre. *Essaye de ne pas t'appesantir sur le passé. Il t'a promis de faire des efforts, tu dois faire la même chose. Concentre-toi sur l'avenir, sur ce qui compte, sur les gens qui vivent dans toutes ces exploitations et qui ont besoin que tu aides Atticus à redevenir quelqu'un de bien. Tu fais ça pour eux.*

Evelyn prit une grande inspiration. Elle avait tellement envie de se disputer avec lui, de lui dire exactement ce qu'elle ressentait, mais elle ne voulait pas mettre à mal les petits progrès qu'ils avaient réussi à faire jusqu'à présent. Elle poussa un soupir et reprit :

– Je n'arrive toujours pas à croire que tu m'aies poussée du toit d'un immeuble sans me prévenir.

– Tu aurais dû me faire confiance, la taquina-t-il. Maintenant, tu sauras que, quoi qu'il advienne, je serai toujours là pour te rattraper. Je suis peut-être un enfoiré pour le reste du monde, mais les sentiments que j'éprouve pour toi sont bel et bien réels.

– J'ai cru que j'allais mourir et finir en amas de chairs et d'os sur le trottoir, mais je suis contente que tu te sois bien amusé avec ton stupide petit exercice de confiance.

Elle frissonna encore un peu alors que ses mains parcouraient son dos à la recherche de nœuds de tension à soulager, mais du coin de l'œil, elle remarqua un éclat de lumière. Son anneau. *Il a dû le retirer quand je ne regardais pas,* se dit-elle. *Faire un massage avec un gros bout de métal comme ça autour du doigt, ça ne doit pas être très confortable.* Comme hypnotisée, elle tendit la main vers la table de chevet et le magnifique objet ancien. Il était probablement plus vieux que tout ce qu'elle n'avait jamais vu, à part lui, bien entendu, mais l'argent poli de l'anneau n'avait pas perdu de son lustre. Il continuait à luire sous les rayons de la lune qui perçaient à travers la fenêtre du balcon. Mais même si elle avait très envie de le toucher, ses bras étaient trop courts pour l'atteindre. Ou ce lit était trop grand.

– Tu l'aimes bien ? demanda-t-il en la faisant sursauter.

– Il est très joli, murmura-t-elle incapable d'en détacher le regard.

Elle observait les fins motifs de sa gravure.

– Duncan a toujours aimé les belles choses. C'était son anneau préféré, j'ai pensé qu'il était tout à fait naturel d'y conserver son âme.

– Ils sont toujours en vie ? Les Sept Premiers, je veux dire. Je sais que tu dis qu'ils sont tous partis, mais comment ? Est-ce seulement possible de tuer l'un d'entre vous ? N'êtes-vous pas encore plus immortels que les immortels ?

– Plus immortels que les immortels ? se moqua Atticus. Tu en as d'autres, des comme ça ?

– Tu sais très bien ce que je veux dire.

– D'une certaine façon, oui, ils sont morts. Mais tu as raison, les Sept Premiers sont assez difficiles, voire presque impossibles, à tuer. On peut nous blesser de façon irrémédiable ou nous plonger dans le coma, mais pas nous éliminer complètement.

– Alors où sont-ils ? demanda Evelyn en écarquillant les yeux. Comment blesser l'un d'entre vous ? Qu'est-il arrivé aux autres ? Pourquoi sont-ils tous morts alors que tu es encore en vie ?

Les mains d'Atticus étaient posées sur ses épaules et il les serra doucement pour lui demander :

– Pourquoi veux-tu savoir tout ça ? Tu as prévu de m'assassiner ?

– Peut-être.

– J'aimerais te voir essayer, Eve, dit-il en lui embrassant la nuque. Si on baisait en profitant de ta haine pour moi en ce moment même, notre partie de jambes en l'air serait phénoménale, j'en suis certain.

– Nos rapports sexuels ne sont-ils pas tous alimentés par la haine ?

– C'est vrai. J'ai tendance à canaliser ma haine lorsque je te prends sauvagement par-derrière et que je pénètre ton petit corps innocent pour te marquer.

– Je te hais, Roi Atticus.

– Mais moi, je t'aime, Evelyn Blackburn, répondit-il en continuant à masser ses épaules.

Il déposa un autre baiser sur son dos.

– Et si ça ne marchait pas ? demanda-t-elle après un gros soupir. Et si je n'arrivais pas à trouver comment t'accepter et que je ne parvenais pas à t'aimer ? Et si je n'arrivais pas à dépasser les horreurs que tu m'as infligées, à oublier tout ce que tu m'as pris ?

– Tu y arriveras, promit-il. Parce que je vais faire en sorte qu'on y arrive. Je n'accepterai pas de vivre sans toi et si jamais je te surprends encore une fois avec un autre homme entre tes cuisses, ou si je te rattrape alors que tu essaies de t'enfuir à nouveau, je te promets que je ferai en sorte d'être le seul que tu auras jamais quitté. J'assassinerai absolument toutes les personnes que tu aimes. Ta mère, ton père, ta sœur, Ethan, Hansel, Alice, son enfant…

– Même toi, tu ne t'abaisserais pas à t'en prendre à un enfant innocent, l'interrompit-elle.

– Essaye un peu pour voir.

Espèce de gros taré, de raclure dégénérée. Comment se fait-il que toutes nos conversations dérivent vers de sombres promesses ? Ça te fait du bien de me menacer en permanence ?

– J'aime surtout te rappeler que je ne suis pas une mauviette comme Hansel ou Ethan et que je suis très jaloux.

Elle se tourna légèrement pour lui répondre d'un regard meurtrier. Elle s'attendait à voir son visage empreint d'un air concupiscent et ténébreux, mais au lieu de ça, elle tomba sur l'incarnation du chagrin et de l'innocence. Il semblait au bord des larmes.

– Je t'ai déjà dit que j'avais perdu trop d'êtres chers dans ma vie, je ne te perdrai pas toi aussi.

Et c'est ainsi que sa colère se dissipa. Atticus se jouait de son cœur avec une telle maîtrise qu'elle ne put y résister. Il s'adressait directement à son sens de l'empathie et sa compassion ne put que l'accompagner dans sa tristesse.

– Atticus, je n'avais pas l'intention de te décourager. Je ne voulais que m'informer, désolée…

Oubliant complètement sa nudité, Evelyn fut sur le point de le prendre dans ses bras pour le réconforter. Elle avait senti sa sincérité lorsqu'il avait évoqué tous les êtres chers qu'il avait perdus, et elle avait trop bon cœur pour rester en colère contre un homme aussi triste.

Evelyn allait pour se lever du lit et le serrer contre elle lorsque le portable du Roi se mit à sonner. Il grogna pour marquer son mécontentement et s'apprêtait à passer un sacré savon à l'importun qui osait le déranger dans un moment aussi parfait, mais lorsqu'il vit qui l'appelait, son sourire s'évanouit.

– Il faut que je prenne cet appel.

CHAPITRE 30

Evelyn fronça les sourcils en voyant Atticus sortir de la pièce à toute vitesse, mais ne l'en empêcha pas. Elle arqua un sourcil : *Est-ce qu'il vient de renoncer à un câlin tout nu ?*

– Jonah, j'espère que tu te souviens que tu ne dois m'appeler qu'en cas d'absolue nécessité.

Atticus jeta rapidement un coup d'œil dans le couloir, il détestait qu'on écoute aux portes. Il ne vit personne mais continua tout de même à parler à voix basse, au cas où il s'agirait d'une urgence militaire, sociale ou politique.

– Oh là, mec, je te dérange, peut-être ?

– Il vaudrait mieux pour toi que ce soit important ou sinon tu vas faire connaissance de façon plus intime avec une douzaine de fouets, le tout sans la moindre goutte de sang, pendant quelques mois.

Bien sûr, il n'avait pas la moindre intention de mettre sa menace à exécution mais il était sacrément frustré par cette interruption. Evelyn montrait enfin des signes d'attachement, elle avait pitié de lui, elle croyait que sa monstruosité était née sur un terrain de bonté. Mais le coup de fil de Jonah avait tout bousillé.

– OK, je tombe mal, c'est ça ? Ne me dis pas que je t'ai appelé alors que tu allais réussir à te l'envoyer, parce que si c'est le cas, ça peut attendre…

– Ta gueule ! hurla le Roi.

Il n'avait pas l'intention de crier si fort et Evelyn l'entendit dans la pièce d'à côté. Alors il s'enfonça dans le couloir et mit une bonne distance entre lui et cette chambre d'hôtel. Il ne voulait pas qu'elle entende leur conversation. Puis il le relança :

– Allez, balance. Tu as déjà foutu la merde, mieux vaut que ça en vaille la peine, maintenant.

– Tu bandes ? demanda Jonah hilare, à l'évidence très amusé par la situation.

– Tu as envie de mourir ? répliqua le Roi en utilisant comme d'habitude sa grosse voix intimidante. Parce que si tu ne craches pas le morceau tout de suite, je vais venir t'achever, et crois-moi sur parole, j'irai jusqu'au bout.

– Désolé, je pensais juste que ce serait bizarre de parler avec toi alors que tu es tout excité, rétorqua Jonah en riant de plus belle alors qu'Atticus pouvait presque voir le visage de son ami doucement rougir. Dis-moi simplement que tu n'étais pas en pleine action avec elle, parce que sinon, je t'en prie, termine ce que tu…

– Si tu ne craches pas tout de suite le morceau, l'interrompit-il, je te promets que je vais te trucider.

Jonah repartit d'un vibrant éclat de rire, visiblement toujours aussi amusé par la situation.

– Je suis désolé, mec… Je le suis d'autant plus que ce que j'ai à dire n'est peut-être pas assez important pour que tu laisses ta déesse chérie toute seule et frétillante dans ton lit alors qu'elle mouille comme une dingue. Je t'appelais juste pour te demander de me confirmer que tu étais toujours d'accord avec notre plan, car je dois attribuer plus de gardes à cette connasse et mettre plus de monde sur sa surveillance continue.

Espèce d'idiot, tu viens de foutre en l'air notre moment de communion pour une confirmation à la con ? Est-ce que je ne t'avais pas dit de m'appeler seulement *en cas d'urgence ?*

– Comment oses-tu la qualifier de « connasse », tu n'as pas le droit de parler d'elle comme ça !

– Désolé, il m'est très difficile de me débarrasser de mes manies. Et ce n'est pas parce qu'elle te fait du bien à la bite que je dois l'apprécier, ronchonna Jonah. Mais je surveillerai mes paroles la prochaine fois, promis.

Atticus l'ignora et s'adossa au mur blanc du couloir de l'hôtel, l'air soucieux. *Dois-je suivre mon plan jusqu'au bout. En ai-je envie ? Eve et moi faisons des progrès, elle commence enfin à m'ouvrir son cœur. Peut-être finira-t-elle par me voir autrement que comme un monstre sans cœur qui ne se soucie de personne ? Si je vais jusqu'au bout de ce plan, non seulement je punirai Ethan et*

Hansel, mais aussi Evelyn. Entourée des hommes qu'elle aime, sachant que si elle leur montre la moindre trace d'affection, ils mourront...

– Souviens-toi qu'ils t'ont fait du mal, Atticus. Hansel t'a trahi et l'humain... S'il ne s'était pas interposé entre Evelyn et toi, tout pourrait être différent aujourd'hui. Elle aurait pu tomber amoureuse de toi et tu n'aurais pas cédé plus de terrain aux Ténèbres pour faire taire ta douleur. N'oublie pas ça, Atticus, argumenta Jonah avec aisance et honnêteté.

Rien n'aurait pu être plus important que le bonheur et le bien-être de son maître pour lui. Jonah était peut-être aussi pervers qu'Atticus, dévoré par les sarcasmes et indifférent au sort de tous, mais sa loyauté envers le vampire qui lui avait sauvé la vie et offert le plus beau cadeau possible, l'immortalité, était sans faille. Il voulait venger chaque once de souffrance ressentie par son maître. Il ne souhaitait pas faire de mal à Hansel, mais Jonah savait que Lord « bouclette » devrait faire office de dommage collatéral dans cette guerre. Il avait retourné le problème dans tous les sens pour tenter de sauver son ami, mais il était impossible qu'il retrouve sa place sans souffrir un peu au passage. Pour Jonah, Hansel devait prouver au Roi qu'il était encore son loyal sujet et que son béguin pour l'humaine prendrait bientôt fin. Alors tout irait pour le mieux dans le meilleur des mondes. Tout redeviendrait comme avant, du moins c'était ce qu'il croyait.

Amour ou vengeance. Que choisir entre les deux ? Atticus imagina sa bien-aimée, levant un regard admiratif vers lui de ses yeux débordants d'amour. Puis il pensa à Hansel et Ethan et les vit subir la souffrance qu'il avait supportée pendant si longtemps. La frustration et l'abominable douleur de voir l'unique objet de son affection devant soi sans pouvoir l'avoir réellement. Il voulait qu'Ethan et Hansel subissent les mêmes tourments que lui. Il voulait qu'ils voient Evelyn au quotidien, qu'ils soient si proches et pourtant incapables de la toucher. Qu'ils ne puissent jamais la tenir dans leurs bras, lui parler, ni même la regarder sans avoir à en subir les conséquences. Atticus était prêt à les punir tous les deux, il était prêt à se lancer dans ce jeu pervers avec eux.

Il repensa aussi à cette soirée avec Evelyn. Tout avait été si agréable, si charmant. Ce n'était pas le rencard le plus parfait que la plupart des couples follement amoureux adoreraient avoir, mais Evelyn et lui n'étaient pas le couple le plus parfait qui soit non plus. Atticus avait adoré leur soirée.

Malgré quelques remarques impertinentes, tout s'était déroulé à la perfection. À bien y réfléchir, il aimait son effronterie, l'entendre jurer comme un charretier, son côté sarcastique, il aimait quand elle lui rendait la monnaie de sa pièce. Elle n'en était que plus ardente. Elle était innocente, belle, compréhensive, faisait preuve d'empathie et de compassion, tout en étant brave, courageuse, forte et déterminée. À l'extérieur, elle était la plus fragile de toutes les porcelaines, mais à l'intérieur, elle avait l'âme d'une guerrière, d'une combattante, et c'était exactement ce qu'il voulait, ce dont il avait besoin.

Est-ce que je vais jusqu'au bout de ce plan ? Ou est-ce que je l'aime assez pour asphyxier mon ego pour elle ? Il eut l'impression de se retrouver à un carrefour qui déterminerait non seulement son avenir mais aussi celui de tant d'autres.

– Atticus, je n'essaie pas de te pousser ni de te manipuler pour te faire faire quelque chose que tu ne veux pas, mais souviens-toi… lui dit Jonah d'une voix douce au téléphone. Evelyn a couché avec toi pour sauver ces deux vermines. Elle a accepté de sacrifier sa fierté et de se donner à toi, pour eux. Et si elle essayait de t'entuber et de se servir des sentiments que tu as pour elle pour sauver Hansel et l'humain ?

Il y eut un bref instant de silence. Jonah laissait ses mots prendre tout leur sens dans la tête de son maître.

– Votre rendez-vous s'est bien passé, non ? Tu as suivi mes instructions ?

– Le rendez-vous a tenu ses promesses, dit-il sur un ton joyeux en faisant de son mieux pour s'accrocher aux résidus de son humanité. J'étais limite au septième ciel avant que tu n'appelles et ne foutes tout par terre, en fait.

– Je suis désolé, mon Roi. Mais as-tu pensé qu'Evelyn pouvait très bien te mentir depuis le début ? Et si elle était plus intelligente qu'on ne le croyait et que c'était elle qui avait mené la danse toute la soirée ? Et si elle avait joué les marionnettes pendant tout ce temps ?

Atticus ferma les yeux et sentit les Ténèbres l'envahir, essayer de briser les murs qu'il avait dressés. Les paroles de Jonah venaient de réveiller ses démons intérieurs. *Non, elle ne me ferait pas ça, impossible.*

Et si…

CHAPITRE 31

Pourquoi a-t-il tant de vêtements dans une chambre d'hôtel ? se demanda Evelyn en allumant les spots aveuglants du dressing de sa suite. La pièce faisait la même taille que sa chambre chez ses parents. D'impeccables placards modernes étaient encastrés dans la structure de la pièce. Il y en avait tant que les murs n'étaient plus visibles, seul un bout de plafond permettait de voir la peinture blanche.

Elle commença à se balader prudemment dans le dressing, jetant un coup d'œil çà et là pour trouver quelque chose à se mettre sur le dos. Elle avait remis sa robe à la va-vite, sans la fermer, et celle-ci ne tenait plus que sous son bras gauche. Evelyn supposait qu'il voudrait qu'elle dorme dans son lit avec lui, cette nuit. Elle avait vu le désir dans son regard et la bosse soulever son pantalon.

Il n'était pas du genre à accepter qu'on lui refuse quoi que ce soit, alors elle doutait fortement qu'il fasse une exception cette nuit juste parce qu'il avait promis d'essayer. Mais elle s'accrochait toujours à l'espoir qu'il pourrait lui prouver que leur relation ne se résumait pas à une attraction physique et à la recherche effrénée de plaisirs sexuels. Elle voulait tellement qu'il tienne ses engagements.

Elle était prête à lui pardonner toutes les horreurs qu'il lui avait fait subir dans le passé pour le bien de son espèce. Elle était prête à oublier Ethan et Hansel pour repartir de zéro avec Atticus. Pour le sauver et faire de lui un homme meilleur. Une nation écrasée par un tyran ne pourrait que souffrir de la pauvreté et elle en avait assez de voir tous ces gens dans la misère. Elle ne pouvait plus supporter l'injustice et les préjugés dominer les rapports entre leurs deux espèces.

Evelyn avait trouvé quelques vêtements confortables pour dormir. Elle sortit un boxer neuf (encore dans son emballage d'origine) et un T-shirt marron du placard. Elle se débarrassa de la robe et enfila rapidement les vêtements qu'elle venait de dénicher, sans être consciente une seconde de la présence masculine à l'entrée de la pièce.

– Je ne sais pas ce que je préfère, entendit-elle. Te voir porter mes vêtements ou te voir toute nue. Tu es absolument époustouflante à poil, mais quand tu portes mes fringues, ça flatte mon ego et ma fierté.

Elle sentit alors sa présence dans son dos.

– Tu en as terminé avec ton coup de fil ? demanda-t-elle d'une voix tremblante.

– Oui, je te dirais bien qui m'a appelé et de quoi nous avons parlé, mais alors je devrais ensuite te tuer, railla-t-il.

– Tu as pourtant dit que tu ne me tuerais jamais, non ? Tu es tout le temps à me faire les déclarations les plus sirupeuses, et tu penses sincèrement que je vais te croire quand tu me menaces comme ça ?

– Tu es de plus en plus brillante, répondit-il le sourire aux lèvres, alors qu'il posait sa main sur sa taille. Et qui a dit qu'on en avait terminé avec ton massage ?

– Moi, répliqua-t-elle en se tournant vers lui la tête haute et le sourire également au beau fixe.

Le regard d'Atticus brillait d'affection en la voyant le taquiner et le défier. Il eut envie de l'embrasser, de la protéger, de lui donner toutes les roses et les étoiles. Il voulait la chérir et la révérer de tout son être. Incapable de contenir son cœur battant, il leva une main pour lui caresser la joue et lui annoncer :

– Alors je vais désobéir à vos ordres, ma Reine.

Il se pencha vers elle et ses lèvres approchèrent des siennes, mais avant qu'elles ne se touchent, il plongea son regard dans le sien et lui demanda silencieusement sa permission. Il résistait à sa violente envie de la pousser contre la porte du placard derrière elle, de la soulever et de planter son érection dans sa chatte pour la pilonner de toutes ses forces.

Il voulait la faire jouir encore une fois, l'entendre gémir de plaisir, écouter son souffle haletant.

Il voulait son corps, brûlant, en sueur et prêt à jouir contre le sien. Il voulait être en elle, la combler et ne faire plus qu'un avec elle. Il la voulait, tellement. Son désir était douloureux. Il avait l'impression d'être un drogué, incapable de contrôler son addiction pour les extases qu'elle seule était à même de lui offrir.

Atticus dut faire appel à toute la maîtrise qu'il avait de son corps pour s'empêcher de lui sauter dessus et de la baiser comme un animal.

– Est-ce que je peux t'embrasser ? demanda-t-il.

Dis oui, pitié, dis-moi oui, putain, dis oui, j'ai besoin d'un contact, de te sentir, sinon je vais péter un câble. Elle le dévisagea pendant ce qui lui fit l'effet d'une éternité. *Putain de bordel, Evelyn. Tu es l'incarnation même de la tentation. Pourquoi dois-tu avoir l'air aussi innocente, si surprise et, merde, tellement sexy ? Tu ne sais pas que j'ai envie de te faire plein de cochonneries ? Merde ! Je pourrais te faire tellement de bien. Je peux te baiser tellement fort, te combler à tel point que tu ne voudras jamais qu'un autre homme vienne en toi. Cette attraction physique ne peut qu'être réciproque. Tu veux me baiser autant que j'en ai envie, tu le sais. Tu as envie de moi, je suis sûre que tu mouilles à l'heure actuelle. Tu mouilles pour moi. Merde, laisse-moi seulement t'embrasser, sinon je vais perdre le contrôle. Tu as envie de cette bite, tu as plutôt intérêt à en avoir envie, parce que je vais faire en sorte d'être le seul mec qui te baisera jamais. Tu es à moi, tu m'appartiens.*

Evelyn hocha la tête. Luttant encore contre ses démons internes, Atticus pencha la tête et l'embrassa doucement, délicatement et amoureusement. Il effleura à peine ses lèvres avec les siennes. Il n'osa pas mettre toute sa passion dans ce baiser, il ne se faisait pas suffisamment confiance pour cela. Parce qu'il savait que sans l'aide d'un aphrodisiaque ou d'alcool, il y avait de fortes chances pour Evelyn ait des flashbacks de leur nuit dans le motel, la nuit où il l'avait violée. *Putain, j'ai tellement envie de fourrer ma bite dans ta chatte.*

Alors que des pensées salaces polluaient l'esprit d'Atticus, celles d'Evelyn étaient bien plus chastes. Elle fut surprise de l'avoir vu s'arrêter pour lui demander la permission. En toute honnêteté, son cœur s'en gonfla d'émotion. Il la respectait enfin et lui offrait la liberté de faire un choix, il la laissait contrôler son corps. Elle lui en était reconnaissante. Evelyn appréciait ces petits gestes qui lui donnaient de l'espoir.

Le baiser fut doux et plein de tendresse. Elle apprécia la sensation de ses lèvres sensuelles sur les siennes. Elles étaient si délicates, il les bougeait avec un tel soin qu'elle comprit qu'il se retenait de peur de la blesser. Elle sentit mille picotements lui chatouiller le dos. Evelyn désirait cette version d'Atticus.

Par pitié, ne redeviens pas le monstre que tu étais. Pitié, ne me donne pas de faux espoirs, ne ruine pas ces belles images la prochaine fois que tu chercheras à me violer. S'il te plaît, je veux te voir comme ça, je veux te voir briller. Sois un homme bon, qui aimera toujours son peuple et traitera les humains et les vampires sur un pied d'égalité, en faisant preuve de compassion. Sois le Roi que je sais que tu peux être. Montre-moi la lumière sous ton côté sombre, derrière cet aspect démoniaque et perverti de ton âme. Si seulement tu pouvais essayer d'être un homme meilleur pour moi, j'essaierai de te pardonner et même de t'aimer, comme je le pourrai.

C'est lui qui mit fin à leur baiser sensuel.

– Si on continue comme ça, je vais perdre le contrôle et faire quelque chose dont tu n'as pas envie, dit-il en reculant.

Il serrait les poings si forts que la jointure de ses doigts en avait blanchi.

– La salle de bain est attenante à la pièce d'à côté, tu peux aller t'y rafraîchir si tu le souhaites, continua-t-il. J'irai prendre une douche froide ailleurs.

Elle le regarda, les yeux écarquillés. Il déguerpit à toute vitesse, mais elle eut tout de même le temps de voir une grosse bosse déformer son pantalon. *Eh bien, j'imagine que Paris ne s'est pas fait en un jour et il lui faudra plus longtemps que ça pour changer,* se dit-elle le sourire aux lèvres.

Mais son cœur battait à tout rompre tant elle appréciait son comportement.

CHAPITRE 32

Atticus s'enfuit plus vite qu'une balle tirée d'un pistolet pour s'empêcher de faire quelque chose qu'il savait qu'il regretterait, quelque chose qui détruirait le fragile équilibre auquel ils étaient parvenus. Evelyn pendit alors sa robe sur un cintre dans l'un des placards, puis alla dans la salle de bain dont il lui avait parlé et se déshabilla pour prendre une douche.

Elle fut aspergée d'eau chaude par tout un système de jets absolument divins ; c'était agréable, rafraîchissant et si bon de débarrasser sa peau de tout ce maquillage. Elle resta plus longtemps que nécessaire sous la douche. Son corps était encore tendu après cet épisode de chute libre sans parachute. *Mais quel con ! Qui irait jusqu'à pousser quelqu'un dans le vide pour voir s'il lui fait confiance ? Parfois, on jurerait qu'il est bipolaire, dément, voire complètement dingue,* se dit Evelyn juste avant de se rappeler de l'expression de son visage lorsqu'il se remémorait son passé.

Elle était émue de savoir qu'il avait perdu tant d'êtres chers. Plus de trois mille ans, quelle longue vie à assumer ! Elle ne doutait pas le moins du monde que, au cours de toutes ces années d'immortalité, Atticus avait certainement éprouvé beaucoup de souffrances.

Lorsqu'elle sortit de la douche, s'habilla et retourna dans la chambre, le puissant vampire était torse nu, allongé sur le lit. Ses cheveux étaient encore un peu mouillés et son corps couvert de gouttes d'eau. La tête appuyée contre la tête du lit, ses yeux étaient fermés, mais même si elle était entrée très discrètement et sans faire de bruit, Evelyn sut qu'il était conscient de sa présence.

– Tu ne t'es pas essuyé ? demanda-t-elle en essorant ses cheveux dans l'épaisse serviette blanche sur sa tête.

– Je voulais revenir rapidement pour m'assurer que tu n'essaierais pas de t'enfuir pour retrouver ta chambre, répondit-il sans ouvrir les yeux. Cet hôtel est plein de clients du genre puissants et dangereux. Je n'ai pas assez confiance pour te laisser t'y promener toute seule. Tu ne survivrais pas une minute dans les couloirs du Shangri-La.

– N'en fais pas des caisses, dit-elle en riant sans quitter l'entrée de la salle de bain. Je suis déjà venue ici avant, pour le mariage de Marcus et d'Alice, cet endroit n'est pas si terrible que ça.

– Oui, mais ce jour-là, Marcus avait prévenu ses invités qu'il fallait faire gaffe à ta famille et que quiconque vous attaquerait serait tué ou sévèrement puni. Marcus est un homme de parole.

– Eh bien, puis-je retourner dans ma chambre, maintenant ? Tu peux m'escorter.

– Pourquoi ne viendrais-tu pas te mettre au lit avec moi ? Laisse-moi m'endormir dans tes bras, ce soir, Eve. Est-ce trop te demander ?

Venir dans ton lit, c'est comme s'allonger dans la tanière d'un lion, pas une seconde ne s'écoulera, que je sois consciente ou inconsciente, sans que je m'inquiète d'une attaque.

– Pourquoi ne me raccompagnerais-tu pas dans ma chambre ? Je suis fatiguée, j'ai vraiment besoin de dormir.

– Viens te coucher, Evelyn ! lui dit-il d'un ton tranchant.

À l'entendre, il tentait de réprimer sa colère. Une de ses mains était agrippée à la couette et ses mâchoires serrées. Une fois encore, elle eut l'impression qu'il venait de changer du tout au tout. Parfois, elle se demandait s'il n'y avait pas deux Atticus : un bon et compréhensif et un pur démon.

– Eve, ne me force pas à te le demander encore une fois, viens te coucher, lui ordonna-t-il.

– Et si je refuse ? répondit-elle faiblement.

Son ventre était vrillé par la peur et son cœur battait à toute vitesse. Elle ne voulait pas se coucher à côté d'un monstre qui la violerait à la seconde où elle serait à portée de main. Atticus était très dangereux lorsqu'il était en colère, comme à ce moment précis. *Pourquoi se comporte-t-il comme ça ? Je n'ai rien fait. Est-ce parce que je suis restée trop longtemps sous la douche ? Tout allait bien il y a encore une demi-heure. Il était si gentil, si tendre, si patient et attentionné. Pourquoi se comporte-t-il comme un monstre démoniaque, maintenant ? Que s'est-il passé ?*

– Tu ne veux pas venir te coucher ? gronda-t-il les yeux soudain grands ouverts, révélant ses iris de braise qui entouraient ses pupilles encore plus sombres.

Il y avait quelque chose de purement terrifiant dans sa façon de la regarder. Son visage était totalement dépourvu d'émotions. Evelyn voulait sortir de cette pièce. L'immense suite lui semblait d'un coup minuscule et elle avait l'impression que les murs se rapprochaient d'elle pour l'enfermer dans un espace minuscule avec un Atticus absolument furieux.

Le Roi lui fit alors un sourire charmeur et lui dit :

– Très bien, tu ne veux pas passer la nuit avec moi, alors je vais te raccompagner à ta chambre. Tu peux dormir toute seule, loin de moi. Mais quand le soleil se lèvera, je te ferai porter le cœur d'une personne à qui tu tiens, emballé dans une jolie boîte, qui t'attendra à ton réveil devant ta porte.

Son ignoble menace la laissa bouche bée.

– Pourquoi te comportes-tu ainsi ? demanda-t-elle en campant sur ses positions.

Elle refusait de lui céder aussi facilement. Même si elle savait qu'elle n'avait rien à lui offrir qu'il ne pouvait lui prendre de force. Son grand regard bleu plongea dans ses yeux bruns, le suppliant mentalement de redevenir l'homme qu'il était une demi-heure plus tôt, avant qu'ils ne partent prendre leur douche. *Atticus, pitié ! Pourquoi te comportes-tu encore comme ça ? Que sont devenus tes beaux discours ? Je fais ça pour toi.*

Non, tu fais ça pour Hansel, pour Ethan, pour tes précieux congénères, répliqua-t-il dans sa tête après avoir entendu ses pensées. *Je ne suis rien d'autre pour toi que celui qui a détruit ta vie, celui dont tu as besoin pour sauver les hommes que tu aimes, l'espèce qui te tient tant à cœur, la justice et l'équité que tu désires tant.* Atticus contenait son chagrin. Il voulait anesthésier sa douleur grâce à la douce extase et à la chaleur rassurante des Ténèbres, ou au moyen des plaisirs indicibles que lui procurait le corps d'Evelyn. Mais il ne céda pas à ses sombres désirs.

Le Roi prit une grande inspiration. *Pourquoi dois-je tant t'aimer ? Même quand je sais qu'il y a d'autres hommes dans ton cœur et que je ne suis rien pour toi, je ne peux rien y faire : mon univers entier s'illumine quand tu es dans les parages. Pourquoi ?*

– Viens te coucher, lui ordonna-t-il, mais cette fois-ci sur un ton bien plus violent et exigeant. Je n'ai pas peur de te blesser, Evelyn. Je peux te ligoter à ce lit et faire ce que je veux de ton corps. C'est ça que tu veux ? Il y a deux manières de s'y prendre, on peut y aller doucement ou pas, mais quoi qu'il advienne, j'y trouverai du plaisir.

Evelyn hocha la tête à contrecœur. Elle ne voulait pas risquer la vie de ses proches. Elle savait qu'Atticus était capable de mettre ses menaces à exécution. Il y avait trop de gens qui comptaient pour elle, trop de vies en danger. *Personne ne mérite de mourir à cause de moi.* Elle avança prudemment vers lui. L'épaisse serviette blanche était toujours perchée sur sa tête, enveloppant ses cheveux mouillés. Elle monta avec précaution sur l'énorme lit, faisant exprès de rester le plus loin possible de son bourreau.

– Est-ce que tu vas être gentil, maintenant ? gémit-elle en tremblant de tout son corps, complètement épouvantée. Ou est-ce que tu vas redevenir cet abominable tyran qui ne supporte pas qu'on s'oppose à lui ?

Elle se sentait trahie. Elle avait mis tant d'espoir dans son évolution. Elle était prête à sacrifier tout ce pour quoi elle s'était battue, pendant si longtemps, pour le sauver, pour sauver tout ce qui restait de son humanité et de sa compassion.

Le visage d'Atticus se relâcha légèrement.

– Je croyais que tu voulais changer. Je croyais que tu voulais que je tombe amoureuse de toi, que notre relation s'épanouisse. Je ne pourrai pas te pardonner tout ce que tu m'as infligé si tu continues à menacer, non seulement mon intégrité physique, mais aussi celle de tous ceux que j'aime, Atticus.

Ne recommence pas. Je veux retrouver celui qui m'a demandé la permission de m'embrasser tout à l'heure, celui qui me respecte et ne me traite pas comme un objet. Est-ce trop te demander ?

Oui, compléta sa conscience. *C'est Atticus, il ne pourra jamais changer et tu es aussi conne que le dit Jonah de vouloir croire le contraire. À lui seul, il a réussi à mettre un terme au règne de l'humanité sur la Terre et il dirige cette planète d'une main de fer. Il a le pouvoir. Pourquoi prendre la peine d'évoluer pour une humaine comme toi ? Pourquoi devrait-il faire le moindre effort ? C'est le Roi Atticus. L'être le plus puissant à jamais avoir foulé le sol de cette planète.*

Evelyn était dévorée par ses réflexions, elle ne le vit pas approcher et elle sentit soudain sa froide main se poser sur son épaule et l'attirer vers lui. Elle recula immédiatement et se leva d'un bond. Elle le dévisagea de ses grands yeux effrayés et pleins de larmes. Elle ressemblait à une biche effarouchée, surprise dans la lumière des phares d'une voiture la nuit.

– Eve, dit-il doucement. Eve, n'aie pas peur, s'il te plaît. Je suis désolé. Je n'aurais pas dû être aussi méchant.

Ses mots sonnaient creux à son oreille. Ce vampire avait vécu plus de trois mille ans, il avait traversé les âges et avait appris à maîtriser l'art du mensonge depuis bien longtemps. *Ne lui fais pas confiance*, dicta la conscience d'Evelyn.

Il te manipule. Il tapota la couette à côté de lui. Evelyn ne bougea pas d'un pouce.

Elle regrettait de ne plus être animée de ce feu qui l'avait saisie juste après l'épisode du toit, elle aimerait tant être plus courageuse. Elle voulait être capable de mener ses propres batailles, de lutter contre lui, être forte, indépendante et indifférente à son chantage. Elle aurait aimé être aussi toxique que lui et penser comme lui. Elle haïssait ce qu'il lui faisait ressentir.

– Eve, chuchota-t-il une fois de plus en désignant la place à ses côtés. Je jure sur l'amour que je te porte que je ne te ferai pas de mal. Je suis désolé pour cette petite crise. J'ai trop réfléchi et j'ai eu peur. J'ai eu peur de te perdre.

Sachant qu'elle n'avait pas d'autre choix que d'obéir à son Roi, elle grimpa sur le lit mais fit en sorte de s'installer le plus loin possible de lui.

– Tu veux que je te dise un secret ?

– Quel genre de secret ?

– Tu veux que je te dise comment me tuer ?

***

Au palais royal

– Aïe ! s'exclama Hansel à mi-voix alors que le tailleur prenait ses mesures. J'ai encore des blessures non cicatrisées par là, faites attention.

– Arrête de chouiner, lui dit Jonah de l'autre côté de la pièce, une tablette à la main pour consulter ses derniers rapports militaires. Je te jure, cette petite pute humaine a fait de toi une mauviette.

– Comment oses-tu parler d'elle comme ça, Jonah ! gronda Hansel en élevant la voix pour la première fois depuis qu'il l'avait fait revenir parmi les vivants, quelques heures plus tôt. Tu ne la connais pas.

– Tous les humains sont pareils, dégueulasses et répugnants. Cette petite pute vous mène par le bout du nez, Atticus et toi. Je suis sûr qu'elle a un plan machiavélique en tête. Les femmes sont diaboliques. Elles ne sont bonnes que pour deux choses : tailler des pipes et se faire baiser.

– Tu parles comme Atticus.

– Je suis à ses côtés depuis plus longtemps que toi, Hansel. Il m'a sauvé de l'esclavage et d'un avenir de gladiateur. Il m'a donné l'immortalité, mes pouvoirs, ma fortune, mon rang et même mon nom. C'est un père pour moi, dans tous les sens du terme.

– Mais ce n'est pas ton vrai père, tu n'es pas son fils, Jonah. Et n'utilise pas les mêmes référentiels que lui. C'est ce qu'a fait Kainsius et regarde ce que ça a donné. Une véritable tragédie.

– Tu ferais mieux de te la fermer ou je ne ferai pas tailler ton uniforme sur mesure.

– Pourquoi est-ce qu'on m'en fait faire un, au fait ? Atticus veut vraiment que je devienne son garde du corps ? Il est défoncé ou quoi ? Je croyais qu'il n'aimait pas prendre de drogues ?

– Tu es puni, répondit Jonah en souriant. Comme Ethan et Aaran. Mais ne t'inquiète pas, mec, je vais faire en sorte que tu te rachètes une conduite d'ici à la fin de tout ce merdier.

– Dois-je avoir peur ?

Jonah avait toujours été sournois et ses plans pour le moins perfides et malveillants. C'était comme une réplique d'Atticus en miniature, diabolique et impitoyable. Hansel savait que, quoi qu'il ait prévu, cela ne se terminerait pas bien.

– S'il arrive quoi que ce soit à Evelyn, je te tuerai de mes mains nues, dit Hansel pour avertir son vieil ami. Si tu lui fais mal de la moindre manière, je te tuerai.

– Je ne fais aucune promesse, mec.

CHAPITRE 33

« *Tu veux savoir comment faire pour me tuer ?* »

Evelyn ne se serait jamais attendue à ce qu'Atticus lui pose une telle question, jamais de la vie. Elle le dévisagea, bouche bée.

Il a pété un plomb ? Il était agressif, et là, il me propose de me donner le secret pour le tuer. Il l'a dit lui-même, il ne veut pas passer chaque moment de sa vie à craindre la personne dans son lit, alors pourquoi me donne-t-il une chance de le supprimer ?

S'il doit mourir, ce ne sera pas de ta main, lui dit sa conscience. *Tu as bien trop de compassion et tu es beaucoup trop bienveillante pour pouvoir tuer, même un monstre comme lui.*

Mais si, j'en suis capable.

Evelyn, non, c'est impossible.

Ses pensées se battaient dans son esprit. Tant que l'idée était dans sa tête, le meurtre était quelque chose de facile et de simple, mais si l'opportunité se présentait, Evelyn serait-elle capable d'aller jusqu'au bout ? Pourrait-elle se rebeller contre tout ce en quoi elle croyait, tout ce qui faisait d'elle la personne qu'elle était pour tuer celui qui lui avait fait tant de mal ? Pouvait-elle prendre une vie ? Elle n'était pas capable de répondre à cette question.

Atticus était assis face à elle et attendait sa réponse. L'expression de son visage était indéchiffrable. Il l'observait comme un prédateur à l'affût. S'il essayait de l'effrayer, il y parvenait sans souci.

– Est-ce une question piège ? demanda-t-elle la voix à peine audible.

Elle avait serré ses poings dans son giron. La peau de ses mains était étirée sur les jointures de ses doigts à tel point qu'elle avait blanchi. Mais elle poursuivit :

– Est-ce encore l'un de tes exercices de confiance, ou essaies-tu de m'acheter en me donnant des choses que tu me penses désirer ?

– C'est le cas ? demanda-t-il l'air sérieux.

En le voyant ainsi, Evelyn sut qu'il y avait plus d'émotions, de réflexions et de dilemmes sous la surface de son visage qu'il ne le laissait transparaître.

– Et si je t'offrais cette information, est-ce que ça effacerait toute la dette que j'ai envers toi et pourrions-nous recommencer de zéro ?

– Rien ne peut effacer le passé, Atticus. Peu importe le pouvoir que tu détiens, même toi, mon Seigneur et Maître, tu ne peux pas revenir en arrière. Le fait que nous soyons impuissants devant l'énigme que représente le temps nous rend tous mortels, c'est la seule chose qui nous différencie des dieux ! répliqua- t-elle la tête haute.

Atticus commença par lui répondre de son fameux sourire charmeur et arrogant, puis il enchaîna :

– Je suis immortel dans tous les sens du terme. Même les dieux devraient craindre mes pouvoirs. Je suis un dieu à part entière.

– Je croyais que tu voulais changer, répliqua Evelyn en choisissant d'ignorer son dernier point. Je croyais que tu voulais racheter tes erreurs ? Que s'est-il passé ? Pourquoi te comportes-tu ainsi ? Parle-moi ! Tu n'étais peut-être pas sincère quand tu disais que tu voulais que notre relation fonctionne, mais moi je l'étais.

– Parce que tu veux sauver Ethan, Hansel et la race humaine de ma tyrannie ? gronda-t-il, le regard bouillonnant d'un désir de vengeance.

L'espace d'un instant, Evelyn aperçut une créature difforme à sa place, un être qui ne possédait pas de traits humains. Elle eut le souffle coupé, puis poussa un petit cri avant de reculer jusqu'à buter contre la tête de lit. Son cœur battait à tout rompre dans sa poitrine. Son corps entier tremblait de peur.

Aussi brave qu'Evelyn prétendait être, elle n'était qu'humaine. Ils n'avaient pas les mêmes pouvoirs. Elle pouvait prétendre tant et plus que ce n'était pas vrai, mais Evelyn était effectivement inférieure à Atticus, une créature proche du divin.

Evelyn s'attendait à ce qu'il lui saute dessus, qu'il enroule sa main autour de son cou comme il l'avait déjà fait tant de fois lorsqu'ils arrivaient au sommet de leurs disputes, au plus haut de sa colère. Qu'il l'attaque, la blesse, compense la douleur qu'il ressentait par celle qu'il infligeait. Mais même si son corps était secoué de fureur et que son regard continuait à s'assombrir, il ne bougea pas.

Elle vit la soif de sang et de violence dans ses yeux, et pourtant, il garda ses distances. Ses démons intérieurs devaient lui murmurer des abominations à l'oreille, elle en était consciente. Les Ténèbres le caressaient dans le sens du poil pour l'inciter à l'attaquer. Et pourtant, il se retenait. Il résistait. Il se contrôlait. À peine, mais il se maîtrisait. Il s'accrochait à toutes les sensations et à tout ce qu'elle lui inspirait. Il la protégeait de lui et des Ténèbres qui crevaient d'envie de mettre la main sur elle.

Elle n'était qu'une jeune femme face à un homme très complexe. Ils auraient pu former un couple emblématique et parfait, si le monde ne s'était pas immiscé entre eux. C'était un être ancien, éternel, et il savait ce qu'il voulait. Elle était si jeune, naïve et fraîche. Elle n'avait aucune idée de ce qu'elle voulait. Son seul désir était d'être libre, de suivre son cœur et d'avoir le temps de découvrir qui elle était. D'une voix douce, calme et apaisante, elle l'apostropha :

– Atticus… Atticus, je suis désolée. Je suis désolée si je…

Sa voix se brisa lorsque le Roi détourna le regard. Son corps tremblait violemment et Evelyn se réfugia un peu plus contre la tête de lit, les jambes repliées contre son torse, comme si elle pouvait se protéger du monstre à ses côtés.

– Tu as cru que tu pouvais me berner, tu as cru que tu pouvais me manipuler, espèce de sale pute. Tu t'es servie du sexe. Tu as cru que tu pourrais t'insinuer sous ma carapace en te contentant d'écarter les cuisses volontairement, pour une fois…

– J'ai fait ce que j'avais à faire pour sauver les gens que j'aime, pour les innocents qui ne méritent pas leur sort ! s'exclama Evelyn. Mais débarrassons-nous de toutes ces stratégies et de tous ces chantages et concentrons-nous sur nous. C'est ce que tu veux, non ? Je t'ai promis d'essayer de t'aimer et je le ferai, mais pour ça, il faut que toi aussi tu accomplisses ta part du marché et que tu essaies de devenir quelqu'un de meilleur. Je te l'ai déjà dit et je vais encore te le répéter : je n'aimerai pas un monstre qui pense que c'est normal de jouer avec la vie des gens. Tu es peut-être riche, puissant et tu peux avoir tout ce qui est tangible et intangible à tes pieds en claquant des doigts, mais tu n'obtiendras pas l'amour, pas de véritable amour, en tout cas, si tu ne le mérites pas. Je ne te vouerai pas un culte juste parce que tu l'exiges.

Elle se rendit compte qu'il était blessé. Cette idée lui fit éprouver un immense chagrin, mais elle s'en irrita également. *Après tout ce que tu m'as infligé, tu pensais vraiment que j'allais te pardonner comme ça et par miracle décider que je voulais essayer d'avoir un avenir avec toi ? Jusqu'où s'étendent ton arrogance et tes fantasmes, mon Seigneur ? Combien de fois devrai-je me répéter ? Ce que tu m'as fait est tellement grave qu'une explication ne suffira pas à te faire pardonner. Je pourrais apprendre à oublier, mais je n'effacerai jamais cette ardoise tant que tu ne me prouveras pas que tu es digne de mon pardon.*

– Je pourrais faire déporter Ethan, Hansel et toute ta famille en Australie. Ils y seront en sécurité, avec les loups et le reste de la race humaine. C'est ce que tu veux ?

Atticus serrait encore les dents. Sa colère était toujours incandescente, mais elle diminuait légèrement.

– Oui ! s'exclama-t-elle avec hâte, le regard brillant de larmes d'espoir de le voir enfin se tourner vers la lumière. Oui, oui, oui, s'il te plaît. C'est ce que je veux. Atticus, mets-les en sécurité. Je serai toute à toi si tu les élimines de l'équation. Fais en sorte qu'il n'y ait plus que toi et moi, et personne d'autre.

Il ne lui sourit pas, ni ne rit. Son visage conserva ce masque impassible. Il n'y eut aucune lueur de joie ou de bonheur dans son regard. Juste de la peine et de la souffrance.

– Je vais peut-être laisser d'autres facteurs encore en attente en décider, répondit-il en lui jetant un coup d'œil. Ce sera à toi de voir si cette déportation prendra effet ou non, ma chérie.

À moi de voir ? Quoi ? se demanda Evelyn, confuse.

– Alors tu me laisserais décider ?

– Non, je vais laisser tes actes influencer ma décision. Toi, tu ne décides rien.

CHAPITRE 34

Je ne décide rien ? Mes actes influenceront sa décision ? Qu'est-ce qu'il entend par là ? Est-ce que ça veut dire que je suis censée lui faire des courbettes et me dévouer tout entière à lui comme une sorte d'esclave ? C'est donc ce que j'ai à faire pour sauver les gens que j'aime ? En se livrant à ce monologue interne, le visage d'Evelyn fut baigné de ses larmes.

– Très bien, que dois-je faire ?

Elle étendit lentement ses jambes sur le lit et se prépara à faire tout ce qu'il lui demanderait.

– Tu veux que je te le dise ?

Elle hocha la tête.

– Ça ne serait pas drôle, non ?

Il tourna la tête et la regarda en face. Les Ténèbres étaient encore présentes mais, manifestement, Atticus se maîtrisait un peu mieux.

Il lui sourit, mais elle ne lui rendit pas la pareille.

– Atticus, il n'y a rien de drôle là-dedans. Tu ne te rends pas compte du sérieux de la situation ?

– Si.

– Alors pourquoi en faire un jeu ? Ça n'en est pas un ! C'est important, du moins pour moi, ça l'est. Je ne sais pas si mes proches comptent pour toi, mais je sais que tu tiens à moi. Alors ne voudrais-tu pas me voir heureuse ? Si tu m'aimes, mon bonheur devrait être l'une de tes priorités ! Si tu m'aimes, tu ne devrais pas menacer de mort ma famille pour me faire chanter. Laisse-les partir, Atticus ! Fais-les déporter en Australie et laisse-les vivre paisiblement ! Pitié, je t'en supplie !

– Tu m'en demandes trop. Je t'aime, mais tu devrais savoir à présent que je ne suis pas le prince charmant, je ne suis pas quelqu'un de bien, Evelyn. Tu as déjà fait l'expérience de ma colère. Tu devrais savoir que je ne suis pas ce chevalier blanc plein de compassion que tu vois en Hansel et Ethan. Je suis bien au-dessus de toi, des vampires, des loups-garous et des sorcières. Je n'ai pas à suivre les ordres de quiconque. Je fais mes propres choix.

– Dis-moi ce que tu veux que je fasse, s'il te plaît. Tu m'as promis d'essayer. Alors fais-le. Pour moi. Débarrasse-toi du superflu et concentre-toi juste sur nous. Si tu veux obtenir mon amour, alors tu ne devrais penser à rien d'autre qu'à moi…

Il baissa les yeux sur le drap et sembla soudain en trouver la couture très intéressante.

– Je veux te tenir dans mes bras. Laisse-moi te tenir contre moi ce soir. Passe la nuit avec moi et je prendrai ma décision demain matin.

Il changeait de sujet pour faire diversion, elle le savait très bien. Elle soupira un grand coup et changea de position.

– J'aimerais dormir du côté gauche, précisa-t-elle.

– Parfait, je préfère le droit.

Fasciné, il la regarda se déplacer avec adoration de son regard sombre de prédateur aux aguets.

Elle s'attendait à ce qu'il se glisse sous les draps, passe ses bras autour de son corps et abuse d'elle, mais non. Au lieu de s'approcher, Atticus se leva doucement du lit et se dirigea vers la porte du balcon, qui était toujours ouverte. Elle laissait la fraîche brise de l'hiver entrer dans la pièce. Il jeta un regard inquiet à l'immeuble aux lumières violettes et déglutit.

– Tu imagines, si j'avais mal calculé mon coup, on aurait volé droit vers le balcon de quelqu'un d'autre. C'est drôle, non ? demanda Atticus pour essayer de débarrasser l'atmosphère de toute la pesanteur qu'il avait créée.

– Très peu pratique, en effet, bougonna Evelyn sans lui donner la satisfaction de le regarder fermer la fenêtre.

Elle ne boudait pas tant à cause de ses espoirs déçus. Elle était surtout énervée et légèrement amère de le voir aussi facilement ignorer ses désirs. Il lui en demandait tant et pourtant il ne levait pas le petit doigt pour elle. « ... *Mais quand le soleil se lèvera, je te ferai porter le cœur d'une personne à qui tu tiens, emballé dans une jolie boîte, qui t'attendra à ton réveil devant ta porte...* » La brutalité de cette menace était un coup bas auquel elle ne s'attendait pas. On peut retirer un animal à la nature sauvage, mais on ne peut pas retirer la sauvagerie de l'animal. C'était un dicton que son père lui disait souvent et qui était tout à fait approprié dans cette situation.

– … Tu imagines leur tête ? continua Atticus en riant de sa propre blague, faisant brusquement sortir Evelyn de son monde de réflexions.

En revenant vers la table de chevet, il attrapa son anneau et le glissa autour de son doigt.

– Tu es fatiguée ?

Elle se contenta de hocher la tête. Il se mit au lit à ses côtés, prenant soin de ne pas la toucher.

– Alors tu n'es plus en colère ? demanda-t-elle.

– J'ai laissé mes émotions prendre le dessus. Ne nous appesantissons pas là-dessus, Eve. J'aimerais éviter le sujet.

– Si nous contournons les problèmes éternellement, jamais rien ne sera résolu, répliqua-t-elle sur un ton pragmatique et dépourvu d'animosité.

– Alors tu prévois de rester à mes côtés pour l'éternité ? Parce que j'ai vraiment hâte d'avoir toute l'éternité pour me disputer avec toi.

Il se pencha légèrement vers elle, un sourire de petit garçon sur les lèvres. Ce n'était pas une expression qui lui était coutumière. Il avait l'air angélique et adorable. C'était le retour du type qu'elle avait vu avant d'aller prendre sa douche, le démon qu'elle avait aperçu quelques minutes plus tôt avait complètement disparu.

Suspicieuse, elle le dévisagea et ignora sa question. Son visage à elle était empreint de sérieux. Une question la taraudait et sa curiosité la démangeait à tel point qu'elle était quasi insupportable :

– J'ai envie de te poser une question, dit-elle soudain. Me répondras-tu honnêtement ?

– Tout dépend de ce que tu me demandes.

– Tu dis que ce démon qui t'habite est réel, que ces Ténèbres résident en chacun de nous, mais pourquoi le phénomène est-il aussi puissant sur toi ? On dirait que les Ténèbres sont tout le temps là, à jouer avec toi pour essayer de te faire agir n'importe comment et le plus violemment possible. Pourquoi ?

– Parce que les Ténèbres se nourrissent du chaos et de la souffrance et que je suis capable de créer un chaos et une souffrance sans limite. Je ne sais pas grand-chose sur le sujet. Tout ce que je sais des Ténèbres, c'est Venise qui me l'a expliqué. C'est elle qui les comprend le mieux. Elle a de nombreuses théories. La plupart d'entre elles sont ridicules et étranges, mais d'autres sont plus probables.

– Parle-moi de ces théories.

– Alors je suis pardonné ? demanda-t-il en lui souriant légèrement.

– Est-ce que tu me demandes mon pardon ?

– Je n'ai rien fait de mal et je n'ai ni à demander ni à vouloir ton pardon. C'est toi qui devrais me présenter des excuses, mais pour le moment, je me contenterai de te voir heureuse.

– Je ne serai jamais heureuse avec toi.

Il explosa de rire, c'était un rire authentique. Puis il toucha la base de son cou du bout des doigts et répondit :

– Fais attention, ma chérie. Je peux te faire subir de bien terribles choses. Mais je ne veux pas abîmer mon jouet, alors si je veux te punir, j'infligerai ta punition aux deux hommes que tu aimes. Qu'en dis-tu ?

Evelyn serra les dents. *Oh toute cette violence n'est définitivement pas le seul produit des Ténèbres...*

– Eh bien, enchaîna-t-il en souriant. L'une des théories les plus plausibles et à mon sens l'une des plus réalistes est celle dont je t'ai déjà parlé : les Ténèbres se servent de moi pour faire régner la souffrance sur notre planète. Mais Venise croit également que les Ténèbres me veulent, moi. Je trouve ça complètement idiot. Le Mal est quelque chose de réel, c'est un être vivant, mais il est invisible et intangible. C'est comme une aura qui nous entoure et qui a un certain pouvoir sur toute personne disposant d'une conscience et d'une capacité à raisonner. Venise pense qu'il cherche un corps à habiter, fait de chair et de sang.

– Et Venise pense que les Ténèbres veulent ton corps pour incarner le Mal ? s'étouffa Evelyn, les yeux écarquillés devant une pareille horreur.

Cette idée était tout bonnement terrifiante. Se dire que le Mal absolu existe et cherche à prendre corps en utilisant l'être le plus puissant qui ait jamais existé sur cette planète était tout bonnement impensable.

Evelyn n'arrivait même pas à imaginer quel type de destruction Atticus pourrait faire pleuvoir sur le monde si jamais il s'alliait aux Ténèbres.

L'indicible désolation que subit déjà le monde n'en serait que décuplée et la Terre tomberait à jamais dans l'oppression la plus complète. La situation n'est déjà pas réjouissante à l'heure actuelle, alors... Evelyn ne put aller jusqu'au bout de cette idée.

Atticus remarqua l'expression de peine et d'horreur qui se peignait sur son visage et s'approcha d'elle. Il passa un bras autour de ses épaules et n'hésita pas à la serrer contre lui.

– Oui, Venise pense que les Ténèbres veulent s'approprier mon corps. Elle pense que le Mal veut se servir de moi pour dominer le monde et d'autres planètes encore. Elle pense aussi qu'il cherche à envahir d'autres galaxies pour faire régner la terreur la plus complète sur toutes les espèces possibles pour l'éternité.

Evelyn en trembla. Les mains froides d'Atticus caressaient son bras par-dessus le fin tissu de son T-shirt à manches longues. Puis, sans l'avertir, il se pencha vers elle et déposa un baiser dans son cou. Le bout de sa langue parcourut les sillons des veines sous sa peau. Il l'avait encerclée de ses deux bras et prenait beaucoup de plaisir à l'embrasser.

Ce contact sensuel était bien plus plaisant pour lui que pour elle, même si Evelyn ne pouvait pas nier que le talent de son amant faisait naître en elle des frissons de désir.

– Tu crois que c'est possible ? demanda-t-elle tout à son trouble. Est-ce que les Ténèbres peuvent prendre possession de ton corps pour s'incarner ?

– J'espère bien que non, répliqua-t-il en éclatant de rire et ainsi provoquant des vibrations dans sa poitrine. Le Mal est tout aussi intéressé par toi que par moi. Il te veut autant que moi, sinon plus. Les Ténèbres partagent avec moi cette attirance pour tes qualités, quelles qu'elles soient. Tu es notre obsession. Notre ange. L'objet de tous nos désirs. Qu'est-ce que ça te fait ?

Il leva les yeux vers son visage et l'observa à travers sa forêt de longs cils avant de détacher ses lèvres de son cou et de se redresser. Son buste était plus long que celui d'Evelyn et sa façon de la toiser l'intimida. Elle avait l'impression d'être sur le point de subir une nouvelle attaque et baissa alors les yeux pour lui répondre :

– Ça me terrifie.

– Bien. Tu as raison.

Une de ses mains quitta sa taille pour venir se poser sur son crâne et caresser ses cheveux bruns toujours un peu humides. La tension revint s'installer entre eux. Son regard de braise brûlait de passion et refusait de se détourner.

– Pourquoi me regardes-tu comme ça ? demanda-t-elle d'un air renfrogné.

– Parce que je t'aime.

– Ton amour est le fléau de mon existence, répondit-elle sur un ton aigre.

– Tu étais sincère quand tu as déclaré que tu étais prête à oublier Ethan et Hansel si je faisais de mon mieux pour m'améliorer ?

– En es-tu seulement capable ? Ou est-ce encore un pieux mensonge ?

– Ne réponds pas à mes questions par des questions, Eve, dit-il sévèrement, les dents serrées.

Evelyn poussa un gros soupir.

– Oui, mais je n'ai pratiquement aucune confiance en toi pour le moment.

Il sourit et déposa un baiser sur son front. Avec beaucoup de précaution, il jeta un coup d'œil au paysage urbain à travers les vitres de la porte-fenêtre. Au loin, l'immeuble à l'éclairage violet se dressait fièrement. *Tout est entre tes mains maintenant, Evelyn. Ne me déçois pas.*

Evelyn poussa un autre gros soupir et se tourna légèrement pour lui faire face. Elle ferma les yeux, posa les mains autour du cou d'Atticus et l'attira contre elle en le surprenant d'un baiser. Ce baiser n'était pas exigeant, ni passionné, ni aimant. C'était juste un baiser. Une friction de muqueuses. Mais Atticus s'en était tout de même retrouvé pris au dépourvu.

Elle avait pris de court celui qui savait tout, celui qui avait dix coups d'avance dans tous les jeux, celui qui avait toutes les cartes en main. Cet unique et simple petit baiser fut l'étincelle qui déclencha une explosion chez Atticus, qui réagit immédiatement.

Il l’attrapa par la nuque et approfondit leur étreinte. Elle ouvrit volontiers sa bouche, lui permettant de l’explorer. Leurs langues se rencontrèrent et elle suçota ses lèvres avec tendresse en le faisant gémir de plaisir.

Elle sentit une érection poindre sous son pantalon. Son membre se tendait vers elle et elle l’attirait inexorablement vers ses chairs. *Voilà ce qu’il veut, voilà ce qu’il faut faire pour sauver mes proches, pour les faire déporter hors de la zone de danger,* se rappela Evelyn avant qu’une de ses mains ne se pose sur lui pour le toucher.

Si ce baiser était imprévisible, le fait qu’Evelyn cherche délibérément à l’exciter était vraiment du domaine de l’impossible. Il la repoussa en grognant, sachant qu’il regretterait un jour son geste. Mais il s’était promis à lui-même un peu plus tôt dans la soirée qu’il ne la toucherait pas.

– Je croyais que tu avais dit que tu ne voulais pas de rapports sexuels ce soir, que tu voulais que je te prouve que mes sentiments ne se limitent pas à un désir charnel ou à un simple instinct lubrique ? demanda-t-il d’une voix rauque et le souffle court.

– Je croyais que c’était ce que tu voulais, « *que mes actes influencent tes décisions* ». Maintenant que nous avons fini de nous distraire avec cette petite conversation, je pensais que tu voulais passer à l’acte, dit-elle.

Ses yeux étaient écarquillés, sous le coup de la stupéfaction.

– Tu penses vraiment que je ne veux rien d'autre de toi que du sexe ? demanda Atticus, offensé de constater qu'elle le croyait si superficiel.

– Oui.

– Pourquoi ?

– Parce que tu es toi et que, quand nous sommes ensemble, quatre fois sur cinq, tu finis par me sauter dessus.

– Et la seule fois où j'essaie de jouer les gentils garçons, tu décides de jouer les tentatrices. Bonne nuit, Evelyn, dit-il en s'installant confortablement. Couche-toi à mes côtés. Tout ce que je veux faire ce soir, c'est te tenir dans mes bras. Je me plie à ton désir d'une chaste nuit.

Evelyn en était bouche bée.

– Avec tout ce que tu m'as dit ce soir, tu comptais ne pas me toucher de la nuit ? Alors pourquoi être allé proférer toutes ces menaces et me faire intentionnellement croire que tu allais me violer si je ne t'obéissais pas ?

– Parce que j'en avais envie et j'allais le faire, marmonna-t-il. Maintenant, couche-toi, tu as besoin de dormir. Je dois partir dans quelques heures pour une urgence militaire, mais j'ai demandé à un chauffeur de venir te chercher. Tu pourras aller explorer la ville demain. Alors ne te plains pas que je ne t'octroie pas assez de libertés.

– Tu… Tu vas me laisser me balader en ville toute seule ?

– Oui, et sans garde, alors ne me déçois pas.

L'espace d'une seconde, le regard d'Evelyn se braqua sur l'éclairage violet de l'immeuble au loin. *Hansel...*

***

Utopia, Résidence du Lilas royal

– Déjà de retour, Samuel ?

L'homme qui posait cette question était un humain aux cheveux châtain clair. Sous la lumière crue des néons, il se penchait sur une table couverte de photos, de dossiers, de papiers couverts d'informations de toutes sortes et de codes sources extrêmement complexes.

– Une petite idée de l'endroit où se trouve Kainsius ? reprit-il.

– Non.

– Pas la moindre petite idée ? insista l'humain alors que le vampire qui venait de rentrer se précipitait de la porte à la table.

– Non.

– Tu as passé une bonne journée ?

– Non.

– Pourquoi ?

– Ta gueule, grogna le vampire en se dirigeant dans un coin de la pièce vers le grand tableau de verre sur lequel il avait résumé plusieurs hypothèses.

– Tu ne penses pas qu'il nous a simplement fait un coup à la Kainsius ? Il est peut-être entre les cuisses d'une jolie blonde à Bora-Bora, à l'heure actuelle. Tu m'as toi-même dit que c'était on ne peut plus typique de sa part de disparaître de temps en temps pendant quelques années.

– Cette fois-ci, c'est différent, répondit Samuel.

– Comment peux-tu en être sûr ?

– C'est mon créateur, je sens ce genre de trucs.

– Alors pourquoi ne te sers-tu pas du lien « créateur-protégé » pour le retrouver ?

– Ce lien ne fonctionne pas comme une ligne téléphonique. Il ne marche que dans un sens. Il peut me trouver, mais moi, pas.

– Alors, s'il a des ennuis, il te trouvera. Arrête de faire comme si Kainsius avait été kidnappé ! s'exclama Aspen en levant les yeux au ciel. Il est peut-être allé en Australie pour voir sa copine. Elle s'appelle comment déjà ? Venise ?

Samuel se retourna brusquement et regarda Aspen d'un air sévère :

– Combien de fois vais-je devoir te répéter que tu ne dois pas parler de l'Australie, ni de Lady Venise ? Tu es un humain, tu n'es pas censé savoir ce genre de choses.

– Alors pourquoi m'en avoir parlé ?

– Parce que tu ne voulais pas t'arrêter de poser des questions.

– Kainsius m'a toujours félicité pour mon obstination, répondit Aspen en riant.

– C'est énervant.

– Pour toi, tout est énervant, le taquina Aspen en riant seul alors que le vampire continuait à l'assassiner du regard. Si ça t'ennuie tellement que je sois humain et que je sois au courant pour l'Australie et Venise, alors transforme-moi.

– Je ne le peux pas, tu pourrais en mourir.

– Mais Kainsius t'a bien transformé. Son sang est le plus proche de celui d'Atticus, sur un plan biologique, non ?

– Kainsius n'est pas complètement vampire. Son sang n'est pas fiable, donc le mien non plus.

– Mais il t'a transformé, non ?

– Il n'a pas eu le choix, j'étais en train de mourir.

– Combien de temps penses-tu qu'il nous faudra pour le retrouver ? demanda Aspen en levant les yeux au ciel.

– Aussi longtemps qu'il le faudra.

– Mais il n'a peut-être pas de problème !

– Je ne prendrai pas ce risque. C'est mon créateur, le but de mon existence est de le protéger.

– On pourrait commander à manger ? demanda Aspen en soupirant. Je meurs de faim.

Samuel leva les yeux au ciel. *Ah ! les humains et leur estomac qui gronde de faim tout le temps.*

CHAPITRE 35

Atticus tint sa promesse. De toute la nuit, jamais ses mains ne touchèrent le corps d'Evelyn. Enfin, pas directement. Son torse nu était tout de même pressé contre le fin tissu du T-shirt qu'elle portait, son T-shirt à lui.

Elle avait mis l'un de ses vêtements pour dormir entre ses bras. Cette idée fit naître un sourire sur les lèvres du Roi dès son réveil, pourtant très matinal. Il était aussi extrêmement fier de lui et surpris d'avoir réussi à passer toute cette nuit sans rien tenter alors que leurs corps étaient extrêmement proches l'un de l'autre et dans une position intime. Il n'avait pas pensé être capable de résister à la tentation et avait cru qu'il allait devoir se résoudre à la contraindre. Mais non.

Le soleil commençait à poindre entre les gratte-ciel d'Utopia quand Atticus s'assit au bord du lit sans trop déranger la couette. Son sourire de contentement s'élargit un peu plus lorsqu'il jeta un coup d'œil à Evelyn et la vit paisiblement endormie.

Son ange aux cheveux bruns, endormi dans son lit. L'ange qu'il avait tenu contre lui toute la nuit.

Il venait de se réveiller à ses côtés pour la deuxième fois d'affilée. Il dut admettre qu'il avait préféré l'expérience de la veille car il n'y avait alors pas le moindre bout d'étoffe pour les séparer. *Elle m'a demandé une nuit de chasteté et c'est ce que je lui ai offert.* L'expérience avait été plaisante, apaisante et même agréable, d'une certaine manière, tout ça parce que son Evelyn était dans ses bras.

Il regarda l'heure sur le réveil. 6 h 12. Il devrait bientôt partir, Jonah l'attendait pour discuter de quelques rapports militaires, mais ce n'était pas urgent. D'ailleurs rien ne saurait l'être assez pour lui faire quitter précipitamment Evelyn.

Il sortit de la chambre, et là, sur la coiffeuse, il vit l'objet qu'il avait demandé. Quelqu'un le lui avait apporté dans une jolie boîte emballée avec du papier noir et or, ainsi qu'un bloc de feuilles accompagné d'un stylo en or, le tout précisément aligné. Atticus attrapa le stylo et, de sa belle écriture cursive, il rédigea une lettre :

Ma très chère Eve,

Amuse-toi bien aujourd'hui à Utopia. Il devrait y avoir un cadeau pour toi sur le lit à tes côtés quand tu te réveilleras, juste sous cette lettre. Rassure-toi, cette boîte ne contient pas le cœur de l'un de tes proches. En plus du cadeau, tu trouveras une carte de crédit Platinum. Elle n'a aucun plafond. Achète tout ce qui te fera plaisir, mange où tu veux, fais comme bon te semble. Un chauffeur t'attend en bas pour te conduire en centre-ville et partout où tu voudras.

Que tu t'amuses ne me pose aucun problème, mais rappelle-toi qu'Utopia est une ville dangereuse pour les humains. Je sais que tu veux être libre, mais ta sécurité est fondamentale à mes yeux. Il y a des gardes au rez-de-chaussée qui t'accompagneront si tu le souhaites et je te suggère d'accepter. Je ne veux pas que tu coures le moindre risque. Mais bien entendu, ils n'ont pas à rester à proximité si tu ne le souhaites pas. Tu me dis tout le temps que je devrais t'accorder plus de liberté, ne me déçois pas.

Tout ce que je te demande, c'est de rester en centre-ville. Ne quitte pas la cité royale et ne fais rien que je ne voudrais te voir faire. Fais bien attention, profite de ta journée, ma chérie. Si tu as besoin de plus de temps ou si tu souhaites rester en ville, alors nous pourrons trouver une solution.

Je t'aime et j'attends avec impatience le jour où tu pourras me dire la même chose en le pensant vraiment.

Il ne signa pas sa missive. C'était inutile.

***

Evelyn prit la luxueuse feuille de papier ivoire ornée de l'élégante écriture classique du Roi.

Sous l'encre noire de ses mots, la feuille lui sembla épaisse et résistante.

Elle ne put que la regarder, complètement ébahie. Certes, la veille au soir, il lui avait dit qu'elle pourrait aller se promener toute seule en ville avec ou sans escorte. Mais elle s'était endormie en croyant que ce n'était là qu'une autre de ses vaines promesses. Car après tant de déceptions, ses mots n'avaient plus la moindre valeur.

– Utopia…

Elle murmura le nom de la cité qui ne dormait jamais, la cité de toutes les aventures et de la vie même. Utopia était une cité de légende, la terre sainte de tous les vampires. Un endroit où la présence des humains était strictement encadrée et devait être approuvée par les autorités de la ville.

L'idée de se retrouver seule au milieu de millions de vampires était loin de lui faire plaisir, en revanche celle de la liberté, de pouvoir faire tout ce que bon lui semblait – ne serait-ce que pour une journée –, dans un endroit où étaient concentrées tant d'attractions, l'excitait particulièrement. Plus que ça, elle en était complètement ravie.

Son cœur battait si vite qu'elle eut l'impression d'être à bout de souffle, comme s'il n'y avait pas assez d'oxygène dans ses poumons pour occuper tous ses globules rouges qui attendaient impatiemment de partir au galop. *Eh bien, Atticus, si tu cherches à te racheter, ce temps libre supplémentaire est définitivement un pas dans la bonne direction*, se dit-elle après avoir relu sa lettre. Elle n'arrivait pas à y croire. Il tenait l'une de ses promesses ! Il lui laissait un peu de liberté pour faire ce qu'elle voulait et si elle désirait rester plus longtemps, elle le pourrait. Elle n'arrivait pas à se souvenir de la dernière fois où elle avait eu autant de pouvoir et de contrôle sur sa vie et l'idée de ne pas avoir à suivre ses ordres toute la journée ni d'avoir à être constamment sur le qui-vive l'enchantait purement et simplement. Pas besoin de surveiller même ses paroles ! Mais sa joie s'estompa lorsqu'elle fut saisie d'une crainte soudaine. Elle baissa les yeux sur la jolie boîte si bien emballée qui attendait d'être ouverte.

On parle d'Atticus, là. Il ne fait rien gratuitement. Il n'est pas du genre à faire plaisir par pure bonté d'âme. Quel prix vais-je devoir payer pour ce petit goût de liberté ? Qu'a-t-il à y gagner ?

Ton bonheur ? lui souffla une voix pleine d'espoir sans vraiment y croire.

Il peut dire tout ce qu'il veut et déclarer que mon bonheur compte pour lui, il ne le pense pas vraiment. Son propre bonheur comptera toujours plus que le mien. Il ne me laisserait pas faire quelque chose d'aussi risqué et qui lui coûte tant, s'il n'a rien à y gagner.

Non ! Je dois croire en lui. Il m'a promis de changer et je dois lui donner le bénéfice du doute.

Mais combien de fois lui ai-je déjà accordé ma confiance en vain ? C'est le diable. Il est incapable de changer, contra une autre voix, tout aussi têtue.

Tout le monde peut changer…

Mais repense à toutes les horreurs qu'il t'a infligées ! C'est un être égoïste, il ne ferait rien de tel pour toi s'il n'avait quelque chose à y gagner !

Non, Evelyn, tu dois avoir foi en lui…

Avoir foi en Atticus, c'est un peu comme accorder sa confiance à un requin quand on est enduit de sang des pieds à la tête en lui demandant de ne pas nous croquer.

Elle enfouit son visage dans ses mains, frustrée et perturbée. D'innombrables réflexions avaient envahi son esprit et toutes semblaient raisonnables et argumentées, mais chacune choisissait un camp différent. Elle ne savait plus que penser. Son cœur voulait à tout prix qu'Atticus ait agi par bonté d'âme et cette relative liberté pourrait être un premier pas vers une relation apaisée. Mais si son cœur se réjouissait d'une potentielle rédemption d'Atticus, son esprit lui disait le contraire. Il lui lançait des avertissements pour lui dire qu'il mijotait quelque chose et qu'elle était aveuglée par sa foi. Une tempête se préparait et une voix en elle lui hurlait que sa naïveté allait la mener tout droit vers le danger.

A-t-il quelque chose derrière la tête ? Elle était incapable de répondre à cette question. *J'aimerais tellement pouvoir entrer dans son esprit et écouter ses pensées. Ne serait-ce que pour une journée. Je pourrais en apprendre tellement sur lui. Peut-être que si j'étais au courant de la moitié de ce qu'il pense, je ne serais pas aussi impuissante et aveugle dans cette partie d'échecs.*

Elle soupira et regarda la boîte.

Ça pourrait être marrant d'essayer de vider son compte en banque. Je me demande si je pourrais ruiner l'homme le plus riche du monde. Quelle prouesse ! En fait, c'est même peut-être le seul moyen que je pourrais avoir de me venger de lui. Puisque je ne peux pas l'atteindre physiquement, pourquoi ne pas infliger quelques blessures à son compte en banque ?

Elle prit la boîte dans ses mains. Elle était étonnamment lourde pour ne contenir qu'une carte bancaire, mais elle se souvint alors qu'il y avait un autre objet dedans. Elle commença à retirer le magnifique papier noir et or avec curiosité. Le cadeau était si bien emballé et le papier de telle qualité qu'Evelyn culpabilisa légèrement d'endommager quelque chose d'aussi joli. Elle eut l'impression de détériorer un article très précieux, mais sa curiosité était indomptable. Elle plissa le front en retirant le dernier morceau de papier car elle découvrit une boîte recouverte de daim noir. Le mot *Ares* était embossé en lettres d'or sur le couvercle. *Ares est le nom du dieu de la guerre et de la destruction dans le panthéon grec,* se rappela Evelyn en le soulevant.

Elle remarqua que de petits objets cylindriques roulaient dans la boîte. *Mais que renfermait donc ce petit coffret ?*

CHAPITRE 36

Toute à sa perplexité, elle plissa le front de plus belle. Evelyn était habituée au côté imprévisible d'Atticus, ses sautes d'humeur étaient si soudaines qu'elles pourraient distancer un cheval de course ; même Shadow ne pourrait les rattraper. Quand elle souleva complètement le couvercle, elle en eut le souffle coupé.

Juste au-dessus du cadeau se trouvait bien une carte bancaire Platinum, comme il l'avait promis. Mais ce n'était pas ce qui lui avait fait un tel effet. Elle s'était préparée à voir une montre, un collier, des boucles d'oreilles, des bagues et n'importe quel type de pièce de joaillerie. Mais pas à ça.

Dans la boîte, elle découvrit un pistolet noir et luisant gravé d'un motif doré représentant une bourrasque de vent qui dansait de la crosse à la pointe du canon en élégantes volutes. L'arme était étonnamment belle. Elle lui rappela Atticus. Sombre, dangereuse, charmante, attirante, ensorcelante. Mais en même temps mortelle et capable de mettre un terme à la vie d'un innocent sans la moindre difficulté.

Les mains d'Evelyn tremblaient lorsqu'elle se saisit de l'objet. Elle eut l'impression que tous ses muscles s'étaient raidis et que son cœur continuait à battre rapidement et brutalement. *Une arme ? Mais pourquoi m'a-t-il offert un revolver ?* Elle posa l'objet sur ses cuisses nues et caressa son canon du bout des doigts. La sensation était pesante et glaciale. Elle jeta un coup d'œil dans la boîte. Pas de message. Aucun mode d'emploi. Aucune explication. Le seul mot qu'elle put lire fut « munitions » gravé au centre du couvercle étrangement épais. Il lui fallut quelques secondes d'un examen attentif avant de repérer le bord d'un rectangle quasi invisible qui entourait le mot et la minuscule entaille au-dessus.

Elle glissa l'ongle de son majeur dessous et elle fut surprise de voir le petit rectangle métallique se soulever très facilement pour révéler un compartiment dissimulé dans le couvercle. Elle y trouva une douzaine de balles luisantes. L'estomac d'Evelyn se retourna. Un pistolet et ses balles. Tout le nécessaire pour mettre fin à une vie était là, sur ses genoux. Elle n'avait jamais été aussi proche d'un objet mortel, un objet qui pouvait tuer en une fraction de seconde.

Toute arme était strictement interdite et complètement illégale pour son espèce et si un humain était surpris avec un tel objet, il était passible de la peine dc mort. Evelyn doutait d'être arrêtée pour avoir porté un revolver offert par le Roi en personne, mais l'idée d'être aussi proche d'un objet si funeste lui donna la chair de poule.

Elle était effrayée. *Pourquoi ? Pourquoi m'a-t-il donné un pistolet ? N'a-t-il donc pas peur que je le tue dans son sommeil ?*

Idiote, c'est Atticus, rétorqua une voix dans sa tête. *Je doute qu'un pistolet avec des balles en métal soit capable de l'affecter d'une quelconque manière. C'est le Roi des rois. Qu'est-ce qui te fait penser qu'il est possible de tuer une créature aussi proche du divin ?*

Evelyn poussa un grognement et s'exclama :

– Mais pourquoi m'as-tu offert une arme à feu, Atticus ? Est-ce que tu vas me former pour devenir l'un de tes tueurs à gages ? Parce que si c'est ce que tu veux, je pense que je serai franchement nulle.

Mais aussi terrifiée qu'elle fût, elle ne put s'empêcher de se sentir particulièrement vivante de posséder quelque chose d'aussi dangereux. Elle observa les fascinantes munitions qui s'étaient échappées de la boîte. Deux d'entre elles avaient roulé jusqu'à sa jambe.

Evelyn repensa qu'il y avait un mois à peine, après cette horrible nuit au motel, lorsqu'elle était restée sous le jet bouillant à peine supportable de la douche, laissant l'eau former des cloques sur sa peau pour la brûler vive, elle avait voulu mourir.

Mais maintenant qu'elle avait une arme aussi destructrice à portée de main, elle se rendit compte qu'elle pouvait enfin accomplir le geste fatal qu'elle appelait de tous ses vœux depuis le jour où le décret royal était arrivé chez elle, depuis le jour où elle avait appris que le Roi voulait qu'elle vive avec lui au palais et qu'elle devait renoncer à tout ce qu'elle aimait et connaissait.

Sa vie était un tel calvaire depuis si longtemps, et là, elle avait enfin les moyens de mettre un terme à toute cette souffrance, et de se débarrasser d'Atticus, de toute cette peine, de tout ce qui la retenait prisonnière ici, dans le monde des mortels au milieu de toutes ces craintes et de toutes ces frayeurs. Elle serait enfin libre, libérée de tout.

Son regard se posa sur les balles qui luisaient dans la lumière. Sans réfléchir, Evelyn en attrapa quelques-unes et les mit dans le barillet. À chaque balle insérée dans son encoche, le pistolet devenait plus lourd. Elle le tint à deux mains et baissa les yeux dessus.

C'est un cadeau. Atticus a dit que cette arme était un cadeau. Est-ce que ça veut dire qu'il me libère ? Qu'il me rend ma liberté ? M'offre-t-il enfin la délivrance ? Elle caressa la magnifique gravure dorée de l'arme à présent chargée. *Je n'ai qu'à appuyer sur la détente et je serai libre. J'échapperai à ce monde. La mort est tellement plus paisible que la vie. La vie n'est que souffrance, tourments et misère, la mort est calme et éternelle.*

Le regard d'Evelyn était rivé à cette arme magnifiquement ouvragée, elle était comme hypnotisée et continua son monologue intérieur :

Je n'aurais plus jamais à souffrir ni à me battre pour la survie des gens que j'aime. Tant de responsabilités pèsent sur mes épaules. C'en serait terminé, il serait si paisible et si facile de mourir. Si facile... La mort est la solution de facilité, c'est lâche, contra une autre voix en elle. *On n'a qu'une vie, alors pourquoi vouloir la gâcher ? Pourquoi ne pas la vivre à fond et affronter les problèmes la tête haute ? Nous sommes tous nés pour mourir dans ce monde pourri. Peu importe ce que nous faisons, qui nous sommes, ou notre fortune.*

Atticus est peut-être l'exception à cette règle universelle ? Non, tout le monde a une faiblesse. Atticus, aussi puissant qu'il soit, doit aussi en avoir une, bien cachée quelque part. Personne n'est véritablement immortel.

Evelyn leva les yeux au ciel devant le cours de ses pensées. Pour elle, Atticus était bel et bien immortel. Il avait survécu plus de trois mille ans. Mais il avait bien dû se faire quelques ennemis au passage. Elle repensa alors au monde de l'ère pré-vampirique. À l'époque où les humains et les vampires étaient en guerre, lorsque Atticus n'avait pas encore mis la majorité de l'humanité en esclavage. Les gouvernements humains étaient certainement très puissants, ils avaient bien dû essayer de le supprimer. Avaient-ils trouvé un moyen ? Il était impossible que quelque chose ou quelqu'un puisse résister à tous les éléments de l'univers. Atticus devait bien avoir une faille.

Puis elle se rappela que, la veille au soir, il lui avait demandé si elle voulait savoir comment s'y prendre pour le supprimer.

Certes, ils avaient vite dévié sur un autre sujet, mais était-ce une coïncidence qu'il aborde la question et qu'ensuite il lui remette un objet aussi extravagant ? *Non... Impossible...* Complètement stressée, elle souleva le pistolet pour l'examiner en détail, suivant les volutes de la gravure du bout de son ongle. *Quel que soit l'objet qui puisse le tuer, il doit être très ancien...*

Son cœur se mit à battre plus fort comme elle inspectait rigoureusement cette arme, bien déterminée à analyser chacun de ses détails pour essayer d'en déterminer l'âge. C'était un chef-d'œuvre d'artisanat, parfaitement lisse, et qui ne semblait jamais avoir subi le moindre dommage, mais Evelyn avait bon espoir. Elle se dit qu'elle était sur une bonne piste. Des théories toutes plus farfelues les unes que les autres fusaient dans sa tête et elle se mit sincèrement à penser qu'Atticus lui avait fourni la seule arme à même de mettre fin à ses jours, lorsque…

« Fabriqué en Italie ». À l'instant où elle lut ces trois petits mots gravés sous la crosse, elle eut l'impression qu'un mur venait de tomber juste devant elle. Un boulet la frappa en plein ventre. Toute son adrénaline la déserta.

– Le Roi a peut-être peur des pistolets italiens ? marmonna Evelyn pour son propre compte, presque avec humour, avant de le reposer sur ses genoux.

Elle se demanda si elle ne devrait pas le braquer contre sa tempe et appuyer sur la détente pour utiliser le cadeau d'Atticus de la seule manière qu'il réprouverait. En serait-il radicalement affecté ? Après tout, Mira aussi avait mis fin à ses jours en s'étranglant avec le collier qu'il lui avait offert. Sa mort lui ferait peut-être l'effet d'un coup de semonce qui l'aiderait à comprendre qu'aimer quelqu'un n'a rien à voir avec la possessivité. Peut-être comprendrait-il que le véritable amour est plus une affaire de don et d'appréciation, qu'on donnait autant qu'on prenait…

Quelque part, elle sentait qu'il le savait déjà. Qu'il avait conscience que ce qu'il faisait était mal, mais que peut-être il n'arrivait pas à changer parce qu'il ne supportait pas l'idée de revivre la douleur insupportable qu'il avait éprouvée lorsqu'il avait perdu Mira. Une portion de son cœur eut un élan de compassion mais la majeure partie de son âme n'en avait plus rien à faire.

– Il s'est infligé ça tout seul, se dit-elle à voix haute. On en est là à cause de lui. Pourquoi devrais-je culpabiliser à cause de ses erreurs ? Pourquoi devrais-je le laisser me maltraiter et lui permettre de se comporter comme si c'était lui la victime ?

Evelyn poussa un autre grognement de frustration et enfouit son visage dans ses mains. Le pistolet pesait lourd sur ses cuisses et lui laissait une sensation glaciale. Elle savait qu'elle ne ferait pas une chose pareille, elle ne pouvait s'y résoudre. Elle se rappelait très bien cette journée au bord de la falaise, le jour où Hansel et elle s'étaient rencontrés. En sautant dans le vide, elle avait sincèrement cru qu'elle ne le regretterait pas un instant, mais elle avait eu tort.

Elle n'avait qu'une seule vie et aucune idée de ce que l'avenir lui réservait. Elle n'avait que dix-huit ans, si jeune, presque une enfant. Il lui restait encore plusieurs dizaines d'années à vivre en tant qu'humaine. Tant d'expériences l'attendaient encore. Il pouvait se passer beaucoup de choses en quelques années et elle n'était pas prête à abréger sa vie à cause d'Atticus. Elle ne lui donnerait pas ce genre de pouvoir sur elle.

Elle voulait se prouver à elle-même qu'elle était une femme forte. Evelyn se dit qu'elle avait l'opportunité de faire quelque chose de grand, qu'elle pouvait changer le monde et que même si ses chances de réussite étaient infimes, elles existaient néanmoins.

Elle se demanda si elle pouvait aider Atticus à devenir une meilleure personne et libérer la race humaine du joug de l'esclavage. Elle pourrait changer la vie de milliards de gens. Elle entrerait dans l'Histoire.

L'avenir du monde est plus important que tes souffrances. Tu dois rester en vie et continuer à avancer. Tu ne peux pas opter pour la solution de facilité et t'en sortir comme une lâche. Même si ton existence devient très difficile à supporter, tu dois rester en vie. Tu ne sais pas ce que l'avenir te réserve... Peut-être qu'un jour tu reverras Ethan.

Puis, hésitante, elle leva les yeux pour regarder la haute tour aux lumières violettes. Atticus a dit qu'Hansel y était. De jour, elle brillait moins, mais la tache violette entre les masses noires, blanches et grises de la ville se distinguait nettement et était furieusement inspirante. *Atticus a bien dit que je pouvais faire ce que je voulais aujourd'hui...*

Non, il a dit que tu pouvais faire ce que tu voulais, mais il a bien précisé que c'était dans le cadre des activités qu'il approuverait ! Tu crois vraiment qu'il voudrait que tu voies Hansel ? Tu penses vraiment qu'Atticus te permettrait de faire une chose pareille ? Tu te souviens de ses crises de jalousie ? Réfléchis un peu, Evelyn ! Hansel et toi en paierez les conséquences tous les deux. Elle avait l'impression de ne pas l'avoir vu depuis plusieurs mois. Pire, des années ! Son cœur battait à tout rompre. *Atticus a dit qu'Hansel y était. Mais était-ce la vérité ?*

CHAPITRE 37

Écouter sa tête ou son cœur ? À cette question, il n'y a pas de bonne réponse. Pourquoi ? À cause de la nature humaine, tout simplement. Les humains sont incapables de prédire les conséquences de leurs actes et l'avenir repose totalement dans les mains du destin et dans la volonté de l'univers. La race humaine est un fragment maladroit dérivé de l'immensité de la Création.

La probabilité que la tête prenne une décision est d'environ cinquante pour cent. Mais peu importe le soin que l'on porte à l'analyse de la situation, une quantité infinie de facteurs extérieurs doit être prise en compte si l'on souhaite prédire l'avenir avec un minimum de précision, et ce n'est pas quelque chose dont les humains sont capables.

Un pendentif en or massif était accroché à une chaîne, également en or, qui pesait lourd sur la poitrine d'Evelyn. Les lettres K et A dans un cercle doré absolument parfait signifiait King Atticus.

Il tombait à la hauteur de son cœur, juste au-dessus de sa poitrine. Le métal précieux offrait un contraste saisissant contre sa peau d'ivoire et conservait une température anormalement fraîche. Evelyn avait l'impression de se sentir marquée, comme si elle portait une étiquette. Ces lettres étaient là pour lancer un avertissement, signalant à tous qu'elle appartenait au Roi et qu'on ne devait pas la toucher, ni lui parler, à moins d'avoir envie de mourir.

Ce collier faisait d'elle un objet, il l'avilissait. Au début, elle avait voulu se rebeller et le jeter aussi loin que possible, mais elle s'était abstenue. Ce collier était la manière d'Atticus de lui dire qu'elle lui appartenait toujours et qu'elle devait prendre garde à chacun de ses actes pendant son escapade. Une mise en garde qui lui rappelait que, si elle essayait de fuir, il la rattraperait. Il lui laissait un peu de liberté, mais fidèle à lui-même, il ne cédait pas facilement.

Elle jeta un regard sur le bijou alors que l'élégant véhicule noir continuait à filer sur l'autoroute, vers le centre-ville d'Utopia. KA… Lorsque la réceptionniste de l'hôtel lui avait donné le collier, Evelyn n'avait pas fait de scène ni ne s'était lancée dans une bataille perdue d'avance pour conserver sa dignité. Même si elle était mécontente d'avoir à porter un signe distinctif qui poussait tout le monde à croire qu'elle était la pute du Roi, elle accepta sans protester de l'attacher autour de son cou.

Il fait des progrès, dut-elle se rappeler. *Nous avons tous les deux promis de mettre de l'eau dans notre vin pour faire fonctionner notre relation. Pour le bien de l'humanité et pour toutes les innombrables vies encore à naître. Il essaie. Je dois en faire de même.*

Tout doucement, Evelyn essayait d'accepter son destin. Elle avait perdu tout espoir d'échapper à Atticus et elle savait qu'à moins qu'il ne la relâche, elle n'avait aucune chance de s'éloigner de lui. Alors elle devait tirer le meilleur parti possible de cette situation absolument terrible.

Elle poussa un gros soupir et appuya sa tête contre la froide surface des vitres de la portière de la voiture. Son trajet se déroulait en silence. Le chauffeur avait demandé à Evelyn si elle souhaitait écouter de la musique, mais il y avait déjà trop de bruit dans sa tête pour qu'elle puisse supporter autre chose que la cacophonie qui résonnait entre ses deux oreilles.

« *Mademoiselle, vous êtes sûre que vous ne voulez pas prendre quelques gardes du corps pour vous accompagner aujourd'hui ?* » Les paroles de la réceptionniste résonnaient encore dans son esprit. Chacun de ses mots avait été clair et net : « *Il serait plus sage de se munir d'une escorte pour explorer une ville telle qu'Utopia. Quelques gardes vous permettront d'éviter les ennuis ou les regrets par la suite, mademoiselle Blackburn.* »

Evelyn se répéta calmement les mots de l'employée. Impossible de s'ôter de l'esprit que c'était un avertissement. Peut-être lui relayait-elle un message d'Atticus ? Ou était-elle juste désireuse que rien de mal ne lui arrive au cours de cette journée, puisque le Roi chercherait immanquablement des coupables à la moindre mésaventure.

Evelyn savait bien ces gardes n'étaient pas seulement utiles à sa protection, mais qu'ils étaient également présents pour s'assurer qu'elle ne fasse rien qu'Atticus réprouverait. Comme retrouver cette tour violette qui brillait dans le ciel et peut-être apercevoir Hansel au passage.

La tentation de le revoir devenait de plus en plus grande à mesure que le temps passait. Tout ce qu'elle voulait, c'était le voir et peut-être aussi lui glisser un mot ou deux. Rien de plus. Elle ne le toucherait pas, ne lui dirait rien de déplacé. Elle ne voulait rien d'autre que le voir, ne serait-ce qu'un instant. Pourtant, elle sentait bien que c'était impossible.

Mais son cœur gagnait lentement la bataille contre sa tête. C'est pour cette raison qu'elle avait refusé la proposition de la réceptionniste. Elle voulait voir Hansel, mais sans mettre sa vie en danger. Si les gardes la voyaient lui rendre visite, ils le feraient immanquablement savoir à Atticus. Du reste, elle ne voulait pas mettre à mal sa seule chance d'avoir un petit espace de liberté.

D'un autre côté, leur présence lui aurait permis de résister à la tentation. Evelyn craignait quelque part d'avoir fait une erreur en décidant de se passer d'eux. Et si c'était un test et qu'il voulait qu'elle accepte cette escorte ? Et si elle l'avait mis en colère en s'opposant à sa volonté ?

Non. C'est lui qui a pris cette décision, lui qui m'a autorisée à explorer Utopia toute seule et à goûter la liberté. S'il voulait vraiment que je sois escortée pour espionner mes moindres faits et gestes, alors il m'aurait obligée à rester avec eux. C'est Atticus. S'il veut quelque chose, il ne se préoccupe pas de l'opinion ou des désirs d'une tierce personne. S'il veut me voir heureuse, il fera en sorte que ça arrive.

Mais s'il avait changé d'avis ? Il est encore plus versatile que la météo, après tout. Il aurait pu retourner sa veste entre le moment de l'écriture de cette lettre et son arrivée à la réception de l'hôtel. Peut-être voulait-il que j'accepte cette escorte. La réceptionniste avait peut-être essayé de me communiquer l'un de ses ordres ?

Evelyn laissa échapper un autre grognement de frustration et enfouit son visage dans ses mains.

– Mademoiselle, tout va bien ? demanda nerveusement le chauffeur. Il vous faut quelque chose ? Vous vous sentez bien ? Vous savez où vous voulez aller ? Sinon, vous souhaitez que je vous recommande quelque chose ?

Le vampire au volant, tout comme la réceptionniste ce matin-là, avait peur d'elle. Enfin pas vraiment d'elle, mais d'Atticus et de ce qu'il leur infligerait s'il lui arrivait quoi que ce soit.

– Non merci, monsieur, répondit-elle poliment. Pouvez-vous continuer votre route jusqu'au centre-ville et me déposer dans un parc ? J'ai besoin de temps pour réfléchir.

– Je vais continuer à faire le tour de la ville, si ça ne vous fait rien, répondit-il la voix tremblante. Il y a beaucoup de choses à voir et je suis certain que le Roi aimerait que vous les découvriez…

– Merci, lui dit Evelyn sans lever la tête de ses mains.

Tant de choses se bousculaient dans son esprit et toutes tournaient autour d'un vampire aux cheveux bruns et aux yeux verts… *Hansel. Je dois savoir s'il est en sécurité. Hansel.* Il avait été son roc pendant si longtemps.

À lui seul elle pouvait confesser le fond de sa pensée. Il était le seul avec qui elle se sentait à l'aise. Il lui avait sauvé la vie, et pourtant, il était le protégé loyal du monstre qui l'avait réduite en esclavage. Evelyn n'avait jamais pu penser à lui sous un prisme romantique.

Quand elle pensait à l'amour, c'était l'image d'Ethan qui lui venait à l'esprit, ses cheveux blond cendré, son regard vert brillant et son sourire captivant. Il représentait tout ce qu'elle avait toujours voulu depuis l'enfance. Ethan était son premier amour et elle pensait qu'il serait le dernier. Il lui avait appris tant de choses sur le monde, et sans lui, elle ne serait pas la femme qu'elle était à présent. Mais Ethan pouvait-il n'être que ça ? Une lubie de jeunesse ? Quelqu'un dont elle se serait entichée pour son savoir et son grand cœur ? Ethan était si… mystérieux.

Il lui avait toujours fait des cachotteries, elle le savait très bien. Dès leur première rencontre, il y a tant d'années, elle avait su qu'il était destiné à accomplir de grandes choses et qu'il deviendrait un grand homme. Elle l'admirait, de tout son cœur. Mais l'admiration et l'amour étaient-ils la même chose ? Evelyn aimait être à ses côtés, l'entendre parler et développer ses théories, s'abreuver de son savoir. Elle était entichée de son charisme qui gravitait autour de lui comme une aura… mais il n'était pas Hansel.

Hansel était différent. Il la faisait sourire, il lui donnait l'impression d'être en sécurité, il la rendait heureuse. Elle se sentait satisfaite et vivante avec lui. Et la liste ne s'arrêtait pas là. Il n'avait rien à voir avec Ethan et ne serait jamais capable de faire les mêmes choses que lui, mais Hansel pouvait altérer ses émotions sur une plus grande échelle. Là, assise dans cette voiture à penser à lui, il réussissait à faire battre son cœur plus vite qu'elle ne l'aurait jamais cru possible. Tout ce qu'elle voulait, c'était être à ses côtés, le toucher, le voir. Jamais elle n'avait ressenti cette brûlure dans son cœur de façon aussi intense. Elle avait besoin de voir Hansel.

Evelyn ignorait pourquoi il occupait tant ses pensées, mais à ce stade elle ne pouvait pas revenir en arrière. *Stop !* se cria Evelyn. *Stop ! Pouce !*

Arrête les frais ! Tu ne peux pas t'engager sur cette route ! Impossible ! Ne pousse pas Hansel de ce côté-ci de la mort. Si tu l'aimes vraiment, alors tu dois le laisser tranquille. Tu ne lui apporteras rien d'autre que...

Elle s'arrêta brusquement dans ses réflexions en se rendant compte du verbe qu'elle venait d'employer. Aimer. Elle l'aimait ? Aimait-elle Hansel ? *Non. C'est impossible. Je ne peux pas !*

CHAPITRE 38

Au palais royal

Ethan et Aaran étaient assis l'un à côté de l'autre, enchaînés à des chaises métalliques. Une longue table rectangulaire séparait les deux cousins d'un énorme vampire avec des bras deux fois plus volumineux que les leurs combinés. Il portait un uniforme rouge, couleur de la garde royale.

La salle était glauque, entourée de quatre hauts murs gris qui supportaient fièrement un plafond en béton brut. Un sombre miroir s'étirait sur toute la longueur du mur le plus proche d'Ethan. Il savait sans l'ombre d'un doute qu'il s'agissait d'un miroir sans tain et qu'Atticus, Jonah ou l'un de leurs laquais était probablement installé derrière pour les observer.

Ethan souriait d'un air arrogant quand le gros vampire baraqué se mit à expliquer les règles de la garde royale aux deux cousins. Il jeta un coup d'œil à Aaran, son partenaire dans le crime depuis qu'il savait marcher, à l'instant même où celui-ci se tourna vers lui en lui rendant son sourire.

Exactement comme Ethan l'avait prédit, le garde se mit à leur expliquer les missions d'une sentinelle en poste au palais. Ce qu'ils devaient faire et ne pas faire. Les nécessités et les interdits. Et sans surprise, la montagne de muscles se lança dans un grand discours en insistant bien sur le fait qu'ils ne devaient jamais engager la discussion avec leurs supérieurs à moins qu'on ne leur adresse la parole. Ils ne devaient pas poser un doigt sur les biens du Roi, ni coucher avec ses conquêtes. Enfin, ils savaient très bien qu'Atticus ne verrait pas le moindre problème à ce qu'Ethan s'approche d'un peu trop près de l'une des soubrettes du palais. Le Roi serait même ravi de le surprendre à coucher avec une autre femme et il se servirait de son incartade pour créer un différend entre Evelyn et lui. Ils avaient aussi compris que la leçon était surtout destinée à Ethan, puisque l'avertissement ne concernait que lui.

Il se demanda ce qu'Atticus ferait si Aaran et Alice se retrouvaient tous les deux seuls dans une pièce. Elle portait déjà son enfant et le Roi avait caché le secret de sa grossesse à Marcus depuis si longtemps qu'il ne lui en voudrait certainement pas s'ils partageaient un baiser ou deux, non ?

Je pourrais faire un truc incroyablement stupide pour occuper Atticus et ses laquais suffisamment longtemps pour qu'Alice et lui puissent profiter de leurs retrouvailles, se dit Ethan. *Ça en vaudrait la peine. Pas nécessairement un truc imprudent qui mettrait Evelyn en danger, juste une petite alerte qui mettrait ces suceurs de sang sur le qui-vive.*

– On ne pourrait pas arrêter de tourner autour du pot à conneries ? demanda Aaran à la fin d'une longue tirade sur les punitions encourues pour tout manquement au règlement, en jetant un coup d'œil au miroir sans tain. Jonah, je sais que tu es là, je sens ton odeur d'ici. Pourquoi n'en viendrais-tu pas au fait en nous parlant en face ? Ne nous fais pas perdre notre temps et subir la présence de cette insignifiante petite fiente.

La montagne assise en face d'eux se leva instantanément, le visage écarlate et les muscles tendus. Ethan leva les yeux au ciel, comme pour montrer son ennui. Il se prépara à entendre la diatribe et les menaces. Il tira sur ses chaînes, il n'aurait pas besoin de faire de gros efforts pour les briser si une bagarre venait à se déclencher, donc Aaran ne devrait pas avoir trop de problème non plus si la monstruosité en face décidait de les cogner. Mais si Ethan avait envie de tester les limites de ses forces, il ne pouvait pas le faire. Il devait cacher sa puissance physique pour le moment. Il devait respecter le plan de Venise. Du moins, il se disait que la sorcière devait bien en avoir un. Après tout, pourquoi lui aurait-elle donné tous ces pouvoirs si elle n'avait pas prévu de lui faire affronter Atticus ?

Heureusement, avant même que le garde ne se jette sur Aaran, un sombre rire résonna entre les murs. Il précédait un Jonah hilare qui applaudissait la performance à deux mains.

– Aaran, mon garçon, ton surnom n'est-il pas Lupus ? demanda Jonah en entrant seul dans la pièce avant de faire un signe de tête au garde pour lui dire de partir. On t'appelle comme ça parce que tu es aussi courageux qu'un vrai loup, non ?

Le garde se leva, non sans grogner en quittant la salle. Il était étrange de voir un homme au physique aussi banal que Jonah donner des ordres à un molosse pareil. *Il doit bien faire deux mètres*, se dit Ethan en se demandant s'il pourrait s'occuper d'un monstre pareil.

– On m'appelle Lupus, parce que je suis aussi dangereux qu'un vrai loup, répondit Aaran le regard brillant de haine pour Jonah.

Ils s'étaient déjà affrontés plusieurs fois sur un champ de bataille tous les deux et jamais Aaran n'avait rencontré quelqu'un d'aussi rapide que lui, il était quasi impossible de le faire tomber ou de le blesser.

Jonah s'installa nonchalamment sur la chaise laissée vacante avec un grand sourire. Il s'adossa au dossier et posa ses deux pieds sur la table, prenant toutes ses aises.

– Vas-y, lui dit Jonah. Pose ta question. Je suis prêt à étancher ta soif de savoir et la curiosité de ton cerveau d'imbécile au prix de ma vaste intelligence.

– Tu as vraiment une très haute opinion de toi-même, n'est-ce pas ? répliqua Aaran en riant.

– Eh bien, je n'aime pas crâner… mais oui, je suis une légende.

Les deux cousins levèrent les yeux au ciel de concert. Tous les deux auraient tant aimé faire disparaître le sourire du vampire à grand renfort de coups de poing.

– On sait ce que tu veux qu'on fasse et pourquoi tu veux qu'on soit au palais, répondit Aaran. Tu veux qu'Evelyn et Alice souffrent de nous avoir sous le nez sans jamais pouvoir nous approcher, tout comme Atticus et Marcus souffrent en ce moment même.

– Bien vu, mais mon plan ne se limite pas à ces deux greluches, répondit Jonah en laissant un sourire diabolique transparaître quand il regarda Ethan. Toi, mon jeune ami, tu es la cible principale. Je vais te faire regarder les ébats d'Atticus et Evelyn, quand il la prendra plusieurs fois par nuit, et tu verras ta petite pute prendre son pied sous les caresses de mon maître pendant que tu chialeras comme la petite merde que tu es.

Le sourire assuré d'Ethan se volatilisa quand le mot « pute » quitta les lèvres de Jonah. Le visage plein de haine, il lui répondit :

– Ne la traite pas de pute ! Elle n'est qu'une innocente prise au piège des manigances du maître complètement dingue que tu admires tellement.

– Je me demande comment une petite conne aussi banale et insignifiante qu'Evelyn a fait pour transformer Atticus et Hansel en deux petits chiots énamourés, musa Jonah sans se départir de son sourire. Je ne suis pas surpris qu'un débile d'humain comme toi puisse avoir une faiblesse pour une pute comme elle. Vous les humains, nous n'êtes pas mieux qu'un tas de porcs sans cervelle. Mais, eux, au moins, leur chair est savoureuse.

– Ce n'est pas sa faute si Atticus est obsédé par elle ou si Hansel est prêt à mourir pour son bien, répliqua Ethan en grognant. Tu veux savoir pourquoi elle est aussi spéciale ?

Jonah hocha la tête. Il avait vraiment envie de comprendre ce qui avait retenu l'attention de son maître et de son ami.

– Eh bien, elle n'a rien de spécial. Elle n'est qu'une humaine comme les autres. Elle est peut-être jolie, adorable, innocente, angélique et fascinante, mais elle n'est juste qu'une humaine de plus sur cette planète. Elle a aussi ses défauts, elle est entêtée, indécise et ne comprend rien à la marche du monde, mais rien de tout ça n'est sa faute. Elle n'a que dix-huit ans, elle est jeune et il est normal qu'elle ne sache pas prendre de décision, qu'elle soit confuse dans ses désirs. Car elle ne sait même pas qui elle est. J'aime Evelyn, c'est tout. La même chose pour Hansel. L'amour n'a pas à être défini, il est, c'est tout. C'est une sensation de bonheur et il est impossible de la contrôler alors qu'elle est capable de faire basculer nos vies. L'amour peut être emblématique, éternel et simplement beau, et quand on aime quelqu'un, il est impossible de revenir en arrière. C'est un instinct primitif qui nous accompagne depuis la nuit des temps.

– Hansel et toi, vous êtes tellement chiants quand vous parlez d'amour, répondit Jonah en mimant le vomissement, les yeux révulsés. Sérieux, dis-moi ce qu'elle a, cette pute. C'est une salope de mener Atticus par le bout du nez, une connasse de faire ce coup à Hansel, et franchement, c'est une conne de croire que tu es un meilleur choix que le Roi. Si je pouvais le faire sans peiner mon créateur, je rendrais un grand service à la planète entière en achevant cette pétasse.

Ethan réprima son envie dévorante de briser ses chaînes pour arracher son cœur à Jonah et lui répondit :

– Un jour, je te ferai regretter toutes ces insultes et ensuite je te tuerai. Je te ferai subir une torture interminable et insupportable comme celle que vous nous avez infligée, promit Ethan.

– J'adorerais te voir essayer, gamin, répliqua Jonah en retirant ses pieds de la table pour se pencher par-dessus en regardant les deux cousins. Je voudrais aussi que vous soyez bien conscient que, tôt ou tard, mon maître obtient toujours ce qu'il veut. Evelyn se jettera aux pieds d'Atticus, Hansel, débarrassé de ses étranges sentiments, retrouvera son rang. Et *vous* deux ? continua-t-il en les regardant d'un air blasé. Vous deux, vous serez morts, ou enchaînés dans les cachots du Roi à souffrir une éternité de tortures. Quoi qu'Atticus et Marcus soient en train de mijoter, ça se terminera par la destruction de l'Australie. Venise sera exécutée ou captive au fin fond d'une geôle. La Nation Vampire étendra ses racines non seulement partout sur Terre mais aussi dans la galaxie. L'Univers nous appartient, nous serons célèbres partout et vous ne serez que des cendres ou des créatures démentes qui survivront à l'orée de la mort, nous suppliant de vous libérer de vos souffrances.

– Si je meurs, tu mourras avec moi, répliqua Aaran en souriant.

– Pourquoi tu nous dis ça, Jonah ? s'esclaffa Ethan. Tu n'as pas peur qu'on aille en Australie pour prévenir les loups et Venise ? le railla-t-il.

Jonah se leva en poussant un hurlement et s'exclama :

– Bande de cons ! Vous devriez pisser dans vos frocs ! Être morts de trouille ! Je vais m'assurer que votre vie soit un véritable enfer à partir de ce jour !

– Vas-y, donne tout ce que tu as, taré, répliqua Ethan en souriant.

Le poing de Jonah s'écrasa sur la joue d'Ethan. L'impact fit tomber sa chaise à la renverse, emportant le jeune homme.

– La présentation est terminée. Gardes ! vociféra-t-il en précipitant l'entrée d'une douzaine de vampires en uniformes rouges. Escortez ces deux connards à l'entraînement et ne les laissez ni boire ni manger avant qu'ils ne se mettent à genoux pour vous supplier !

– Oui, chef ! crièrent-ils tous à l'unisson.

– Je vais vous montrer qui sera le taré, dans l'histoire.

Aaran et Ethan se contentèrent de sourire.

CHAPITRE 39

Aimer Atticus aurait été logique, c'était le seul choix possible. Atticus était l'impitoyable Roi qui pliait la réalité à ses désirs pour qu'Evelyn se jette à ses pieds.

Aimer Ethan aurait été aller jusqu'au bout de sa destinée. Tous deux partageaient un lien immuable. Ils voulaient être ensemble, leurs âmes étaient liées l'une à l'autre pour l'éternité.

Aimer Hansel était… illogique, irresponsable, téméraire et complètement à rebours de ce que le Destin avait prévu pour elle. Pourtant, tout au fond d'elle-même, le feu qu'elle sentait l'animer brûlait d'une passion pure et parfaite. Elle se détestait de vouloir aimer Hansel. En plus, elle ne savait même pas pourquoi. Mais les sentiments sont-ils explicables ? Y a-t-il la moindre logique derrière les émotions humaines ? Elles sont le fruit de l'instinct, elles sont inconscientes et l'amour survient naturellement.

Evelyn détestait le cours de ses pensées. Ses sentiments avaient peut-être toujours été là, réprimés par son amour profond pour Ethan ou sa réticence à laisser Hansel affronter le courroux d'Atticus. Peut-être avait-il toujours eu une place dans son cœur, mais trop entêtée dans sa détermination à lier son destin à celui d'Ethan, peut-être avait-elle résisté à son inclination.

La veille, elle était bien déterminée à faire d'Atticus un homme meilleur et à essayer d'avoir des sentiments pour lui. Pourtant dès qu'on lui avait offert la possibilité de pouvoir approcher Hansel… elle se sentait déchirée et incapable d'assumer son devoir. Au comble de la frustration devant son désarroi, elle poussa un cri. Elle avait l'impression de suffoquer sous le poids de toutes ses responsabilités.

Pourquoi ? se dit-elle. *Pourquoi ? Pourquoi la vie doit-elle être si compliquée ? Pourquoi moi ? Pourquoi dois-je faire un choix ? Pourquoi ai-je seulement rencontré Atticus et Hansel ? Pourquoi ne puis-je pas revenir à l'époque où tout était plus simple quand j'étais certaine qu'Ethan était celui pour lequel mon cœur battait ? Pourquoi tout doit-il changer ? Pourquoi ai-je des sentiments pour Hansel ?*

Evelyn se mit à pleurer. Elle se sentait jeune, bien trop jeune pour affronter tout ça. Elle n'avait que dix-huit ans et elle savait à peine qui elle était ou ce qu'elle voulait avant de rencontrer Atticus. La société impose de trouver l'amour, de travailler pour gagner de l'argent, d'être gentil, éduqué, aimant, charitable et plein d'autres choses encore. C'était la définition d'une vie idéale, une vie que la société voudrait nous voir assumer, Evelyn le savait très bien. Alors que la voiture noire aux lignes épurées continuait à avancer sur la route, les autres véhicules se poussaient pour ouvrir la voie à l'intimidante Bentley. Les drapeaux fichés sur le capot signalaient l'importance de la personne assise à l'intérieur.

Evelyn pleurait sur la banquette arrière. Dix-huit ans, elle n'avait que dix-huit ans. Si jeune, si naïve, si innocente. Elle n'avait aucune idée de la marche du monde. C'était encore une adolescente contrainte de grandir prématurément, comme tant d'autres avaient dû le faire avant elle. La vie jetait des obstacles sur la route d'Evelyn qu'elle était incapable de contourner et elle ne savait pas si ces difficultés étaient une aubaine ou une malédiction.

– Mademoiselle, tout va bien ? demanda le chauffeur, inquiet.

Evelyn était incapable de répondre, et même de respirer. Elle avait l'impression que l'oxygène avait déserté l'habitacle de la voiture et qu'un poids énorme venait de se poser sur sa poitrine, comme si une main géante poussait dessus pour l'empêcher de respirer.

– Arrêtez la voiture ! cria-t-elle soudain en s'étouffant à moitié. Il faut que je sorte ! J'ai besoin de sortir ! Je n'arrive pas à respirer.

Elle était en pleine crise de panique. La voiture s'arrêta brusquement au milieu de la route, si précipitamment que la voiture de sport qui filait derrière manqua de lui rentrer dedans. Heureusement qu'au volant se trouvait un vampire aux réflexes accrus, car il put les contourner et évita un accident mortel de justesse.

Evelyn ne se rendit pas compte qu'elle aurait pu mourir en titubant au bord de la route. Elle voyait trouble à cause du rideau de larmes qui s'écoulait de ses yeux. Les voitures qui filaient à toute vitesse changeaient leur trajectoire pour éviter qu'elle ne soit transformée en un amas de chairs, de sang et d'os sur l'asphalte. Evelyn n'avait aucune idée de tout ce qu'il se passait autour d'elle. Tout ce qu'elle savait, c'est qu'elle avait besoin d'air. Sa tête la faisait atrocement souffrir, elle avait la nausée et extrêmement chaud.

L'air glacial de l'hiver lui fit l'effet d'un seau d'eau vivifiante jeté en pleine figure. Il la réveilla brusquement et la sortit de justesse du cocon d'angoisse dans lequel elle s'était enfermée. Elle rampa jusqu'au trottoir, les poumons en feu et à deux doigts de l'évanouissement. Ses mains étaient couvertes de crasse et de gravier, mais elle n'en avait que faire. Les gens la regardaient comme un animal de cirque.

– Mademoiselle Blackburn !

Le chauffeur se précipita à ses côtés, le visage pétri d'inquiétude et de peur. Ce n'était pas pour

Evelyn qu'il était effrayé, mais pour lui et ce qu'Atticus lui ferait si sa bien-aimée faisait une crise cardiaque.

– Ça va, marmonna Evelyn en pressant sa tête sur ses genoux avant de légèrement se balancer d'avant en arrière en position fœtale. Elle ne se sentait pas mieux, mais elle ne voulait pas que le chauffeur se fasse du souci pour elle.

Elle ne voulait parler à personne, juste rester assise dans son coin, pendant quelques instants. Le poids du monde pesait largement sur ses épaules et elle était incapable de tarir ses larmes.

– Mademoiselle, vous voulez retourner à l'hôtel ? demanda le chauffeur tout stressé.

Il voulait la ramener dans sa chambre, là où elle ne serait plus son problème.

– Non, non merci, répondit Evelyn. Vous pouvez aller me chercher de l'eau, s'il vous plaît ?

Je ne vais pas gâcher ma seule journée de liberté. C'est le genre d'opportunité qui se présente tous les trente-six du mois, je ne vais pas passer à côté.

– Bien entendu, Mademoiselle, dit le chauffeur en déguerpissant à toute vitesse.

Evelyn ne bougea pas de sa place par terre. Des badauds la regardaient toujours bizarrement, comme s'ils avaient sous les yeux une bête curieuse, et l'élégante Bentley était toujours arrêtée au milieu de la route. Les conducteurs des voitures de luxe qui devaient contourner la Bentley abandonnée assassinaient Evelyn du regard au passage.

Elle présenta des excuses à chacun d'entre eux d'avoir créé un tel chaos.

Alors que la panique commençait à la quitter et que son corps reprenait ses fonctions vitales, Evelyn prit un moment pour regarder autour d'elle et observer la beauté d'Utopia, la cour de récré des riches et des puissants, comme disaient certains. Fidèle à son nom, Utopia était un véritable paradis sur Terre, du moins pour ceux qui pouvaient se permettre un mode de vie aussi luxueux. Des magasins tous plus somptueux les uns que les autres et de célèbres enseignes vendaient des articles à des prix complètement déraisonnables à tous les coins de rue. Chaque voiture valait une petite fortune, et pour discerner les riches des pauvres, il suffisait de faire la distinction entre les vampires et les humains.

Tous les vampires étaient absolument sublimes et portaient des vêtements incroyablement beaux. Bien entendu, les humains n'avaient pas le même standing. De telles inégalités dans une cité qui osait se nommer Utopia la rendaient malade.

Cependant, elle s'empêcha de trop se pencher sur le sujet, il y avait déjà suffisamment de choses qui se bousculaient dans son esprit, elle ne pouvait pas se permettre d'y adjoindre une nouvelle couche de soucis.

Mais même si elle s'empêchait de s'appesantir sur le problème sociétal sous son nez, elle ne pouvait retenir ses yeux qui observaient tout. Le paysage urbain était vraiment beau, propre et absolument impeccable. À l'évidence, des architectes de génie avaient été engagés pour dessiner les plans de chacun de ces magnifiques gratte-ciel.

Soudain, une tache violette entra dans son champ de vision. La couleur était vibrante au milieu du gris uniforme de cette jungle de béton. Son cœur fit une embardée et la tentation s'insinua en elle. *Non !* se cria-t-elle, incapable de détourner le regard du bâtiment. Il était si proche. Dix minutes de marche, pas plus. Hansel était tout près. *Juste quelques minutes. Non !* Une fois encore, elle retomba dans une bataille entre son cœur et sa tête. Mais cette fois-ci, alors que l'objet de son affection était si proche, Evelyn ne put refuser à son cœur de le satisfaire.

Elle jeta un coup d'œil à la voiture à quelques mètres de là. La portière passager était encore ouverte et elle vit le petit sac noir qu'elle avait pris avec elle. La carte bancaire d'Atticus et le pistolet qu'il lui avait offert étaient dedans.

Evelyn était tentée de partir en courant avant que le chauffeur ne revienne, mais elle savait que s'enfuir toute seule sans lui donner d'explication lui ferait simplement peur. Elle ne voulait pas qu'il ait des ennuis à cause d'elle, alors elle attendit qu'il revienne avec sa bouteille d'eau.

Son cœur battait à tout rompre, elle mourait d'envie de voir Hansel, d'entendre sa voix. Elle se releva lentement et, les jambes encore en coton, elle regagna la voiture pour prendre son sac et fermer la portière. Heureusement, il ne fallut pas longtemps au chauffeur pour revenir. Elle lui fit un sourire poli en lui prenant la bouteille fraîche des mains.

– Merci. Je vais aller faire du shopping, maintenant. Pouvez-vous revenir me chercher ici dans quelques heures ?

– Bien sûr, Mademoiselle. Je vous attendrai ici même.

– Non ! Vous pouvez aller faire un tour si vous voulez, protesta Evelyn, mal à l'aise à l'idée que ce gentil vampire passe la journée entière à l'attendre dans la voiture.

– Non, le Roi m'a donné l'ordre de vous garder dans mon champ de vision. Je vous attendrai ici. C'est mon devoir.

– Eh bien, d'accord. Merci.

Sur ces paroles, Evelyn partit. Elle prit soin de rentrer dans quelques boutiques sur sa route, pour donner le change.

***

– Je ne t'achèterai pas de glace, grogna Samuel dans son portable. Asp, on est en hiver, tu attraperais un rhume.

– Mais j'ai envie de glace à la fraise.

Samuel raccrocha alors qu'Aspen continuait à geindre pour avoir sa glace.

– Humains à la con, marmonna-t-il. Pourquoi Kainsius insiste-t-il pour garder cette créature irritante sous le coude ? Pourquoi ne pas enchaîner Aspen au mur comme n'importe quel autre humain ? Pourquoi devons-nous le traiter comme s'il était l'un d'entre nous ?

Il leva les yeux et vit sa maison. La Résidence du Lilas royal. C'était étrange de dire que c'était sa maison alors que Kainsius n'y était pas. Samuel soupira en pensant à son créateur. Ce sentiment de malaise ne l'avait pas quitté depuis qu'il était parti, quelques mois plus tôt. Il ne savait pas où il était allé, ni pourquoi il était parti, mais Samuel était certain que c'était pour une bonne raison.

Mais il me dit toujours où il va, d'habitude. Kainsius ne me cache jamais rien. Je suis son protégé, il sait qu'il peut me faire confiance.

CHAPITRE 40

Dans sa tête, tout était simple et le scénario, limpide. Tout ce qu'elle avait à faire, c'était de se rendre dans cette tour, trouver l'appartement d'Hansel – elle se dit que ça ne devait pas être trop difficile – et de le voir, peut-être pour la dernière fois. Seul le Destin le savait. Quelques mots anodins pour une conversation badine, puis des adieux éternels.

Mais la simplicité n'était pas au rendez-vous. Evelyn ne s'attendait pas à ce que la sécurité du bâtiment soit assurée par quatre immenses vampires à la carrure menaçante capables de lui briser la nuque avant même qu'elle ne puisse pousser un cri. Elle ne s'attendait pas non plus à ce qu'ils l'empêchent de prendre les escaliers.

– C'est interdit à la fange, ici, cracha l'un des vigiles à Evelyn en la toisant avec agressivité sans se départir de son sourire.

Sois courageuse, ne lâche rien, se dit-elle en relevant la tête pour rassembler toute sa bravoure.

Elle sourit poliment, le regard franc et confiant. Le pistolet était lourd dans son sac et elle regretta immédiatement de ne pas le tenir dans ses mains ou de ne pas l'avoir coincé dans sa ceinture, enfin de l'avoir à portée de main.

Mais elle se souvint que les réflexes des vampires étaient vraiment très rapides et jamais elle n'aurait eu le temps d'appuyer sur la gâchette avant que l'un d'entre eux ne la plaque au sol en lui brisant la nuque ou ne lui arrache le cœur de la poitrine.

– Je suis ici pour voir Lord Hansel, répondit-elle la tête haute. J'ai un message urgent pour lui de la part du Roi.

Elle tritura le collier autour de son cou en s'attendant à ce que les vigiles reculent et la laissent passer après avoir vu le pendentif confié par leur monarque. Ce n'était que ses initiales dans un cercle, mais si Atticus le lui avait donné, il devait bien avoir une signification particulière. Le vigile baissa les yeux sur Evelyn et gloussa en regardant son collier.

– Dégage, salope ! Prends ton faux sceau royal en plastique et tire-toi, espèce de pute à deux balles. La Résidence du Lilas royal n'accepte pas les merdes comme toi entre ses murs.

Il arracha le pendentif à sa chaîne et le jeta par terre en ricanant avec mépris.

– Écartez-vous ! cria Evelyn ivre de colère. Si vous ne me laissez pas passer, je vous jure que vous allez au-devant de…

Elle n'eut pas le temps de finir sa phrase que le vigile avait déjà enroulé sa main autour de son cou et se mit à rire en se moquant d'elle.

– T'es quoi, toi ? Encore une de ces suceuses, une croqueuse de diamants qui espère faire fortune en se tapant un membre de la famille royale ? Écoute-moi bien, pétasse, même si tu as un vagin de velours, aucun d'entre eux ne voudrait d'une mocheté comme toi. Alors fais-moi plaisir, tire-toi.

Les trois autres vigiles riaient en assistant à la scène. Evelyn serra les dents. Elle en avait assez de se faire humilier. Tout d'abord Atticus, puis Jonah, avaient décidé de piétiner sa dignité déjà en péril. Elle savait très bien qu'elle n'avait aucune chance de les vaincre, leurs pouvoirs excédant les siens sur tous les plans. Mais ces vigiles, là ? Elle n'allait pas les laisser lui marcher dessus.

Sa main la démangeait et elle était bien tentée de sortir son pistolet de son sac pour mettre en joue le vigile à l'âme bagarreuse. Elle avait envie de contempler la peur s'épanouir dans son regard et de le voir se recroqueviller sur lui-même, comme elle le faisait chaque fois qu'Atticus était consumé par les Ténèbres. Mais elle s'abstint.

Même si elle voulait le faire souffrir, Evelyn n'était pas encore tombée dans le puits sans fond de ses désirs les plus démoniaques et immoraux. Elle savait que les Ténèbres cherchaient à la faire tomber et l'attiraient en la poussant à céder à ses envies les plus dévastatrices, mais elle n'allait pas laisser le Mal la dévorer comme Atticus. Elle posa ses mains sur le torse du vampire et le repoussa de toutes ses forces. Elle le prit par surprise et réussit à se dégager de son emprise en le forçant à faire un pas en arrière.

– Les humains n'ont rien à voir avec la fange. Vous étiez humains autrefois. N'oubliez pas d'où vous venez.

– Oui, j'étais humain, se moqua l'homme. J'étais une merde. Mais maintenant, je suis un vampire, alors tu ferais mieux d'avoir un peu plus de respect quand tu t'adresses à moi, sale pute. Va vendre ton cul ailleurs. Aucun membre de l'aristocratie ne voudrait d'une merdeuse comme toi.

– Je ne suis pas une prostituée, répondit Evelyn en serrant les dents. Alors ne me traitez pas comme telle ! Et nous les humains avons des émotions, une conscience et des droits, tout autant que vous, s'enflamma-t-elle en le regardant à son tour avec dégoût. Mais vous savez quoi ? Je commence à avoir des doutes. Les monstres comme vous sont-ils seulement capables d'avoir de telles qualités !

Le vigile explosa de rire et jeta un coup d'œil à ses collègues. L'un d'entre eux était de l'autre côté de l'escalier, et les deux autres, près de la porte.

– Hé, les mecs, on a trouvé une michetonneuse de caractère ! s'exclama-t-il en riant un peu trop fort.

Evelyn eut une soudaine envie de le gifler. Elle en avait assez d'être humiliée de la sorte. Ce n'était pas parce qu'elle était une femme, humaine de surcroît, que ses talents et ses compétences se limitaient à écarter les cuisses.

Elle essayait de lutter contre les Ténèbres en elle lorsque le vampire agressif écrasa son poing sur sa joue, manquant de l'assommer de peu. L'impact fut suffisamment brutal pour lui faire perdre l'équilibre et tomber par terre. Elle était sur le point de se relever en se mettant à quatre pattes quand elle entendit la voix grave d'un inconnu.

– À qui est cette chose ?

CHAPITRE 41

En temps normal, jamais Samuel ne se serait soucié de voir quelqu'un prendre une raclée, se faire voler ou racketter. S'il ne connaissait pas la victime ou les agresseurs, l'altercation ne le concernait pas. Il avait retenu cette leçon de ses dures années d'humanité. Cette façon de penser l'avait rendu plus fort. Grâce à ce précepte, il avait pu survivre, mais il en était également devenu quelqu'un d'égoïste, d'implacable et d'insensible. Il y avait très peu de monde sur la liste des proches de Samuel. Tout en haut y figurait son créateur, Kainsius, et il n'était pas sûr que ce pauvre humain d'Aspen y soit pour le moment.

Aussi, lorsqu'il vit l'un des vigiles de l'immeuble frapper une fille, il ne laissa rien filtrer de plus qu'un rire de connivence et se demanda combien de femmes avaient déjà essayé de rentrer dans cette résidence pour se faufiler dans le lit d'un des aristocrates qui habitait ici. *Saletés d'humains, toujours à choisir la facilité*, se dit Samuel, même si lui aussi avait été l'un de ces « sales humains » quelques centaines d'années auparavant à peine. Sans Kainsius, Samuel aurait souffert des préjugés et de la hiérarchie imposés par les vampires tout le long de sa brève et misérable vie.

– Voilà ce que les raclures dans ton genre méritent, cria la brute à la jeune femme qui était tombée par terre alors que son corps n'avait pas encore complètement réagi à la force de l'impact de son coup. Raclure ! Voilà ce que tu es ! Une raclure et rien d'autre ! On devrait vous mettre en cage, tous ! Bande de saloperies !

Samuel ne prêta aucune attention à la fille malmenée ou aux vigiles et il aurait passé son chemin si un objet métallique sous la semelle de sa chaussure ne l'avait pas arrêté net alors qu'il s'apprêtait en s'engager dans les escaliers. Jamais il ne sut ce qui le poussa à prendre le temps de jeter un coup d'œil à l'objet, mais plus tard, il le regretta profondément.

KA. Samuel reconnut immédiatement le pendentif. C'était le sceau du Roi.

Il n'eut pas besoin de le ramasser pour savoir que c'était un bijou hors de prix et non pas l'une de ces copies de mauvaise qualité en métal qu'on vendait aux coins des rues malfamées. Il avait toujours su repérer avec aisance la valeur d'un objet.

Don ou malédiction, cette capacité avait aidé Samuel à survivre lorsqu'il était un humain orphelin et traînait dans les rues. Malheureusement, ce don lui avait aussi valu bon nombre de raclées. Le regard d'un voleur ne sert à rien sans son agilité.

– À qui appartient cette chose ? demanda-t-il de sa profonde voix autoritaire.

Même s'il n'avait que brièvement croisé Atticus, Samuel savait qu'il n'avait aucune bonté et que ces talismans de protection n'étaient pas légion. Même ceux qui avaient voué leur vie à son service n'en avaient pas tous reçu, ni ses protégés, ni même Kainsius. Non pas que le créateur de Samuel ait besoin de la protection de ce démon.

Kainsius était plus que capable de se protéger tout seul et c'est ce qu'il faisait depuis toujours. Il n'avait jamais dépendu d'Atticus, contrairement à ses protégés, Jonah et Marcus. Kainsius et Samuel avaient tous les deux connu une enfance démoniaque, mais à des époques et dans des circonstances bien différentes.

– Maître Hemmings.

Le vigile recula immédiatement en voyant arriver le vampire. Son regard cruel et arrogant s'estompa pour laisser place à la peur. Un monde séparait Samuel Hemmings du vampire devant lui. Samuel ne prêta aucune attention à la fille qui gémissait à ses pieds lorsqu'il présenta le lourd pendentif, sentant son poids et s'assurant que c'était bel et bien un authentique sceau royal.

– Alors ? réitéra Samuel en regardant le vigile comme le demeuré qu'il était. Qui est son putain de propriétaire ?

– M… Maître… bredouilla le vigile tremblant comme un chihuahua terrifié. C… C'est…

– Arrête de bégayer et crache le morceau ! vociféra Samuel, le visage écarlate de fureur.

Kainsius n'a pas pu recruter un débile pareil. Qui l'a engagé, ce con ? se demanda Samuel, tout à sa colère, en se disant qu'il était grand temps de faire effectuer une évaluation de toute la sécurité de la résidence.

– C'est… C'est le sien ! s'exclama le vigile, en reculant de peur devant Samuel.

L'aristocratique vampire regarda brièvement la frêle humaine qui luttait pour se redresser sur ses jambes flageolantes. Elle lui disait quelque chose. Des cheveux bruns, le teint pâle, le sceau royal… il ne fallut pas plus d'une fraction de seconde à Samuel pour comprendre de qui il s'agissait.

Il avait entendu parler d'Evelyn Blackburn, la fille qui avait soi-disant captivé l'attention du Roi. Les médias disaient qu'elle était la première à avoir su apprivoiser son cœur depuis la nuit des temps. Samuel la toisa d'un air de dégoût. Même s'il connaissait à peine Atticus, il avait assez entendu parler de lui par Kainsius et il enrageait de savoir que le célèbre Roi s'était entiché de quelqu'un de si faible et de si pathétique.

Une humaine, beurk. Sa haine se décupla lorsque la fragile jeune femme se releva tant bien que mal, toute tremblante. Quelque chose dans sa posture lui rappela une délicate biche. Elle avait l'air banale.

Un joli visage, des yeux très bleus, mais à part ça, Evelyn Blackburn n'avait rien de spécial, physiquement parlant. Elle était un peu trop maigre et sa silhouette osseuse était bien visible sous son jean noir et son pull blanc tout simple.

C'est pour cette fille qu'Atticus s'est retourné la tête ? Pour cette fille qu'il a trahi son soi-disant amour immortel pour Mira ? Il a attendu presque trois mille ans pour retomber amoureux et c'est cette fille qu'il a choisie ? Il n'avait déjà pas beaucoup de respect pour son souverain, mais à partir de cet instant, il en eut encore moins.

– C'est à vous ? demanda-t-il à Evelyn d'une voix égale et sans montrer la haine qu'il éprouvait pour elle.

– Oui, répondit la fille la tête haute.

L'une de ses joues commençait déjà à enfler et bientôt une contusion allait lui donner de belles couleurs.

– Vous êtes Evelyn Blackburn ? demanda-t-il alors qu'il était déjà sûr qu'il s'agissait bel et bien de la célèbre séductrice qui avait volé le cœur du Roi.

Il la toisa des pieds à la tête. *Tu dois être un sacré phénomène au plumard pour qu'Atticus veuille d'une fille comme toi.*

– Pourquoi voulez-vous le savoir ? demanda-t-elle sur la défensive.

– Atticus vous a donné ça ? répliqua-t-il en lui montrant le pendentif.

– Vous le connaissez ?

– À peine, mais oui, répondit Samuel. Que faites-vous ici ?

– Je suis venue rendre visite à un ami.

– Qui ?

– Ça ne vous regarde pas, j'en ai bien peur.

Samuel regarda le sac qu'elle avait laissé tomber par terre et était sur le point de se baisser pour le ramasser quand Evelyn le prit de vitesse et attrapa avant lui la petite pochette de cuir. Elle le regarda d'un air suspicieux et il en fit de même un instant avant de se tourner vers le vigile et de lui demander :

– Que voulait-elle ?

– V… Voir Lord… Lord Hansel, maître, bégaya le vigile.

Samuel dut faire appel à toute sa volonté pour ne pas lui arracher la tête sur le moment tant il était énervé. Il ne détestait rien tant que ces gens incapables de répondre simplement quand on leur posait une question.

– Pourquoi vouloir rendre visite à Hansel ?

– Vous le connaissez, lui aussi ?

Réponds encore une fois à l'une de mes questions par une autre question et je te jure de mettre fin à ta misérable existence. Ce n'est pas parce qu'Atticus s'est entiché de toi que tu es devenue mon égale ou que tu as le droit d'ignorer mes questions !

Samuel était furieux à l'intérieur, mais impassible à l'extérieur.

– Probable.

Ils restèrent figés dans cette pose un instant, chacun à essayer de dominer l'autre en le perçant du regard. Samuel avait envie de rire du culot de la jeune femme. *Une humaine qui pense que désobéir est un acte de bravoure. Ces êtres pitoyables qui se pensent les égaux des vampires ne sont qu'une perte d'espace et d'oxygène.*

Evelyn fut la première à détourner le regard. En fait, elle lui tourna même le dos, elle ne voulait pas perdre plus de temps avec ce duel. Elle ne prit pas la peine de demander qu'on lui rende son pendentif, parce qu'à la vérité, elle s'en moquait.

– Où allez-vous ? lui demanda Samuel.

Evelyn ne lui répondit pas et passa directement devant les vigiles. Cette fois-ci, ils avaient bien trop peur d'elle pour dire quoi que ce soit ou même la regarder.

– Si vous allez voir Hansel, ça ne sert à rien, il n'est pas là ! s'exclama-t-il en la suivant dans les escaliers.

– S'il n'est pas là, alors je l'attendrai.

– Bon courage, vous risquez d'attendre longtemps. Vous auriez plus de chance de réussir en faisant chanter Atticus pour qu'il le libère. Menacez le Roi de faire chambre à part, ça devrait fonctionner. Mais je ne pense pas que notre souverain apprécie ce genre de manigance.

– Pardon ? s'étouffa-t-elle.

– Vous avez déjà essayé ? Et il n'est pas allé se soulager sur l'une des milliers de servantes du palais ?

– Non ! s’exclama Evelyn, raide de peur. Qu’avez-vous dit à propos d’Hansel ? Il est…

– … enfermé dans les geôles du palais, répondit-il sur un ton qui laissait penser qu’il croyait Evelyn au courant. Vous ne le saviez pas ?

– Je… Mais… Atticus… Non… Il n’a pas fait ça ! Non ! Il m’a dit qu’Hansel était ici ! Vous mentez !

– Pourquoi prendrais-je la peine de vous mentir ? répondit Samuel en riant avec cruauté.

CHAPITRE 42

Jolis mensonges ou abominable vérité ? *Non. Non. Non. Atticus a dit qu'Hansel était ici. Il me l'a dit. Ce mec est en train de me mentir ! C'est un menteur !* Evelyn essayait de se convaincre en silence tout en grimpant les marches de l'escalier quatre à quatre, puis elle traversa un très joli vestibule.

– Mademoiselle ?

La voix de la réceptionniste l'interpella, comme si elle sortait d'un immense tunnel.

– Mademoiselle ? Où allez-vous ?

Evelyn trébuchait et se prenait les pieds partout en courant vers l'ascenseur. Elle faisait tout pour ignorer le son de sa voix. Elle souhaitait de tout son cœur que ce vampire blond lui dise n'importe quoi et qu'Hansel soit bel et bien là dans cette tour, dans son appartement de luxe, à siroter une coupe de champagne. Peut-être même avec une jolie fille sur les genoux pour lui donner du plaisir. Tout ce qu'elle voulait, c'était qu'il soit heureux et en sécurité. Qu'il soit là et non pas captif de l'un des cachots du Roi.

Mais au fond, elle savait que c'était faux. Atticus était un menteur chevronné sans aucun sens de la morale et elle savait qu'il lui était très facile de la duper avec quelques mots charmeurs. Il pratiquait l'art du mensonge depuis des milliers d'années, après tout.

– Non, pitié, non ! s'écria Evelyn en perdant l'équilibre dans sa course effrénée vers l'ascenseur le plus proche.

Elle se sentait à deux doigts de subir une autre crise de panique, comme si elle allait s'évanouir. Evelyn se mentait à elle-même, elle avait bloqué de son esprit tout ce qu'elle savait déjà pour ne pas avoir à supporter l'abominable vérité. Les prouesses d'un cerveau humain lorsqu'il subit une attaque d'émotions bouleversantes sont surprenantes. Il est capable de faire barrage à toute pensée dérangeante pour permettre de vivre dans le mensonge si nécessaire.

– Atticus vous a déjà pas mal arrangée, j'ai l'impression.

Evelyn entendit le son de la voix de l'homme qui avait fracassé les beaux murs qu'elle avait érigés pour protéger son esprit de la froide vérité.

– Regardez-vous un peu, vous avez l'air d'une folle. Aucune femme n'est assez jolie pour faire oublier un tel degré de démence.

Son corps s'affaissa dans la cabine de l'ascenseur et elle se mit à marmonner à mi-voix :

– Vous mentez... vous mentez. Vous êtes un menteur ! Hansel est ici. Il va bien. Il n'est pas en danger par ma faute ! Il est vivant. Il est en sécurité. Il est en sécurité. Hansel, Hansel est en sécurité. Il va bien, il va même très bien. Oui, il va bien. Il est vivant et tout va bien.

Samuel baissa les yeux pour regarder Evelyn qui se balançait d'avant en arrière, le visage baigné de larmes. *Elle a toujours été dingue comme ça ou c'est un effet secondaire quand on passe trop de temps aux côtés d'Atticus ?* Kainsius lui avait répété à de très nombreuses reprises que la personnalité d'Atticus était contagieuse et que plus on passait de temps avec lui, plus son esprit noir et complètement perverti déteignait et causait des dommages irréversibles.

– Vous mentez. Atticus vous a engagé pour me dire des mensonges et me faire devenir dingue, c'est ça ?

Evelyn était encore à radoter dans son délire en se balançant sur elle-même, les bras fermement serrés autour de ses genoux. Elle avait l'air si frêle, minuscule et si fragile. *Les humains sont pathétiques*, se dit Samuel en se demandant si elle allait continuer à piquer sa crise par terre ou sortir de l'ascenseur pour le laisser rentrer chez lui.

– À quel étage est son appartement ? demanda Evelyn dans une posture de robot, avec une voix glaciale et creuse de zombie.

– Pourquoi devrais-je vous le dire ? s'esclaffa Samuel.

Il allait sortir de l'ascenseur et laisser Evelyn seule face à sa misère lorsqu'il sentit le froid familier d'un cylindre métallique.

Il avait très souvent vu ce type d'objet lorsqu'il était humain mais son corps immortel était immunisé contre les dommages que ce style d'arme pouvait provoquer. Toutefois, le pistolet lui rappela de nombreux souvenirs douloureux de son enfance. Il entendit les cris qui l'avaient hanté de nombreuses années. Les hurlements de sa mère résonnèrent dans son esprit, puis celui des coups de feu, et enfin la clameur de ces innocents. Les images poignantes de ce qu'il avait vu lorsqu'il habitait dans les bidonvilles d'Utopia réchauffèrent le cœur glacial de Samuel de leur tristesse infinie.

Connasse, tu n'oserais pas faire ça, se dit-il ensuite. Il y avait bien des siècles que personne n'avait osé pointer une arme sur lui.

– Parlez ou je vais vous y forcer. On peut faire ça gentiment ou pas, c'est vous qui voyez.

– Vous vous exprimez comme Atticus, railla Samuel. Je croyais que vous étiez censée être un petit ange ? Hansel m'a dit que vous n'étiez que bonté dans une enveloppe humaine et que vous étiez trop gentille pour la cruauté de ce monde.

– Les anges perdent leurs ailes. Ils doivent s'adapter au monde impitoyable et glacial dans lequel ils évoluent s'ils veulent survivre et protéger ceux qu'ils aiment, rétorqua Evelyn.

Samuel entendait bien qu'elle essayait de rester froide et distante. Elle essayait d'imiter Atticus. Elle y serait parvenue si sa main ne tremblait pas légèrement, ce qui fit osciller l'arme pressée contre la nuque de Samuel. Il aurait pu si facilement se tourner et récupérer l'objet dans sa main puis lui briser la nuque. Mais il ne pouvait s'y résoudre, à cause du démon enragé qui lui tomberait dessus à la minute où il oserait s'en prendre à elle.

Il le savait. Elle le savait.

– Conduisez-moi chez Hansel, s'il vous plaît, demanda-t-elle avec un peu plus de douceur.

– Il n'est pas là.

– Je veux le constater de mes propres yeux…

– Hansel compte pour vous ?

Evelyn ne répondit pas. Le silence était plus parlant que ses mots. Pour le bien d'Hansel, il pria pour que leur relation soit platonique. *Si tu dois avoir des sentiments pour quelqu'un d'autre qu'Atticus, choisis Jonah. Cet enfoiré devrait crever à petit feu*, remarqua Samuel tout à son amertume. *Pour le bien de l'humanité, mieux vaut que tu restes loin d'Hansel.*

– Vous pensez pouvoir tuer un vampire avec un revolver ? se moqua Samuel. Vous ne savez pas que nous sommes immortels ?

– Il doit bien exister quelque chose pour vous éliminer, bande de suceurs de sang, rétorqua Evelyn sur le même ton sarcastique. Atticus me l'a donné. Vous voulez prendre ce risque ?

– Vous êtes impétueuse, répondit Samuel sur un ton extrêmement irrité. Atticus a vraiment dû déteindre sur vous. Parce que là, vous ne ressemblez absolument pas à la fille dont Hansel m'a parlé.

– Vous êtes ami avec Hansel *et* Atticus ?

– Seulement Hansel.

Evelyn pressa un peu plus le canon du pistolet dans le dos de Samuel et reprit :

– Parfait. Donc, vous devez vraiment savoir à quel étage est son appartement.

Samuel leva les yeux au ciel. *Têtue, la pétasse.* Il allongea son long bras et appuya sur le bouton marqué 45 sur le panneau de commande. *Elle ressemble trop à Atticus.*

– Hansel n'est pas là. Vous allez juste vous infliger encore plus de souffrance à me forcer à vous accompagner devant un appartement vide et fermé à clef.

Elle ne répondit rien, mais Samuel savait qu'elle tremblait comme une feuille. Il entendait son cœur battre à toute vitesse et il sentait l'odeur de sa peur ainsi que celle de ses larmes.

– Je m'appelle Samuel Hemmings, au fait. Même si vous vous en foutez complètement.

– Evelyn Blackburn. C'est un plaisir de vous rencontrer.

– Je sais.

CHAPITRE 43

Les portes de l'ascenseur s'ouvrirent sur un grand couloir spacieux aux murs crème et sobrement décoré. Il n'y avait que deux petits tabourets soutenant deux vases contenant des roses séchées qui complétaient à la perfection l'élégance apaisante de l'espace. Ils flanquaient les deux battants d'une grande porte, tendue d'un tissu noir brillant.

– C'est l'appartement d'Hansel, annonça Samuel, le dos toujours pressé contre le métal du mortel pistolet.

Samuel leva un bras comme pour présenter un majestueux décor à Evelyn.

– Oh douce Princesse Chieuse, maintenant que votre vœu à la con a été exaucé, je pense qu'il est temps que vous relâchiez votre fée marraine. Elle a peut-être un autre rêve à réaliser. Donc, baissez votre arme, sinon je m'en occuperai.

Evelyn ignora ses sarcasmes et enchaîna :

– Ouvrez la porte.

– Pourquoi ? s'énerva Samuel de plus en plus agité.

Evelyn devait bien l'avouer, voir quelqu'un lui obéir alors qu'elle le tenait en joue avec son pistolet la grisait. Elle en était même ivre de plaisir. C'était un grand changement pour elle de ne plus endosser le rôle de la victime face à des êtres supérieurs qui se moquaient complètement de son bien-être et de ses désirs. Jamais Evelyn n'aurait cru qu'elle tiendrait une arme à feu chargée dans ses mains, et encore moins qu'elle en menacerait la vie de quelqu'un.

Son bras commençait à lui peser et elle résista à la tentation de baisser la garde pour détendre son bras, un instant seulement. Du coup, elle le leva un peu plus haut et poussa courageusement Samuel avec.

– Vous jouez à un jeu dangereux, l'avertit Samuel. Ce n'est pas parce que vous avez accueilli un tyran entre vos cuisses que ça fait de vous autre chose qu'une pathétique humaine. Dans cette partie d'échecs dans laquelle vous vous êtes engagée, vous n'êtes qu'un pion. Non, vous n'êtes même pas un pion. Vous êtes une poussière sans le moindre pouvoir ni la moindre influence. Vous n'êtes qu'un objet qu'Atticus garde sous le coude pour se divertir.

– Mais de quoi parlez-vous ? demanda Evelyn, perplexe.

Quelle partie d'échecs ? De quoi parle-t-il ?

– Vous voyez, vous ne savez rien. Je vois à quel point Atticus vous fait confiance, commenta Samuel en riant grassement. Quand je pense que Kainsius a cru que vous étiez vraiment spéciale, continua-t-il en se gaussant. Il pensait que vous aviez les mêmes pouvoirs qu'Atticus ! Il vous pensait assez puissante pour rivaliser avec lui et que c'était pour cette raison qu'il vous gardait sous le coude ! Il se trompait complètement !

– Qui est Kainsius ? demanda Evelyn de plus en plus perdue. Non, fermez-la et contentez-vous d'ouvrir cette putain de porte !

– Vous ne savez rien de rien. Vraiment…

La repartie de Samuel fut interrompue par une main, petite mais ferme, qui se posa sur son épaule et le poussa à se tourner. Puis un poing vint s'abattre sur sa mâchoire. Elle avait plus de force que ce à quoi Samuel se serait attendu et ce coup le prit complètement au dépourvu. Cette Evelyn était loin d'être la docile humaine qu'Hansel lui avait décrite.

– Ouvrez. Cette. Putain. De. Porte ! cria-t-elle en insistant sur chaque syllabe, le regard assassin et brillant de rage.

L'espace d'un instant, Samuel crut sentir quelque chose, quelque chose qu'il ne put reconnaître. C'était une présence puissante et intense, tapie sous la chair humaine d'Evelyn. Il recula, traversé par un éclair de peur.

– Ouvrez cette porte, répéta Evelyn, cette fois-ci avec un peu moins d'agressivité.

Samuel l'observa et déglutit nerveusement. Le visage de la jeune femme reflétait ses propres pensées sur ce qu'il venait de se produire. Elle avait l'air sous le choc. Elle n'arrivait pas à croire qu'elle venait de coller son poing dans la figure de ce vampire.

Evelyn baissa son arme une seconde et Samuel crut qu'elle allait lui présenter des excuses. Il la regarda ouvrir la bouche, juste pour la fermer une seconde plus tard.

– Pourquoi ne le feriez-vous pas vous-même ? demanda Samuel. Allez-y, servez-vous de vos superpouvoirs et dégommez cette porte.

Le visage d'Evelyn était parfaitement inexpressif. Une tempête d'émotions tourbillonnait derrière cette façade, mais Samuel ne parvenait pas à deviner lesquelles. Elle se contentait de regarder la porte et réitéra :

– Ouvrez cette porte, s'il vous plaît.

– Eh bien, soupira Samuel. Puisque vous l'avez demandé gentiment, allons-y. Vous n'avez pas déverrouillé la sécurité de votre arme, au fait, ajouta-t-il en baissant les yeux sur le pistolet.

Hein ? Oh merde. Evelyn relâcha son rôle de méchante menaçante l'espace d'un instant tandis que Samuel se tournait pour avancer vers les portes. *Putain de bordel de merde !* Elle rapprocha le revolver de son visage pour l'examiner de plus près. *Mais putain, c'est quoi une sécurité, là-dessus ?* se demanda-t-elle en triturant l'arrière de l'arme, tâchant d'en déceler tous les creux et les bosses.

– ATTICUS ! cria Samuel à quelques pas de là.

Son soudain cri fit sursauter Evelyn. Pensant la menace imminente, sa main droite agrippa l'arme avec encore plus de fermeté. Elle ne savait pas que son index était encore posé sur la gâchette et il ne fallut qu'une minuscule impulsion pour tirer une rare, précieuse et puissante balle qui traversa le corridor et alla se ficher dans l'une des magnifiques dalles de marbre noir.

Evelyn sentit que le lourd poids de l'arme dans sa main cherchait à bouger vers elle. C'était la première fois qu'elle se servait d'un revolver et on ne lui avait jamais expliqué comment faire. Tout alla très vite. Trop vite pour que son cerveau d'humaine comprenne ce qu'il se passait et qu'elle ne sente la crosse de l'arme, en partie couverte par sa main, percuter violemment son torse et la faire tomber par terre.

Samuel essaya de cacher son hilarité, mais la scène était vraiment trop cocasse.

– Alors Atticus n'a jamais pensé à vous instruire, à vous montrer comment fonctionne un putain de revolver après vous en avoir donné un ? s'étonna Samuel en pleine crise de rire, luttant pour garder sa contenance. Bah merde alors, vous êtes encore plus conne qu'Aspen ! Vous êtes tous pareils, vous les humains. Bêtes à manger du foin, et vous n'avez aucune idée de ce qu'il se passe autour de vous !

Ça ne serait pas le cas si Atticus arrêtait d'ordonner à tout le monde de tout me cacher, pensa amèrement Evelyn en se relevant tant bien que mal.

– Contentez-vous d'ouvrir cette putain de porte, bredouilla-t-elle en se frottant le torse.

Elle ne se sentait pas très bien. Elle avait la nausée.

– Non mais quelle conne, continua Samuel sur sa lancée, hilare. Vous et Atticus, vous vous valez bien, tous les deux.

– Vous parlez de lui comme si vous le connaissiez. C'est le cas ?

– Est-ce que je le connais personnellement ? demanda-t-il en avançant vers les portes. Non.

– Alors pourquoi parlez-vous de lui comme si c'était le cas ?

– Ça ne vous regarde pas.

Samuel souleva doucement l'un des vases à côté de la porte, il y avait une petite clef métallique en dessous. Evelyn s'était attendu à ce qu'il défonce la porte avec sa force de vampire, jamais elle n'aurait songé à ce que peut-être Hansel ait caché une clef au vu et au su de tous.

– Il faut garder ses biens les plus précieux aux endroits les plus inattendus, c'est ce qu'Hansel nous disait tout le temps à Kainsius et à moi, dit froidement Samuel. Vous l'auriez compris toute seule si vous décidiez de vous servir de votre cervelle.

– Arrêtez de dire que je suis stupide ! se rebella Evelyn en lui prenant la clef des mains. Je suis loin d'être conne.

Elle fit exprès de lui donner un coup d'épaule dans le bras, ce qui le déstabilisa légèrement. Samuel se contenta de lever les yeux au ciel. Il observa ensuite Evelyn se servir de la clef.

– Vous savez que vous allez retourner le couteau dans la plaie, non ?

– Je m'en fous, j'ai besoin de voir ça par moi-même. Je ne peux plus me contenter des informations et des mensonges qu'on me relate. J'en ai assez d'être aveuglée par tous ceux qui en savent plus que moi. Je ne suis plus une enfant et je refuse d'être traitée comme telle. Il est temps que je me débarrasse des jolies illusions que je me suis créées pour me protéger.

– Putain, mais pour la dernière fois, pourquoi vous mentirais-je ? Pourquoi auriez-vous assez d'importance pour moi pour que je prenne la peine de vous mentir ? Vous n'êtes personne ! Juste un petit cul qu'Atticus aime s'envoyer sur son temps libre.

– Ce n'est pas de vous dont je parlais.

Evelyn fit tourner la clef dans la serrure et la porte s'ouvrit facilement, presque d'elle-même.

– N'allez pas dire que je ne vous avais pas prévenue, se gaussa Samuel derrière elle.

Evelyn prit une grande inspiration avant de l'ouvrir complètement pour révéler l'appartement à l'intérieur. Les rideaux n'avaient pas été tirés et le logement, dans la pénombre, avait l'air relativement lugubre. Le bazar régnait partout. Les lampes étaient renversées, il y avait des bris de verre au sol. De sombres creux noirs avaient été brutalement percés dans tous les murs en béton, partout où elle pouvait poser son regard.

Des vêtements. Des livres. Des objets électroniques. De la vaisselle. Des coffrets en velours qui auraient pu contenir des biens précieux. Les affaires d'Hansel étaient disséminées à même le sol de ce qui aurait pu être un luxueux et impeccable appartement. La plupart de ses possessions étaient brisées en mille morceaux, déchirées ou démantelées.

– Les hommes d'Atticus sont venus la semaine dernière, expliqua Samuel. Ils suivaient les ordres du Roi et ils ont saccagé son appartement. Ils cherchaient quelque chose. Ces raclures ont récupéré presque tous les objets précieux, sauf son coffre, qui était trop lourd. Mais tout le reste est parti.

Samuel l'observait de son regard d'acier. Il s'attendait à ce qu'elle éclate en sanglots. Evelyn s'attendait à éclater en sanglots. Mais pas une seule larme ne fut versée à cet instant.

– Espèce d'enfoiré ! cria Evelyn de toutes ses forces avant de jeter le pistolet encore dans sa main à travers l'immense pièce de vie de l'appartement d'Hansel.

À leur grande surprise à tous les deux, une fois encore, elle réussit à le projeter avec beaucoup de force de l'autre côté du séjour et l'arme rebondit sur la baie vitrée en verre pare-balles.

– Espèce d'enfoiré ! Atticus, tu es vraiment un salaud ! continua à crier Evelyn en attrapant le premier objet qui lui tomba sous la main : un gros livre à la reliure de cuir qu'elle jeta à l'autre bout de la pièce.

Là encore, il rebondit contre la fenêtre. Samuel regarda la fille avec inquiétude et aussi un peu de crainte. Il ne s'attendait pas à la voir réagir aussi violemment.

***

Australie

– Tu es sûre que ça va marcher ? demanda un bel homme aux cheveux d'un blond foncé. Tu es certaine que ton plan va fonctionner ? Les enjeux sont très importants, Venise, et tu ne connais plus aussi bien Atticus qu'avant.

– Je prendrai ce risque. Pour le bien de l'humanité.

La très belle sorcière aux cheveux blancs caressa le magnifique tableau représentant la galaxie devant elle. Ses yeux aveugles ne pouvaient lui transmettre la beauté de l'image, mais elle pouvait voir les choses avec son esprit. L'homme jeta un coup d'œil sur la table, recouverte de sorts, de feuilles de calcul des distances et d'antiques formules.

– Je le sens mal, ton plan. Tu ne peux pas vaincre Atticus. Personne ne le peut.

– Qui a dit qu'on allait le vaincre ? Je n'ai pas prévu de le blesser physiquement. Pas le moins du monde, répondit Venise en souriant. En fait, j'ai même besoin de son aide.

CHAPITRE 44

Des livres, des bouteilles brisées, des boîtes vides, des couverts et des morceaux de divers objets malmenés volèrent à travers la pièce. Tout atterrit soit contre les murs sales et endommagés, soit contre le vitrage blindé. Evelyn était perdue dans sa colère, incapable d'avoir la moindre notion du temps. Tout ce qui comptait pour elle, à cet instant, était la sensation grisante de se livrer à sa rage en se servant de la violence. La sensation de balancer n'importe où ces objets solides et tangibles et de les voir s'écraser sur une surface encore plus résistante lui procura un immense frisson délirant. Elle n'avait jamais rien fait qui lui procure une telle décharge d'adrénaline de toute sa vie. Elle en était à la fois terrifiée et excitée.

Mais le temps passait et la pendule qui était tombée aux pieds de la cheminée continuait à marquer les minutes. L'adrénaline reflua et Evelyn s'arrêta.

– C'est bon, c'est terminé ?

Samuel, à quelques pas de là, était appuyé au chambranle de la porte et n'avait pas fait un pas pendant la crise d'Evelyn. Un masque d'ennui recouvrait ses traits alors qu'il examinait ce qui restait de l'appartement d'Hansel. Comme elle ne répondait pas, il se contenta d'un petit rire, puis enchaîna.

– Si les hommes d'Atticus n'avaient pas déjà fait le boulot, vous les auriez bien aidés à atteindre leur objectif.

Evelyn garda le silence. Elle se demandait pourquoi Samuel était encore là, lui qui n'avait pas pris la peine de lui cacher son mépris. L'humaine allait partir à la découverte de cet appartement vide pour trouver quelque chose – n'importe quoi – qu'Hansel aurait voulu qu'elle garde. Samuel avait parfaitement deviné ce qu'elle allait faire et l'interrompit :

– Pas la peine. Aspen et moi sommes déjà venus il y a quelques jours. Croyez-moi quand je vous dis que cette bande de cons a déjà pris tout ce qu'il y avait à prendre. Tous les objets de valeur – sentimentaux comme matériels – ont été emportés. Enfin, tout sauf le contenu de son coffre, bien entendu.

– Son coffre ? répéta Evelyn.

– Quelqu'un du rang d'Hansel ne pouvait pas garder tous ses objets de valeur comme ça chez lui, non ? Enfin, cet idiot avait laissé la plupart de son fric et de ses objets précieux à disposition, mais pas ses biens impossibles à monnayer.

– Comment se fait-il que vous sachiez tant de choses sur lui ? demanda Evelyn, en comprenant qu'il était déjà venu dans cet appartement.

Son regard tomba sur les chaussures de luxe de Samuel, sur son trench coat en daim sombre et sur le costume parfaitement coupé qu'elle devinait en dessous. Evelyn en déduisit que c'était un homme fortuné et probablement puissant. Les vigiles l'avaient appelés « maître », après tout.

Il doit être ami avec Hansel. Sinon un ami, au moins un pote. Sa façon de parler de lui et d'Atticus m'indique qu'il doit fréquenter l'élite d'Utopia et le palais royal.

– Ce que je sais d'Hansel et pourquoi je le sais ne vous regarde pas, répondit durement Samuel. Et quelle que soit la relation qui me lie à lui, ne vous attendez pas à ce que je vous traite différemment parce que vous le connaissez.

– Je ne vous ai jamais rien demandé de tel, répondit Evelyn.

Elle allait faire demi-tour pour partir à la recherche du coffre, mais une fois encore la voix de Samuel l'en empêcha.

– Ne prenez pas la peine de faire ça. Si ces vampires n'ont pas trouvé comment l'ouvrir ni le déplacer, je doute que vous y parveniez, la railla Samuel.

– Alors pourquoi m'en avoir parlé ?

– Parce que j'ai un double de la clef, se vanta Samuel. Vous voulez savoir ce qu'il y a dans le coffre d'Hansel ?

– Que voulez-vous en échange ? demanda Evelyn quasi instinctivement.

Elle en avait trop vu pour croire que les gens pourraient simplement aider les autres par gentillesse ou par bonté. Pas à Utopia. Pas dans ce monde.

– Vous êtes moins conne que je ne le pensais, commenta Samuel en souriant.

Son sourire arrogant rappela à Evelyn ceux d'Atticus et de Jonah. Toutefois, celui de Samuel semblait moins démoniaque. *Est-ce qu'il y a une école des vampires ou un centre de formation où ils apprennent à sourire comme ça ?* Evelyn ne pouvait rien faire contre Jonah ou Atticus, mais Samuel, c'était une toute autre histoire. Qui qu'il soit, elle savait qu'il ne possédait pas la moitié du pouvoir et de l'influence des deux autres.

Le silence s'installa entre eux alors qu'elle attendait que Samuel lui fasse la liste de ce qu'il voulait. Elle observa son visage avec attention et remarqua ses sourcils froncés et sa façon de presser les lèvres l'une contre l'autre. Il avait l'air de se livrer à une lutte interne.

– Je… Je cherche quelqu'un. Quelqu'un qui compte beaucoup pour moi, dit Samuel. Il lui est arrivé quelque chose – ou quelque chose est sur le point de lui arriver – et je dois le retrouver le plus tôt possible.

Evelyn en fut perplexe.

– J'aimerais beaucoup vous aider, mais je doute d'en être capable, Samuel, j'en suis désolée.

En toute honnêteté, vous avez l'air d'avoir pas mal de pouvoir et je doute que vous ayez besoin d'argent ou de quelque bien matériel pour financer vos recherches. Et c'est tout ce que j'ai à vous offrir, de l'argent.

Elle regarda avec précaution son petit sac en cuir noir et le pistolet qu'elle avait pris avec elle ce matin. À un moment donné, pendant sa crise de fureur, elle avait décidé de jeter ces deux objets précieux au loin comme s'ils n'avaient aucune valeur. Ce n'était pas très intelligent de sa part. À sa décharge, personne ne fait preuve d'une grande intelligence quand la main du diable vient flatter l'âme tourmentée par le chagrin, comme un maître viendrait caresser son chien.

– Je n'ai pas besoin d'argent, mais d'informations.

– Et quel genre d'informations aurais-je à vous offrir ? Atticus ne me dit rien, il ne me parle jamais de quoi que ce soit d'important. Croyez-moi, sinon je comprendrais un peu mieux tout ce qui se passe sous mes yeux.

Elle jeta un regard hésitant à l'appartement d'Hansel. Quelques traces d'aigreur et de rage continuaient à marquer son visage.

– Eh bien vous pourriez en savoir plus que vous ne le croyez, l'encouragea Samuel d'un petit sourire.

Enfin, ce n'était pas vraiment un sourire, plus une torsion forcée de ses muscles faciaux. Mais Evelyn catalogua cette expression comme ce qu'elle obtiendrait de plus sincère de la part de Samuel.

– Allez, venez.

– Je croyais que vous alliez me montrer le coffre ? contra Evelyn en avançant discrètement vers l'endroit où elle avait laissé son arme par terre.

– Le coffre-fort est à l'étage du dessus, dans mon appartement.

– Vous avez dit que les hommes de la garde n'ont pas réussi à y accéder.

– J'ai dit qu'ils n'avaient pas réussi à l'ouvrir, la corrigea Samuel. Ils n'ont pas réussi à le déplacer non plus, mais je ne suis pas aussi stupide qu'eux et je ne suis pas un vampire lambda.

– Qui êtes-vous et pourquoi devrais-je vous faire confiance ?

Elle ramassa son revolver par terre et Samuel se contenta de soupirer. Il aurait probablement dû assommer cette fille et lui prendre son arme avant qu'elle ne remette la main dessus, mais en toute honnêteté, ça n'en valait pas la peine.

– Vous aimeriez bien le savoir, hein ? s'esclaffa Samuel. Allez, gamine, on y va. On n'a pas toute la journée.

– Je ne suis pas une gamine, marmonna-t-elle en se sentant plus en sécurité avec son arme à la main.

Elle ramassa également sa pochette avec la carte bancaire à l'intérieur et reprit :

– Donnez-moi une bonne raison de vous suivre. Qu'est-ce qui me dit que vous n'avez pas de mauvaises intentions ?

– Ma belle, ce n'est pas comme si vous aviez le choix, répondit Samuel en haussant les épaules avant de sortir. Si vous voulez voir le contenu du coffre d'Hansel, alors vous devez me suivre. Je doute que votre petit Atticus chéri soit très content s'il apprenait que vous aviez rendu visite au gars qu'il a fait emprisonner parce qu'il s'était un peu trop rapproché de vous.

– Vous n'oseriez pas.

– Oh que si, renâcla-t-il. Dans ce monde, il n'y a pas que des gentils. J'ai mes priorités, et même si Hansel est quelqu'un de bien et que c'est un ami proche, il n'est pas dans ces priorités. Pour le moment, la sécurité de Kainsius prend le pas sur celle d'Hansel.

– Qui est Kainsius ? cria Evelyn, irritée de l'entendre mentionner un homme dont elle ignorait tout.

Elle leva son arme, même si elle n'avait pas l'intention d'agresser Samuel avec.

Il la regardait comme si elle était la dernière des idiotes.

– Je ne vais pas vous faire de mal. S'il vous arrivait quoi que ce soit, ce putain de tyran me réglerait mon compte en moins de cinq minutes, j'en suis certain. Je n'ai pas l'intention de mourir aujourd'hui. Alors je vous promets que vous serez en sécurité. Contentez-vous de monter dans ce putain d'ascenseur. Je ne suis pas assez con pour vous jouer un sale tour, rassurez-vous.

Evelyn déglutit avec difficulté. Ses mains moites s'accrochaient à l'arme de toutes leurs forces.

– Allez, l'encouragea Samuel en montant dans l'ascenseur. Sérieux, on n'a pas toute la journée. Je vous donne ma parole qu'il ne vous arrivera rien, je vous le promets. J'ai déjà ouvert le coffre d'Hansel, il y a un journal intime dedans. Vous aurez certainement envie de le lire.

Il se mit à sourire lorsque Evelyn avança vers lui. Il savait qu'il avait gagné.

***

Australie

L'homme aux cheveux blonds tenait un grand livre à la reliure de cuir et aux antiques pages jaunissantes entre ses mains. Les pages accueillaient des sortilèges et des légendes encore plus anciennes. Venise avait précisé qu'entre ces pages se trouvait la solution à tous leurs problèmes, que le savoir et la connaissance aideraient à sauver la race humaine.

– Je ne comprends pas la moitié des langages là-dessus, marmonna-t-il. Tous viennent-ils de notre planète ?

– La galaxie est immense, répliqua Venise en souriant. N'oublie pas que nous évoluons dans des espaces infinis. L'univers est bien trop grand pour que seule une planète soit habitée.

– Je ne comprends toujours pas ce que ça a à voir avec Atticus, cette saleté d'Evelyn, ce môme et l'humanité tout entière, répliqua l'homme en levant les yeux au ciel. Dis-le-moi, Venise. Tu ne me fais pas confiance ? Alors pourquoi m'avoir demandé de venir ici pour t'aider ? Que veux-tu de moi ? Parce que je ferai tout ce que tu voudras, tu le sais bien !

– Tu n'aimeras pas ce que j'ai en tête, soupira Venise. Pour que mon plan fonctionne, il se produira des choses que tu n'apprécieras pas, c'est certain, et je suis désolée de t'infliger pareille peine.

– Venise, peu importent mes souffrances. J'ai déjà subi toutes les peines inimaginables ! Je ne suis plus un petit garçon, il n'est pas nécessaire de me protéger. Je ferai tout ce que tu me demanderas, promis.

– Non, Kainsius. Tes prochains tourments ne seront pas physiques, mais émotionnels. Même si tu es devenu très puissant et que tu continues à gagner en force, tu auras toujours une faille, Kainsius.

Venise posa une main sur un coin de la couverture du livre.

– C'est à propos d'Atticus ? Je te le dis et je te le répète encore, je ne suis pas du tout comme lui. Et ça ne me pose aucun problème de le tuer non plus, si c'est ce que tu veux que je fasse.

– Non, je suis incapable de te demander une chose pareille et ça ne changera jamais. Même si tu penses être fort, froid et sans cœur, tu ne pourras jamais nuire à l'homme qui t'a créé.

CHAPITRE 45

Je ne sais pas si Atticus a pris la bonne décision en bannissant Kainsius ainsi. Il lui est resté fidèle pendant des centaines d'années et il est probablement un des seuls vampires sur cette planète à être assez courageux pour s'opposer à lui, même si, la plupart du temps, il cherche à lui faire plaisir, à gagner son respect et son affection.

Je me sens mal pour Kainsius. Quoi qu'il fasse, Atticus n'est jamais fier de lui. On a l'impression qu'il lui en veut pour quelque chose. Je sens qu'il y a de la rancune entre eux. Il a dû se passer quelque chose il y a très longtemps. J'ignore quoi. J'ai essayé d'en parler à Marcus, il doit probablement être le seul au courant, mais il a refusé de m'en parler. Jonah a aussi essayé d'en savoir plus, en vain…

***

Ça y est. C'est parti. L'Apocalypse a commencé. Je déteste ça. Je déteste tout dans cette guerre.

Les humains ont tort, certes. Atticus a raison de leur disputer le contrôle de la seule planète que nous ayons. Il nous sauve, nous tous, pas seulement les vampires, les humains aussi et les milliers d'autres espèces animales sur terre, ainsi que toutes les vies encore à venir. Si les humains continuent à détruire notre environnement à cette vitesse, je ne sais pas ce qu'il va se passer. Je ne sais pas s'ils apprendront quoi que ce soit de leurs erreurs et changeront leurs habitudes avant qu'il ne soit trop tard.

Atticus fait ce qu'il faut. Vraiment, mais... je ne sais pas. La violence. Je ne sais pas quoi penser de toute cette violence. Est-il vraiment nécessaire de tuer et d'être aussi impitoyable ? Jonah a assassiné une petite fille hier lors de la bataille de Paris. Elle n'avait pas six ans. Il n'a montré aucun remords lorsqu'il lui a tranché la gorge. Tant de vies, d'hommes et de femmes. Vieux comme jeunes, vampires comme humains, tous perdent la vie à cause de cette guerre. Leur mort est-elle vraiment nécessaire ?

Atticus dit que ce n'est que justice. Je ne sais pas. Je ne veux pas tuer. J'ai de la chance, j'ai été posté dans le même secteur que Jonah et Alexandre. Ils sont plus âgés que moi. On dirait que le temps a fait disparaître leur sens de la morale. Le massacre d'innocents ne semble pas les déranger. Je ne tue que les soldats armés. Mais ça me perturbe. Suis-je donc stupide de porter le deuil de toutes ces vies gâchées, quels que soient leur espèce, leur âge et leur sexe ? Est-ce mal de ne pas vouloir assassiner des innocents ? Tous les humains ne sont pas intrinsèquement mauvais.

***

Je me déteste. Je hais ce monde. Il n'y a rien sur cette planète que je ne déteste.

J'ai tué un jeune garçon aujourd'hui, à Berlin. C'était un soldat mais il était très jeune, à peine assez âgé pour porter une arme sans tomber. Il n'avait aucune expérience ni ne savait quoi faire. Il était mort de peur. Il ne voulait pas se battre ! Pourquoi l'ai-je attaqué ? Pourquoi ?

Je ne me suis rendu compte que c'était un enfant qu'une fois mon meurtre accompli. Tuer des militaires lors d'une guerre, assassiner les laquais des dictatures et gouvernements humains ne me pose aucun problème. Mais ce gamin n'avait même pas quatorze ans ! Que faisait-il là ?

Jonah et Alexandre se foutent de ma gueule à cause de ma faiblesse. Suis-je faible ? J'ai l'impression d'être un lâche. Suis-je un lâche ? Ils parlent de m'envoyer dans une zone où les combats sont moins intenses. Dois-je y aller ? Je suis tellement perdu. Je veux aider Atticus, je veux être utile dans cette guerre et c'est la seule manière dont je dispose pour lui rembourser la dette que j'ai envers lui. Il m'a offert l'immortalité. Mais je ne suis ni comme

Jonah, ni comme Alexandre. Je ne leur ressemble en rien. Pour eux, les humains n'ont aucune valeur. Ils ne sont rien d'autre que de la nourriture ou objets aux plaisirs charnels.

Je suis le seul ici à ne pas avoir profité d'une prise de guerre. Suis-je idiot de ne pas vouloir violer ? J'ai essayé de faire entendre raison à Jonah et Alexandre à ce sujet, mais ils se moquent toujours de moi. Ils disent qu'Atticus a eu tort de garder quelqu'un d'aussi jeune et lâche que moi près de lui. Suis-je un lâche ? Comment définir la lâcheté ?

***

– Oh non, Hansel. Tu n'es pas un lâche. Tu es plus humain et plus courageux qu'ils ne le seront jamais ! murmura Evelyn en continuant à compulser les pages de son journal.

***

Atticus va envoyer Alex dans certaines zones rebelles en Afrique. Alexandre le Grand, c'est le meilleur meneur d'hommes, le meilleur soldat et le plus grand conquérant de nous tous. J'aimerais pouvoir être aussi utile que lui dans cette guerre.

***

Evelyn continua à tourner les pages.

Je ne sais pas si je pourrai tenir encore bien longtemps. La constante odeur du sang dans l'air me rend malade. J'espère que cette guerre se terminera bientôt. Je n'aspire qu'au bien et à la paix. Pourquoi ne pouvons-nous pas nous contenter d'attaquer et d'assassiner les dictateurs et les méchants ? Pourquoi devons-nous prendre autant de vies innocentes pour annihiler toutes les structures gouvernementales humaines ?

***

J'ai tué une gamine qui n'avait pas treize ans, aujourd'hui. Je l'ai purement et simplement décapitée à mains nues. Je n'ai pas encore de remords. D'habitude, ça vient plus vite que ça.

Atticus parle de mettre les survivants humains dans des camps pour les tenir captifs. Il veut les enfermer dans des exploitations barricadées de très hauts murs – sur les plans, on dirait des prisons de haute sécurité. Il dit que c'est pour l'approvisionnement en vivres à l'issue de la guerre. D'après lui, il n'y en a plus pour bien longtemps, maintenant. J'espère sincèrement que cette satanée guerre se terminera bientôt.

***

J'ai encore tué aujourd'hui.

***

Tout le monde adore cette idée de camps. Je ne sais pas. Je n'ai pas voulu voter pour. Ce serait cruel. Le projet implique d'élever les humains comme des animaux sans âme et sans capacité de réflexion pour récolter leur sang. J'ai voulu voter contre, mais j'aurais été le seul. Tout le monde trouve ça génial.

Je ne voulais pas être le seul à m'y opposer. Je ne veux pas avoir l'air d'un lâche, ni montrer que je suis faible. J'aurais été le seul, ça n'aurait pas fait la moindre différence, non ?

Evelyn dut interrompre sa lecture. Elle avait l'impression que son cœur se liquéfiait. D'un certain côté, elle culpabilisait de s'immiscer dans son intimité sans y avoir été invitée, mais d'un autre, elle était contente de pouvoir lire ses mots.

Jamais elle ne s'était rendu compte qu'Hansel était un homme aussi droit et juste. Elle avait toujours su qu'il était différent de Jonah et d'Atticus. De ce qu'elle avait pu lire, elle comprit qu'il se souciait vraiment du bien de l'humanité et qu'il ne la voyait pas comme un être inférieur, à la différence des autres.

– Voilà le plus récent, dit Aspen en lui remettant un petit volume relié de cuir brun sur un autre bien plus grand bleu marine. Je dois être honnête, j'en ai lu quelques extraits. Samuel me l'avait interdit, mais ma curiosité l'a emporté. Hansel est tellement gentil. J'espère qu'il ne m'en voudra pas.

– Merci, répondit Evelyn.

Aspen était vraiment sympa, bien plus que Samuel. Mais c'était un humain, alors il n'avait aucun préjugé sur elle.

– De rien, répliqua-t-il en s'installant sur la chaise à côté de la sienne en souriant, toutes fossettes dehors, ce qui lui rappela Hansel. Je suis content de pouvoir t'aider. Je ne rencontre pas souvent d'humains. Je n'en ai pas vu depuis tellement longtemps. Kainsius ne me laisse jamais m'éloigner de sa vue, ou dc celle de Samuel.

– Et pourquoi ça ? demanda Evelyn, soucieuse.

– Kainsius est mon sauveur, il m'a récupéré dans la rue. J'étais petit, je devais avoir cinq ans, je crois. C'était il y a quinze ans, environ. Ma mère et ma petite sœur venaient d'être tuées par l'un de ses protégés. Je ne sais pas trop pourquoi il a décidé de me prendre avec lui et de s'occuper de moi. J'imagine que c'est parce qu'il culpabilisait que l'une de ses créations ait décimé ma famille et aussi parce que je lui ressemble beaucoup, je crois. Nous sommes blonds tous les deux, expliqua-t-il en souriant encore plus.

– Je suis désolée.

– Oh, ne le sois pas ! Je crois que ma mère croyait en un paradis après la mort, alors j'imagine qu'elle et ma sœur sont dans un monde meilleur, maintenant. Elle me manque, j'aurais aimé mieux la connaître et j'aurais adoré passer plus de temps auprès d'elle, mais on n'a pas toujours ce que l'on veut dans la vie, dit-il en caressant la tête d'Evelyn comme si elle était un animal domestique. Tu me rappelles ma sœur. Elle aussi avait les cheveux noirs. Mais ses yeux n'étaient pas bleus, mais marron, comme les miens.

Aspen avait quelque chose d'enfantin et Evelyn ne put s'empêcher de sourire. Il était si innocent, adorable, lumineux et heureux. Atticus disait d'elle que son âme était lumineuse, pleine de bonté et de vie. Elle ignorait si ces trois éléments étaient mesurables, mais dans les vingt minutes qui s'étaient écoulées depuis qu'elle avait fait la connaissance d'Aspen, elle sut que si son âme était lumineuse, celle d'Aspen l'était bien davantage.

J'espère que tu resteras toujours aussi heureux. Ne laisse jamais la cruauté de ce monde te changer.

– Est-ce que ce protégé, celui qui… euh… ?

– Celui qui a assassiné ma mère et ma sœur ? suggéra Aspen.

– Oui, répondit-elle en hochant la tête. Est-ce que… est-ce que c'était Samuel ?

– Oh non, Samuel est un gentil, dit-il en se penchant vers elle pour lui murmurer la suite à l'oreille. De toi à moi, je pense que Samuel n'a jamais tué personne de toute sa vie. Il joue les gros durs, mais en fait, il est très gentil. S'il fait comme s'il te déteste, ne te formalise pas. On dirait qu'il déteste tout le monde sauf Kainsius, même moi.

– Personne ne peut te détester, répondit Evelyn en riant.

Même si Aspen était effectivement plus âgé qu'elle, elle eut l'impression d'échanger avec un petit frère.

– Tu lis le journal qu'Hansel a écrit pendant l'Apocalypse ? demanda Aspen en baissant les yeux sur le livre posé sur le bar de la cuisine.

– J'en lis quelques extraits mais je ne veux pas trop en voir. J'ai l'impression de m'introduire par effraction dans son intimité.

– Il ne le saura jamais, répliqua Aspen en haussant les épaules. Je ne m'étais jamais rendu compte qu'Hansel était aussi honorable et moral avant de lire ses journaux.

– Moi non plus, et pourtant j'ai passé beaucoup de temps en sa compagnie.

– Il a écrit sur toi dans le dernier, l'informa Aspen en souriant. Il t'aime vraiment bien. Tu es une fille très forte, intelligente, gentille et courageuse.

– Pas vraiment, railla Evelyn. Peut-être dans le passé, mais plus maintenant.

– Ne dis pas ça. Nous les humains, nous sommes toujours très durs envers nous-mêmes, dit-il en lui tapotant le dos. En plus, Atticus t'a fait des choses vraiment terribles. Tu es vraiment forte et courageuse d'avoir survécu aussi longtemps.

Samuel était au téléphone depuis un bon moment maintenant et Evelyn attendait qu'il lui pose les questions dont il lui avait parlé pour remplir sa part du marché. D'un seul coup, les deux humains l'entendirent hurler depuis son bureau :

– Je me fous qu'Alexandre soit parti à la recherche d'un diamant à la con !

Evelyn secoua la tête et dit à Aspen :

– Je ne sais pas ce que je dois faire. Je ne sais pas ce que je veux, je suis complètement paumée.

– Tu as quoi, à peine dix-neuf ans ? répondit Aspen en riant. Tu crois sincèrement pouvoir savoir ce que tu veux alors que tu as passé la majeure partie de ta vie auprès de ton père et d'un amoureux attentif mais protecteur, puis dans les griffes d'un amant en proie à des pulsions de violence ?

Evelyn fronça les sourcils et se demanda comment il se faisait qu'Aspen en sache autant sur elle. Elle eut la réponse à sa question lorsqu'il lui désigna le journal d'Hansel.

– C'est normal d'être perdue, jeune fille, soupira théâtralement Aspen. C'est pareil pour moi. Je suis perturbé par la disparition de Kainsius, je ne sais pas si Samuel sera jamais heureux un jour, s'il trouvera l'amour, si un jour Atticus approuvera l'un des actes de Kainsius, si tu aimeras Hansel en retour comme lui t'aime, si tu sauveras Atticus… Tant de questions, je suis complètement paumé !

– Qu'est-ce que tu sais de ma vie ? demanda Evelyn en attrapant l'un des journaux. Et qu'est-ce qu'a écrit Hansel sur moi ?

– Il a écrit plein de choses là-dedans, glousse Aspen. Il y en a beaucoup sur toi. Il est amoureux de toi, tu le savais ?

– C'est ce qu'on m'a dit, mais je ne savais pas si les paroles de Jonah étaient très fiables. D'ailleurs je ne pense pas qu'Hansel aimerait que tu racontes ce genre de choses à des étrangers à peine vingt minutes après les avoir rencontrés, lui dit Evelyn sur le ton de l'humour. Le mot « amour » est très puissant.

– Alors, tu l'aimes ? demanda Aspen en haussant les épaules.

– Je ne sais pas.

– Qu'est-ce que tu penses de lui ?

– Il est gentil. Plus gentil qu'Atticus. Il est doux, attentionné et tellement adorable.

– Qu'est-ce que tu penses d'Atticus ?

– C'est Atticus, répondit Evelyn en levant les yeux au ciel. Il est dur, effrayant, diabolique, impitoyable, sans pitié, égoïste. Mais c'est aussi un homme brisé et maudit. J'ai envie de l'aider. Si je l'aide à devenir un homme meilleur, alors il est possible que je parvienne à offrir un meilleur avenir à l'humanité tout entière.

– Mais tu n'es pas prête à lui pardonner ce qu'il t'a fait.

Evelyn lui répondit d'un signe de tête négatif.

– Relation compliquée, en effet, continua à rire Aspen. Et Ethan ? Hansel pense que tu ne l'aimes pas vraiment, que tu es juste éprise de la liberté qu'il peut te garantir tout en te rassurant. Tu t'accroches à lui parce que tu te retiens à ce qu'était ta vie avant de rencontrer Atticus.

– Ethan… Il est tellement… bon, courageux, intelligent, prévenant et altruiste. C'est grâce à lui que je suis devenue celle que je suis aujourd'hui. C'est mon meilleur ami et je l'aime tellement. Avant, quand je pensais à l'amour, c'était toujours son image qui me venait à l'esprit en premier. Mais…

Avant qu'Evelyn ne puisse finir sa phrase, elle fut interrompue par une voix grave et profonde :

– Gardez vos larmes et vos confidences pour plus tard, nous n'avons pas toute la journée.

Samuel venait de s'asseoir de l'autre côté du bar dans la cuisine, face à Evelyn et Aspen. Avant que les humains n'aient le temps de réagir, il déposa une photo sur le bar et demanda :

– Avez-vous déjà vu cet homme ?

Evelyn prit l'image dans ses mains. Il y avait deux hommes sur ce cliché. L'un d'entre eux était Samuel et l'autre… eh bien… elle ignorait de qui il s'agissait. L'inconnu avait une peau ambrée, des yeux d'un bleu profond qui s'éclaircissaient plus ils approchaient de la pupille, des cheveux blond foncé, de hautes pommettes et l'air un peu maussade. C'était un très bel homme.

– Non, répondit-elle. Je ne le connais pas.

– C'est Kainsius.

– Vous allez vraiment me poser des questions sur un homme dont je n'ai jamais entendu parler ?

Samuel l'ignora et enchaîna :

– Vous avez déjà entendu Atticus parler de lui ?

– Non.

– Ce connard ne l'a jamais mentionné dans vos conversations ?

– Non. Qui est Kainsius ? Qui êtes-vous ? Quelle est la nature de vos relations avec Atticus ? Parce que je suis à peu près sûre que vous n'avez aucun lien avec l'aristocratie.

– C'est tout comme, déclara Samuel en riant sombrement. Et vous savez qui je suis. Je m'appelle Samuel. Vous n'avez pas besoin d'en savoir plus sur moi ou sur mon créateur.

– Quelle est la nature de la relation entre Kainsius et Atticus ?

– Parce que c'est un secret ? rit Samuel avant de continuer. Qu'est-ce que vous savez sur Venise ?

– Pas grand-chose, pourquoi ?

– Vous pensez qu'elle a un plan pour la Résistance humaine ?

– Ethan m'a parlé d'une guerre qui était sur le point d'éclater il y a quelques semaines. Mais je pense que Venise a changé d'avis.

– Les loups-garous de la branche australienne de la famille Redfern. Qu'est-ce que vous savez sur eux ?

– Qu'est-ce que vous voulez savoir sur la famille d'Ethan ? demanda Evelyn. Je sais qu'Ethan fait partie de la branche humaine de la famille, il est humain à cent pour cent.

– Mais vous connaissez Aaran Einar, le Lupus. C'est un homme puissant qui a un certain rang. Que savez-vous sur lui ?

– Pas grand-chose.

– Ne me mentez pas, petite fille. Que savez-vous sur Aaran Einar ?

– Pourquoi me posez-vous cette question ? Ils n'ont rien à faire là-dedans.

– Écoute-moi bien, gamine. Voici ce que je te propose. Je te laisse regarder le contenu du coffre d'Hansel et toi…

Samuel s'arrêta au milieu de sa phrase. Soudain, toute couleur quitta son visage. Il devint livide. Ses yeux manquèrent de sortir de leurs orbites. D'un seul coup, le vampire arrogant et sûr de lui fut terrifié.

– Que se passe-t-il ? demanda Evelyn.

– Partez ! cria Samuel en la regardant. Partez, tout de suite !

– Quoi ? Pourquoi ?

Samuel se retrouva à ses côtés un instant plus tard, mais il ne la toucha pas.

– Partez ! Dehors ! Tirez-vous ! Putain, barrez-vous tout de suite ! Je n'aurais jamais dû vous aider !

– Quoi ? demanda Evelyn complètement perdue. Je croyais que vous vouliez me poser des questions ?

– PARTEZ ! hurla-t-il le visage rouge de fureur.

Il avait l'air en colère, effrayé et aussi sous le choc. Aspen recula aussi, perplexe. Evelyn attrapa rapidement le journal bleu marine et le marron aussi. Elle voulait se plaindre – il ne lui avait pas montré le reste du contenu de son coffre –, mais elle n'osa rien faire.

Elle fut surprise de ne pas le voir protester quand elle prit les deux volumes.

– Je n'aurais jamais dû vous aider. Je n'aurais jamais dû vous aider, se lamenta Samuel en la faisant sortir de force de son appartement. Il va me tuer. Il va me tuer…

– Qui va vous…

Evelyn n'eut pas le temps de finir sa phrase qu'elle sentit une petite forme rectangulaire dans son dos et fut poussée dehors. La porte fut brusquement claquée derrière elle. Elle regarda par terre. L'objet rectangulaire était sa pochette.

C'est quoi ce bordel ? se demanda-t-elle en l'attrapant. Au poids, elle devina que le pistolet était à l'intérieur. Les yeux braqués sur les journaux d'Hansel dans sa main, elle se dit qu'elle avait rencontré un bien étrange vampire.

– Dégagez ! l'entendit-elle hurler de l'autre côté de la porte.

Evelyn leva les yeux au ciel, puis elle se dirigea vers l'ascenseur. Elle ne se doutait pas un instant de l'enfer qui allait déferler sur Samuel et Aspen. Si elle l'avait su, elle serait restée pour les protéger de toutes ses forces.

CHAPITRE 46

Atticus connaissait bien la souffrance. Il pensait avoir connu tous les types de souffrances lors de ces trois mille dernières années. Pendant longtemps, avant de rencontrer Evelyn, il s'était tellement habitué à la douleur et aux misères du monde qu'il s'en était cru immunisé.

Atticus agrippait fermement le volant de sa Maserati et faisait son possible pour contrôler sa rage et ne pas aller dans l'appartement de Samuel Hemmings. Il écoutait la conversation d'Evelyn avec cet humain qu'il ne connaissait pas. Il entendit à quel point sa bien-aimée semblait être heureuse en discutant avec lui. Il pouvait saisir l'élan et la joie qui animait sa voix en s'adressant à lui. Chaque fois que l'humain riait avec elle, son envie d'assassiner ce garçon était décuplée.

Il voulait tenir le cœur palpitant de ce garçon dans son poing et l'arracher à sa cage thoracique pour le piétiner jusqu'à ce qu'on ne reconnaisse plus sa forme initiale. Il voulait tenir sa tête entre ses grandes mains et écouter le bruit de son crâne craquer sous la pression de sa force surhumaine. Il voulait infliger une souffrance inimaginable à ce garçon et à tous les autres hommes capables de faire sourire, rire ou ne serait-ce que mettre Evelyn à l'aise.

Il entendit l'humain poser une question à propos d'Hansel à Evelyn :

« *Tu l'aimes ?*

– *Le mot "amour" est très puissant.*

– *Alors, tu l'aimes ?*

– *Je ne sais pas.*

– *Qu'est-ce que tu penses de lui ?*

– *Il est gentil. Plus gentil qu'Atticus. Il est doux, attentionné et tellement adorable.* »

Chaque syllabe qui s'échappait de ses lèvres transperçait le cœur immortel d'Atticus comme un million de lames, torturant son amour et écrasant tous ses espoirs de bonheurs à venir. Il tenait fermement son volant. Ses doigts commençaient à s'enfoncer dans l'épaisseur du cuir pourtant solide, et ses yeux le brûlaient.

« *Qu'est-ce que tu penses d'Atticus ?* »

Le Roi déglutit nerveusement et continua à écouter leur conversation à distance. Le monde continuait à tourner, les gens continuaient à marcher et Utopia continuait à prospérer alors que le Roi dans sa voiture qui valait une fortune se noyait dans son chagrin.

« C'est Atticus, répondit Evelyn en levant les yeux au ciel. Il est dur, effrayant, diabolique, impitoyable, sans pitié, égoïste. Mais c'est aussi un homme brisé et maudit. J'ai envie de l'aider. Si je l'aide à devenir un homme meilleur, alors il est possible que je parvienne à offrir un meilleur avenir à l'humanité tout entière.

– Mais tu n'es pas prête à lui pardonner ce qu'il t'a fait. »

Elle ne donna pas de réponse audible. Atticus voulut croire qu'elle avait hoché la tête pour lui répondre par l'affirmative, mais il savait qu'il ne servait à rien d'encourager pareil fantasme.

Les Ténèbres l'encerclaient et tournaient autour de lui. Le Mal lui proposait un moyen de se débarrasser de ses tourments et le poussait à aller écraser irrémédiablement la dernière lueur d'espoir qu'il lui restait. Atticus voulait céder, se laisser aller et tout oublier. Il voulait se débarrasser de sa dernière once d'humanité, de compassion, d'amour et de tout ce qui le séparait de la monstruosité la plus complète. Mais céder impliquerait aussi de renoncer à toutes ses chances de jamais tenir sa bien-aimée dans ses bras, de la voir sourire, de l'embrasser.

Evelyn continuait sa conversation avec l'humain. Une autre voix vint les rejoindre. C'était Samuel Hemmings. Atticus se souvenait du jeune protégé de Kainsius, mais il décida de ne pas écouter ce qu'ils se disaient. Il n'était pas sûr de pouvoir supporter plus d'honnêteté de la part d'Evelyn.

Tout au fond de lui, il entendit une voix lui murmurer un message. Il ne l'avait pas entendue depuis bien longtemps :

Rends-lui sa liberté. Laisse partir cette pauvre fille ! Cesse de t'en prendre à elle et libère-la ! Tu sais ce que tu dois faire. S'accrocher à elle, c'est un peu comme essayer de retenir de l'eau. Tôt ou tard, elle trouvera un moyen de s'échapper. Il ne sert à rien d'essayer d'éviter l'inévitable, et plus tu t'accroches à elle, plus elle prendra ses distances.

– Ta gueule ! commença-t-il à psalmodier. Ta gueule ! Ta gueule ! Ta gueule ! Elle est à moi ! Elle m'appartient ! Elle ne me quittera jamais sans ma permission ! Quand l'océan t'appartient, rien à foutre de perdre quelques litres ! Elle est mienne ! Où qu'elle aille pour s'enfuir, je la rattraperai. Elle ne m'échappera pas ! Le monde entier m'appartient !

Atticus appuya son front contre le volant de sa voiture. Sa tête était un champ de bataille dans lequel le Bien et le Mal essayaient de prendre le contrôle. Alors qu'il tentait d'écouter la voix de la raison, de ce qui lui restait de bon en lui, les Ténèbres continuaient à l'encercler.

Des images de l'avenir mirent à mal les murs de défense qu'il avait dressés dans son esprit et remportèrent le combat. Il vit Hansel et Evelyn, leurs corps emmêlés dans des draps de satin blanc. Leurs doigts entrecroisés, leurs corps liés, le doux parfum de la passion embaumait l'air sur la mélopée de leurs amours. Il la voyait agrippée à Hansel tandis qu'il la faisait gémir en allant et venant dans son corps. Ses lèvres parcouraient la peau délicate de son sein. Elle avait enroulé ses jambes autour de sa taille et, éperdue de plaisir, elle laissait ses ongles lui lacérer le dos.

Il la voyait prononcer le nom de son protégé, celui-là même qu'il avait placé à ses côtés pour la rassurer lorsqu'il savait qu'elle ne voudrait pas de lui. Une première larme lui échappa, accompagnée d'un rugissement de souffrance. D'autres suivirent. Il commença à gémir.

Il n'avait jamais rien éprouvé d'aussi intense. À côté de ça, la douleur qu'il avait ressentie en surprenant Evelyn contre ce cerisier avec les jambes enroulées autour de la taille d'Ethan lui faisait l'effet d'une journée au paradis. La douleur qu'il ressentait était pire que la mort, pire que de souffrir un milliard d'agonies. Si Evelyn voulait finir sa vie avec Ethan, alors peut-être Atticus pourrait-il éventuellement, par miracle, trouver un moyen de tourner la page après avoir fait son deuil pendant quelques centaines d'années. Mais pas Hansel. Pas le gamin qu'il avait sauvé des rues, celui à qui il avait fait le don de l'immortalité, qu'il avait élevé lui-même, nourri, aimé comme un fils, l'homme auquel il avait ordonné de se lier d'amitié et de protéger Evelyn parce qu'il savait qu'elle avait besoin de compagnie pour survivre au palais.

Atticus leva les yeux et regarda la Résidence du Lilas royal d'un air mauvais.

Je t'ai donné une chance de changer le cours des choses, de sauver les hommes que tu aimais et de te sauver toi-même d'une incomparable souffrance. Je t'ai donné une chance et tu as échoué. Tout ce que voulait Atticus, dans cet instant, c'était appuyer sur la pédale d'accélérateur de sa voiture et retourner au palais aussi rapidement que sa voiture de sport le lui permettrait pour arracher son cœur à Hansel. Mais il s'abstint. Il savait qu'il ne pouvait pas le tuer, du moins pas tout de suite.

CHAPITRE 47

– Dégagez ! cria Samuel une dernière fois après avoir sorti Evelyn de l'appartement et claqué la porte sur ses talons.

Même s'il avait côtoyé les forces du Mal toute sa vie, Aspen ne put que grimacer de peur devant la scène qui se déroulait sous ses yeux. Il y avait quelque chose d'autre dans le regard de Samuel lorsqu'il avait obligé Evelyn à sortir de chez eux.

– Samuel ? murmura Aspen pour interpeller son ami qui n'était pas toujours très aimable. Samuel, je croyais que tu voulais poser des questions à Evelyn ? Alors pourquoi l'avoir fait partir ? Elle allait nous aider à trouver Kainsius ! Je croyais que tu voulais obtenir des inform…

Il fut interrompu avant même de pouvoir finir sa phrase.

– Ta gueule !

Le regard inquiet de Samuel se tourna vers Aspen alors qu'il sortait ce qui semblait être un morceau de caillou de sa poche. Il traversa la pièce à toute vitesse et déposa l'objet dans la main d'Aspen. C'était une balle, noire et luisante. Brûlée et déformée. *Quelqu'un s'est servi de cette munition*, se dit Aspen en tournant le petit bout de métal dans sa main.

– Je ne sais pas encore si cela a une quelconque importance, précisa hâtivement Samuel en se balançant d'une jambe sur l'autre et les mains étonnamment tremblantes. Mais cette connasse a dit qu'Atticus lui avait donné cette arme, probablement pour se protéger…

– Comment l'as-tu trouvée ? demanda Aspen en examinant l'objet à son tour. Que se passe-t-il, Samuel ? Je croyais que tu voulais poser des questions à Evelyn pour retrouver Kainsius.

– Il est trop tard pour ça. Je n'aurais jamais dû l'aider. J'aurais dû la laisser mourir. Je n'arrive pas à croire que j'aie été aussi stupide ! Cette fille appartient à Atticus, c'est la prunelle de ses yeux. Bien sûr qu'il n'allait pas la laisser se balader toute seule, sans surveillance. Comment ai-je pu être aussi stupide ?

– Samuel ? pesta Aspen. Que se passe-t-il ? Dis-le-moi !

– Moins tu en sauras, mieux ce sera pour toi. Va dans la chambre de Kainsius. Tu connais le code de son coffre-fort, hein ? Cache-toi dedans, cache-toi et n'en sors pas. Quoi qu'il se passe, reste à l'intérieur. J'ai fait une erreur et tu ne devrais pas avoir à en subir les conséquences. Vas-y !

Il poussa brusquement Aspen vers les chambres.

– Non ! protesta l'humain. S'il se passe quelque chose de terrible, je t'aiderai ! Je ne te laisserai pas tout seul si…

Avant que l'humain ne puisse terminer sa courageuse tirade, il sentit le poing de Samuel s'abattre sur sa joue.

– Écoute-moi, espèce de petit con. Ce n'est pas le moment de la jouer philosophe. Dégage ! Atticus a dû me voir quand Evelyn est entrée ici. Je suis pour ainsi dire déjà mort. J'adorerais te faire tomber dans ces sables mouvants avec moi, mais j'ai besoin que quelqu'un continue à chercher Kainsius et s'assure que rien de mal ne lui est arrivé ! expliqua Samuel en continuant à pousser Aspen. Tire-toi, saloperie d'humain.

Alors même que la mort venait frapper à sa porte, Samuel ne se départait pas de sa contenance glaciale.

– Samuel, murmura Aspen. Je ne te laisserai pas mourir.

– Putain, mais c'est pas vrai. On n'a pas le temps pour tes conneries, gronda le vampire avant d'attraper le jeune homme par les cheveux et de le tirer de force dans la chambre de Kainsius. Saloperie de gamin désobéissant.

Samuel avait raison, ils n'avaient plus le temps. Alors qu'Aspen et Samuel se disputaient, Atticus regardait Evelyn sortir de l'immeuble. Il entendit les battements de son cœur et son souffle irrégulier avant de la repérer physiquement.

Il observa les vigiles jeter un coup d'œil à son petit ange lorsqu'elle descendit les dernières marches de l'escalier. Elle était totalement inconsciente du fait qu'elle avait été observée toute la journée, qu'il l'avait espionnée depuis le début. Il l'avait suivie à bonne distance et elle n'avait rien vu.

Il avait failli lui rentrer dedans le matin quand elle avait bondi en dehors de la voiture mise à sa disposition. À l'instant où il avait vu sa frêle silhouette jaillir de l'élégant véhicule noir, il avait compris qu'elle serait incapable de combattre les élans de son cœur. Il s'était alors demandé ce qui la motivait le plus : la sincérité de ses sentiments pour Hansel ou le besoin de s'assurer de la probité de sa parole. Pour Atticus, Evelyn était trop intelligente pour croire en ses mensonges. La seule raison expliquant qu'elle ne le perce pas à jour à chaque occasion était sa tendance à se mentir à elle-même pour se protéger. La vérité est glaciale et bien plus douloureuse que l'euphorie d'un mensonge.

En l'observant, il écrasait son volant. Son cœur brisé lui brûlait les yeux. Toutes les fibres de son être criaient, hurlaient sans un bruit sous le coup de cette émotion abominable qui tentait de le suffoquer. Atticus ravala un sanglot.

– P… Pourquoi ?

Il ne put rien articuler de plus. Le mot se brisa, comme lui. Il la regarda marcher vers lui. Elle ne pouvait voir à travers les vitres teintées cet homme agonisant dans sa Maserati, cet homme qui pleurait pour elle. Atticus ne voulait pas qu'elle puisse le voir ainsi. Jamais. Si elle cessait de le craindre, alors il perdrait sa carte maîtresse, le seul point de pression qui lui permettait de la retenir, la seule chose qui la fasse rester, comme un fil enroulé autour de sa gorge.

Quand ce fil se rompra, son cœur sera libre. Elle pourra déployer ses ailes et s'envoler, loin, si loin de lui. Il pouvait la garder physiquement à ses côtés pour l'éternité, mais son cœur, son âme, son esprit seraient ailleurs.

– Je ne te perdrai pas, se promit Atticus en la voyant passer devant lui.

Lorsque enfin Evelyn fut assez loin pour ne plus le voir ni l'entendre, il sortit de son véhicule, prêt à soigner ses blessures dans un bain de sang.

***

Palais royal

– Tu es franchement laid en rouge et noir, remarqua Jonah en détaillant Hansel des pieds à la tête.

– Toutes les couleurs me vont. Je peux porter ce que je veux, j'ai toujours le « Styles », rétorqua Hansel en riant doucement.

– Oh tu es encore capable de fanfaronner. Je croyais qu'Evelyn t'avait lobotomisé quand elle t'a coupé les couilles pour s'en faire un sac à main, lui rendit Jonah hilare en flattant son ami comme un chien. Bon, Hansel, je te ferai des gratouilles sur le bidon si tu te sors bien de ta première journée en tant que garde au palais.

– Nous aussi on aura le droit à des gratouilles ? l'interrompit Aaran, en faisant mine de faire la moue. Parce que sinon, ça voudrait dire qu'il y a du favoritisme. Tu ne veux pas être un commandant injuste, non ?

Ethan et lui étaient à la gauche d'Hansel, séparés de quelques centimètres seulement. Jonah résista à son envie de le frapper et continua :

– Ne t'inquiète pas. Je vais faire en sorte que tu sois posté loin, très loin du loup. Tu n'es peut-être pas dans les petits papiers d'Atticus pour le moment, mais au nom des centaines d'années d'amitié que vous avez partagées, je vais m'assurer que tu n'aies pas à passer tes journées auprès de cette vermine.

– Les loups sont des créatures majestueuses, mec. Qui est la vermine, ici ? fit mine de s'indigner Aaran.

Ethan gardait sa position, complètement rigide, mais il faisait de son mieux pour s'empêcher d'exploser de rire.

– Peut-être ta petite copine. Alice, c'est ça ? lui renvoya Jonah en souriant. Tu sais, Alice, la femme de Marcus. Si tu ne fermes pas ta grande gueule, j'irai rendre visite à ta pute adultère. Marcus est l'un de mes meilleurs amis, mais il est loin d'être mon Roi. Je n'ai aucune obligation envers lui et je n'ai pas à me montrer magnanime envers sa femme. En plus, je doute qu'il ait envie que je me montre gentil avec elle quand il découvrira ce que cette salope a fait derrière son dos.

– Tu ne t'approches pas d'elle, grogna Aaran.

– Tu fermes ta putain de gueule et je garde en vie ta salope geignarde, continua-t-il en s'approchant d'Ethan. Mais attention, je ne te fais aucune promesse. Ta vie est loin d'être aussi précieuse que celle d'Hansel ou celle de cette humaine. Je peux te tuer quand je le veux et je doute qu'Atticus en éprouve la moindre tristesse. Evelyn ne sera pas contente, mais tu n'es tout de même pas assez con pour croire que j'aie quoi que ce soit à foutre de ce que pense cette connasse ? Elle peut pleurer tout ce qu'elle veut, je m'en fous complètement.

– Touche Alice et je te tue.

– Waouh, tu oses me menacer, moi ? demanda Jonah en souriant de plus belle. Mec, tu rends cette petite visite à Alice de plus en plus tentante. Les femmes enceintes sont des chaudasses, non ? Si elle a écarté les cuisses pour une merde comme toi, je suis sûre qu'elle n'aura aucun problème à faire la même chose pour moi.

Aaran leva la main pour frapper Jonah, mais le vampire l'attrapa facilement et éclata de rire.

– Ne me fais pas chier.

CHAPITRE 48

Dans ce monde, Atticus avait peu de plaisirs. Le meurtre et la vengeance en faisaient partie, surtout sur des personnes qui à ses yeux méritaient d'être punies. Il adorait la sensation du sang tiède dégoulinant sur ses mains, celui des humains comme celui des vampires. Il adorait cette odeur. Il adorait entendre ses victimes le supplier d'avoir pitié, écouter leurs derniers cris de douleur avant de les expédier en enfer. Oh oui, Atticus savait apprécier un bon carnage et, en trois mille ans, il avait eu le temps de maîtriser l'art de l'assassinat. Une bonne tuerie était, après le sexe, son exutoire préféré quand il était stressé.

Les vigiles de la résidence ne reconnurent pas le Roi, lorsqu'il sortit de sa Maserati et s'approcha d'eux. C'était bien les quatre gorilles qui s'étaient moqués de sa bien-aimée et qui l'avaient humiliée. Il serra les poings. Atticus voulait ramener ces quatre vampires dans son palais, les déshabiller, les suspendre par les pieds dans l'une de ses salles de torture comme les gros porcs qu'ils étaient et les faire fouetter deux fois par jour jusqu'à la fin des temps. Mais heureusement pour eux, il avait aussi grande envie de se faire un petit plaisir immédiat, alors leur mort allait survenir plus tôt.

Avant même qu'ils n'aient le temps de comprendre ce qu'il leur arrivait, avant que l'un d'eux n'ait une chance de réagir, trois corps sans vie tombèrent par terre. Le cadavre de l'un d'eux, qui était en haut des marches, roula dans l'escalier. Atticus avait fait exprès d'épargner celui qui avait fait le plus de tort à Evelyn. Aucun n'avait crié ni vu ce bel homme en jean noir et en veste. Atticus avait mis très rapidement fin à l'existence des trois vampires parce qu'il avait une autre priorité, qui se trouvait plusieurs étages au-dessus.

Atticus salua d'un « bonjour » le vigile qui avait eu le culot de frapper Evelyn, avec un grand sourire. Il lâcha les trois cœurs saignants qu'il tenait à la main l'un après l'autre. Ils s'écrasèrent sur le ciment dans un bruit mat. De petites gouttes de sang éclaboussèrent tout autour, mais aucune n'osa aller se poser sur les vêtements du Roi, comme si elles savaient qu'il valait mieux ne pas mettre en colère cet impitoyable assassin. Le vigile en eut le souffle coupé. Il ouvrait et fermait la bouche sans laisser sortir le moindre son, comme un pathétique poisson rouge.

– Tu as touché quelque chose qui m'appartient, tout à l'heure, annonça-t-il en souriant. Je n'aime pas quand les gens touchent mes affaires. Il n'y a rien de personnel dans tout ça, mais personne n'est autorisé à faire souffrir ma femme, à part moi.

Ses doigts ensanglantés caressaient la peau rugueuse de l'homme face à lui. Avant que le vampire terrifié ne comprenne ce qui lui arrivait, le bout des doigts d'Atticus s'insinua sous ses vêtements, dans ses chairs, à travers ses muscles et attrapa son cœur. Le sourire du Roi s'élargit encore lorsqu'il pressa le fragile organe, jouant avec ce pitoyable vampire.

– Qui… qui êtes-vous ?

Ce furent les derniers mots de cet être insignifiant.

– Je suis ton Roi et ton pire cauchemar, répondit-il avant de lui arracher le cœur de la cage thoracique en riant de plaisir, le regard noir luisant de joie à l'idée de savoir qu'il venait de venger l'humiliation d'Evelyn. Tu n'aurais pas dû mettre un doigt sur ma femme.

Atticus joua avec l'organe dans ses mains pendant quelques secondes, alors que la dépouille de son ancien propriétaire s'écrasait par terre. Il le jeta ensuite par-dessus son épaule en montant les escaliers. Il arriva à la réception de la Résidence du Lilas royal avec du sang encore chaud sur les mains. Une ou deux gouttes rebelles avaient touché sa manche, mais il ne leur prêta aucune attention, pas plus que la réceptionniste et le visiteur avec lequel elle s'entretenait ne le regardèrent. Une fourmi ne peut jamais rien faire lorsqu'elle fait face à un lion, et lorsque le prédateur l'écrase du bout d'une griffe, les autres fourmis n'ont aucun intérêt à vouloir la venger.

Atticus écouta les voix de ses prochaines victimes. Samuel et Aspen se disputaient pour savoir si l'humain devait se cacher dans le coffre ou non, pensant qu'il pourrait ainsi échapper au Roi.

– Insupportables, ces mômes, vraiment débiles, soupira-t-il. Ils me sous-estiment toujours.

Une douce mélodie s'échappait des haut-parleurs de l'ascenseur pour accompagner Atticus vers sa destination.

– Samuel, non ! cria Aspen.

L'humain luttait furieusement contre le vampire lorsque ce dernier projeta son crâne contre la porte du coffre de Kainsius.

– Ouvre cette putain de porte, ou je te tuerai moi-même, lui cria Samuel. Crois-moi, Aspen, je fais ça pour ton bien. Tu ne connais pas Atticus comme je le connais. C'est l'incarnation du Mal ! Tu aurais de plus grandes chances de rester en vie si tu ouvrais ce putain de coffre pour t'y cacher !

– Non ! s'obstina Aspen en criant. Je ne te laisserai pas mourir seul !

– Mieux vaut que je crève tout seul, hurla Samuel en pleine crise. Maintenant ouvre cette putain de porte, Aspen !

– Non.

– Espèce de petite merde inutile ! s'emporta Samuel, le regard brûlant de rage.

Mais malgré son irritation, Samuel relâcha sa prise en le repoussant une dernière fois et recula doucement.

Le corps d'Aspen s'effondra par terre, il cherchait à reprendre son souffle. Se disputer avec Samuel était toujours exténuant. Ils en venaient souvent aux mains, mais c'était presque toujours Aspen qui l'emportait.

– Maintenant qu'on a terminé, peux-tu s'il te plaît me dire ce qu'il se passe ? grommela l'humain en se frottant la tête d'un air boudeur.

Même s'il ne perdait pour ainsi dire jamais face à Samuel, c'était toujours lui qui s'en sortait avec bleus et bosses.

– Que se passe-t-il ? s'esclaffa Samuel. C'est le jugement dernier qui nous tombe dessus, voilà ce qu'il se passe, gamin. Atticus est au rez-de-chaussée. Enfin peut-être plus maintenant. Il va débarquer d'une seconde à l'autre.

– Quoi ? s'étouffa Aspen. Atticus, comme le Roi Atticus, le Atticus de Kainsius ?

– Oui ! lui cria Samuel. Atticus, cet Atticus-là ! Si tu as changé d'avis sur ton projet d'acte de bravoure, n'hésite pas à ouvrir la porte de ce putain de coffre pour t'y planquer ! Il devait être dans les parages quand Evelyn est arrivée, il a dû la voir se faire agresser par ces vigiles et me parler. Tu sais ce qu'il a fait à ce môme de la famille Redfern, ce qu'il a fait à Hansel, son favori après Jonah. Aspen, je suis sur le point de mourir. Je ne veux pas t'entraîner en enfer avec moi. Alors par pitié, pour une fois dans ta vie, écoute ce que je te dis et sers-toi de ta tête.

– Pourquoi Atticus voudrait-il te tuer ? Tu ne lui as rien fait. Tu lui as juste parlé quelques minutes. Pourquoi te tuerait-t-il pour ça ? Comment peux-tu être aussi certain qu'il est là, en plus ? Est-ce qu'Evelyn est au courant ?

– Putain, on n'a pas le temps pour toutes tes questions ! répliqua Samuel en grognant avant de tout de même répondre. Je l'ai entendu. J'ai entendu sa voix, c'était un hurlement de rage. Ce n'était pas le cri féroce du Roi Atticus, mais le mugissement difforme d'un animal qui s'apprête à mourir. Et si j'ai appris quelque chose de Kainsius à propos de cet homme, c'est qu'en ce moment il est sur le sentier de la vengeance, cherchant à compenser par la violence la douleur qui s'est installée dans son cœur brisé.

– Hein ?

– Putain, vous les humains, vous êtes tellement cons, répondit Samuel en levant les yeux au ciel. Il faut vraiment que je t'explique tout. Atticus est en colère. C'est certainement parce qu'Evelyn est venue ici. Soit elle lui a désobéi en venant voir Hansel en douce, soit il lui a laissé l'opportunité de venir ici pour la tester. Quoi qu'il en soit, elle a échoué. Heureusement pour elle, elle est trop précieuse pour être tuée, alors des hommes comme moi vont devoir subir les conséquences de ses actes irresponsables.

Et pour répondre à ta dernière question, non, je ne pense pas qu'elle sache qu'il la suivait.

Samuel se tourna légèrement et annonça ensuite :

– Tu as dix secondes pour prendre une décision : vivre ou mourir.

– Je ne me cacherai pas comme un lâche, répliqua Aspen fièrement.

– Débile, rétorqua Samuel plein de morgue avant d'attraper Aspen par la chemise et de lui envoyer un coup de poing sur la mâchoire pour le mettre K.-O. Sois sage, ô mon cher ami.

À peine un instant plus tard, il entendit un grand craquement. C'était Atticus. Samuel sentait l'odeur du sang frais dans l'air et la glaçante aura du célèbre Roi.

Jetant un dernier regard plein de chagrin en arrière, Samuel se tourna. Son masque d'homme sans cœur incapable de la moindre émotion lui échappa, quelques instants à peine, et dans ce bref moment, il eut l'air d'être sur le point de s'effondrer. Mais il se reprit très vite pour maintenir ses émotions à bonne distance.

– Roi Atticus, l'apostropha Samuel avec tout son charisme déployé, feignant la joie de le voir débarquer dans le salon, un grand sourire aux lèvres. Qu'est-ce qui vous amène ici, Mon Seigneur ?

Atticus le regarda approcher, lui aussi tout sourire.

– Épargne-moi ton baratin, gamin. Ne joue pas au con.

– Alors vous êtes venus pour me tuer, c'est ça ? demanda Samuel, sans plus sourire. Vous allez m'assassiner parce que j'ai parlé à votre femme ?

– Toi ? Mais qui a dit que j'allais te tuer, toi ?

CHAPITRE 49

Samuel dévisagea le Roi un instant, l'air perplexe et perdu.

– Que voulez-vous dire ? Est-ce que… Vous savez… Vous savez que Kainsius a disparu, c'est pour ça que vous êtes là ?

Il y avait comme une lueur d'excitation dans le discours de Samuel. Il ne pouvait qu'imaginer le plaisir que tirerait Kainsius de savoir que sa disparition avait alarmé Atticus.

– Kainsius ? demanda le Roi comme s'il ignorait presque de qui il s'agissait. Pourquoi ? Qu'est-ce que j'en ai à faire de ce gamin ? Il peut bien se démerder tout seul.

Samuel laissa un grognement lui échapper. Son acte était à la fois courageux et stupide. Ce qui fit rire Atticus.

– Désolé de te l'apprendre, mais ton maître n'est pas la créature divine qu'il t'a fait croire qu'il était, loin de là. Kainsius est un putain de lâche et le monde tournerait un peu mieux s'il disparaissait de la surface de la Terre.

– Comment pouvez-vous dire une chose aussi dure et aussi cruelle au sujet d'une personne qui vous a adulé depuis sa naissance ? Avez-vous un cœur, Atticus ? Êtes-vous aussi impitoyable et insensible que vous le faites croire au monde ? Êtes-vous réellement incapable du moindre sentiment ? N'y a-t-il pas la moindre source de compassion ou d'amour derrière votre masque ?

– Un masque ? s'étonna le Roi en secouant légèrement la tête, tant il était incrédule, avant de se livrer à la fureur. Un masque ? Tu penses que je porte un masque ? Pourquoi porterais-je un masque ? Pourquoi, moi, Atticus, Roi de cette putain de planète, aurais-je besoin de porter un masque ? Tu es aussi con que ton créateur ! Je n'ai aucune raison de porter un masque et de prétendre être quelque chose que je ne suis pas. Je suis tout ce que tu peux voir. Le démoniaque, monstrueux tyran que tu as sous les yeux n'est pas un masque. C'est ce que je suis, espèce d'imbécile.

En un clin d'œil, Atticus traversa la pièce pour se planter à quelques centimètres de Samuel. Il enroula ses doigts autour de son cou et lui demanda, un sourire satisfait aux lèvres :

– Tu as peur ?

– Non.

La fureur dans le regard de Samuel était égale à celle du tyran.

Samuel savait qu'il n'avait aucun intérêt à se plier à la volonté du Roi, comme un pitoyable toutou qui le supplierait de l'épargner. Il était déterminé à le punir, puis à le tuer. Il préférait donc tirer sa révérence comme une supernova incandescente, dans toute sa gloire, avant d'exploser.

– Pourquoi n'as-tu pas peur ? s'esclaffa le Roi en serrant ses doigts autour de sa gorge, doucement.

Il avait toujours été du genre à jouer avec ses victimes avant de mettre fin à leurs jours. Il n'y avait rien de plus amusant et de plus plaisant pour lui que d'écouter les divagations d'un homme avant sa mort. Atticus aimait les voir se débattre, pleurer, le supplier de les épargner, s'accrocher à cette lueur d'espoir de rester en vie.

– Tu penses que j'hésite à te tuer à cause de ta relation avec Kainsius, parce que tu es l'un de ses protégés ? Tu crois que ça fait de toi quelqu'un de spécial ?

– Qui croyez-vous être pour venir dans mon appartement me menacer ? lui cracha Samuel au visage. Vous êtes peut-être le Roi, Atticus, mais vous n'êtes pas un dieu. Quels que soient vos pouvoirs, vous ne pouvez pas traiter les gens tel que Kainsius et moi comme s'ils n'étaient que de la boue sur la semelle de vos chaussures !

Crac. Samuel entendit les os de sa mâchoire craquer avant de sentir la douleur du poing du Roi.

– Tu n'as pas choisi la bonne journée pour être courageux, gamin. Je suis venu ici avec la ferme intention d'épargner ta vie, mais la possibilité de mettre fin à ta pathétique existence me tente de plus en plus, à chaque seconde qui passe.

– Allez-y, alors, ricana Samuel. Pourquoi perdre du temps à discuter, faites ce qui vous chante. Pourquoi tout ce blabla ? Vous voulez que j'aille vous chercher une bière pendant que vous me parlez de vos problèmes avec cette pathétique fille ?

Samuel rit de sa propre blague en laissant apparaître ses dents très blanches derrière ses lèvres, puis reprit :

– J'adorerais voir les médias mettre la main sur ce scoop. Allez, Majesté, combien de fois Evelyn vous a-t-elle envoyé chier en vous disant qu'il lui était impossible d'aimer quelqu'un d'aussi bousillé et diabolique que vous ? C'est juste qu'elle ne vous kiffe pas, espèce de…

Le discours très libre de Samuel fut interrompu par le poing d'Atticus qui vint s'abattre encore une fois sur sa mâchoire. Normalement, ses victimes se mettaient à genoux et suppliaient qu'on les épargne. Le courage de Samuel dépassait ses attentes. Toutefois, les manières du jeune vampire ne faisaient qu'alimenter sa fureur et c'était bien la dernière chose qu'il aurait dû faire.

– Comme je te l'ai déjà dit, tu as choisi la mauvaise journée pour tester ton courage, gronda Atticus en soulevant du sol le corps du vampire.

– Regardez-vous un peu, continua à le railler Samuel. Regardez comme vous êtes devenu pathétique ! Qu'est devenu le Roi qui refusait qu'on lui dise non ? Le Roi qui n'avait rien à craindre ? Le Roi qui a massacré une ville entière à mains nues juste pour le fun ? Vous n'avez aucun droit de vous appeler Roi, aucun droit de faire croire aux gens que vous êtes un dieu quand vous n'êtes rien d'autre qu'un mollusque fou amoureux d'une fille qui ne veut pas de vous ! Regardez-vous un peu en face, Atticus, vous êtes pitoyable !

Le sourire du Roi s'était effacé et c'était à présent ses canines qu'il montrait à Samuel. Chacune des remarques du jeune vampire avait tapé dans le mille. Il l'avait blessé dans sa fierté et le Roi dut faire appel à toute la maîtrise qu'il avait de lui-même pour s'empêcher de lui arracher la tête.

– À qui crois-tu t'adresser ? gronda-t-il. Ne confonds pas ma supposée clémence pour Evelyn avec de la faiblesse. Je ne suis pas faible. Ni lâche. Et je ne supporterai pas qu'une raclure comme toi s'adresse à moi de cette manière ! Tu sais à quel point il me serait facile de te tuer ? En fait, si j'en avais envie, je pourrais faire venir Kainsius dans l'heure et le pousser à te tuer de bon cœur, le nargua-t-il. Dis-moi, Samuel, aimerais-tu être assassiné par ton créateur ?

– Vous sous-estimez Kainsius. Il n'est plus le gamin qu'il était. Il ne se pliera pas devant vous comme un animal domestique. Vous n'avez plus de pouvoir sur lui, tout comme vous n'en avez aucun sur Evelyn, sur moi ou sur Hansel, dit Samuel avant de rire cruellement. Affrontez la réalité, Atticus, vous êtes devenu faible. Vous êtes une blague. Non mais quand même, laisser votre protégé…

Avant que Samuel ne comprenne ce qu'il avait en tête, le Roi fonça dans la chambre de Kainsius et attrapa le petit blond inconscient, Aspen.

– Je t'ai dit que je n'étais pas venu pour te tuer, expliqua Atticus qui s'était remis à arborer son sourire sinistre. Je suis là pour tuer ce pauvre petit innocent, ici présent…

Samuel déglutit nerveusement et fit mine de rire d'un air détaché.

– Laissez-le partir, Aspen n'a aucune importance dans cette partie. Il est innocent et n'a aucune valeur. Relâchez-le. Il ne vous servirait à rien de le tuer. Vous êtes vraiment à ce point désespéré ?

Ses paroles étaient apparemment détachées, comme s'il marquait un certain ennui et une légère moquerie. Mais si Samuel était bon acteur, pas même sa meilleure performance n'aurait pu détourner Atticus de son objectif initial.

Il avait fait la seule chose qu'un vampire, un criminel ou quiconque veut réussir ne devrait jamais faire : il avait montré sa faiblesse. Un bref instant, mais ce fut suffisant.

– S'il est si inutile, que fait-il ici ? Je ne t'aurais jamais pris pour un homme qui apprécie les charmes masculins.

– Ce n'est pas mon amant, répliqua Samuel en explosant d'un rire profond. C'est juste le garde-manger. Il se trouve qu'il produit un sang de très bonne qualité. Je vous en prie, goûtez-le.

Le sourire suffisant du Roi s'élargit un instant avant qu'il ne gifle soudain Aspen.

– Réveille-toi, mon mignon.

– Je vous ai déjà dit qu'il n'était qu'un pion et n'avait aucune importance dans cette histoire.

– Je ne pense pas, se moqua Atticus. Kainsius voulait le garder, hein ? Ne me prends pas pour un con, Samuel. Ce n'est pas parce que je ne m'intéresse pas aux activités de ton créateur que ça veut dire que je suis assez stupide pour le laisser faire ce qu'il veut sans assurer une surveillance permanente et vérifier sa loyauté envers la Nation Vampire.

Samuel avait compris que continuer à tester les limites de l'indignation d'Atticus n'était pas une bonne idée, à ce stade, d'autant que la vie d'Aspen était littéralement suspendue aux mains du Roi. Il tenta une nouvelle approche :

– Kainsius garde Aspen sous le coude parce qu'il a pitié de lui. Aspen lui rappelle son enfance. C'est à cause de sa nostalgie, de son désir d'avoir l'illusion d'une famille, de son besoin d'amour. Vous et Kainsius, vous vous ressemblez beaucoup sur ce plan-là.

Samuel avait parlé avec honnêteté. Il avait bien pris garde de lentement prononcer chacun de ses mots, avec émotion, pour espérer faire resurgir une once de sympathie chez Atticus, plongé dans les Ténèbres.

– Qui pourrait aimer un raté comme lui ? se moqua le Roi alors qu'Aspen reprenait doucement conscience.

– Vous savez, plutôt que de chercher l'amour d'une fille qui ne vous le donnera jamais, pourquoi n'iriez-vous pas chercher celui de quelqu'un qui vous a toujours admiré, quelqu'un issu de la seule famille qui vous reste ? le supplia à moitié Samuel. Pourquoi insister pour le bannir comme s'il était une abomination, un criminel ? Savez-vous à quel point il vous aime ? Vous êtes sa seule famille sur cette Terre ! Ayez pitié de lui !

– Dois-je avoir pitié de lui ou de ce gamin ? Parce que je n'en ai pas envie, pour aucun des deux, expliqua-t-il en pressant son nez contre le cou d'Aspen. Qu'est-ce qu'il a de si spécial, ce môme ?

– Je vous l'ai déjà dit ! cria Samuel. Mon créateur le garde parce qu'il lui rappelle son enfance. Pourquoi ne me croyez-vous pas ?

– Parce qu'il serait tout aussi facile à Kainsius de te mentir, à toi, que toi de me mentir, à moi. Tu le vois comme un dieu. Je ne suis pas aussi stupide que toi, je le connais et il est impensable qu'il garde un humain dans les parages pour une raison aussi absurde. Je me demande… musa Atticus en regardant le corps du jeune homme. Après tout, oui… Ça fait des siècles qu'on n'a pas eu de rejeton portant le gène Dreyan… Eh bien, j'imagine qu'il va falloir que je découvre ça par moi-même, alors.

Atticus enfonça ses canines dans la chair du jeune Aspen.

CHAPITRE 50

Étonnant, la façon dont la génétique peut passer des informations de génération en génération, avec rien d'autre que de simples nucléotides rassemblés dans une double hélice. L'ADN, si simple et à la fois si complexe. Un jour, bien avant la naissance d'Atticus, deux civilisations de la Haute Antiquité en avaient découvert les secrets cachés.

La civilisation Dreyan et celle de l'Atlantide étaient très avancées, ce qui ne les empêcha pas de disparaître. Certains diraient qu'ils avaient souffert d'un revers de technologie et que leur savoir, comme leurs innovations et leurs créations, s'était retourné contre eux. D'autres affirmeraient qu'ils avaient été punis par une puissance supérieure qui leur en voulait d'avoir pillé un savoir sacré de l'univers et essayé de pervertir les lois de la nature en faisant muter des gènes.

L'extinction de ces deux civilisations, si géographiquement proches l'une de l'autre et si avancées par rapport à celles de leurs pairs, s'était déroulée il y a si longtemps qu'aucune source d'information n'avait été jugée fiable et précise. Du reste, ces informations avaient été transmises par la parole de ceux qui assistèrent à la destruction de la civilisation Dreyan, puis à celle de l'Atlantide.

À l'instant où Samuel entendit l'expression « gène Dreyan », la première chose qu'il se dit fut : *C'est quoi cette merde ?* Toutefois, la question quitta immédiatement son esprit lorsque Atticus plongea ses canines dans la chair du cou d'Aspen.

Ce qui se déroula ensuite fut le fruit de son instinct. Aspen était probablement ce qui se rapprochait le plus d'un frère ou d'un fils pour Samuel. Il l'avait regardé grandir pendant plus de quinze ans. Quinze années pouvaient sembler très courtes pour quelqu'un comme Samuel, qui totalisait déjà plusieurs centaines d'années, mais les sentiments fraternels qu'Aspen avait provoqués chez lui en entrant dans sa vie étaient aussi irréversibles que les lois du temps. Aspen se mit à crier.

– Non ! hurla Samuel.

Son cri ne fut pas l'expression d'un vampire froid et insensible comme celui pour lequel il se faisait passer. C'était celui d'un humain apeuré et terrifié qui avait perdu tant d'êtres chers.

– Stop !

Sans s'en rendre compte, Samuel se précipita sur Atticus à la vitesse d'un vampire. Ses canines étaient également sorties et prêtes à faire n'importe quoi pour sauver son ami.

Même s'il était très froid envers Aspen, Samuel n'était pas immunisé contre ses émotions. Comme tant d'autres avant lui, il pensait avoir dépassé l'obstacle immortel de l'émotion, alors qu'en réalité il était bel et bien l'esclave de ses sentiments, tout comme Atticus, Hansel, Ethan, Aaran, Alice, Jonah et les innombrables personnes qui luttaient au quotidien dans l'espoir de prendre le dessus sur eux.

Samuel ne savait pas si sa mission de sauvetage était sans espoir ou s'il croyait sincèrement avoir une chance de détourner l'attention de la créature la plus puissante de cette planète, du moins assez longtemps pour prolonger un peu la vie d'Aspen. Atticus sourit avec arrogance lorsque, du coin de l'œil, il vit Samuel courir dans sa direction. Il tendit sa main libre vers lui, sans la raidir outre mesure, comme s'il demandait l'obole à des passants. Puis il pressa légèrement son pouce contre son majeur. Et dans un geste indolent, il libéra cette pression. Une force invisible heurta Samuel en plein torse et le projeta violemment en arrière. Son corps aurait traversé une douzaine de murs, si le Roi n'avait pas légèrement incurvé son petit doigt pour renforcer l'énergie des particules qui liaient le mur en béton.

En revanche, il ne prit pas la peine de ralentir la vitesse à laquelle Samuel fut projeté. L'impact de la collision aurait été suffisant pour achever mille fois un humain et celle-ci fut assez massive pour perturber les organes internes de Samuel. Il faudrait une bonne heure à un vampire de son âge pour guérir.

– Son goût est tout à fait divin, remarqua Atticus en se séparant du cou d'Aspen. Le gène actif Dreyan fait toujours des miracles sur les cellules humaines. Le sang en devient bien plus doux que sur les simples porteurs du gène et je ne te parle même pas des autres.

Du sang sortit des petites plaies de perforation qu'il avait créées dans la chair de l'humain.

– Putain, mais c'est quoi, un gène Dreyan ? demanda Samuel en toussant pour évacuer le sang dans ses poumons.

– Oh, comme c'est adorable, le nargua Atticus. Le créateur que tu idolâtres tant ne te fait même pas assez confiance pour te parler de quelque chose d'aussi important que la génétique Dreyan. J'ai pitié de toi. Kainsius a vraiment ensorcelé chacun de tes neurones pour que tu l'adules, c'est ça ?

– Evelyn est au courant ? lui renvoya Samuel.

– Non.

– Eh bien, ça me rassure un peu, je me sens mieux.

– Je ne lui dis pas grand-chose, répliqua Atticus sans pouvoir s'empêcher un petit éclat de rire.

– Et pourtant, vous clamez votre amour à corps perdu, du fond de votre âme inexistante. Pas étonnant qu'elle vous déteste.

– Fais attention, gamin, l'avertit-il en désignant l'humain effrayé et perdu à ses côtés, tellement terrifié par la situation qu'il en était incapable de parler. Je tiens ta vie et celle de ton ami littéralement dans la paume de ma main.

À quoi ça me servirait de te faire de la lèche maintenant, espèce de taré de merde ? Le regard de Samuel tomba sur le torse d'Aspen qui se soulevait et s'abaissait doucement, puis il regarda son propre corps. Il souffrait le martyre, même si la douleur se dissipait seconde après seconde. Toutefois, c'est à peine s'il pouvait bouger le petit doigt. *C'est marrant comme le karma nous revient en pleine gueule aussi rapidement et cruellement*, se dit-il avec amertume.

– Tuez-moi, reprit Samuel. Épargnez Aspen. Tuez-moi, s'il vous plaît. Il est trop innocent, trop précieux pour mourir. Rares sont les âmes pures comme la sienne. Elles sont difficiles à trouver, vous savez. Il mérite de vivre, pas moi. Quoi que soit un gène Dreyan, quoi qu'ait fait Aspen pour vous mettre en colère, vengez-vous sur moi. Je ne vous mentais pas quand je vous disais qu'il était inutile et inoffensif. Ce n'est qu'un petit agneau innocent qui est tombé par accident sur un champ de bataille.

– Son existence même m'irrite. Et lui, inutile ? demanda-t-il en le désignant. Je ne pense pas. Kainsius t'a vraiment pris pour un con.

Atticus se tourna ensuite vers l'humain, dont les yeux étaient remplis de détresse et de terreur :

– Tu t'appelles Aspen, c'est ça ?

Il ne répondit pas, incapable de faire quoi que ce soit d'autre que de regarder Atticus, la bouche grande ouverte, à essayer de respirer alors que les larmes lui maculaient le visage. Son corps était suspendu à la main du Roi, toujours enroulée autour de sa gorge. Il le tenait debout par la peau du cou.

– Réponds-moi ! vociféra le Roi.

– Ou-ou-oui… bégaya-t-il.

– Écoute-moi bien, gamin, reprit-il en levant son menton. Tu ferais mieux de répondre rapidement à mes questions, parce que je peux y aller doucement, ou pas. Je dois l'admettre, je suis de mauvaise humeur aujourd'hui, alors pour ton bien, je te conseille de choisir la manière douce. Sinon, tu ne seras pas le seul à trouver la mort, précisa-t-il en jetant un coup d'œil au corps de Samuel, écroulé et immobilisé par terre de l'autre côté de l'appartement.

– Oui, répondit Aspen quasi immédiatement.

– Tu vois, commenta Atticus en regardant Samuel, un peu d'amour vache, ça fait toujours des miracles. Bon, continua-t-il en revenant sur le jeune humain, quel est ton don ?

– D-don ?

– Oui, un putain de don. Qu'est-ce que tu peux faire ?

– Je ne compr… comprends pas.

– OK, alors Kainsius ne te l'a peut-être jamais expliqué clairement. Je ne serais pas surpris qu'il t'ait caché la vérité, comme il l'a fait avec notre ami Samuel, là-bas. Mais sincèrement, tu dois savoir que tu as quelque chose de différent. Qu'est-ce que Kainsius t'enseigne quand vous êtes tous les deux ?

– Kainsius ne m'enseigne rien... Il m'emmène pêcher et chasser... Je ne sais pas ce que vous voulez.

– Tu as déjà entendu parler du gène Dreyan ? demanda Atticus excédé.

– Non.

– Kainsius ne t'a jamais parlé de son don ?

– Kain est un vampire...

– Kainsius ne t'a jamais dit que tu étais spécial ?

– Si, peut-être...

– Tu es doué pour retrouver les choses ?

– Plutôt, oui... Je ne sais pas. Kainsius me laisse faire la traque quand nous allons chasser.

– Un traqueur... ça ne sert à rien, mais c'est rare, commenta-t-il à mi-voix en souriant avant de revenir vers Samuel. Depuis quand cherchez-vous Kainsius ?

– Deux mois, peut-être plus.

– Des pistes ?

– Non.

– Espèce d'imbécile. Tu avais un traqueur Dreyan juste sous ton nez et tu ne t'en es même pas servi.

Atticus soupira et relâcha sa prise sur le cou d'Aspen. Un petit sourire joua sur ses lèvres lorsqu'il remarqua la couleur des cheveux de l'humain et il reprit :

– Tes cheveux ressemblent beaucoup à ceux de Kainsius quand il était petit. Il est resté blond comme ça pendant longtemps. Maintenant il a foncé, ses cheveux sont presque châtains.

– Vous… vous avez dit que j'étais un Dreyan, murmura Aspen. C'est quoi un Dreyan ?

– Un Dreyan, c'est quelqu'un qui a beaucoup, beaucoup de chance. Il est né avec un don spécifique. Tu as l'immense chance de porter ce gène et encore plus de l'avoir activé.

Atticus posa sa main sur son épaule pour l'aider à retrouver son équilibre et, de l'autre, il caressa ses cheveux blonds.

– Tu es un petit garçon très spécial. Ça fait des siècles qu'on n'avait pas vu ce gène resurgir. Il y avait une chance sur un milliard pour que ça tombe sur toi. Mais je suppose qu'on peut considérer ce don comme une malédiction.

– Pourquoi ?

– Parce que tes gènes ont suscité l'intérêt de Kainsius. Tu vois, ce vampire n'est pas la gentille personne que tu crois qu'il est. C'est un être sournois et malfaisant, bien plus que tu ne le crois. Il chasse les porteurs du gène depuis des années, essayant désespérément de vous rassembler pour faire de vous sa petite armée privée.

Atticus jeta un regard plein de pitié à Aspen et continua :

– Kainsius t'a-t-il déjà parlé d'une fille qui s'appelle Evelyn ?

– Evelyn Blackburn ? demanda-t-il.

– Que sais-tu d'elle ? relança le Roi après lui avoir fait un signe de tête affirmatif.

– Je sais qu'elle est humaine et que toute sa famille aussi. Elle avait un petit ami qui s'appelle Ethan. Sa cousine est l'épouse de Lord Marcus. Kainsius dit qu'elle est spéciale, que c'est une énigme parce qu'elle a attiré votre attention. Elle a des cheveux bruns, le teint pâle et des yeux bleus…

Aspen s'interrompit lorsqu'il vit le Roi hocher la tête.

– Tu l'as rencontrée, tout à l'heure ? demanda le Roi d'une voix presque douce.

– Oui.

– Qu'as-tu pensé d'elle ?

– Vous me tueriez si je vous disais qu'elle est jolie ?

– Je te tuerais plutôt si tu disais le contraire, répliqua Atticus en riant de bon cœur.

– Elle est jolie et gentille.

– Gentille, répéta le Roi pour son propre compte. Gentille… Bien.

La main d'Atticus descendit lentement de son épaule à son dos. La pièce était plongée dans le silence. Soudain un monstrueux craquement s'éleva, accompagné du son de la chair arrachée. Samuel en eut le souffle coupé. Atticus venait de sortir un long objet blanchâtre et rigide du dos d'Aspen. Sa colonne vertébrale. Le corps de l'humain s'affaissa sur le sol dans un bruit mat.

Le Roi adressa son sourire le plus sinistre à Samuel et lui demanda :

– Tu penses encore que je suis faible et pathétique, rien de plus qu'un chiot en manque d'amour ?

Samuel ne dit pas un mot. Il ne versa pas une larme. Pas un seul muscle de son visage ne bougea. À l'extérieur, il était inexpressif, mais à l'intérieur, un hurlement de chagrin le transperça.

– Tu n'aurais pas dû oser me défier à un jeu que tu perdrais forcément.

CHAPITRE 51

Samuel était sans voix. Il ne savait pas ce qui lui faisait le plus mal, cette force invisible dont Atticus s'était servi contre lui, ou voir l'une des deux seules personnes qui comptaient pour lui mourir, de façon aussi soudaine et monstrueuse. Il essaya de parler, mais seul un mot put sortir de sa bouche :

– Pourquoi ?

– Quel dommage, soupira Atticus théâtralement. C'est… oups, c'était un gentil garçon. Il était très lumineux. Il me rappelait un peu Evelyn.

– Alors pourquoi l'avoir buté ? gémit Samuel, le son de sa voix contredisant son visage inexpressif. Il ne représentait aucune menace pour vous ! Vous l'avez vraiment assassiné parce qu'il pensait qu'Evelyn était gentille ? Vous voulez tuer toute personne possédant la moindre chance de vous la voler ? Êtes-vous à ce point taré que vous tuez un innocent parce qu'une fille vous déteste ?

– Je ne l'ai pas tué parce qu'Evelyn l'aimait bien, je l'ai tué parce que c'était un Dreyan. Aspen était ma cible depuis le début. Tu pensais sincèrement que j'allais laisser Kainsius élever un gamin qui pourrait potentiellement représenter une menace pour moi un jour ?

– Alors vous n'êtes pas venu ici à cause d'Evelyn ?

– Eh bien, Evelyn m'a conduit ici, mais je ne m'attendais pas à ce que Kainsius cache un Dreyan, juste sous mon nez. Pas de chance pour Aspen, tu as décidé de faire venir Evelyn ici. Si tu ne l'avais pas fait, je n'aurais jamais pris connaissance de son existence et cet humain aurait probablement vécu un peu plus, expliqua Atticus en offrant à Samuel un faux sourire de sympathie. Des gens bien meurent tous les jours. L'innocence d'Aspen n'était pas une raison suffisante pour que je l'épargne.

– Qu'est-ce qu'un Dreyan ?

– Demande ça à ton maître chéri. C'est à lui de te faire des leçons d'Histoire, pas à moi.

Samuel voulut se précipiter contre lui, lui arracher la gorge et venger la mort d'Aspen, mais il en était incapable. Son corps ne s'était pas encore remis du traumatisme qu'Atticus lui avait infligé.

– Evelyn l'aimait bien, grommela Samuel après un moment de silence.

– Evelyn aime bien une quantité de gens. Tu crois sincèrement que je vais aller épargner la vie des hommes, des femmes, des enfants, des chats et des chiens auxquels elle s'attache ?

– Elle va vous haïr.

– C'est déjà le cas.

Atticus grimaça en disant ces mots, mais il masqua ses émotions derrière un rire de gorge sans joie. Il considéra ensuite le long morceau d'os et de chairs voûté qu'il tenait à la main et reprit :

– Il n'y aucun espoir pour nous. Elle ne m'aimera jamais, elle ne me regardera jamais comme Ethan ou Hansel.

– Je me demande bien pourquoi, rétorqua Samuel sur un ton sarcastique.

Il essaya doucement de se relever, mais il en fut incapable.

– Ne te donne pas cette peine, il te faudra au moins une bonne demi-heure avant de pouvoir bouger, lui expliqua le Roi en dépouillant les os dans sa main de leur chair résiduelle.

Samuel regarda le corps sans vie de son ami. Le sang fusait de la cavité dans laquelle s'était trouvée sa colonne vertébrale. Il y en avait partout autour de lui et sur ses vêtements. Il avait la nausée. Il se sentait mal, plein de dégoût. Il dut détourner le regard, incapable de supporter la douleur. Les larmes commençaient à lui piquer le coin des yeux, mais il ne pleura pas. Pas tant qu'Atticus serait là.

– Kainsius ne vous le pardonnera jamais. Vous le savez ? Il aimait Aspen comme un fils, il ne vous le pardonnera jamais, il ne vous regardera plus jamais comme avant. Vous venez juste de perdre la seule famille qui vous restait au monde.

– Il n'est peut-être pas le seul, marmonna Atticus trop bas pour que Samuel puisse l'entendre. Et puis je le hais. Il n'est rien pour moi. Rien d'autre qu'une perte de temps. J'essaie de me débarrasser de ce petit con depuis bien longtemps.

– C'est tout de même le seul membre de votre famille biologique encore vivant. Vous n'en avez vraiment rien à faire de lui ? Est-ce qu'avoir votre sang dans ses veines ne compte pas pour vous ? C'est votre fils, Atticus ! Kainsius est votre fils, putain ! Les Ténèbres vous ont-elles tellement sucé la cervelle que même les sentiments que vous pourriez avoir pour votre fils unique n'aient aucune valeur ? cria Samuel sans savoir d'où lui venait ce regain d'énergie. Il vous aime, il vous adule et tout ce que vous faites, c'est le repousser et le punir pour des choses qui échappent à son contrôle. Pourquoi Atticus, pourquoi ? Comment pouvez-vous haïr votre propre enfant ?

Comme Atticus ne répondait rien, Samuel continua.

– Quand allez-vous arrêter de vous battre pour une femme qui ne vous aimera jamais et accepter l'amour d'un fils qui a passé toute sa vie à votre service, à vous soutenir, malgré tout ce que vous lui avez fait subir ? Il n'a jamais fait que travailler pour vous, il s'est plié à vos quatre volontés sans jamais attendre un merci en retour. Il aurait passé l'éternité à paver un chemin d'or sous vos pas si vous le lui aviez demandé, et qu'obtient-il pour tous ses efforts ? Des tourments, des larmes et la mort d'un de ses proches dans la résidence qu'il a fait construire pour héberger vos laquais…

– Kainsius travaille avec Venise, répliqua soudain Atticus. Ils fomentent un plan pour se débarrasser de moi.

CHAPITRE 52

– Quoi ? s'étouffa Samuel.

– Je te l'ai déjà dit, ton maître est loin d'être le saint pour lequel il se fait passer.

– Non. Vous mentez. Kainsius ne se dresserait jamais contre vous. C'est votre fils et il vous aime !

– Tu sous-estimes son talent pour la manipulation. Le fruit ne tombe jamais loin de l'arbre. Si tu me trouves abject, tu devrais voir le vrai Kainsius. Il t'a déjà dit qu'il avait tué ta mère ?

– Bien essayé, grogna Samuel. Ma mère était déjà morte quand il m'a sauvé des rues ! J'étais un orphelin et il m'a élevé comme son fils !

– C'est sans doute lui qui a fait de toi un orphelin au départ, se moqua-t-il en approchant de l'endroit où Samuel était allongé.

Le protégé de Kainsius l'ignora. Il ne voulait pas croire ce qu'il lui racontait. Il essayait de ne pas prêter attention au morceau d'os ensanglanté que le Roi avait encore à la main. Il aurait aimé qu'Atticus s'en aille. Fort heureusement, il se produisit quelque chose qui détourna son attention de la dépouille d'Aspen. Atticus claqua des doigts et une chaise traversa la pièce toute seule pour venir s'arrêter à ses pieds, suivie de près par une bouteille de bourbon.

Samuel écarquilla les yeux. Il savait que les Sept Premiers avaient des pouvoirs particuliers, Kainsius lui en avait parlé, mais il n'avait jamais évoqué ceux de son père. En fait, personne n'avait jamais mentionné de quelle sorte de pouvoirs le célèbre et mystérieux Roi était doté. Samuel regarda ses mains et n'y vit aucun anneau.

– Kainsius est obsédé par les Dreyans, lui expliqua Atticus. Depuis qu'il est tout petit, depuis que Venise lui a parlé de l'histoire des Sept Premiers et des événements qui ont contribué à notre création.

– L'histoire est plus compliquée que ce qu'on raconte ?

Atticus hocha la tête, s'installa sur la chaise et ouvrit la bouteille de bourbon.

– Bien plus. Tu ne t'es jamais demandé pourquoi les Grecs voulaient conquérir l'Atlantide, comment Venise avait pu nous créer, ou encore pourquoi personne, depuis elle, n'avait été capable de recréer une espèce ? Tu ne t'es jamais posé ce genre de questions ?

Atticus but une gorgée à même la bouteille.

– Non, répondit Samuel, presque honteux.

– Toutes les histoires ont un début et une fin, et le savoir, c'est le pouvoir. La curiosité peut te tuer, mais elle peut aussi faire de toi l'homme le plus puissant sur Terre.

– Arrêtez avec les leçons de vie à la con, ronchonna Samuel. Que voulez-vous dire ? Que voulez-vous que je sache ? Vous avez déjà tué Aspen, que faites-vous encore là dans mon appartement à me narguer avec des faits que j'ignore ? Si vous voulez me dire quelque chose, ou me tuer, allez-y, putain ! Arrêtez de me faire perdre mon temps avec vos conneries.

– Si Kainsius avait eu ne serait-ce que la moitié de ton état d'esprit et de ton honnêteté en grandissant, les choses auraient pu tourner bien différemment entre nous. Alors ta mère ne serait pas morte et la famille d'Aspen non plus.

– Kainsius n'a pas tué nos familles ! Il n'aurait jamais fait une chose pareille ! Il nous a élevés comme ses enfants. Tout ce qu'il voulait, c'était de l'amour, quelqu'un pour le réconforter quand il est triste, quelqu'un qui le félicite quand il fait quelque chose de bien. Vous l'avez privé de son enfance et il n'a pas supporté l'idée de voir d'autres enfants…

– J'étais là quand il a tué ta mère, l'interrompit Atticus. Je l'ai regardé assassiner ta pute de mère, à cause de ce que tu étais. Et il a certainement tué la famille d'Aspen aussi, pour les mêmes raisons. Ton créateur n'a aucune bonté. Ton créateur est sournois et calculateur. Il t'a pris tout ce que tu avais, alors quand après il te donnait quelque chose, tu le voyais comme un saint. Il ne t'a jamais dit que tu étais un Dreyan, ni à Aspen non plus, non ? Il a des tas de secrets, Samuel. Ne te fais pas berner par les manipulations de mon fils.

– Je ne vous crois pas, cracha Samuel. Et merde à la fin, c'est quoi un Dreyan ?

– Les Dreyans sont les représentants d'une espèce humaine un peu particulière. Ils vivent parmi les humains et la seule manière d'en identifier un, c'est de goûter son sang. Un Dreyan peut développer certaines compétences en grandissant, si son gène est activé, expliqua Atticus. Kainsius ne t'a pas raconté l'histoire des Sept Premiers en entier, alors je présume qu'il ne t'a jamais dit non plus que, techniquement, il en était un et moi aussi.

– Vous avez dit que les Dreyans étaient des sous-merdes.

– La version humaine, oui. Dans leur version vampire, les Dreyans sont faits pour être vénérés par les mortels. Quand j'ai demandé à Venise de nous améliorer et de nous rendre plus puissants pour combattre les Grecs, elle s'est servie de la méthode des Dreyans pour manipuler nos gènes, mais en y ajoutant son petit grain de sel en plus, continua Atticus en reprenant une gorgée de bourbon. Kainsius ne t'a jamais parlé des pouvoirs que tu avais avant de te transformer en vampire. D'ailleurs il ne se doutait pas qu'il tuerait ta mutation génétique dans la procédure.

– Je ne suis pas un Dreyan, je le saurais si j'avais été autre chose qu'un simple humain avant ma transformation. Je n'ai jamais eu de pouvoirs !

Atticus leva les yeux au ciel et reprit une gorgée d'alcool.

– Il ne t'a jamais parlé de son pouvoir à lui ?

– Non.

Samuel n'était pas convaincu. À ses yeux, les paroles d'Atticus n'avaient aucune valeur. Il n'avait confiance en personne d'autre qu'en Kainsius.

– Et le mien ? Ce petit con t'a-t-il jamais dit de quoi j'étais capable ? Jamais parlé de ce qui faisait de moi l'être le plus dangereux qui soit ?

– Non.

– Tu ne t'es jamais demandé comment ou pourquoi l'Atlantide – probablement la plus grande civilisation à avoir jamais existé – avait fini par sombrer en une seule journée ? demanda Atticus en souriant.

– À vrai dire, non.

– C'était moi. À moi tout seul j'ai fait couler l'Atlantide. J'ai brisé la croûte terrestre et commandé aux océans de recouvrir les terres puis d'avaler ma maison et les Anciens qui m'avaient maudit.

Samuel jeta un regard incrédule au Roi, qu'il prenait de plus en plus pour un dingue, et lui dit :

– Pitoyable. Kainsius avait pourtant dit que vous étiez plus intelligent que ça.

Doucement, Atticus inclina la bouteille pour que le liquide aille vers le goulot. Il en sortit, mais ne toucha pas le sol. Il se rassembla en grosses gouttes qui flottaient entre le parquet et la bouteille.

– Et pour mes anneaux ? Est-ce que Kainsius t'a dit comment j'avais réussi à y stocker les pouvoirs de mes anciens amis et comment je fais pour m'en servir ?

– Non.

– Qu'est-ce qu'il y a de plus puissant au monde ?

Samuel ne répondit pas.

– L'énergie. Tout est fait d'énergie. L'énergie est un élément présent partout. Tu vois ce liquide ? demanda-t-il en désignant la flaque d'alcool en suspension. C'est l'énergie qui relie toutes ses particules et fait de cette délicieuse boisson ce qu'elle est. L'énergie est en toi, en moi, partout. Si tu peux contrôler l'énergie, tu peux contrôler l'univers. Ça y est, tu as peur ?

– C'est ça votre pouvoir ? C'est pour ça que tout le monde a peur de vous ? demanda Samuel d'un air blasé.

– Comment ne pas avoir peur d'un homme qui pourrait vous tuer sans même vous toucher ? dit-il en flattant la tête de Samuel dans un geste quasi affectueux. Alors fais gaffe à ta grande gueule la prochaine fois qu'on se recroisera. L'énergie est tout, et tu n'as aucune idée de tout ce que je suis capable de faire.

Atticus continua à rire, le son était sordide. Puis il reprit :

– Je sais que tu cherches Kainsius, et puisque j'ai tué ton petit copain le traqueur, je peux tout aussi bien te dire où il est.

– Vous croyez que me dire où il est pourrait compenser le fait que vous ayez tué Aspen ?

– Kainsius est en Australie avec Venise, dit-il en l'ignorant complètement. Tu m'as demandé tout à l'heure pourquoi je voulais t'épargner…

– Allez vous faire foutre.

– Je voulais que tu restes en vie pour lui porter un message. Va lui dire de ne pas se surestimer, lui, et de ne pas me sous-estimer, moi. Je lui ai donné la vie, je peux tout aussi bien la lui reprendre.

Il se leva de sa chaise, se dirigeant vers la sortie, mais s'arrêta juste avant :

– Oh, et dis à ce petit enfoiré qu'il est temps de rentrer à la maison.

– Et vous allez me voler mon bourbon, en plus ? l'interpella Samuel.

Mais il était déjà trop tard, Atticus était parti, ce qui ne l'empêcha pas de maugréer :

– Connard, cette merde coûte une fortune.

CHAPITRE 53

Jonah entendait le son de la chair de deux personnes qui s'entrechoquaient, les gémissements désespérés d'une femme au bord de l'orgasme, et il sentait l'odeur des endorphines relâchées lors d'un rapport sexuel. Adossé à la porte, il se demandait s'il devait l'ouvrir ou pas. Il ne parvenait pas à entendre les grognements d'Atticus. Jetant un coup d'œil par-dessus son épaule à la femme dissimulée sous une cape derrière lui, il lui ordonna :

– Rentre uniquement quand je te le dirai.

La fille demeura silencieuse. Comme il s'y attendait, Jonah vit Atticus entre les cuisses d'une jolie rousse à l'énorme poitrine.

– Qu'est-ce que tu veux ? demanda le Roi, toujours affairé à baiser sa rousse qui avait enroulé ses jambes autour de sa taille, toute gémissante et tremblante.

Un rapide coup d'œil à la pièce lui permit de compter une douzaine de cadavres au total. Il reconnut un visage familier, une fille à la peau dorée, aux magnifiques lèvres pulpeuses et à la sublime poitrine. Il soupira en se lamentant : *C'était la meilleure pour tailler des pipes.*

– Mec, tu as prévu de tuer combien de femmes dans ce palais ? Tu n'es revenu que depuis hier et on en est déjà à trente et une.

Le Roi ignora son conseiller préféré et une de ses mains quitta les hanches de la fille pour se poser sur sa joue avant qu'il ne lui demande :

– Qui est ton Roi ?

– C'est vous ! gémit-elle.

Ses seins rebondirent violemment alors que les mouvements du bassin d'Atticus prenaient de la vitesse. Ses gémissements étaient de plus en plus bruyants et le Roi savait qu'elle était à deux doigts d'avoir un autre orgasme.

– À qui appartiens-tu ? hurla-t-il en la pilonnant de plus en plus fort.

– Vous… Je vous appartiens mon…

Mais avant qu'elle ne puisse finir sa phrase, il la décapita purement et simplement et balança sa tête de l'autre côté de la pièce dans un mouvement de fureur.

– Je crois que tout ce sexe t'aide vraiment à rester de bonne humeur, railla Jonah en s'écartant pour échapper de justesse à la tête volante. Trente-deux servantes et tu n'as toujours pas réussi à te calmer en prenant ton pied ?

Atticus se dégagea du corps de la rousse et enfila un peignoir pendant le petit discours de Jonah.

– Non, répondit-il profondément irrité.

Il fila de l'autre côté de la pièce où il y avait un bar pour se servir un verre de scotch.

– Du sexe, de l'alcool de qualité et des meurtres de masse, tout ce que tu préfères. Allez, ne fais pas cette tête ! J'ai une bouteille de Dalmore de plus de trois cents ans d'âge planquée dans ma chambre. Tu veux qu'on aille se l'ouvrir pendant que je fais venir une chaudasse avec un super cul de chez Sanguis Puella ?

– Je n'ai pas besoin d'une pute, grogna Atticus.

– Hé, je fais tourner une boîte sérieuse, moi, monsieur. Sanguis Puella est un bar sophistiqué qui offre aux vampires des humaines et des humains de premier choix. Mais ça te fera un sacré trou au porte-monnaie, fais-moi confiance, ma marchandise est hors de prix.

Atticus ne répondit rien, il se contenta de descendre son scotch. Le breuvage lui réchauffa les entrailles et lui procura un bien-être familier. Il le détendit et lui fit penser à autre chose qu'Evelyn et au trou qu'elle avait percé dans sa poitrine.

– Quand revient-elle ? demanda Jonah.

– Quand elle en aura envie.

– Alors tu vas la laisser rester en ville pendant que toi, tu es là, à souffrir ? Ordonne-lui de revenir ! Pourquoi permets-tu à cette salope de te faire du mal comme ça ? Fais-la revenir pour qu'elle te soulage, cria-t-il à moitié. Tu ne peux pas te torturer comme ça juste à cause de cette fille ! Elle n'est rien et toi tu règnes sur cette planète !

– Elle a besoin de liberté. Je dois la laisser souffler.

– Le coût de son bonheur est ta souffrance.

– Et le coût de mon bonheur est sa souffrance aussi... Je ne peux pas être égoïste. Je dois lui laisser un peu de champ libre. Elle mérite d'être heureuse.

– Elle est humaine, elle ne mérite rien du tout, Atticus.

Le Roi ne répondit rien, se contentant de se servir un nouveau verre. Jonah l'observa d'un air inquiet. Il n'avait jamais vu son créateur ainsi. Le vampire qui avait le monde à ses pieds ne devrait pas se comporter ainsi. Il fut tenté de lui mettre son poing dans la figure pour le remettre d'aplomb, mais il résista.

– Tu devrais la faire revenir. Tu n'as pas peur qu'elle retourne voir Samuel ? Il lui raconterait tout.

– J'ai ordonné que des gardes la suivent partout où elle irait. Si elle se sait observée, elle n'osera pas retourner là-bas. En plus, Samuel n'y sera plus. Mes espions m'ont fait savoir qu'il était déjà en route pour l'Australie.

– Tu es sûr qu'elle s'en rendra compte ? C'est quand même une sacrée conne, renâcla Jonah.

Son impulsion soudaine lui valut une réaction violente de la part du Roi au cœur brisé. L'instant suivant, le verre était par terre et sa main enroulée autour du cou de Jonah.

– Tu oses parler d'Evelyn de cette manière ? Elle est peut-être humaine, mais c'est tout de même ta Reine.

– Elle ne l'est pas encore, cracha Jonah.

Atticus relâcha Jonah, mais la rage qui brûlait dans son regard n'avait pas diminué.

– Elle le sera un jour, bientôt. Elle deviendra ta Reine, je ferai tout pour ça.

– Bien, mais ne t'attends pas à ce que je la respecte tant qu'elle n'aura pas appris à montrer le sien, de respect.

– Elle apprendra. J'ai toute l'éternité pour lui apprendre à me respecter. Par la violence ou par amour, c'est à elle de voir.

– L'amour est à l'origine de tant de problèmes, soupira Jonah. Je suis tellement content de ne jamais être tombé amoureux.

– Une vie sans amour ne mérite pas d'être vécue, murmura Atticus.

Puis, en silence, il ajouta pour lui : *Crois-moi, j'ai passé toute ma vie dans la solitude. Tout l'argent du monde ne saurait éclipser la beauté de l'amour.*

– Bon, quoi qu'il en soit, reprit Jonah, je t'ai amené un petit cadeau…

– Je n'en veux pas.

– Tu ne sais même pas ce que c'est !

– Encore une pute, sans doute. Je te l'ai déjà dit, je ne veux pas d'une fille récupérée dans les rues qui couche avec n'importe qui pour trois piécettes.

– En fait, elle ne fait rien payer, celle-là, répondit Jonah en souriant. Viens, Nora, montre à ton Roi comment tu le respectes !

Atticus se figea sur place.

– Puisque celle que tu aimes refuse de coucher avec toi, pourquoi ne pas te délester de ta frustration sur sa sœur ? Elles se ressemblent beaucoup, non ? Ne me remercie pas, surtout.

À SUIVRE

Composition et mise en pages
Nord Compo à Villeneuve-d'Ascq